SHOPAHOLIC GRIJPT IN

Eerder verschenen van Sophie Kinsella:

Shopaholic naar de sterren
Ik krijg je wel
Mag ik je nummer even?
Mini shopaholic
Wat spook jij uit?
Ken je me nog?
Shopaholic & baby
Aanpakken!
Shopalicious!
Hou je mond!
Shopaholic! zegt ja
Shopaholic! in alle staten
Shopaholic!

Als Madeleine Wickham:

Slapeloze nachten
De cocktailclub
Dubbel feest!
Zoete tranen
Het zwemfeestje
De vraagprijs
De tennisparty

Sophie Kinsella

Shopaholic grijpt in

the house of books

Oorspronkelijke titel: *Shopaholic to the Rescue*
Oorspronkelijk uitgegeven door: Bantam Press, an imprint of Transworld Publishers, London 2015

Omslagontwerp: Studio Marlies Visser, Amsterdam

Typografie: Crius Group, Hulshout

ISBN 978 90 443 4786 9
ISBN 978 90 443 4787 6 (e-book)
NUR 302

www.thehouseofbooks.com
www.overamstel.com

OVERAMSTEL
uitgevers

The House of Books is een imprint van Overamstel uitgevers bv

Voor Linda Evans
Liefs en bedankt voor alles

Van: dsmeath@locostinternet.com
Aan: Brandon, Rebecca
Onderwerp: Een 'verzoek'

Geachte mevrouw Brandon,

De laatste keer dat ik u heb gezien, is lang geleden. Ik hoop dat het goed gaat met u en uw gezin.

Wat mijzelf betreft: ik geniet van mijn pensioen, maar denk vaak vol weemoed terug aan mijn belevenissen tijdens mijn werkende bestaan bij de Endwich Bank. Daarom heb ik besloten een 'autobiografie' te gaan schrijven, mijn 'memoires', met als werktitel: *Degelijke en dubieuze debiteuren: de lotgevallen van een geduldige (en minder geduldige!) bankfiliaalchef in Fulham*.

Ik heb al twee hoofdstukken af, en die zijn goed ontvangen door de leden van mijn plaatselijke hoveniersclub; er zeiden er zelfs een paar: 'Daar zit een tv-serie in!' Nou ja, dat weet ik nog zo net niet!!

Ik zou kunnen zeggen, mevrouw Brandon, dat u altijd een van mijn 'kleurrijkere' cliënten bent geweest en dat uw benadering van uw financiën 'uniek' was. (Ik hoop en geloof uit de grond van mijn hart dat u uw leven in de loop der jaren hebt gebeterd.) We hebben menigmaal de degens gekruist, maar ik vertrouw erop dat we tegen de tijd van mijn pensionering een hartelijke verhouding hadden. Ik vraag me dan ook af of ik u voor mijn boek zou mogen interviewen op een tijdstip dat u schikt?

Ik verheug me op uw antwoord.

Met vriendelijke groet,
Derek Smeath, filiaalchef (in ruste)

Van: dsmeath@locostinternet.com
Aan: Brandon, Rebecca
Onderwerp: Re: Re: Een 'verzoek'

Geachte mevrouw Brandon,

U hebt me teleurgesteld. Ik heb in goed vertrouwen contact met u gezocht, als deskundigen onder elkaar, of zelfs, durf ik te zeggen, als vriend. Ik hoopte als zodanig behandeld te worden.

Als u niet geïnterviewd wilt worden voor mijn 'memoires', is dat uw keus, maar het stemt me droevig dat u het nodig vond een ingewikkelde uitvlucht te verzinnen. Dat bespottelijke, niet te volgen verhaal over 'achter uw vader aan naar Las Vegas racen' om 'een mysterie te ontrafelen' en te zorgen 'dat die arme Tarkie niet wordt gehersenspoeld' moet een groot verzinsel zijn.

Hoe vaak, mevrouw Brandon, heb ik geen berichten van u gekregen waarin u beweerde dat u 'een gebroken been' had, of 'de ziekte van Pfeiffer', of dat uw (denkbeeldige) hond was overleden? Ik had gehoopt dat u als rijpe, getrouwde vrouw en moeder iets volwassener was geworden, maar dat is tot mijn spijt niet het geval.

Met vriendelijke groet,
Derek Smeath

Van: dsmeath@locostinternet.com
Aan: Brandon, Rebecca
Onderwerp: Re: Re: Re: Re: Een 'verzoek'

Geachte mevrouw Brandon,

Als ik u zeg dat ik paf stond van uw laatste e-mail, is dat nog zacht uitgedrukt. Heel erg bedankt voor de serie foto's.

Ik kan inderdaad zien dat u aan de rand van een woestijn staat. Ik zie de kampeerbus waar u naar wijst en de close-up van de kaart van Californië. Ook zie ik uw vriendin lady Cleath-Stuart op een van de foto's, al zou ik niet kunnen zeggen of het 'van haar gekwelde gezicht afstraalt dat haar man spoorloos is'.

Kunt u me alstublieft zeggen of ik dit goed heb begrepen: uw vader wordt vermist, en de man van uw vriendin óók? Allebei tegelijk?

Met vriendelijke groet,
Derek Smeath

Van: dsmeath@locostinternet.com
Aan: Brandon, Rebecca
Onderwerp: Re: Re: Re: Re: Re: Re: Een 'verzoek'

Geachte mevrouw Brandon,

Mijn hemel, wat een verhaal! Neem me niet kwalijk, maar uw e-mail was een beetje warrig; zijn dit de feiten op een rijtje?

- Uw vader kwam u in Los Angeles opzoeken omdat hij iets had ontdekt wat verband hield met een vriend van vroeger, Brent, die hij in geen jaren had gezien.
- Vervolgens verdween hij om die vriend te zoeken, en hij liet alleen een briefje achter waarin hij schreef dat hij iets moest 'rechtzetten'.
- Hij heeft de hulp ingeroepen van lord Cleath-Stuart ('Tarkie'), die het de laatste tijd zwaar heeft gehad en in 'kwetsbare toestand' verkeert.
- Hij heeft ook een kerel meegesleept die 'Bryce' heet. (Rare namen hebben ze in Californië.)
- Nu volgt u dit drietal naar Las Vegas, want u bent bang dat Bryce een snoodaard is die lord Cleath-Stuart geld afhandig wil maken.

In antwoord op uw vraag: ik heb tot mijn spijt geen 'spectaculaire inzichten' waarmee ik u kan helpen, en ook is er nooit iets dergelijks gebeurd in mijn tijd bij de bank. Al is er wel ooit een nogal 'louche' cliënt geweest die een vuilniszak vol biljetten van twintig pond wilde storten, waarop ik de financiële inlichtingendienst heb gebeld. Reken maar dat ik die 'anekdote' in mijn boek zal opnemen!

Ik wens u alle succes bij het opsporen van het vermiste drietal en als ik iets kan doen, wat dan ook, aarzel dan alstublieft niet contact met me op te nemen.

Met vriendelijke groet,
Derek Smeath

1

'Oké,' zegt Luke kalm. 'Geen paniek.'

Geen paniek? Lúke zegt 'geen paniek'? Nee. Nééééé. Mijn man zegt nooit 'geen paniek'. Als hij 'geen paniek' zegt, bedoelt hij eigenlijk: *we hebben alle reden om in paniek te raken.*

God, nu raak ik écht in paniek.

Ik zie zwaailichten en de sirene loeit nog. Er schieten me allemaal rare vragen te binnen als: *doen handboeien pijn?* en: *wie zal ik bellen vanuit de cel?* en: *zijn gevangenisoveralls altijd oranje?*

Er loopt een politieman naar onze gehuurde, acht meter lange alkoofcamper. (Blauwgeblokte gordijntjes, gebloemde meubelstoffering en zes bedden, al is 'bed' een groot woord... denk: zes op houten planken gesmeten dunne matrasjes.) Het is zo'n cool uitziende, gebruinde Amerikaanse politieman, en hij is heel angstaanjagend. Mijn hart begint te bonzen en ik kijk in een reflex om me heen, zoekend naar een plek om me te verstoppen.

Oké, dat zou een tikje overdreven kunnen zijn, maar sinds ik zes paar poppenschoentjes uit Hamleys smokkelde, op mijn vijfde, en er een politieman naar me toe kwam die met donderende stem vroeg: 'Wat heb je daar, jongedame?' zodat ik me het schompes schrok, ben ik een beetje schichtig als het op politiemannen aankomt. Hij bleek trouwens mijn luchtballon te bewonderen.

(Toen pap en mam ze hadden gevonden, hebben we ze teruggestuurd, met een excuusbrief die ik zelf had geschreven. En toen schreef Hamleys heel aardig terug dat ik me er geen zorgen meer over hoefde te maken. Ik geloof dat ik toen heb ontdekt dat een brief schrijven eigenlijk een uitstekende manier is om je uit een netelige situatie te redden.)

'Luke!' zeg ik gespannen vanuit mijn mondhoek. 'Snel. Moeten we hem omkopen? Hoeveel geld hebben we?'

'Becky,' zegt Luke geduldig, 'geen paniek. Hij zal wel een goede reden hebben gehad om ons te laten stoppen.'

'Moeten we allemaal uitstappen?' vraagt Suze.

'Ik vind dat we beter kunnen blijven zitten,' zegt Janice nerveus. 'Ik vind dat we heel normaal moeten doen, alsof we niets te verbergen hebben.'

'We hébben ook niets te verbergen,' zegt Alicia geërgerd. 'Relax, allemaal.'

Mam gluurt naar buiten. 'Hij heeft een pistool!' roept ze uit. 'Een pistool, Janice!'

'Jane, kalmeer, alsjeblieft,' zegt Luke. 'Ik ga wel met hem praten.'

Hij stapt uit en wij kijken elkaar angstig aan. Ik ben op reis met Suze, mijn allerbeste vriendin; Alicia, mijn aller-on-beste vriendin; Minnie, mijn dochter; mijn moeder en háár beste vriendin, Janice. We zijn van Los Angeles op weg naar Las Vegas en we hebben al ruzie gehad over de airco, over wie waar zit en of Janice Keltische doedelzakmuziek mag luisteren tegen de zenuwen. (Nee dus. Met vijf tegen één.) We zijn pas twee uur onderweg, maar de sfeer in de camper is al om te snijden. En nu dit weer.

Ik zie de politieman naar Luke lopen en iets tegen hem zeggen.

'Hondje!' zegt Minnie, die door het raam wijst. 'Heel, heel groot hondje.'

Een tweede politieman loopt naar Luke toe. Hij heeft een intimiderende politiehond bij zich, een Duitse herder die aan Lukes schoenen snuffelt. Dan kijkt hij opeens op naar de camper en zet het op een blaffen.

'O, god!' roept Janice gekweld uit. 'Ik wíst het! Het is de narcoticabrigade! Nu ben ik er gloeiend bij!'

'Wát?' Ik gaap haar verbaasd aan. Janice is een vrouw van middelbare leeftijd die van bloemschikken houdt en graag mensen opmaakt met felle perziktinten. Hoe bedoelt ze, ze is er gloeiend bij?

'Het spijt me dat ik het moet zeggen, mensen...' ze hapt theatraal naar adem '... maar ik heb verboden medicijnen bij me.'

Het is even doodstil. Mijn brein weigert de twee elementen te combineren. Verboden medicijnen? Janice?

'Medicijnen?' roept mam uit. 'Janice, waar heb je het over?'

'Tegen jetlag,' kreunt Janice. 'Mijn dokter wilde me niets geven, dus heb ik mijn heil op internet gezocht. Annabel van de bridgeclub heeft me de naam van de website gegeven, maar er stond een waarschuwing bij het middel: MOGELIJK VERBODEN IN BEPAALDE LANDEN. En straks ruikt die hond het en dan worden we ingerekend en verhoord...'

Ze wordt onderbroken door de hond, die weer woest begint te blaffen. Ik moet toegeven dat die politiehond graag naar de camper lijkt te willen. Hij trekt jankend aan zijn riem en de politieman kijkt telkens geïrriteerd naar hem.

'Heb je verboden medicijnen gekocht?' Suze springt haast uit haar vel. 'Wat bezielt jou?'

'Janice, je brengt de hele onderneming in gevaar!' zegt mam kwaad. 'Hoe haal je het in je hoofd om verboden middelen Amerika in te smokkelen?'

'Misschien zijn ze niet eens verboden,' zeg ik, maar mam en Janice zijn te hysterisch om het te horen.

'Weg met dat spul!' roept mam met schrille stem. 'Nu!'

'Hier zijn ze.' Janice prutst met bevende vingers twee witte doosjes uit haar tas. 'Ik had ze nooit meegebracht als ik had geweten...'

'Nou, wat zullen we ermee doen?' vraagt mam streng.

'We slikken allemaal één doordrukstrip,' zegt Janice, die geagiteerd de strips uit de doosjes trekt. 'Dat is het enige wat erop zit.'

'Ben je niet goed wijs?' brengt Suze er woedend tegen in. 'Ik ga geen niet-goedgekeurde medicijnen van internet slikken!'

'Janice, je moet die pillen dumpen,' zegt mam. 'Ga naar buiten en verspreid ze langs de weg. Ik leid de politie wel af. Nee, we leiden allemaal sámen de politie af. Iedereen de camper uit. Nu.'

'Ze zien het vast!' jammert Janice.

'Nee, ze zien het niet,' zegt mam gedecideerd. 'Hoor je me, Janice? De politie ziet het níét. Niet als je het snel doet.'

Ze doet de deur van de camper open en we stappen allemaal de nu al snikhete buitenlucht in. We staan langs de snelweg, met aan weerszijden zo ver het oog reikt de borstelige woestijn.

'Schiet op!' bijt mam Janice toe.

Janice hobbelt door de droge berm en mam haast zich met Suze en Alicia op sleeptouw naar de politiemannen.

'Jane!' zegt Luke, die schrikt als mam opeens naast hem opduikt. 'Je had best binnen mogen blijven, hoor.' Hij vraagt mij met een blik: *waar zijn jullie in godsnaam mee bezig?* en ik haal machteloos mijn schouders op.

'Goedemorgen, agent,' zegt mam tegen de eerste politieman. 'Mijn schoonzoon heeft u vast al wel uitgelegd wat er aan de hand is. Mijn man is tijdens een geheime leven-of-doodmissie vermist geraakt.'

'Het is niet per se een kwestie van leven of dood,' kan ik niet nalaten te verduidelijken.

Telkens wanneer mam 'leven of dood' zegt, schiet haar bloeddruk omhoog, volgens mij. Ik blijf proberen haar te sussen, maar ik vraag me af of ze wel gesust wil worden.

'Hij is samen met lord Cleath-Stuart,' vervolgt mam, 'en dit is lady Cleath-Stuart. Ze wonen op Letherby Hall, een van de mooiste landgoederen van Engeland,' zegt ze trots.

'Daar gaat het nu niet om!' zegt Suze.

Een van de politiemannen zet zijn zonnebril af en neemt Suze aandachtig op. 'Zoals in *Downton Abbey*? Mijn vrouw is wild van die serie.'

'O, Letherby is veel mooier dan Downton,' zegt mam. 'U zou eens moeten komen kijken.'

Vanuit mijn ooghoek zie ik Janice in haar zeeblauwe rok met dito blouse achter een reuzencactus als een gek met pillen strooien. Ze zou het niet opvallender kunnen doen, maar de politiemannen worden gelukkig afgeleid door mam, die nu over paps briefje vertelt.

'Hij had het op zijn kussen gelegd!' zegt ze verontwaardigd. '"Een tochtje", noemde hij het. Welke getrouwde man gaan nu zomaar een "tochtje" maken?'

'Heren,' zegt Luke, die er nog geen speld tussen heeft kunnen krijgen. 'Dank u voor de waarschuwing over het achterlicht. Zouden we nu mogen doorrijden?'

Er valt een korte stilte waarin de politiemannen elkaar vragend aankijken.

'Geen paniek,' zegt Minnie, die opkijkt van haar lievelingspop, Speaky, en stralend naar een van de politiemannen lacht. 'Geen paniek.'

'Wat je zegt.' Hij beantwoordt haar glimlach. 'Snoezig kind. Hoe heet je, lieverd?'

'De politie ziet het níét,' antwoordt Minnie doodgemoedereerd, en er valt op slag een akelige stilte. Mijn maag verkrampt en ik durf niet naar Suze te kijken.

Intussen blijft de politieman star glimlachen. 'Sorry, wat zei je daar?' vraagt hij aan Minnie. 'Wat ziet de politie niet?'

'Niets!' snerp ik. 'We zaten tv te kijken, u weet hoe kinderen zijn...'

'Daar ben ik weer!' Janice duikt buiten adem naast me op. 'Klaar. Hallo agenten, wat kunnen we voor u doen?'

De twee politiemannen lijken ervan op te kijken dat er nóg iemand bij ons groepje komt.

'Mevrouw, waar komt u vandaan?' vraagt de een, die bruin haar heeft.

'Ik zat achter die cactus. Ik moest een kleine boodschap doen,' zegt Janice, die zichtbaar trots is op haar ingestudeerde antwoord.

'Hebben jullie geen wc in de camper?' vraagt de ander, die blond is.

'O,' zegt Janice beteuterd. 'O, hemeltje, vast wel.' Haar zelfvertrouwen smelt als sneeuw voor de zon en ze kijkt zoekend om zich heen. 'Hemeltje. Eh… nou… eigenlijk… wilde ik een stukje lopen.'

De politieman met het bruine haar slaat zijn armen over elkaar. 'Een stukje lopen? Achter een cactus?'

'De politie ziet het niet,' zegt Minnie op samenzweerderige toon tegen Janice, die een sprongetje maakt van schrik.

'Minnie! Kind, mijn hemel! Wat zien ze niet? Ha, ha, ha!'

'Kun je dat kind haar kop niet laten houden?' fluistert Alicia razend.

'Het was een natuurwandeling,' vervolgt Janice zwakjes. 'Ik bewonderde de cactussen. Prachtige, eh… stekels.'

Prachtige stekels? Kan ze niks beters verzinnen? Oké, ik ga nooit meer met Janice op reis. Ze staat er zó niet-cool en schuldbewust bij, geen wonder dat die politiemannen achterdochtig lijken. (Ik geef toe dat Minnie de zaak ook niet echt goed heeft gedaan.)

De politiemannen wisselen een blik van verstandhouding. Nu kunnen ze elk moment zeggen dat ze ons meenemen of dat ze de FBI erbij halen. Ik moet iets doen, en snel ook. Maar wat? Denk na, denk ná…

En dan krijg ik een geniale inval.

'Agent!' jubel ik. 'Wat ben ik blij dat ik u zie, want ik wil u een gunst vragen. Een neefje van me wil heel graag bij de politie, en hij zou heel blij zijn met een stageplek. Mag hij contact met u opnemen? U bent agent Kapinski…' Ik pak mijn telefoon en begin de naam die op zijn borstzakje staat over te tikken. 'Misschien kan hij u als een schaduw volgen?'

'Daar zijn officiële kanalen voor, dame,' zegt agent Kapinski afwerend. 'Zeg maar tegen hem dat hij op de website moet kijken.'

'O, maar het gaat allemaal om persoonlijke contacten, toch?' Ik fladder onschuldig met mijn wimpers naar hem. 'Hebt u morgen tijd? We zouden na het werk kunnen afspreken. Yes! We wachten u bij het bureau op.' Ik zet een stap naar voren en agent Kapinski zet een stap achteruit. 'Hij is heel getalenteerd en gezellig. U zult weg van hem zijn. Nou, dan zien we u morgen, afgesproken? Zal ik croissantjes meebrengen?'

Agent Kapinski flipt helemaal, zo te zien.

'Ga maar,' prevelt hij, en hij maakt rechtsomkeert. Binnen een halve minuut zitten hij, zijn collega en de hond weer in de politieauto en scheuren ze weg.

'Bravo, Becky!' prijst Luke me.

'Goed gedaan, schat,' valt mam hem bij.

'Dat was op het nippertje.' Janice beeft. 'Kantje boord. We moeten voortaan beter oppassen.'

'Wat ís dit allemaal?' vraagt Luke verbijsterd. 'Waarom kwamen jullie naar buiten?'

'Janice is op de vlucht voor de narcoticabrigade,' zeg ik, en ik schiet bijna in de lach als ik zijn gezicht zie. 'Hoor eens, ik leg het onderweg wel uit. Kom op, we gaan.'

2

Ze zijn nu twee dagen zoek. Je zou kunnen zeggen: nou en? Ze zijn zeker met jongens onder elkaar op stap. Waarom wacht je niet gewoon rustig tot ze weer thuiskomen? Trouwens, dat zéí de politie ook. Maar het ligt ingewikkelder. Tarquin is kortgeleden een beetje ingestort. Hij is ook schatrijk en het lijkt erop dat Bryce hem wil 'hersenspoelen', en Suze is bang dat dat 'hem bij een sekte zien te krijgen' betekent.

Ik bedoel, het is allemaal maar een theorie. Er zijn zelfs allerlei theorieën. Eerlijk gezegd – en dit zou ik nooit tegen Suze zeggen – denk ik stiekem dat het zou kunnen dat pap en Tarquin de hele tijd in een vierentwintiguurscafé in LA hebben gezeten. Suze daarentegen gelooft dat Bryce Tarquin al in een canyon heeft gesmeten na zijn bankrekening te hebben geplunderd. (Ze wil het niet toegeven, maar ik weet dat ze dat denkt.)

Wat wij nodig hebben, is een beetje orde. We moeten een plan hebben. We moeten zo'n bord met informatie en aanwijzingen hebben, net als in politieseries, met lijstjes en pijlen en foto's van pap en Tarkie. (Of nee, laten we dat nou maar niet doen. Dan zou het echt lijken of ze vermoord zijn.) Maar we moeten wel íéts hebben. Tot nu toe verloopt onze zoektocht chaotisch.

Het was consternatie alom vanochtend: we moesten pakken, en Suzes drie kinderen overdragen aan haar nanny, Ellie (ze komt in ons huis wonen en neemt alles van ons over zolang we weg zijn). Luke kwam bij het krieken van de dag met de gehuurde camper aanzetten. Toen maakte ik mam en Janice wakker – die nog maar een paar uur slaap hadden gehad sinds hun aankomst uit Engeland – en sprongen we allemaal in de camper en zeiden: 'Naar Vegas!'

Héél eerlijk gezegd hadden we waarschijnlijk geen camper hoeven huren. Luke was er zelfs helemaal voor om met twee gewone auto's te gaan, maar mijn redenering was: we moeten onderweg met elkaar praten. Dus moeten we een camper hebben. Trouwens, je kunt toch geen Amerikaanse roadtrip maken zonder camper? Nou dan.

Sinds ons vertrek zit Suze continu sektes te googelen, wat ze volgens mij beter niet zou kunnen doen omdat ze steeds flipt. (Vooral toen ze er een vond waarvan de leden allemaal hun gezicht wit schminken en met dieren trouwen.) Luke heeft vooral veel getelefoneerd met zijn rechterhand op de zaak, Gary, die in zijn plaats op een congres in Londen zit. Luke heeft een pr-bedrijf en hij heeft hopen verplichtingen op het moment, maar die heeft hij allemaal aan de kant geschoven om de camper te besturen. Wat heel solidair en liefdevol van hem is, en ik zal exact hetzelfde voor hem doen als het nodig is.

Janice en mam zitten doemscenario's te bespreken over pap die is ingestort en als een wildeman met een poncho aan in de woestijn gaat wonen. (Vanwaar die poncho?) Minnie heeft een keer of drieduizend: 'Cactus, mammie! Các-tús!' gezegd en ik zit er stilletjes bij, aai haar over haar bol en laat mijn gedachten de vrije loop. Wat eerlijk gezegd niet zo leuk is. Mijn gedachten zijn niet superblij momenteel.

Ik probeer zo positief en opgewekt te blijven als ik kan, echt. Ik probeer te zorgen dat iedereen optimistisch blijft en doe mijn best om niet aan het verleden te denken, maar telkens als ik even niet oppas, komt het allemaal terug en dan word ik overspoeld door schuldbesef, want het zit zo: deze hele tocht komt door mij. Het is allemaal mijn schuld.

Na een halfuur stoppen we bij een wegrestaurant om te ontbijten en te overleggen. Ik ga met Minnie naar de dames-wc's, waar we een lang gesprek hebben over verschillende soorten zeep en Minnie besluit dat ze alle zeepdispensers moet proberen, wat een eeuwigheid duurt. Als we eindelijk terugkomen, staat Suze in haar eentje naar een poster in vintagestijl te kijken en ik loop naar haar toe.

'Suze...' zeg ik voor de miljardste keer. 'Hoor eens, het spijt me.'

'Wat spijt je?' Ze kijkt amper op.

'Je weet wel. Alles...' Ik doe er een beetje wanhopig het zwijgen toe. Ik weet niet wat ik verder nog moet zeggen. Suze is mijn oudste, dierbaarste vriendin en met haar samen zijn voelde altijd als het makkelijkste van de wereld, maar nu voelt het of ik in een toneelstuk zit en mijn tekst kwijt ben en zij niet van plan is me op weg te helpen.

In de afgelopen paar weken, toen we allebei in LA woonden, is het misgegaan. Niet alleen tussen Suze en mij, maar alles. Ik draaide door. Ik vloog uit de bocht. Ik wilde zo graag sterrenstylist worden dat ik even de weg kwijt was. Ik kan nauwelijks geloven dat ik gisteravond nog op de rode loper stond bij een première en opeens besefte hoe graag ik níét de bioscoop in wilde met alle beroemdheden. Het voelt alsof ik in een zeepbel heb geleefd die nu geknapt is.

Luke snapt het wel. We hebben gisteren een lang gesprek gehad en veel dingen uitgepraat. Wat mij in Hollywood is overkomen, was bizar, zei hij. Ik werd van de ene op de andere dag beroemd, zonder dat ik erop aan had gestuurd, en daardoor raakte ik van de wijs. Mijn vrienden en familie zullen het me niet eeuwig blijven nadragen, zei hij. Ze zullen het me wel vergeven.

Nou, misschien heeft hij het me vergeven, maar Suze niet.

Het ergste is nog wel dat ik gisteravond dacht dat het allemaal was bijgelegd. Suze stond daar en smeekte me mee te gaan op deze tocht, en ik beloofde haar dat ik alles zou laten vallen. Ze huilde en zei dat ze me had gemist en ik was ontzettend opgelucht, maar nu we zijn vertrokken, is alles anders. Ze gedraagt zich alsof ze me er niet bij wil hebben. Ze wil er niet over praten; ze straalt alleen vijandigheid uit.

Ik bedoel, ik weet wel dat ze ongerust is om Tarkie, ik weet dat ik haar een beetje moet ontzien, alleen... Het is zo moeilijk.

'Het zal wel,' zegt Suze bits. Zonder me aan te kijken loopt ze terug naar de tafel. Als ik daar ook aankom, kijkt Alicia Billenkont op en laat haar minachtende blik over me heen glijden. Ik kan er nog steeds niet bij dat zij ook is meegegaan. Alicia Billington, mijn minst favoriete persoon van de wereld.

Alicia Merrelle, zou ik moeten zeggen. Zo heet ze tegenwoordig, sinds haar huwelijk met Wilton Merrelle, de oprichter van het fameuze yoga- en afkickcentrum Golden Peace. Het is een gigantisch complex met allerlei soorten lessen en een cadeauwinkel, en ik was een van de grootste fans. Nou ja, we kwamen er allemaal graag. Totdat Tarkie er continu naartoe ging om bij Bryce te zijn en tegen Suze zei dat ze een negatieve invloed op hem had en eerlijk gezegd een beetje raar begon te worden. (Een beetje raarder, zou ik beter kunnen zeggen. Hij is nooit echt doorsnee geweest, die goeie ouwe Tarkie.)

Alicia was degene die ontdekte dat ze naar Las Vegas gingen. Alicia was degene die een koeler vol kokoswater bij zich had voor in de camper. Alicia is momenteel een heldin, maar ik ben nog steeds op mijn hoede voor haar. Alicia is mijn aartsvijandin, al sinds ik haar voor het eerst zag, jaren geleden, toen ik nog single was. Ze heeft geprobeerd mijn leven te verzieken, ze heeft geprobeerd Lukes leven te verzieken, ze heeft geen kans voorbij laten gaan om me te vernederen en ze heeft me het gevoel gegeven dat ik klein en stom was. Nu zegt ze dat dat allemaal achter ons ligt, dat we het moeten vergeten en dat zij verder is gegaan met haar leven, maar sorry, ik kan haar niet vertrouwen, ik kan het gewoon niet.

'Ik zat te denken,' zeg ik, naar ik hoop op zakelijke toon, 'dat we een echt plan moeten maken.' Ik pak een pen en een notitieboekje uit mijn tas, schrijf met grote letters PLAN en leg het boekje zo op tafel dat iedereen het kan zien. 'Zullen we de feiten op een rijtje zetten?'

'Je vader heeft de andere twee meegesleept op de een of andere missie die iets te maken heeft met zijn verleden,' zegt Suze, 'maar jij weet niet wat, want je hebt het hem niet gevraagd.' Bij de laatste woorden werpt ze me de bekende verwijtende blik toe.

'Weet ik,' zeg ik deemoedig. 'Het spijt me.'

Ik had meer met mijn vader moeten praten. Als ik de tijd terug kon draaien, zou ik alles anders doen, natuurlijk zou ik het anders doen, vanzelfsprekend. Maar dat kan ik niet. Het enige wat ik kan doen, is proberen het nu goed te maken.

'Laten we op een rijtje zetten wat we wél weten,' zeg ik in een poging positief te blijven. 'Graham Bloomwood is in 1972 naar de Verenigde Staten gegaan. Hij reisde rond met drie Amerikaanse vrienden: Brent, Corey en Raymond. En ze volgden déze route.' Ik pak paps kaart, vouw hem open en leg hem met een zwierig gebaar op tafel. 'Bewijsstuk A.'

We kijken allemaal voor de miljoenste keer naar de kaart. Het is een simpele wegenkaart, oud en vergeeld, waar met rode balpen een route op is aangegeven. In feite hebben we er weinig aan, maar we kijken er allemaal aandachtig naar, je weet maar nooit. Ik heb paps kamer doorzocht nadat hij met Tarkie was verdwenen, en dit is alles wat ik heb gevonden, afgezien van een oud tijdschrift.

'Dus, misschien volgen ze deze route,' zegt Suze, die nog steeds naar de kaart tuurt. 'LA… Las Vegas… Kijk, ze zijn naar de Grand Canyon gegaan…'

'Maar misschien volgen ze die route ook niet,' zeg ik snel, voordat ze kan concluderen dat pap en Tarkie op de bodem van de Grand Canyon liggen en we er onmiddellijk met een helikopter naartoe moeten.

'Is jouw vader zo iemand die op zijn schreden terugkeert?' zegt Alicia. 'Ik denk dat ik eigenlijk bedoel: is hij redactief?'

Redactief? Wat is dat?

'Tja.' Ik kuch. 'Soms. Misschien.'

Alicia blijft me maar van die moeilijke vragen stellen. En dan knippert ze in stille triomf met haar ogen naar me, alsof ze wil zeggen: je snapt het niet, hè?

Daar komt nog bij dat ik griezel van die zachte, serene manier van praten van haar. Alicia heeft haar stijl compleet omgegooid sinds ze een bazig pr-meisje in Londen was. Ze draagt yogabroeken en een lage paardenstaart in haar haar, en haar conversatie is doorspekt met newage-achtige uitdrukkingen, maar ze doet nog net zo neerbuigend als altijd.

'Soms keert hij op zijn schreden terug, soms niet,' improviseer ik. 'Het hangt er maar van af.'

'Bex, je moet meer informatie hebben,' zegt Suze korzelig. 'Vertel nog eens over dat woonwagenkamp. Misschien heb je iets over het hoofd gezien.'

Ik begin gehoorzaam: 'Pap wilde dat ik zijn oude vriend Brent ging opzoeken. Toen ik het adres vond, bleek het in een woonwagenkamp te zijn en was Brent net op straat gezet.'

Terwijl ik praat, begin ik te gloeien en ik neem een slokje water. Daar ben ik het ergst de mist in gegaan. Pap vroeg me telkens of ik Brent wilde opzoeken en ik bleef het maar uitstellen omdat... nou ja, omdat het leven zo opwindend was en het een saai papsklusje leek. Maar als ik het gewoon had gedaan, als ik er eerder was aangekomen, had pap misschien met Brent kunnen praten vóórdat hij uit zijn woonwagen werd gezet. Misschien was Brent er dan niet vandoor gegaan. Misschien was alles dan anders gelopen.

'Pap kon het niet geloven,' vervolg ik, 'want hij had verwacht dat Brent rijk zou zijn.'

'Waarom?' onderbreekt Suze me. 'Waarom dacht hij dat Brent rijk zou zijn? Hij had hem toch heel lang niet gezien? Veertig jaar of zo?'

'Ik weet het niet. Maar hij verwachtte dat Brent in een villa zou wonen.'

'Dus vloog je vader naar LA en ging naar Brent.'

'Ja. Het moet in het woonwagenpark zijn geweest. Ze schijnen iets te hebben "uitgevochten".'

'En dat heb je van Brents dochter gehoord.' Ze wacht even en zegt dan: 'Rebecca.'

We zwijgen allebei. Dit is het meest bizarre deel van het verhaal. Ik neem het in gedachten door, voor de zoveelste keer. Ik trof Brents dochter in de deuropening van de woonwagen. Ik voelde de vijandigheid van haar afslaan als de hitte van een zondoorstoofde asfaltweg. Ik keek niet-begrijpend terug en dacht: wat heb ik jou ooit misdaan? En toen die onbegrijpelijke uitspraak: 'We heten allemaal Rebecca.' Ik weet nog steeds niet wie ze met 'allemaal' bedoelde. Ze was in elk geval niet van plan het uit te leggen.

'Wat zei ze nog meer?' vraagt Suze ongeduldig.

'Niks! Ze zei: "Als je dat niet weet, ga ik het je niet vertellen."'

'Daar hebben we wat aan.' Suze rolt met haar ogen.

'Tja, nou ja. Ze leek me niet zo te mogen. Ik weet niet waarom.'

Ik zeg er maar niet bij dat ze zei dat ik een 'kakstemmetje' had en dat het laatste wat ze tegen me zei was: 'En nou opzouten, prinsesje.'

'Ze zei niets over Corey.' Suze tikt met haar pen op tafel.

'Nee.'

'Maar Corey is degene die in Las Vegas woont. Dus misschien wil je vader naar hem toe.'

'Ja. Dat denk ik.'

'Dat dénk je?' valt Suze opeens uit. 'Bex, we moeten harde feiten hebben!'

Suze kan wel van me verwachten dat ik alle antwoorden heb, maar mam en ik hebben geen idee hoe die Corey of Raymond van achteren, laat staan dat we meer zouden weten. Mam zegt dat pap het alleen over ze had als hij herinneringen ophaalde aan de reis, wat hij één keer per jaar deed, met Kerstmis, en dan luisterde ze nooit echt. (Ze zei zelfs dat ze minstens een miljoen keer over de verzengende hitte in Death Valley had gehoord, en waarom waren ze niet lekker in een zwembad gaan liggen?)

Ik heb 'corey las vegas', 'corey graham bloomwood', 'corey brent' en alles wat ik verder maar kon verzinnen gegoogeld. Het probleem is dat het in Las Vegas krioelt van de Coreys.

'Oké,' besluit Alicia haar telefoongesprek. 'Toch bedankt.'

Alicia belt iedereen die ze kent om erachter te komen of Bryce aan iemand heeft verteld waar hij zit in Las Vegas, maar tot nog toe weet niemand iets.

'Weer niets?'

'Nee.' Ze zucht diep. 'Suze, ik heb het gevoel dat ik niet genoeg voor je doe.'

'Je doet wél genoeg voor me,' zegt Suze prompt, en ze pakt Alicia's hand. 'Je bent een engel.'

Ze doen allebei alsof ik er niet ben. Misschien is het sowieso beter om even pauze te nemen. Ik dwing mezelf vriendelijk te glimlachen en zeg: 'Ik ga even de benen strekken. Er schijnt hier achter een kinderboerderij te zijn. Willen jullie de Belgische wafels met stroop voor me bestellen? En een paar pannenkoeken voor Minnie en een aardbeienmilkshake. Kom op, schattebout.' Ik pak Minnies handje en voel me meteen getroost. Minnie houdt tenminste onvoorwaardelijk van me.

(Dat zal ze althans doen tot ze dertien is en ik tegen haar zeg dat ze geen microminirok aan mag naar school en dan zal ze me meer dan wie ook ter wereld haten.)

(O, god, dat is al over elf jaar. Waarom kan ze niet gewoon eeuwig tweeënhalf blijven?)

3

Op weg naar de achteruitgang van het restaurant zie ik mam en Janice uit de dames-wc's komen. Janice heeft een zonnebril met een wit montuur op haar hoofd en Minnie zucht als ze hem ziet.

'Die is mooi!' formuleert ze met zorg, en ze wijst. 'Bief?'

'Lieverdje,' zegt Janice. 'Wil jij mijn zonnebril?'

'Janice!' roep ik vol afgrijzen uit als ze Minnie de zonnebril geeft. 'Dat moet je niet doen!'

'O, geeft niks,' zegt Janice, en ze grinnikt. 'Ik heb er honderden.'

Ik moet toegeven dat Minnie er aanbiddelijk uitziet met die bovenmaatse zonnebril op, maar ik kan haar er niet mee laten wegkomen.

'Minnie,' zeg ik streng, 'je hebt geen dankjewel gezegd. En je mag niet om dingen vragen. Wat moet die arme Janice nou? Ze heeft geen zonnebril meer!'

De zonnebril glijdt van Minnies neus. Ze houdt hem tegen en denkt diep na.

'Dank je,' zegt ze ten slotte. 'Dank je wel, Dennis.' ('Janice' is nog net iets te moeilijk voor haar.) Ze steekt haar handjes op, trekt de speld met de roze geblokte strik uit haar haar en geeft hem aan Janice. 'Dennis trik.'

'Schatje toch.' Ik giechel tegen wil en dank. 'Janice draagt geen strikken.'

'Onzin!' zegt Janice. 'Heel lief van je, Minnie, dank je wel.'

Ze speldt de strik boven op haar hoofd, als een ongerijmde kroon op haar grijze haar, en ik word opeens overspoeld door genegenheid.

Ik ken Janice al een eeuwigheid en ze is een beetje raar, maar moet je haar nou zien. Ze heeft alles uit haar handen laten vallen en is naar LA gevlogen, alleen maar om mam te steunen. Ze vermaakt ons allemaal met haar verhalen over haar cursus bloemschikken en is vriendelijk, opgewekt gezelschap. (Behalve wanneer ze in verboden middelen handelt, uiteraard.)

'Bedankt dat je bent gekomen, Janice,' zeg ik in een opwelling, en ik knuffel haar zo goed als ik kan, in aanmerking genomen dat haar 'veilige' geldriem naar voren steekt als de buik van een zwangere vrouw. Mam en zij hebben hetzelfde model, en als je het mij vraagt, zien ze eruit alsof ze naar de boeven roepen: HIER HOPEN POEN. Maar dat zeg ik niet tegen mam, want die is al gestrest genoeg.

'Mam...' Ik geef haar ook een knuffel. 'Geen zorgen. Ik weet zeker dat het goed gaat met pap.'

Maar haar schouders staan strak en ze knuffelt me niet echt terug. 'Dat kun je nou wel zeggen, Becky,' zegt ze geagiteerd, 'maar al die raadsels en geheimen, daar heb je geen zin meer in, op mijn leeftijd.'

'Weet ik toch,' zeg ik sussend.

'Pap wilde je niet Rebecca noemen, weet je. Ík vond het een mooie naam.'

'Weet ik toch,' zeg ik weer.

We hebben dit gesprek nu een keer of twintig gevoerd. Het was zo ongeveer het eerste wat ik mam vroeg toen ik haar zag: 'Waarom hebben jullie mij Rebecca genoemd?'

'Naar het boek, je weet wel,' vervolgt mam. 'Dat boek van Daphne du Maurier.'

'Ja.' Ik knik geduldig.

'Maar pap was ertegen. Hij stelde Henrietta voor.' Mams onderlip begint te trillen.

'Henriétta.' Ik trek mijn neus op. Ik ben zó geen Henrietta!

'Maar waaróm vond hij Rebecca geen goede naam?' Mams stem schiet schril omhoog.

Mam speelt met haar parelketting en het is stil, op het tikkende geluid van de parels na. Ik kijk naar haar bevende, onrustige vingers en voel een steek. Dat parelsnoer heeft ze van pap gekregen. Het is antiek, uit 1895, en ik heb haar geholpen het uit te kiezen in de winkel, ze was zo opgewonden en blij. Pap koopt elk jaar iets moois voor ons van zijn DB – zo noemen we zijn Dikke Bonus.

Eigenlijk is mijn vader best bijzonder. Hij krijgt nog steeds een DB, ook al is hij nu met pensioen, alleen maar voor wat verzekeringsadviezen. Luke zegt dat hij heel indrukwekkende, specialistische kennis moet hebben om zulke hoge honoraria te kunnen bedingen, maar hij is heel bescheiden en pocht er nooit op. Hij besteedt het altijd aan cadeautjes voor ons en een leuke lunch om het te vieren in Londen. Zo'n soort man is pap. Hij is royaal. Hij is liefdevol. Hij geeft om zijn gezin. Wat er nu gebeurt is helemaal niets voor hem.

Ik pak voorzichtig mams hand en maak haar vingers los van de parels.

'Straks trek je je ketting nog stuk,' zeg ik. 'Mam, probeer alsjeblíéft niet zo te tobben.'

'Kom op, Jane.' Janice pakt sussend mams arm. 'Laten we gaan zitten, een hapje eten. Het is hier koffiedrinken tot je niet meer kan, weet je,' vervolgt ze terwijl ze weglopen. 'Ze komen met een pot langs en vullen je kop bij wanneer je maar wilt! Onbeperkt! Wat een goed systeem. Stukken beter dan al die lattes en grandaccino's...'

Terwijl mam en zij in het restaurant verdwijnen, pak ik Minnies hand en loop door naar de achteruitgang van het wegrestaurant. Zodra ik de buitenlucht in stap, voel ik me beter, ondanks de verzengende zon. Ik moest even weg. Iedereen is zo gespannen en prikkelbaar. Wat ik eigenlijk zou willen, is er met Suze voor gaan zitten en eens echt praten, maar dat lukt niet met Alicia erbij...

Ooh, moet je zien.

Ik blijf als aan de grond genageld staan. Niet vanwege de 'kinderboerderij', die uit drie mottige geiten in een hok bestaat, maar vanwege een bord met het opschrift BRADERIE. Misschien moet ik iets gaan kopen om mezelf op te monteren. Mezelf oppeppen en tegelijk de plaatselijke economie steunen. Ja. Dat ga ik doen.

Er staan een stuk of vijf kramen met handwerk, kleding en siervoorwerpen. Ik zie een magere meid op hooggehakte suède laarzen een mandje volgooien met kettingen terwijl ze naar de man in de kraam kraait: 'Geweldig! Ik ben in één keer klaar met mijn kerstinkopen!'

Als ik dichterbij kom, schrik ik van een grijs oud vrouwtje dat opeens vanachter een kraam opduikt. Haar gezicht is zo bruin en gerimpeld dat het van stokoud, generfd hout zou kunnen zijn, of van handgeklopt leer. Ze heeft een cowboyhoed op met een koord onder de kin, ze mist een tand en haar geruite rok ziet eruit alsof hij honderd jaar oud is.

'Ben je met vakantie?' vraagt ze terwijl ik leren tassen begin te bekijken.

'Zoiets... Of nee, niet echt,' zeg ik eerlijk. 'Ik ben op reis. We zoeken iemand, eigenlijk. We proberen hem op te sporen.'

'Een klopjacht.' Ze knikt alsof het heel normaal is. 'Mijn opa was premiejager.'

Premiejager? Ik heb nog nooit zoiets cools gehoord. Stel je voor dat je premiejager bent! Ik zie prompt een visitekaartje voor me, misschien met een cowboyhoedje in de hoek.

REBECCA BRANDON
PREMIEJAGER

'Ik zal ook wel een soort premiejager zijn,' flap ik er nonchalant uit. 'U weet wel. In zekere zin.'

Wat ergens wel waar is. Ik jaag tenslotte op mensen, nietwaar? Nou, dan ben ik toch ook een soort premiejager? 'Dus, hebt u tips voor me?' vraag ik.

'O, genoeg,' zegt ze met haar krassende stem. 'Mijn opa zei altijd: jaag ze niet op, maar haal ze binnen.'

'"Jaag ze niet op, maar haal ze binnen"?' zeg ik haar na. 'Wat houdt dat in?'

'Dat houdt in dat je slim moet zijn. Niet achter een bewegend doelwit aan gaan rennen. Zoek de vrienden. Zoek de familie.' Opeens tovert ze een diepbruin leren buideltje tevoorschijn. 'Ik heb hier een mooie holster voor u, dame. Handgestikt.'

Een holster?

Een holster, zoals... voor een pistool?

'O,' zeg ik verbouwereerd. 'Aha! Een holster. Wauw. Dat is, eh... schitterend. Het enige kleine bezwaar is...' ik kuch gegeneerd '... dat ik geen pistool heb.'

'Heb jij geeneens een pistool?' Ze lijkt er steil van achterover te slaan.

Nu voel ik me echt een suffe muts. Ik heb zelfs nog nooit een pistool in mijn handen gehad, laat staan dat ik er een zou willen hebben, maar misschien moet ik er meer voor openstaan. Ik bedoel, zo gaat dat hier in het Wilde Westen, toch? Je hebt je hoed, je hebt je laarzen, je hebt je pistool. Waarschijnlijk lopen de meiden hier tijdens het flaneren elkaars wapens te taxeren zoals ik naar Hermès-tassen kijk.

'Op dit moment even niet,' verduidelijk ik. 'Niet echt bij me. Maar zodra ik er weer een heb, kom ik een holster kopen.'

Ik loop weg en vraag me af of ik niet even snel schietlessen moet nemen, een wapenvergunning halen en een Gluck kopen. Of is het een Glock? Of een Smith and Wie-ook-alweer. Ik weet niet eens wat het coolste wapen is. Er zou een vuurwapen-*Vogue* moeten zijn.

Ik kom bij de volgende kraam, waar de magere meid haar tweede mand staat vol te laden.

Ze kijkt naar me op. 'Hé,' zegt ze vriendelijk. 'Die sjaals gaan voor de helft weg.'

'Sommige zijn wel vijfenzeventig procent afgeprijsd,' bemoeit de kraamhoudster zich ermee. Ze heeft een grijzende vlecht met linten eromheen gewonden, wat er fantastisch uitziet. 'Ik ben een beetje aan het opruimen.'

'Wauw.' Ik pak een sjaal en schud hem open. Hij is van superzachte wol, met prachtige geborduurde vogels erop, en het is een koopje.

'Ik koop er twee voor mijn moeder en twee voor mezelf,' zegt de magere meid op een toon alsof ze me al jaren kent. 'En moet je die ceintuurs zien.' Ze gebaart naar een andere kraam. 'Ik heb zoiets van, je hebt nooit genoeg ceintuurs, zeg maar.'

'Zeker weten,' beaam ik. 'Ceintuurs zijn heel belangrijk.'

'Ja toch?' Ze knikt enthousiast en richt zich tot de kraamhoudster. 'Mag ik nog een mandje? En kan ik met een creditcard betalen?'

Terwijl de kraamhoudster haar betaalautomaat pakt, bekijk ik nog een paar sjaals, maar het is gek: misschien ben ik niet in een sjaalstemming of zo, want hoewel ik kan zien hoe schitterend ze zijn, heb ik geen zin om ze te kopen. Alsof ik naar een trolley met verrukkelijke desserts kijk, maar geen trek meer heb.

Ik loop dus maar naar de ceintuurkraam en bekijk het aanbod.

Ik bedoel, ze zijn echt mooi gemaakt. Ze hebben lekker zware gespen en de kleuren zijn goed. Ik heb er niets op aan te merken. Ik heb alleen geen zin om ze te kopen. Ik word zelfs een beetje misselijk als ik eraan denk. Wat merkwaardig is.

De magere meid heeft vijf manden met spullen op een rij gezet en rommelt in haar Michael Kors-tas. 'Ik wist zeker dat er nog wat op die creditcard stond,' zegt ze tobberig. 'Ik heb er nog wel een... O, shit!' Ze laat haar tas vallen en bukt zich om de inhoud bij elkaar te rapen. Net als ik haar wil helpen, hoor ik mijn naam.

'Bex!' Ik kijk om en zie Suze in de achterdeur van het restaurant staan. 'Het eten is er...' Ze breekt haar zin af en laat haar blik over de rij van vijf mandjes glijden. 'O, dacht ik het niet? Je bent aan het shoppen. Hoe kan het ook anders?'

Ze klinkt zo afkeurend dat ik het bloed naar mijn wangen voel stijgen, maar ik beantwoord haar blik zwijgend. Het heeft geen zin om iets te zeggen. Wie een hond wil slaan, kan altijd wel een stok vinden. Suze draait zich om en loopt weer naar binnen en ik laat mijn ingehouden adem ontsnappen.

'Kom op, Minnie.' Ik probeer luchtig te klinken. 'We moesten maar eens gaan ontbijten. Je krijgt zelfs een milkshake.'

'Mikkejee!' juicht Minnie. 'Van een koe,' legt ze me uit. 'Een chocokoe?'

'Nee, het is een aardbeienkoe vandaag,' zeg ik, en ik kietel haar onder haar kin.

Oké. Ik weet wel dat we Minnie een keer moeten uitleggen hoe het met die koeien zit, maar ik kan het nog niet over mijn hart verkrijgen. Het is zo aandoenlijk. Ze denkt echt dat er choco-, vanille- en aardbeienkoeien zijn.

'Een echte aardbeiensmulkoe,' hoor ik Luke zeggen, en als ik opkijk, zie ik hem naar buiten komen. 'Het eten staat klaar.' Hij geeft me een knipoog.

'Dank je. We komen eraan.'

'Zwieren?' vraagt Minnie met een hoopvol gezichtje, en Luke schiet in de lach.

'Kom op dan maar, scheetje.'

We lopen een paar minuten rond, Minnie tussen ons in heen en weer zwaaiend.

'Hoe staat het ermee?' vraagt Luke me over Minnies hoofd heen. 'Je was zo stil in de camper.'

'O,' zeg ik, van de wijs gebracht door het feit dat hij het zelfs maar heeft opgemerkt. 'Tja, ik zat gewoon, nou ja. Te denken.'

Het is niet helemaal waar. Ik ben stil omdat ik niemand heb om mee te praten. Suze en Alicia hebben genoeg aan elkaar; mam en Janice hebben genoeg aan elkaar. Ik heb alleen Minnie, maar die zat *Enchanted* te kijken en was niet los te weken van haar iPad.

Ik bedoel, ik heb mijn best wel gedaan. Toen we uit Los Angeles vertrokken, ben ik bij Suze gaan zitten, maar toen ik haar een knuffel wilde geven, verstijfde ze en keek de andere kant op. Ik voelde me zo stom dat ik maar snel naar mijn eigen stoel terug vluchtte en deed alsof ik geboeid naar het uitzicht keek.

Maar daar wil ik nu niet over beginnen. Ik ga Luke niet met mijn problemen opzadelen. Hij is mijn held; het minste wat ik terug kan doen, is hem niet lastigvallen met mijn stomme zorgen. Ik stel me waardig en discreet op, zoals het een echtgenote betaamt. 'Dank je wel dat je met ons mee bent gegaan,' zeg ik. 'Dank je wel dat je dit doet. Ik weet dat je het ontzettend druk hebt.'

'Ik was niet van plan jou alleen met Suze de woestijn in te laten rijden,' zegt hij met een lach.

Die overhaaste tocht naar Las Vegas was Suzes idee; Alicia en zij waren ervan overtuigd dat ze Bryce snel zouden kunnen opsporen. Maar dat is ze nog niet gelukt, en nu zijn we halverwege. Zonder hotelreservering of plan of wat dan ook...

Ik bedoel, neem maar van mij aan dat ik er helemaal vóór ben om overhaast op stap te gaan, maar zelfs ik kan wel zien dat dit allemaal een beetje maf is. Alleen wil ik niet degene zijn die het zegt, want dan bijt Suze mijn kop eraf. Bij de gedachte aan Suze word ik weer overweldigd door verdriet, en opeens kan ik het niet meer binnenhouden. Ik zal me een andere keer waardig en discreet moeten opstellen.

'Luke, ik denk dat ik haar kwijtraak,' gooi ik eruit. 'Ze kijkt niet meer naar me, zegt niets meer tegen me...'

'Wie, Suze?' Lukes gezicht betrekt even. 'Dat was me al opgevallen.'

'Ik mag Suze niet kwijtraken,' zeg ik beverig. 'Dat mag niet. Ze is mijn drie-uur-'s nachts-vriendin!'

'Je wát?' zegt Luke niet-begrijpend.

'Je weet wel. De vriendin die je om drie uur 's nachts mag bellen als er iets met je is, en die dan meteen komt, geen punt. Zoals Janice mams drie-uur-'s nachts-vriendin is, en Gary jouw drie-uur-'s-nachts-vriend...'

'Oké, ik snap het,' zegt Luke knikkend.

Gary is de trouwste vriend van de wereld. En hij heeft alles voor Luke over. Hij zou als een speer naar Luke toe komen om drie uur 's nachts, en Luke ook naar hem. Ik dacht dat Suze en ik voor eeuwig vriendinnen waren.

'Als ik nu om drie uur 's nachts in de nesten zat, weet ik niet of ik Suze zou kunnen bellen.' Ik kijk triest naar Luke op. 'Ik denk dat ze op zou hangen.'

'Onzin,' zegt Luke resoluut. 'Suze is nog net zo dol op je als altijd.'

'Niet waar.' Ik schud mijn hoofd. 'Ik bedoel, ik neem het haar niet kwalijk of zo, dit is allemaal mijn schuld...'

'Welnee,' zegt Luke met een verbaasd lachje. 'Waar heb je het over?'

Ik kijk hem verbijsterd aan. Hoe kan hij het vragen?

'Natuurlijk is het mijn schuld! Als ik eerder naar Brent was gegaan, zoals ik had beloofd, hadden we hier nu niet gezeten.'

'Becky, dit is níét allemaal jouw schuld,' gaat Luke er gedecideerd tegenin. 'Je weet niet wat er gebeurd zou zijn als je meteen naar Brent was gegaan. En trouwens, je vader en Tarquin zijn allebei volwassen kerels. Je hebt jezelf niets te verwijten, oké?'

Ik hoor wat hij zegt, maar hij heeft het mis. Hij begrijpt het niet.

'Tja, maar toch.' Ik slaak een diepe zucht. 'Suze heeft alleen oog voor Alicia.'

'Je beseft toch wel dat Alicia je zit te stangen?' zegt Luke, en hij klinkt zo zeker van zijn zaak dat ik verbluft mijn hoofd optil.

'Echt?'

'Het ligt er dik bovenop. Ze kletst maar wat, die meid. "Redactief" is helemaal geen woord.'

'Echt niet?' Ik fleur er helemaal van op. 'Ik dacht dat ik gewoon stom was.'

'Stom? Jij bent niet stom.' Luke laat Minnies hand los, trekt me naar zich toe en kijkt me recht in de ogen. 'Hopeloos als het op parkeren aankomt, misschien, maar stom? Nooit. Becky, trek je niets van die heks aan.'

'Weet je wat ik denk?' Ik ga zachter praten, al is er niemand binnen gehoorsafstand. 'Ze voert iets in haar schild. Alicia, bedoel ik.'

'Zoals?'

'Dat weet ik nog niet,' geef ik toe, 'maar daar kom ik wel achter.'

Luke trekt zijn wenkbrauwen op. 'Ik zeg alleen: wees voorzichtig. Suze is nogal gevoelig op het moment.'

'Weet ik. Dat hoef jij me niet te vertellen.'

Luke slaat zijn armen om me heen en houdt me stevig vast, en ik ontspan een beetje. Ik ben eigenlijk best moe.

'Kom op, we gaan naar binnen,' zegt hij na een tijdje. 'Trouwens, volgens mij is Janice genept,' vervolgt hij terwijl we naar het restaurant lopen. 'Die tabletten? Ik heb de werkzame stof opgezocht, en het is aspirine met een dure Latijnse naam.'

'Dat méén je niet.' Ik zie weer voor me hoe Janice als een gek die tabletten in de woestijn verstrooide en barst bijna in lachen uit. 'Zullen we haar dat maar niet vertellen?'

Onze tafel in het restaurant staat vol eten, al lijkt niemand er een hap van te nemen behalve Janice, die roerei naar binnen zit te schrokken. Mam roert verwoed in haar koffie, Suze knaagt aan haar duimnagel (wat ze altijd doet als ze gestrest is) en Alicia strooit het een of andere groene poeder in een beker. Het zal wel iets weerzinwekkend gezonds zijn.

'Hallo allemaal,' zeg ik, en ik schuif op mijn stoel. 'Smaakt het?'

'We proberen te denken,' grauwt Suze. 'Niemand denkt hard genoeg na.'

Alicia fluistert iets in haar oor, Suze knikt en ze werpen allebei een zijdelingse blik op me. Een verschrikkelijk moment lang voelt het alsof ik weer op school zit en de gemene meiden allemaal naar mijn gymkleren wijzen. (Ik moest de oude gymkleren blijven dragen van mam, lang nadat iedereen de nieuwe had gekocht, omdat ze het afzetterij vond. Ik bedoel, ik neem het haar niet kwalijk, maar ik werd wel uitgelachen, elke gymles weer.)

Hoe dan ook, ik laat me niet van de wijs brengen. Ik ben een volwassen vrouw en ik heb een taak. Ik neem een hap van mijn Belgische wafel, trek paps kaart weer naar me toe en kijk ernaar tot de lijnen wazig worden. De woorden van die wijze oude vrouw weergalmen nog in mijn hoofd: *zoek de vrienden. Zoek de familie.*

Wat het raadsel ook is, het draait allemaal om die vier vrienden. Laten we dus bij het begin beginnen. Corey is de vriend in Las Vegas. Hij is ons belangrijkste aanknopingspunt. We moeten hem opsporen. Slimmer zijn. Maar hoe?

Ik moet meer weten dan ik zelf besef, zeg ik streng tegen mezelf. Dat móét. Ik moet gewoon harder nadenken. Ik knijp mijn ogen stijf dicht en probeer mezelf terug te sturen in de tijd. Het is Kerstmis. Ik zit bij het haardvuur in ons huis in Oxshott. Ik ruik de chocoladesinaasappel op mijn schoot. Pap heeft zijn oude kaart op de salontafel uitgespreid en haalt herinneringen op aan zijn Amerikaanse reis. Ik hoor zijn stem weer, in losse flarden van herinneringen.

'... en toen sloeg het vuur om zich heen; ik kan je zeggen dat dat geen lolletje was...'

'... "zo koppig als een ezel", zeggen ze, en ik weet waarom: dat rotbeest weigerde pertinent de canyon in te gaan...'

'... we bleven tot diep in de nacht buiten zitten, en dan dronken we het plaatselijke bier...'

'... Brent en Corey waren slimme jongens, die hadden natuurkunde gestudeerd...'

'... bespraken ze hun theorieën en noteerden ze hun ideeën...'

'... Corey was degene met het geld natuurlijk, kwam uit een rijke familie...'

'... er gaat niets boven kamperen in de vrije natuur en de zon zien opkomen...'

'... we waren de auto bijna kwijtgeraakt in een ravijn omdat Raymond niet wilde toegeven...'

'... Corey schetste erop los; hij was een echte kunstenaar, nog los van al het andere...'

Wacht eens even.

Corey was een echte kunstenaar. Dat was ik vergeten. En er was nog iets met Corey en zijn kunst. Wat was het? Wat wás het...?

Toevallig kan ik mijn brein heel goed de baas. Mijn brein kan creditcardnota's vergeten als ik dat wil, en het kan ruzies laten vervagen en het kan de zonzijde van vrijwel elke situatie zien. En nu draag ik het op in het verleden te graven. In al die stoffige spelonken in mijn hoofd die ik nooit eens opruim, en herinneringen op te diepen. Want ik weet zeker dat er nog iets was... Ik weet het gewoon...

Yes!

'... op al zijn tekeningen was een adelaar te zien, als een soort signatuur...'

Mijn ogen vliegen open. Een adelaar. Ik wíst dat er iets was. Nou ja, veel is het niet, maar het is een begin, toch?

Ik pak mijn telefoon, googel 'corey kunstenaar adelaar las vegas' en wacht het resultaat af. Er is iets met het signaal en ik tik ongeduldig op het toetsenbord terwijl ik mijn hersenen pijnig op zoek naar meer informatie. Corey de kunstenaar. Corey het rijkeluiszoontje. Corey de natuurkundige. Waren er nog meer aanwijzingen?

'Ik heb net antwoord gekregen van mijn laatste contactpersoon,' zegt Alicia, die opkijkt van haar telefoon. 'Weer niets. Suze...' Ze zwijgt even. Haar gezicht staat afgetobd. 'Misschien moeten we terug naar LA, nog eens goed nadenken.'

'Het opgeven?' Suzes mondhoeken trekken naar beneden, wat me verontrust. We zijn de woestijn in gescheurd op een golf adrenaline en drama. Als we het nu zomaar opgeven en naar huis gaan, stort Suze in, ben ik bang.

'Laten we het nog niet opgeven,' zeg ik zo optimistisch mogelijk. 'Ik weet zeker dat we wel iets vinden als we maar lang genoeg nadenken...'

'O, weet je dat zeker, Bex?' bijt Suze me toe. 'Dat kun je nou wel zeggen, maar wat draag jij eigenlijk bij? Niets! Wat zit je nu te doen?' Ze gebaart kwaad naar mijn telefoon. 'Je zit zeker weer online te shoppen?'

'Echt niet!' schiet ik in de verdediging. 'Ik ben met mijn eigen onderzoek bezig.'

'Onderzoek? Waarnaar?'

Mijn stomme scherm blijft hangen. Ik druk nog eens op de entertoets, met een prikvinger van ongeduld.

'Luke, jij moet toch invloed hebben!' mengt mam zich in het gesprek. 'Jij kent de premier. Kan hij niet helpen?'

'De premier?' herhaalt Luke perplex.

Opeens loopt mijn scherm vol treffers. En terwijl ik mijn blik erover laat glijden, slaak ik inwendig een juichkreet. Ik heb hem! De Corey van paps rondreis!

> Plaatselijke **kunstenaar Corey** Andrews (...) kenmerkende **adelaar** (...) expositie in de **Las Vegas** Gallery...

Dat móét hem toch zeker wel zijn?

Ik tik snel 'corey andrews' en hou mijn adem in. Even later heb ik een scherm vol treffers. Een Wikipedia-pagina, bedrijfsrapportages, vastgoednieuws, een bedrijf dat Firelight Innovations heet... en telkens wordt dezelfde man genoemd. Corey Andrews uit Las Vegas. Ik heb hem gevonden!

'Of die hoge ome die je kent van de Bank of England,' houdt mam vol.

'Je bedoelt de president van de Bank of England?' zegt Luke na een korte stilte.

'Ja, die! Bel hem op!'

Ik zie Lukes gezicht en moet bijna lachen. Ik geloof dat mam echt van hem verwacht dat hij het hele Britse kabinet hierheen gaat halen om op pap te jagen.

'Ik denk niet dat dat mogelijk is,' zegt Luke beleefd, en hij wendt zich tot Alicia. 'Heb je echt geen aanwijzingen meer?'

'Nee,' zegt Alicia met een zucht. 'Ik denk dat we het voor gezien moeten houden.'

'Ik heb een aanwijzing,' zeg ik nerveus, en iedereen kijkt naar me.

'Jij?' zegt Suze wantrouwig.

'Ik heb de Corey van de rondreis getraceerd. Corey Andrews, heet hij. Mam, komt dat je bekend voor?'

'Corey Andrews.' Mam fronst peinzend haar voorhoofd. 'Ja, het zou Andrews geweest kunnen zijn...' De frons verdwijnt. 'Becky, ik denk dat je hem hebt! Corey Andrews. Hij was de rijke, zei pap altijd. Was hij niet ook kunstenaar?'

'Precies! En hij woont in Las Vegas. Ik heb zijn adres.'

'Goed gedaan, Becky, schat!' zegt Janice, en ik gloei van trots.

'Hoe heb je dat uitgeknobbeld?' vraagt Alicia, die bijna beledigd lijkt.

'Gewoon, eh... je weet wel. Lateraal denken.' Ik reik Luke mijn telefoon aan. 'Hier is de postcode. Laten we gaan.'

Van: wunderwood@ivo.com
Aan: Brandon, Rebecca
Onderwerp: Re: Aanmelding als premiejager

Geachte mevrouw Brandon,

Dank voor uw e-mail. Als u zich wilt aansluiten bij de Internationale Voortvluchtigen Opsporingsorganisatie, kunt u het bijgevoegde formulier ingevuld retourneren en vijfennegentig dollar lidmaatschapsgeld overmaken. U ontvangt dan een legitimatiebewijs, evenals de andere voordelen die op onze website worden opgesomd.

In antwoord op uw vraag moet ik echter zeggen dat wij geen 'Premiejager'-badges of andere 'premiejagersaccessoires' uitgeven.

Wel bieden we inderdaad een beginnerscursus; tot mijn spijt hebben we geen specifieke workshops 'Hoe een vermiste vader op te sporen' of 'Hoe bevriend te blijven met je medepremiejagers'.

Succes met uw onderneming.

Met vriendelijke groet,

Wyatt Underwood,
Ledenmanager
Internationale Voortvluchtigen Opsporingsorganisatie

4

Tijdens de rit naar Coreys adres in Las Vegas is de stemming in de camper bedrukt. Mam en Janice zwijgen. Suze en Alicia zitten tegenover me en praten nog steeds honderduit op gedempte toon. En ik plak stickers met Minnie en denk na over Bryce.

Hij heet voluit Bryce Perry en hij was – is – 'leider persoonlijke groei' bij Golden Peace. Ik kwam hem vaak tegen toen ik er lessen volgde, en wat ik me nu afvraag is: hoe heeft Tarquin in zijn ban kunnen raken? Waarom heeft pap hem gevraagd mee te gaan op de missie? Waarom vertrouwen ze hem allebei? En ik denk dat ik het antwoord weet: Bryce is echt een knappe man.

Wat niets te maken heeft met homoseksualiteit of zo. Bloedmooie mensen hebben gewoon een onweerstaanbare aantrekkingskracht. Zeker mannen met een krachtige kaaklijn, een stoppelbaardje en een indringende blik. Je laat je betoveren en gelooft alles wat ze zeggen. Als ik bijvoorbeeld morgen Will Smith tegen zou komen, en hij zou tegen me zeggen dat hij op de vlucht was voor corrupte regeringsfunctionarissen en dat ik hem moest helpen, maar niets mocht vragen, zou ik elk woord geloven.

Nou, Bryce is net zo. Hij heeft van die hypnotiserende ogen waar je knikkende knietjes van krijgt. Wanneer hij praat, raak je gebiologeerd. Je begint te denken: *Bryce, je hebt helemaal gelijk! In alle opzichten!* Zelfs al vertelt hij je alleen maar hoe laat de yogalessen beginnen.

Suze was onmiskenbaar gevoelig voor de Bryce-magie; ik weet het zeker. Iedereen was er gevoelig voor. En het probleem met Tarquin is dat het tamelijk slecht met hem ging vlak voordat hij Bryce leerde kennen. Hij had ruzie met zijn vader vanwege een gênante zakelijke blunder en hij voelde zich in het algemeen neerslachtig… en daar is Bryce opeens, met zijn strandvolleybalclubje, zijn vriendelijke praatjes en zijn charismatische persoonlijkheid. Het is dus geen wonder dat Tarkie zich door Bryce heeft laten inpakken.

Wat ook geen wonder is, is dat Bryce op Tarkies geld uit is. Als je zo rijk bent als Tarkie, is iedereen op je geld uit. Die arme Tarkie. Hij heeft hopen poen en landgoederen en van alles, maar ik geloof niet dat hij er echt gelukkig van wordt…

'Oké, het is nog een minuut of twintig,' zegt Luke, en ik schrik op uit mijn gedachten. We schrikken trouwens allemaal.

'Twintig minuten?'

'Dan al?'

'Maar we zijn nog niet eens in Las Vegas!'

'Het is aan deze kant van Las Vegas,' zegt Luke turend naar het gps-scherm. 'Zo te zien in een dure buurt. Veel golfclubs.'

'Golf!' jubelt Janice. 'Misschien zijn Graham en zijn vriend aan het golfen! Zou dat kunnen, Jane?'

'Tja, hij mag graag golfen,' zegt mam weifelend. 'Suze, Tarquin golft toch ook, hè?'

'Soms,' zegt Suze net zo weifelend.

'Dat is het dan.' Janice klapt in haar handen. 'Golfen!'

Golfen?

We kijken elkaar allemaal perplex aan. Is pap een golftripje aan het maken? Zijn wij als gekken de woestijn in gesjeesd om hem in een geruite broek op de achttiende green aan te treffen en hem te horen zeggen: 'Mooie bal, Tarquin'?

'Golft Bryce?' vraagt Suze aan Alicia.

'Geen idee,' zegt Alicia. 'Het lijkt me onwaarschijnlijk, maar volgens mij heeft het geen zin om te speculeren tot we er zijn.'

Het is zo'n verstandige, ontnuchterende opmerking dat de opwinding er even door wordt getemperd. We zwijgen dus allemaal tot Luke een brede weg met villa's aan weerszijden in rijdt en zegt: 'Dit is Eagles Landing Lane.'

We kijken allemaal met stomheid geslagen naar buiten. Ik dacht dat Las Vegas een en al lichtjes, hotels en casino's was. Ik had me min of meer voorgesteld dat iedereen continu in hotels woonde, maar er zijn natuurlijk ook huizen. En dit zijn geen gewone huizen, dit zijn paleizen. Ze staan allemaal op enorme lappen grond en ze hebben allemaal torenhoge palmbomen of imposante hekken of zo die lijken te moeten zeggen: *hier woon ik en ik ben heel belangrijk.*

We bereiken nummer 235 en kijken er in stilte naar. Het is het grootste huis in de laan: grijs, met vier torens met kantelen, als een echt prinsessenkasteel. Het ziet eruit alsof Rapunzel uit een raam zou moeten hangen.

'Wat doet Corey ook alweer?' vraagt Luke.

'Hij heeft een researchbedrijf,' zeg ik. 'Hij heeft allemaal octrooien op uitvindingen. En hij heeft ook bergen onroerend goed. Hij doet van alles.'

'Wat voor uitvindingen?'

'Weet ik veel,' zeg ik. 'Het is allemaal wetenschappelijk jargon.'

Ik scrol door mijn treffers en lees er een paar voor. 'Corey Andrews, onderscheiden door het Instituut van Elektrotechnisch Ingenieurs... Corey Andrews afgetreden als voorzitter raad van bestuur van Firelight Innovations... Corey Andrews' groeiende vastgoedimperium... O, wacht. Dit is uit de *Las Vegas Herald*, een paar jaar geleden: Corey Andrews viert zijn vijftigste verjaardag in het Mandarin Oriental met vrienden en zakenrelaties.' Ik kijk ontdaan op. 'Zijn víjftigste? Ik dacht dat hij van dezelfde leeftijd was als pap.'

'Shit.' Luke schakelt de motor uit. 'Zijn we op het verkeerde adres? Is dit de verkeerde Corey?'

'Nou, ik weet het niet,' zeg ik beduusd. 'Want hij is beslist een Corey Andrews die adelaars in zijn schilderijen verwerkt.'

'Zouden er meer kunnen zijn die hetzelfde doen?' oppert Suze.

We denken er zwijgend over na.

‘Daar kunnen we maar op één manier achter komen,’ zegt Luke uiteindelijk. Hij springt de camper uit en we zien hem in de intercom praten. Even later klimt hij weer achter het stuur en zwaaien de hekken open.

‘En?’ vraagt Janice gretig.

‘Ze dachten dat we voor een feest kwamen,’ zegt Luke. ‘Ik heb het niet tegengesproken.’

We rijden over de oprijlaan en een man in grijs linnen pak dirigeert ons naar een parkeerplaats naast een gebouw dat op een vliegtuighangar lijkt. Het is echt een gigantisch terrein, met enorme bomen en overal grote planten in potten. Vanaf de plek waar we staan is het net van een tennisbaan zichtbaar, en er klinkt jazzmuziek uit verborgen speakers. De andere auto’s zijn allemaal glanzende cabrio’s, de meeste met een gepersonaliseerd kenteken. Ik zie DOLLAR 34 en KRYSTLE, en ik zie een verlengde limousine die in tijgerprint is gespoten.

‘Tijgerauto!’ roept Minnie extatisch van blijdschap. ‘Tijgerauto, mammie!’

‘Heel mooi, lieverd,’ zeg ik, een giechel onderdrukkend. ‘Zo, waar gaan we nu naartoe?’ vraag ik aan de anderen. ‘Jullie beseffen toch wel dat we ongenode gasten op het feest zijn?’

‘Ik heb nog nooit van mijn leven zoiets gezien,’ zegt Suze, die grote ogen heeft opgezet.

‘Suze, je hebt een kasteel in Schotland,’ wijs ik haar terecht.

‘Ja, maar niet zó,’ pareert ze. ‘Dit is net een Disney-kasteel! Kijk, er is een heliplatform op het dak!’

De man in het grijze linnen pak komt naar ons toe en neemt ons argwanend op.

‘Bent u hier voor Peytons feestje?’ vraagt hij. ‘Mag ik uw namen?’

Ik moet toegeven dat we er niet zo feestelijk uitzien. We hebben niet eens een cadeautje voor Peyton, wie Peyton ook maar mag zijn.

‘We staan niet op de gastenlijst,’ zegt Luke gladjes, ‘maar we willen Corey Andrews graag zien. Het gaat om een dringende kwestie.’

'Het is een kwestie van leven en dood,' valt mam hem ongeremd bij.

'We komen helemaal uit Oxshott,' vult Janice aan. 'Oxshott in Engeland.'

'We zijn op zoek naar mijn vader,' leg ik uit.

'En mijn man,' zegt Suze, die zich door de groep naar voren wringt. 'Hij wordt vermist en we denken dat Corey er iets van zou kunnen weten.'

De man in het linnen pak lijkt niet te weten hoe hij het heeft.

'Meneer Andrews is momenteel helaas niet beschikbaar,' zegt hij achteruitdeinzend voor Suze. 'Als u me uw contactgegevens wilt geven, zorg ik dat hij ze krijgt...'

'Maar we moeten hem nu zien!' zegt mam vurig.

'We zijn zo weer weg,' zegt Luke.

'Wil tijgerauto rijden!' voegt Minnie er met klem aan toe.

'We bezorgen u geen last,' vervolgt mam gretig. 'Als u gewoon...'

'Wilt u dit alstublieft aan meneer Andrews geven?' zegt een zachte stem achter ons, en we draaien ons allemaal om naar Alicia, die naar voren stapt met in haar uitgestoken hand een Golden Peace-kaartje met het herkenbare glimmende logo, waar ze een paar woorden op heeft gekrabbeld.

De man neemt het kaartje aan en leest het zwijgend. Zijn gezicht klaart op.

'Nee, maar,' zegt hij. 'Ik zal aan meneer Andrews doorgeven dat u er bent.'

Hij loopt weg en we kijken allemaal naar Alicia, die op die irritante manier van haar zelfvoldaan en toch nederig terugkijkt.

'Wat heb je geschreven?' vraag ik streng.

'Gewoon een paar woorden die zouden kunnen helpen, dacht ik,' zegt ze eenvoudigweg.

Ik hoor mam en Janice luid fluisterend vaststellen dat de naam Alicia Merrelle alle deuren in de Verenigde Staten opent en stel je voor hoeveel beroemdheden ze wel niet moet hebben ontmoet in

Golden Peace, niet dat ze er ooit over uit de school zou klappen, want ze is zo'n keurig, discreet meisje.

Een keurig, discreet meisje? Ik heb mam keer op keer uitgelegd hoe het zit met Alicia Billenkont...

Enfin. Laat maar.

Onze vriend in het linnen pak komt binnen de kortste keren terug en loodst ons zwijgend naar het huis... allemaal behalve Luke, die in de camper is gebleven om met Gary te bellen. (Er is een sappige roddel over het congresdiner waar een staatssecretaris bij betrokken is.) Het huis heeft een reusachtige met ijzer beslagen voordeur en even verwacht ik dat er een ophaalbrug naar beneden zal komen, maar in plaats daarvan omzeilen we het hele huis/kasteel/de villa en lopen in ganzenpas tussen een paar onberispelijke heggen door, zoals in de doolhof van Hampton Court, tot we uitkomen op een megagroot gazon met een springkasteel, een tafel vol eten, vijf ziljoen rondrennende kinderen en een banier waarop staat: HOERA, PEYTON 5 JAAR!

Aha. Dus dát is Peyton. Of eigenlijk kun je niet zien wie ze is, want alle kleine meisjes dragen een glanzende prinsessenjurk. Maar je kunt heel goed zien wie Corey is, door de eerbiedige manier waarop de man in het linnen pak naar hem toe loopt en naar ons wijst.

Hij ziet er bijzonder uit, die Corey. Zijn huid is heel glad en gebruind en hij heeft dik, zwart haar en zo te zien geëpileerde wenkbrauwen. Hij ziet er een stuk jonger uit dan pap. Naast hem staat een vrouw die mevrouw Corey wel zal zijn, en als ik naar haar kijk, komt er maar één woord in me op: 'berijpt'. Ze heeft glanzend blond haar en ze draagt een flonkerend topje, een spijkerbroek met studs, glittersandalen, ziljoenen ringen en armbanden en een met edelstenen bezette clip in haar haar. Ze ziet er kortom uit alsof ze een pot glitter over zich heen heeft gekregen. Ze heeft ook grote borsten en een heel diep, gebruind decolleté. Echt diep, bedoel ik. Voor een kinderpartijtje.

Dan komt Corey eindelijk naar ons toe en we kijken elkaar allemaal aan. We hebben niet afgesproken wie het woord gaat doen of wat we gaan zeggen of zo, maar zoals gewoonlijk is Alicia weer haantje de voorste.

'Meneer Andrews,' zegt ze. 'Ik ben Alicia Merrelle.'

'Mevrouw Merrelle.' Corey pakt haar hand. 'Het is me een eer. Wat kan ik voor u doen?'

Van dichtbij ziet hij er niet zo jong uit. Zijn huid staat te strak gespannen, alsof hij te veel plastische chirurgie heeft laten doen. Nu weet ik het echt niet meer. Is dit paps Corey of niet? Net als ik het hem wil vragen, duikt mevrouw Corey naast hem op. Als je haar een katoenen jurk aan zou trekken en al die glimmende oogschaduw van haar gezicht zou vegen, zou ze er waarschijnlijk uitzien als een meisje van drieëntwintig. Misschien is ze ook maar drieëntwintig.

'Schat?' vraagt ze aan Corey. 'Wat is er aan de hand?'

'Ik weet het niet.' Hij lacht. 'Wat ís er aan de hand?' Hij richt zich weer tot zijn vrouw. 'Dit is Alicia Merrelle. De eigenares van Golden Peace. Mijn vrouw, Cyndi.'

Cyndi snakt naar adem en zet grote ogen op. 'Ben jij de eigenares van Golden Peace? Die plek is zo inspirerend! Ik heb jullie dvd, mijn vriendin heeft de retraite gedaan... Wat kunnen we voor jullie doen?'

'We zoeken mijn vader,' zeg ik plompverloren tegen Corey. 'Hij heet Graham Bloomwood en we denken dat u hem van vroeger kent. Tenzij...' voeg ik er aarzelend aan toe, 'er nog een Corey Andrews is die kunstenaar is en adelaars op zijn schilderijen zet?'

Cyndi lacht. 'Er is maar één Corey Andrews, hè, schatje?'

'Super!' zeg ik hoopvol. 'U bent dus in 1972 met mijn vader op reis geweest. Een rondreis. Jullie waren met zijn vieren.'

Iets zegt me dat ik me heb vergaloppeerd. Coreys gezicht beweegt nauwelijks, maar ik zie het in zijn ogen. Een sprankje vijandigheid.

'In 1972?' Cyndi fronst haar voorhoofd. 'Toen moet Corey nog te jong geweest zijn voor een rondreis! Hoe oud was je toen, liefje?'

'Het spijt me, maar ik kan niets voor u doen,' zegt Corey afgemeten. 'Wilt u ons verontschuldigen?'

Hij draait zich om en ik zie de littekentjes achter zijn oren. O, hou op, zeg. Dit is een kwestie van ijdelheid. Daarom ontkent hij dat hij pap kent. Cyndi rent weg om een gevallen kind overeind te helpen, maar voordat Corey zich ook uit de voeten kan maken, pakt mam hem bij zijn arm.

'Mijn man wordt vermist!' zegt ze theatraal. 'U bent onze enige hoop!'

'Hoor eens, het spijt me, maar u móét de goede Corey zijn,' zeg ik gedecideerd. 'Ik weet het zeker. Is mijn vader hier geweest? Hebt u iets van hem gehoord?'

'Dit gesprek is afgelopen.' Hij kijkt me woedend aan.

'Hebt u nog contact met Brent of Raymond?' ga ik stug door. 'Wist u dat Brent in een woonwagen woont? Mijn vader zegt dat hij iets "recht moet zetten". Weet u wat hij bedoelt?'

'Wilt u mijn terrein alstublieft verlaten,' zegt Corey effen. 'Mijn dochter viert haar verjaardag. Het spijt me, maar ik kan niets voor u doen.'

'Kunt u ons dan tenminste Raymonds achternaam geven?'

'Raymond Earle?' zegt Cyndi monter terwijl ze zich weer bij ons voegt. 'Dat is de enige Raymond die ik Corey ooit heb horen noemen.'

Ik kijk naar Corey, die ziedend lijkt te zijn.

'Cyndi, niet met die lui praten,' snauwt hij. 'Ze gaan net weg. Ga terug naar het feest.'

'Cyndi, waar woont Raymond?' vraag ik snel. 'In Albuquerque? Of San Diego? Of in… Milwaukee?'

Ik noem lukraak een paar steden in de hoop haar een antwoord te ontlokken, en het werkt.

'Nou, nee, hij zit toch ergens in de buurt van Tucson?' Ze kijkt onzeker naar Corey. 'Alleen is hij een beetje vreemd, hè, schatje? Een kluizenaar? Ik bedoel, ik hoorde je praten…' Ze krimpt in elkaar onder Coreys blik en doet er het zwijgen toe.

'Dus u hebt nog contact met hem!' Wat is dit frustrerend. We zitten absoluut op het goede spoor, maar als die stomme idioot met zijn plastic kop ons niet wil helpen, komen we niet verder. 'Corey, wat is er in 1972 gebeurd? Waarom is mijn vader op die missie gegaan? Wat is er gebéúrd?'

'Van mijn terrein af, alstublieft,' zegt Corey, die me zijn rug toekeert. 'Ik roep mijn beveiligingsteam. Dit is een besloten verjaardagsfeest.'

'Ik heet Rebecca!' roep ik hem na. 'Zegt dat u iets?'

'O!' roept Cyndi uit. 'Net als je oudste, snoes!'

Corey keert zich weer om en staart me aan met een heel vreemde blik in zijn ogen. Niemand zegt iets. Ik denk zelfs dat iedereen zijn adem inhoudt. Hij heeft ook een dochter die Rebecca heet. Wat is er toch aan de hand?

Dan maakt hij weer rechtsomkeert en beent terug naar het partijtje.

'Nou, leuk jullie gezien te hebben, jongens,' zegt Cyndi onzeker. 'Pak een geschenktasje voor de kleine als je weggaat.'

'O, nee, dat kunnen we niet doen!' zeg ik meteen. 'Die zijn voor jullie gasten.'

'Maar we hebben er veel te veel. Toe, ga je gang.' Ze haast zich achter Corey aan, struikelend op haar hoge hakken. 'Schat, wat is er toch?' hoor ik haar verwonderd vragen.

Even later komt de man in het linnen pak om de hoek van het huis, vergezeld door twee kerels die géén linnen pak dragen, maar een spijkerbroek. Ze hebben allebei een borstelkop en zo'n uitdrukkingsloos gezicht dat zegt: *ik doe gewoon mijn werk*, terwijl ze je tot moes slaan.

Je weet wel. Het is maar een veronderstelling.

'Eh, zullen we gaan?' zeg ik zenuwachtig.

'Mijn hemel,' hijgt Janice. 'Die lui zien er nogal intimiderend uit.'

'Grote bullebakken!' zegt mam verontwaardigd, en opeens zie

ik in een vreselijk visioen hoe ze het tegen die twee opneemt met de moves die ze bij de Oxshottse zelfverdedigingsgroep voor 50+-vrouwen heeft geleerd.

'Mam, we moeten weg,' zeg ik voordat ze op dat idee kan komen.

'Dat vind ik ook,' valt Alicia me bij. 'Meer komen we hier niet te weten.'

'Bedankt!' roep ik naar de borstelkoppen. 'We gaan nu weg. Het feest was super, we pakken alleen ons geschenktasje nog even...'

Ik loods Minnie naar een tafel vol enorme geschenktassen en Cyndi komt terug met een cocktail in haar hand. Ze ziet ons naar de tafel lopen en haast zich naar ons toe.

'Het spijt me van daarnet,' zegt ze ademloos. 'Mijn man kan zo knorrig doen tegen onbekenden. "Liefje! Fleur op!" zeg ik altijd tegen hem.' Ze pakt een met paars lint dichtgebonden tasje en gluurt erin. 'O, goh, hier zit een balletdanseresje in.' Ze geeft het tasje aan Minnie. 'Vind je balletdanseresjes leuk, liefje?'

'Danseres!' gilt Minnie door het dolle heen. 'Dank-voor-da-mooie-fees,' voegt ze er zorgvuldig articulerend aan toe. 'Dank-voor-da-mooie-fees.'

'Je bent een schatje.' Cyndi lacht stralend naar haar. 'Dat Engelse accent!'

'Het is een te gek feest,' zeg ik beleefd.

'Ik heb een heel royale man,' zegt Cyndi ernstig. 'We hebben het goed getroffen. Maar weet je, dat waarderen we ook. We vinden het niet vanzelfsprekend.' Ze knikt naar de tafel. 'Voor elk van die tasjes gaat er ook een naar een kansarm kind.'

'Wauw.' Ik kijk haar verbaasd aan. 'Wat een goed idee.'

'Zo doe ik dat graag. Ik ben niet rijk geboren.' Ze maakt een weids armgebaar dat het kasteel en alles omvat. 'We moeten altijd rekening houden met degenen die minder geluk hebben gehad dan wijzelf. En dat wil ik Peyton meegeven.'

'Wat goed van je,' zeg ik vol bewondering. Ik geloof dat Cyndi meer inhoud heeft dan je op het eerste gezicht zou denken.

'Corey heeft ook zijn eigen charitatieve instelling,' vervolgt ze. 'Hij is een heel ruimhartige, vrijgevige man. Hij denkt altijd aan anderen.' Haar ogen lijken een beetje vochtig te worden. 'Maar dat moet je al hebben opgemerkt bij jullie kennismaking.'

'Eh... zeker weten!' jok ik. 'Nou, leuk je gezien te hebben.'

'Insgelijks! Tot ziens, popje!' Ze geeft een kneepje in Minnies wang. 'Veel succes met alles.'

'O, één dingetje nog,' zeg ik nonchalant voordat we weglopen. 'Wat ik me afvroeg... Weet jij waarom Corey zijn oudste dochter Rebecca heeft genoemd?'

'O, jeetje,' zegt Cyndi gegeneerd. 'Geen idee. Weet je, ze praten eigenlijk niet met elkaar. Ik heb haar nog nooit gezien. Het is best triest, eigenlijk.'

'O.' Ik laat het op me inwerken.

'Ik had haar daarnet ook niet moeten noemen. Corey wil helemaal niet over het verleden praten. Hij zegt dat het ongeluk brengt. Ik heb een keer geprobeerd haar voor Thanksgiving uit te nodigen, maar...' Ze ziet er even diep verslagen uit, maar leeft dan weer op. 'Nou ja. Kan ik jullie nog een hapje eten meegeven voor onderweg?'

5

Dat geschenktasje is absurd royaal.

Het is een halfuur later en we zijn weer bij een wegrestaurant gestopt, nu om te lunchen en ons te beraden. Minnie pakt het tasje op tafel uit en we kijken allemaal met open mond toe. Dat danseresje is nog maar het begin. Er komt ook een DKNY-horloge uit de tas, een Young Versace-hoodie en een paar kaartjes voor het Cirque du Soleil. Vooral Suze ziet het vol afgrijzen aan, want ze heeft het niet zo op geschenktasjes. Ze vindt ze ordinair. (Ze zal het woord nooit in de mond nemen, maar ze legt haar vingers in de knoop en ik weet wat ze denkt. Wanneer zij een kinderfeestje geeft, krijgen de kinderen een ballon en een groot brok zelfgemaakte karamel mee, verpakt in vetvrij papier.)

Minnie trekt een beeldige clutch van Kate Spade uit het tasje, mam en Janice beginnen huizenprijzen in Las Vegas te googelen op hun telefoon om te zien wat Coreys huis waard moet zijn en ik pak snel de clutch van tafel. Ik zal hem voor Minnie bewaren tot ze groot genoeg is om hem te gebruiken (en in de tussentijd zou ik hem een paar keer kunnen lenen).

'Hoe komt hij eigenlijk aan zijn geld?' vraagt Janice. 'Hemeltjelief, dit huis kost zestien miljoen dollar!'

'Vastgoed,' zegt mam vaag.

'Nee, hij is begonnen met octrooien,' vertel ik. 'Technische uitvindingen of weet ik veel. Hij schijnt een speciaal soort veer te hebben ontwikkeld.'

Dat heb ik van pagina 3 van mijn Google-zoektocht, uit een profiel van Corey in *The Wall Street Journal*. Daar stond in dat die veer zijn eerste uitvinding was en dat die hem nog steeds geld oplevert. Hoewel, hoe kun je nou een veer uitvinden? Het is toch niet meer dan opgedraaid metaaldraad?

'Zie je nou, Becky, ik had toch gezegd dat je je best moest doen bij natuurkunde?' zegt mam. 'Kijk, Janice, dit huis heeft twéé zwembaden.'

'Als dat niet vulgair is,' zegt Janice afkeurend, en ze leunt opzij om het te zien. 'Maar wat een uitzicht...'

'Wat ik niet snap, is hoe hij over zijn leeftijd heeft kunnen liegen,' merk ik op. Corey moet van dezelfde leeftijd zijn als mijn vader, maar ik heb online gezocht en niets gevonden wat die zogenaamde 'vijftigste verjaardag' weerspreekt. 'Ik bedoel, je kunt toch niet zomaar een leeftijd voor jezelf prikken? Hoe zit dat met Google?'

'Waarschijnlijk loog hij er al over voordat Google werd uitgevonden,' zegt Janice betweterig. 'Net als Marjorie Willis, weet je nog, Jane? Die trok er om het jaar weer een jaar af.'

'O, die Marjorie!' roept mam verbolgen uit. 'Ze is minstens twee keer vierenvijftig geworden, als het geen drie keer is. Zo doe je dat, lieverd,' richt ze zich tot mij. 'Geleidelijk aan, en jong beginnen.'

'Ja!' zegt Janice knikkend. 'Begin er nu mee, Becky. Het kan je makkelijk tien jaar schelen.'

Moet ik dat doen? Ik was zelf nooit op het idee gekomen om met mijn leeftijd te smokkelen. Trouwens, is het niet verstandiger om je juist ouder voor te doen dan je bent? Dan zegt iedereen: 'Wauw, wat zie jij er geweldig uit voor iemand van drieënnegentig!' terwijl je eigenlijk pas drieënze...

Mijn gedachten worden onderbroken door Luke, die me wenkt. Hij staat bij het raam en heeft een vreemde uitdrukking op zijn gezicht.

'Hoi,' zeg ik als ik bij hem ben. 'Wat is er?' Hij reikt me zonder iets te zeggen zijn telefoon aan.

'Hoor eens, Becky,' zegt pap zonder enige inleiding in mijn oor.

'Wat is dat allemaal voor flauwekul over mam die naar LA is gevlogen?'

Het is de stem van pap. Het is mijn vader. Hij leeft nog. Ik denk dat ik flauw ga vallen, maar ik wil ook juichen.

'Páp!' roep ik ademloos uit. 'O, mijn god, ben je het echt?'

De tranen zijn me in de ogen gesprongen. Ik besef nu pas hoe ongerust ik was. En hoe schuldig ik me voelde. En hoeveel gruwelijke beelden er door mijn hoofd speelden.

'Ik kreeg net een heel warrig bericht binnen op mijn telefoon,' zegt pap. 'Zoals ik al tegen Luke zei, ik wil dat je mam afscheept, oké? Zeg dat ze thuis blijft, in Engeland.'

Dat meent hij toch niet? Heeft hij ook maar enige idee van wat wij doormaken?

'Maar ze is er al! En Janice ook! Pap, we zijn ongerust om je!' De woorden buitelen uit mijn mond. 'En we zijn ongerust om Tarkie, en om...'

'We maken het allemaal prima,' zegt pap korzelig. 'Zeg maar tegen mam dat ze niet moet tobben. Ik blijf maar een paar dagen weg.'

'Maar waar ben je dan? Waar ben je mee bézig?'

'Doet er niet toe,' antwoordt pap kortaf. 'Het is een akkefietje onder vrienden en ik ga ervan uit dat het binnen de kortste keren is opgelost. Probeer intussen je moeder af te leiden.'

'Maar we zijn je aan het zoeken!'

'Nou, hou daar dan mee op, alsjeblieft!' Pap klinkt echt boos. 'Dit is bespottelijk! Mag een mens niet eens meer een privékwestietje oplossen zonder dat hij wordt gevolgd?'

'Maar je hebt mam niet eens verteld wat je ging doen! Je was zomaar weg!'

'Ik heb toch een briefje neergelegd?' zegt pap ongeduldig. 'Je wist dat het goed met me ging. Had dat niet voldoende moeten zijn?'

'Pap, je moet nu meteen met haar praten. Ik geef je even door...'

'Nee!' kapt pap me af. 'Becky, ik probeer een belangrijke opdracht uit te voeren en daar moet ik me volledig op concentreren. Ik kan er nu geen hysterische aanval van een uur van je moeder bij hebben.'

'Dat zou ze nooit...' begin ik, maar ik breek mijn zin af. Ik geef het niet graag toe, maar hij heeft gelijk. Als mam hem nu aan de lijn krijgt, blijft ze tieren tot de accu van de telefoon leeg is.

'Neem je moeder mee terug naar LA,' zegt pap. 'Ga met haar naar een wellnesscentrum om eens – hoe zeg je dat? – lekker te chillen.'

'Hoe kunnen we nou chillen?' Ik begin me kwaad te maken. 'Je wilt ons niets vertellen en we weten dat Bryce Tarkie probeert te hersenspoelen... Ik bedoel, gaat het wel goed met Tarkie?'

Pap lacht snuivend. 'Bryce is niemand aan het hersenspoelen. Hij is een heel behulpzame jongeman. Hij is van onschatbare waarde voor me. Hij kent de streek, weet je. En hij heeft Tarquin onder zijn hoede genomen. Ze praten uren met elkaar over van alles en nog wat.'

Onder zijn hoede? *Uren praten over van alles en nog wat*? Dat klinkt me helemaal niet goed in de oren.

'Nou, is Tarkie er ook?'

'Ja. Wil je hem spreken?'

Wát? Ik kijk ongelovig naar de telefoon. Er klinkt geritsel op de lijn en dan hoor ik Tarquins onmiskenbare hoge stem zeggen: 'Ahum, hallo? Becky?'

'Tarkie!' Ik plof zo ongeveer van opluchting. 'Hoi! Ik ga Suze...'

'Nee, ahum... laat maar,' zegt hij. 'Geef maar gewoon door dat het goed met me gaat.'

'Maar ze is zo ongerust! We zijn allemaal ongerust. Weet je wel dat Bryce je wil hersenspoelen? Hij is gevaarlijk, Tarkie. Hij wil je geld inpikken. Je hebt hem toch niets gegeven, hè? Geef hem alsjeblieft niets, oké?'

'Natuurlijk wil hij mijn geld inpikken.' Tarquin zegt het zo nuchter dat hij me de wind uit de zeilen neemt. 'Hij vraagt er om de vijf minuten naar, en niet bepaald subtiel ook. Maar hij krijgt geen cent van me.'

'Goddank,' verzucht ik. 'Nou, houden zo.'

'Ik ben niet helemaal achterlijk hoor, Becky.'

'O,' zeg ik zwakjes.

'Als het om zo'n vent als Bryce gaat, moet je je kop erbij houden.'

'Ja.'

Ik snap er helemaal niets meer van. Tarkie klinkt heel capabel. Ik was bang dat hij een zenuwinzinking zou hebben.

Maar wat had die hele toestand in LA dan te betekenen? Ik zie hem nog met zijn kwaaie kop bij ons thuis aan tafel zitten terwijl hij tegen Suze zei dat ze een negatieve invloed op hem had.

'Becky, ik moet ophangen,' zegt Tarquin. 'Hier komt je vader weer.'

'Nee, niet doen!' roep ik, maar het is al te laat.

'Becky?' Daar is mijn vader weer, en ik haal snel adem.

'Pap, luister. Alsjeblieft. Ik weet niet wat je van plan bent en als je het me niet wilt vertellen, ook goed, maar je kunt mam niet zo in onzekerheid laten. Ben je ergens in de buurt van Las Vegas? Want als je van ons houdt en even de tijd hebt, spreek daar dan met ons af. Zodat we je even kunnen zien. Zodat we weten dat het goed met je gaat. En dan kun je verder met je missie. Alsjeblieft, pap. Alsjeblieft.'

Het blijft lang stil. Ik kan paps onwil voelen.

'Ik ben heel ver weg,' zegt hij ten slotte.

'Dan komen we naar je toe! Geef me een adres!'

'Nee,' zegt pap. 'Nee, laten we dat maar niet doen.'

Er valt weer een stilte en ik hou mijn adem in.

Mijn vader is namelijk best een redelijk mens. Ik bedoel, hij deed in verzekeringen.

'Goed dan,' zegt hij uiteindelijk. 'Ik zal morgen even snel met jullie ontbijten in Las Vegas. Dan kunnen jullie allemaal opgelucht ademhalen, teruggaan naar LA en mij met rust laten. Maar geen vragen.'

'Afgesproken,' zeg ik snel. 'Geen vragen.'

O, wat ga ik een vragen stellen. Ik begin nu meteen aan een lijst.

'Waar zullen we afspreken?'

'Eh...'

Mijn kennis van Las Vegas is nogal beperkt. Eigenlijk weet ik niet meer dan wat ik heb opgestoken van een keer of duizend *Ocean's Eleven* kijken.

'Het Bellagio,' zeg ik. 'Ontbijt in het Bellagio om negen uur.'

'Goed. Dan zie ik je daar.'

En ik was niet van plan nog iets te vragen, want het is wel duidelijk dat hij niet wil dat ik het weet, maar ik kan me niet inhouden, dus flap ik eruit: 'Pap, waarom wilde je me geen Rebecca noemen?'

Er valt weer een geladen stilte en ik hou mijn adem in. Ik weet dat pap nog aan de lijn is. Hij is aan de lijn, en hij zegt niets...

En dan is hij weg.

Ik bel meteen terug, maar word regelrecht doorgeschakeld naar de voicemail. Ik probeer Tarkies nummer, maar met hetzelfde resultaat. Ze moeten allebei hun toestel hebben uitgeschakeld.

'Goed gedaan!' zegt Luke als ik eindelijk opkijk. 'Je zou gijzelingsonderhandelaar moeten worden! Heb ik goed begrepen dat we een ontbijtafspraak hebben met de weglopers?'

'Naar het schijnt,' zeg ik met mijn ogen knipperend. Ik voel me een beetje daas. Al dat stressen en tobben terwijl het goed lijkt te gaan met pap en Tarkie. Ze liggen niet op de bodem van een ravijn.

'Relax, Becky!' Luke legt zijn handen op mijn schouders. 'Dit is goed nieuws! We hebben ze gevonden!'

'Ja!' En dan voel ik eindelijk een glimlach over mijn gezicht trekken. 'Klopt! We hebben ze gevonden. Laten we het aan mam en Suze vertellen!'

Nou ja, zeg. Ik dacht dat de brengers van sléćht nieuws het zwaar te verduren kregen. En ik me maar inbeelden dat mam en Suze naar adem zouden snakken, juichen en me complimentjes maken omdat ik pap een ontbijtafspraak in Las Vegas had weten af te troggelen. En ik maar hopen op een groepsknuffel. Wat heb ik me vergist.

Mam noch Suze lijkt op te kikkeren van het nieuws dat haar

beminde echtgenoot nog springlevend is. Er was een sprankje blijdschap en Suze verzuchtte: 'Goddank.' Maar ze kwamen al snel weer terug op hun grieven.

Mams thema is: *waarom vertrouwt mijn eigen man me niet?* Eigenlijk is het een soort duet dat door Janice op gang wordt gehouden met: 'Ik weet het, Jane,' en: 'Je hebt helemaal gelijk, Jane,' en: 'Jane, lieverd, neem nog wat M&M's.' Mams redenatie komt erop neer dat een echtgenoot die geheimen heeft en ervandoor gaat geen respect toont, en hij is een volwassen kerel en wie denkt hij dat hij is, Kojak?

(Ik weet niet goed wat Kojak ermee te maken heeft. Ik weet eigenlijk niet eens wie Kojak ís. Iemand van tv, denk ik.)

Intussen gaat Suzes klaagzang zo: waarom wilde Tarkie niet met háár praten? Ze heeft hem een keer of vijfennegentig geprobeerd te bellen, maar de lijn is telkens bezet. En dan werpt ze me een verbolgen blik toe, alsof het mijn schuld is. Terwijl we de skyline van Las Vegas voor ons zien opdoemen, bijt ze op haar nagels en kijkt strak door het raam.

'Suze?' vraag ik voorzichtig.

'Ja?' Ze kijkt geërgerd om, alsof ik haar in een uiterst belangrijke bezigheid heb gestoord.

'Is het niet fantastisch? Het gaat goed met Tarkie!'

Suze kijkt me wezenloos aan, alsof ze niet eens begrijpt wat ik zeg.

'Ik bedoel, je hoeft niet meer in de rats te zitten,' zet ik door. 'Dat moet een pak van je hart zijn.'

Suzes gezicht krijgt een gekwelde uitdrukking, alsof ik te stom ben om te begrijpen hoe het zit.

'Pas als ik hem zíé,' zegt ze met klem. 'Ik moet het eerst met eigen ogen zien. Ik geloof nog steeds dat Bryce hem heeft ingepalmd. Hij heeft hem op de een of andere manier in zijn greep.'

'Ik vond hem wel goed klinken,' zeg ik bemoedigend. 'Als hij gehersenspoeld was, zou hij toch niet met ons willen ontbijten? Ik bedoel, het is toch goed nieuws allemaal?'

'Bex, je snapt het gewoon niet,' valt Suze uit, en Alicia legt meteen haar hand op die van Suze alsof zij het wél snapt, omdat zij een betere vriendin is dan ik.

De moed zakt me in de schoenen en ik trek Minnie op schoot voor een beetje troost.

'Niet piekeren?' pruttelt mam moordlustig tegen Janice. 'Ik zal Graham iets geven om over te piekeren. Heb ik ooit geheimen voor hem gehad?'

'Nou, er was die zonnebank bij ons in de garage,' merkt Janice op.

'Dat was iets ánders, Janice.' Mam vliegt haar bijna aan. 'Wat Graham nu doet, dat is achterbaks.'

'Het is niets voor Graham,' beaamt Janice zorgelijk, en ze heeft gelijk. Niet dat mijn vader en moeder geen voor- en tegenspoed hebben gekend, onthullingen en dramatische momenten, maar ik kan me niet heugen dat pap ooit zo geheimzinnig heeft gedaan, en zeker niet tegen mam.

'Waar gaan we slapen in Las Vegas?' verander ik snel van onderwerp. 'Níét in de camper.'

'Nee, nee,' zegt Luke vanaf de bestuurdersstoel. 'We zetten de camper weg en nemen een hotel.'

Ondanks alles verheug ik me erop. Ik ben nog nooit van mijn leven in Las Vegas geweest. Misschien kunnen we ons een beetje ontspannen nu we weten dat pap en Tarkie veilig zijn?

'Relax, Jane,' zegt Janice, alsof ze mijn gedachten kan lezen. 'Misschien kunnen we een paar schoonheidsbehandelingen nemen.'

'Is er geen hotel met een circus?' Mam lijkt wat milder te worden. 'Ik wil best naar het circus.'

'Of het Venetian?' stel ik voor. 'We kunnen gaan gondelen.'

'Je hebt het Luxor...' Janice kijkt naar haar telefoon. 'Het MGM Grand... En we zouden bij Caesars Palace binnen moeten wippen. Waanzinnig shoppen, Becky.'

'Elton John,' zegt mam opeens. 'Zit die nog in Las Vegas?'

'Elton John?' roept Suze met schrille stem, en we schrikken allemaal. 'Góndels? Hoe kunnen jullie over Elton John en gondels en Caesars Palace praten? Dit is geen uitje, hoor! We zijn hier niet voor onze lól!'

Haar ogen fonkelen verwijtend naar ons en we kijken allemaal ontdaan terug.

'Oké,' zeg ik omzichtig. 'Nou, laten we dan gewoon een hotel nemen en dan zien we wel verder.'

'Niet zo'n afgrijselijk themahotel,' zegt Alicia, die een vies gezicht trekt. 'Ik vind dat we een themaloos hotel moeten zoeken. Iets behoudends en zakelijks.'

Ik gaap haar verbijsterd aan. Behoudend? Zakelijk? In Las Vegas? Oké, om te beginnen heeft mijn moeder dringend afleiding nodig van haar stress en moet ze dus niet in een saaie, zakelijke kamer naar de PowerPoint-faciliteiten zitten kijken. En verder wil ik dat Minnie het naar haar zin heeft. Dat verdient ze.

'We zullen ons moeten behelpen met wat er is, denk ik,' zeg ik haastig. 'Weet je wat, ik bel wel.'

'Sorry,' zeg ik weer tegen Suze. 'Ik weet dat je iets zakelijks wilde.'

Suze werpt me een wantrouwende blik toe en ik zet een spijtig gezicht op, al roep ik inwendig: *o, mijn góóóóód.*

We staan in de lobby van het Venetian en ik heb nog nooit zoiets krankzinnigs gezien. Het gigantische, barokke koepelplafond is bedekt met schilderingen die door Venetiaanse meesters lijken te zijn gemaakt (al zijn ze misschien net iets opzichtiger). Er is een fontein met een fantastische gouden globe in het midden. Een man met een rode halsdoek om speelt accordeon. Het voelt nu al alsof we in een toeristenattractie zijn, en we zijn nog niet verder gekomen dan de lobby!

Luke, die ons heeft ingecheckt, komt terug van de receptie. 'Kijk eens aan,' zegt hij zwaaiend met een stapeltje kamerpasjes. 'We zitten niet allemaal naast elkaar, maar we zijn tenminste allemaal binnen. En er is vandaag een actie, dus we hebben een cadeautje gekregen,' vervolgt hij, en hij steekt zijn andere hand op. 'Gratis fiches voor het casino.'

De fiches zitten in een rol papier, als snoepjes, en ze zien er schattig uit. Ze zouden er alleen iets op moeten zetten, zoals bij die hartjessnoepjes. Als ik een casino opende, zou er op al mijn fiches SUCCES! en VOLGENDE KEER BETER! staan.

'Gratis fiches? Dacht ik het niet.' Alicia trekt een zuinig pruilmondje. 'Nou, je mag de mijne hebben.'

Nou vraag ik je. We zijn in Las Vegas. Als je in Las Vegas bent, moet je toch zeker gokken? Ik heb nog nooit gegokt, maar ik weet zeker dat ik de slag zó te pakken heb.

'Zo, laten we een plan maken,' zegt Luke, en hij drijft ons naar de plek waar mam en Janice op hun koffers zijn geploft, samen met Minnie.

'Mooi.' Minnie strekt haar mollige handjes uit naar de fiches. 'Poppenbordje, bief?'

Ze denkt dat het poppenbordjes zijn. Wat schattig.

'Kijk eens, lieverd,' zeg ik, en ik neem een fiche van Luke aan en geef hem aan haar. 'Jij mag het poppenbordje vasthouden, als je het maar niet in je mond stopt.'

Ik kijk op en zie Suze vol afgrijzen naar me kijken. 'Geef jij Minnie fiches om mee te spelen?' zegt ze.

Pardon?

'Eh... Minnie heeft geen idee wat het is,' zeg ik behoedzaam. 'Ze denkt dat het een poppenbordje is.'

'Dan nog.' Suze schudt haar hoofd, alsof ik een elementaire ouderschapsregel heb overtreden, en wisselt een blik met Alicia, die al net zo afkeurend kijkt.

'Het is een stukje plastic!' zeg ik ongelovig. 'In het casino is het een fiche, ja, maar nu, in Minnies hand, is het een poppenbordje. Wat, denken jullie soms dat ik haar laat gokken?'

Ik kan Suze niet meer volgen. Tot mijn ontzetting zijn de tranen me in de ogen gesprongen, en ik wend mijn gezicht af. Hoe kan ze zo tegen me doen? Ze kijkt me amper nog aan. We lachen nooit meer samen.

Het komt door Alicia, denk ik somber. Alicia Billenkont heeft Suze bedorven. Ik bedoel, Alicia heeft nooit gevoel voor humor gehad, en dat wísten we. We wisten hoe Alicia was, en we hadden de pest aan haar. Nu is ze helemaal zacht en lief vanbuiten, en Suze is er met open ogen ingetrapt, maar in de kern is ze geen spat veranderd. Kil. Humorloos. Kritisch. En ze steekt mijn beste vriendin aan.

Ik ga zo op in mijn treurige gedachten dat het niet meteen tot me doordringt dat mijn telefoon piept dat ik een bericht heb.

Onderweg! Kom later vandaag in las vegas aan!!! Kusjes, danny.

Danny! Ik word overspoeld door opluchting. Danny zal me weer laten lachen. Danny zal alles beter maken.

Danny Kovitz is mijn beroemde modeontwerpersvriend, en hij is geweldig. Zodra hij hoorde dat Suze het moeilijk had, beloofde hij over te komen, al zijn personeel in te zetten, wat er ook maar moest gebeuren. Hij mag Tarkie ook heel graag, dus natuurlijk wilde hij helpen. (Nou ja, eigenlijk is hij smoorverliefd op Tarkie. Maar dat is niet iets wat ik tegen Suze kan zeggen.)

'Danny is er bijna!' zeg ik tegen Suze. 'We kunnen met elkaar afspreken om samen lekker te gaan eten, relaxen…'

Ik doe wanhopige pogingen om Suze een beetje op te monteren, maar het is alsof ik tegen een muur loop.

'Ik kan niet reláxen, Bex,' snauwt ze. 'Ik moet eerst Tarkie in levenden lijve zien. Ik moet weten dat hij weg is bij dat… sujet.'

'Suze, luister,' zeg ik vriendelijk. 'Ik weet dat je nog ongerust bent, maar je moet proberen aan iets anders te denken. Ik wil haaien gaan kijken met Minnie. Heb je zin om mee te gaan?'

'Ik dacht het niet.' Suze schudt afwijzend haar hoofd.

'Maar je moet iets doen…'

'Ik ga ook iets doen. Alicia en ik gaan proberen ergens een yogales te volgen. Wat e-mails beantwoorden, vroeg naar bed.'

Ik gaap haar aan en probeer niets van mijn ontzetting te laten merken. *E-mails? Vroeg naar bed?*

'Maar we zijn in Las Vegas! Ik dacht dat we de fonteinen in het Bellagio konden bekijken en dan iets drinken...' Ik zie Suzes grimmige gezicht en breek mijn zin af.

'Ik heb een hekel aan die toeristenlokkertjes,' zegt ze hooghartig, en Alicia knikt instemmend.

Dat steekt. Sinds wanneer? Ze was altijd gek op toeristenlokkertjes, zoals die keer toen we naar Sevilla gingen. We kochten flamencojurken, gingen erin uit eten en zeiden telkens 'olé!' tegen elkaar. We hadden continu de slappe lach. Het was een van de leukste avonden van mijn leven. Suze was zelfs degene die voorstelde de jurken aan te trekken, nu ik erover nadenk. En ze kocht een gitaar met linten eraan. Als dat niet toeristisch is, weet ik het niet meer.

'Suze, ga toch mee naar de fonteinen van het Bellagio kijken,' zeg ik smekend. 'Dat zijn geen lokkertjes, ze zijn iconisch. Weet je nog dat we nadat we *Ocean's Eleven* voor het eerst hadden gezien, een pact hebben gesloten om een keer naar Las Vegas te gaan?'

Suze haalt onverschillig haar schouders op en checkt haar telefoon, alsof niets van wat ik te zeggen heb haar kan boeien, en ik voel de tranen weer prikken.

'Oké dan. Fijne avond.'

'Je beseft toch wel dat we morgenochtend om negen uur een ontbijtafspraak hebben met Tarkie en je vader?' Suze kijkt me verwijtend aan.

'Natuurlijk!'

'Dus je blijft niet tot in de kleine uurtjes gratis cocktails drinken en half bewusteloos aan de roulettetafel hangen?'

'Nee!' zeg ik verbolgen. 'Dat ga ik niet doen. Ik zit hier morgenochtend om halfnegen fris en fruitig klaar.'

'Nou, tot dan.'

Suze loopt met Alicia een gang in die het evenbeeld is van de

Sixtijnse Kapel en ik kijk haar verdrietig na. Dan wend ik me weer tot de anderen.

'Ga jij dan met me mee naar de fonteinen?' smeek ik Luke. 'En jij, mam? En Janice?'

'Natuurlijk gaan we mee!' zegt mam. Ze heeft terwijl Luke ons incheckte ergens een drankje bemachtigd en neemt nu een slok. 'Wij zijn niet te houden! Mijn tijd is gekomen, schat. Mijn tijd is gekomen.'

'Wat bedoel je?' vraag ik verwonderd.

'Als je vader de bloemetjes buiten mag zetten, mag ik het ook! Als je vader het familiefortuin erdoor mag jagen, mag ik het ook!'

Sinds we pap hebben gesproken, heeft mam al een lichtelijk krankzinnige blik in haar ogen, maar nu, terwijl ze haar drankje achteroverslaat, ziet ze er nog krankzinniger uit.

'Ik geloof niet dat pap het familiefortuin erdoor jaagt,' zeg ik omzichtig.

'We weten toch niet wat hij uitspookt?' reageert mam woest. 'Ik ben al die jaren zijn plichtsgetrouwe echtgenote geweest. Ik heb eten voor hem gekookt, zijn bed opgemaakt, aan zijn lippen gehangen…'

Oké, dat is echt onzin. Mam heeft nooit aan paps lippen gehangen, en ze haalt de helft van de tijd kant-en-klaarmaaltijden bij Marks & Spencer.

'En dan kom ik er nu achter dat hij raadsels en geheimen heeft!' vervolgt mam. 'Leugens en samenzweringen!'

'Mam, hij is gewoon een uitstapje aan het maken, het is het eind van de wereld niet…'

'Leugens en samenzweringen!' herhaalt mam zonder notitie van me te nemen. 'Janice, heb jij zin om een gokje te wagen bij de speelautomaten? Ik namelijk wel.'

'We zijn zo terug,' zegt Janice ademloos, en ze loopt achter mam aan door de lobby.

O-kééé. Ik geloof dat ik een oogje op mam moet houden.

'Minnie, zullen we naar de grote visjes gaan kijken?' Ik draai me om en geef haar een knuffel. Ze heeft de hele dag zo lief in de camper gezeten, ze verdient nu wel een pretje.

'Visjes!' Minnie doet haar mond open en hapt naar lucht als een vis.

In het welkomstpakket dat Luke heeft gekregen zit een gidsje, en terwijl ik de *Top tien van kinderattracties* doorneem, voel ik me een beetje overweldigd. Je hebt hier alles! De Eiffeltoren en New Yorkse wolkenkrabbers en Egyptische piramides en dolfijnen én circusacts. Het is alsof iemand de hele wereld in een enkele straat heeft geperst, maar dan zonder de saaie dingen.

'Kom dan maar mee, schat!' zeg ik, en ik steek mijn hand uit. Ik zal er in elk geval voor zorgen dat Minnie zich vermaakt.

6

Twee uur later duizelt het me van de lichtjes, de muziek en de verkeersgeluiden. En boven alles uit het gebliep. Ik ken geen stad die zo blieperig is als Las Vegas. Het is alsof er overal waar je komt een band op vol volume optreedt, met als enige instrumenten de gokautomaten, en met maar één nummer: *bliep-bliep-blieperdebliep.* En het houdt nooit op. Behalve wanneer er eentje een keer geld uitbraakt, maar dat zou je het slagwerk kunnen noemen.

Ik heb zelfs hoofdpijn van alle herrie, maar dat geeft niet, want we vermaken ons kostelijk. We zijn over de Strip heen en weer gereden in een limousine die de conciërge van het Venetian voor ons had geritseld, en we zijn hier en daar uitgestapt bij een hotel, en het voelt alsof ik een wereldreis heb gemaakt. Ik heb Minnie zelfs 'Poulet Parisienne' voor haar avondeten gegeven. (Het waren kipnuggets.)

Nu zijn we weer terug in het Venetian, waar het heel rustig en normaal lijkt in vergelijking met een paar andere plekken waar we zijn geweest. (Nou ja, 'normaal' met dien verstande dat de lucht, de wolken, de kanalen en het Piazza San Marco allemaal nep zijn.) Luke is naar het congrescentrum om zijn achterstallige e-mails weg te werken. Mam en Janice zijn met Minnie naar de gondels en ik drentel langs de winkels. Of eigenlijk de 'Shoppes'. (Waarom heten ze 'Shoppes'? Is dat oud-Engels? Worden we niet geacht in Italië te zijn?)

Er zijn heel veel Shoppes, van beroemde ontwerpers en galeries tot souvenirwinkels. Het is best indrukwekkend, voor een winkelcentrum. De temperatuur is perfect en de neplucht is blauw met wolkensliertjes. Er loopt een operazangeres in een fluwelen jurk een prachtige aria te kwelen. Ik kom net uit de Armani-winkel, waar ik een jasje van grijs kasjmier heb gezien dat Luke ongelooflijk goed zou staan. (Alleen kostte het achthonderd dollar, dus ik aarzelde. Ik bedoel, hij zou het in elk geval eerst moeten passen.) Het is allemaal waanzinnig en ik zou de tijd van mijn leven moeten hebben, maar dat heb ik eerlijk gezegd niet.

Ik zie telkens Suzes gezicht voor me en dan word ik overmand door verdriet. Het is alsof ze me niet meer wil kennen, maar ze heeft me zelf gesmeekt om mee te gaan op deze reis. Ze heeft zelf mijn handen gepakt en gezegd dat ze me nodig had. Het is niet logisch.

Ik ben Suze een keer eerder kwijt geweest, toen ik terugkwam van mijn huwelijksreis, maar toen was het anders. Toen was de vriendschap verwaterd. Nu lijkt het er meer op dat ze het contact met mij wil verbreken.

Ik ben intussen de Big Souvenir Store in geslenterd, en terwijl ik mijn mandje vul, zwoegt mijn borst van verdriet. Kappen nou, Becky, zeg ik radeloos tegen mezelf. Kom op, richt je aandacht op de souvenirs. Ik heb een sneeuwbol van de skyline van Las Vegas, een paar koelkastmagneten in de vorm van dollartekens en een stapel T-shirts met de tekst WHAT HAPPENS IN VEGAS. Ik reik naar een asbak in de vorm van een schoen en vraag me af of ik iemand ken die rookt…

Maar mijn gedachten blijven rondspoken. Was dit het dan? Is onze vriendschap voorbij? Na al die jaren, na al onze ups en downs… Zijn we nu echt aan het eind gekomen? Ik kan gewoon niet achterhalen waar het mis is gegaan. Ik weet dat ik me niet voorbeeldig heb gedragen in LA, maar heb ik het echt zó hopeloos verprutst?

Ik kom bij een rek sieraden met dobbelstenen en leg verdrietig een paar kettingen in mijn mandje. Misschien vinden mam en Janice ze leuk. Vroeger zou ik ook twee identieke exemplaren voor Suze en mij hebben gekocht en zouden we het hilarisch hebben gevonden, maar nu durf ik zoiets niet meer.

Wat moet ik doen? Wat kán ik doen?

Mijn voeten lopen rondjes met me door de winkel en ik kom telkens langs dezelfde dingen, steeds weer. Ik moet hiermee ophouden. *Kom op, Becky, kop erbij houden.* Ik kan niet blijven lopen tobben. Ik reken die dingen af en dan ga ik kijken of mam een gondel heeft gescoord.

Het is vrij druk in de winkel en er zijn drie rijen. Als ik eindelijk aan de beurt ben, lacht een knappe caissière in een flonkerjasje en met kuiltjes in haar wangen me toe.

'Hallo! Ik hoop dat u vandaag een prettige winkelervaring hebt gehad!'

'O,' zeg ik. 'Tja... ja. Het was super, dank je.'

'Als u ons een beoordeling wilt geven, zouden we dat zeer op prijs stellen,' zegt ze terwijl ze mijn aankopen aanslaat. Ze geeft me een kaartje en ik lees:

Mijn winkelervaring vandaag was:
□ Ongelooflijk. (Daar zijn we blij om!)
□ Gaat wel. (Oei... Kunt u uitleggen waarom?)
□ Verschrikkelijk. (Dat spijt ons! Vertel ons alstublieft wat het probleem is!)

Ik neem de pen van haar aan en kijk naar het kaartje. Ik zou 'Ongelooflijk' moeten aanvinken. Er was niets mis met de winkel en ik ben geslaagd. Ik heb geen klachten. Kom op. Ongelooflijk.

Maar op de een of andere manier... weigert mijn hand. Ik voel me niet ongelooflijk.

'Dat is dan drieënzestig tweeënnegentig,' zegt het meisje, dat me onderzoekend opneemt terwijl ik haar het geld geef. 'Voelt u zich wel goed?'

'Eh... ik weet het niet.' Tot mijn ontzetting moet ik opeens tranen wegknipperen. 'Ik weet niet wat ik moet aanvinken. Ik weet dat ik "Ongelooflijk" moet kiezen, maar ik kan het niet aanvinken, ik kan het gewoon niet. Ik heb ruzie met mijn beste vriendin, en dat is het enige waaraan ik kan denken, dus niets is op dit moment

“Ongelooflijk”. Zelfs shoppen niet.’ Ik kijk haar mistroostig aan. ‘Sorry. Ik zal je tijd niet langer verspillen.’

Ik steek mijn hand uit voor de kassabon, maar die geeft het meisje me niet. Ze neemt me bezorgd op. Ze heet Simone, lees ik op haar naamplaatje.

‘Tja, bent u tevreden over uw aankopen?’ Ze houdt het draagtasje voor me open om ze aan me te laten zien en ik kijk een beetje verdwaasd naar de spullen.

‘Ik weet het niet,’ zeg ik wanhopig. ‘Ik weet niet eens waarom ik het allemaal heb gekocht. Het moeten cadeautjes voor mensen voorstellen. Je weet wel. Souvenirs.’

‘Oké…’

‘Maar ik weet niet wat ik voor wie heb gekocht, of zo, en ik mag eigenlijk alleen dingen kopen die ik nodig heb. Ik heb een heel programma gevolgd bij Golden Peace.’

‘Golden Peace!’ Haar ogen lichten op. ‘Ik heb dat programma ook gevolgd.’

‘Dat meen je niet.’ Ik gaap haar aan.

‘Online.’ Ze bloost licht. ‘Ik had geen geld om er echt naartoe te gaan. Maar ze hebben een app, weet je, dus… Ik zat diep in de nesten, uitgavegewijs. Je kunt je wel voorstellen, als je hier werkt…’ Simone gebaart om zich heen in de winkel. ‘Maar ik heb mijn probleem overwonnen.’

‘Wauw.’ Ik kijk vol ontzag naar haar. ‘Nou, dan weet je waar ik het over heb.’

‘“Koop kalm en welbewust,”’ citeert ze.

‘Precies!’ Ik knik waarderend. ‘Dat heb ik laten inlijsten!’

‘“Waarom koop je?”’

‘Ja!’

‘Heb je dit nodig?’

‘Precies! We hebben een hele sessie gedaan over dat ene punt…’

‘Nee.’ Simone kijkt me recht aan. ‘Ik vraag het je. Heb je dit nodig? Of probeer je alleen jezelf te troosten?’ Simone heeft het sneeuwbolletje uit de draagtas gehaald en houdt het me voor. 'Heb je dit nodig?' vraagt ze nog eens.

'O,' zeg ik van mijn stuk gebracht. 'Ik weet het niet. Nou ja, ik bedoel, ik heb het natuurlijk niet nodig. Niemand heeft een sneeuwbolletje nódig. Ik wilde het cadeau doen aan… Ik weet het niet. Mijn man, misschien.'

'Super! Zal het hem duurzame vreugde en genot schenken?'

Ik probeer me voor te stellen dat Luke aan het bolletje schudt en naar de dwarrelende sneeuw kijkt. Ik bedoel, hij zou het een keer kunnen doen.

'Weet niet,' geef ik na een korte stilte toe. 'Het zou kunnen.'

'Het zou kunnen?' Ze schudt haar hoofd. 'Het zou kunnen, meer niet? Wat was je denkproces toen je het in je mandje legde?'

Ik kijk haar aan. Ik voel me betrapt. Ik had geen denkproces. Ik mikte het er gewoon in.

'Ik geloof niet dat ik het nodig heb.' Ik bijt op mijn onderlip. 'En ook niet dat ik het wil, bij nader inzien.'

'Koop het dan niet. Zal ik je het geld teruggeven?'

'Ja, graag,' fluister ik dankbaar.

'Die T-shirts.' Simone trekt ze uit de tas. 'Voor wie zijn ze, en passen ze echt bij die mensen?'

Ik kijk wezenloos naar de T-shirts. Ik had er niet over nagedacht wie ze zou gaan dragen. Ik heb ze gekocht omdat ik in een souvenirwinkel was en het souvenirs waren.

Simone ziet mijn gezicht en schudt haar hoofd. 'Terug?' zegt ze kernachtig.

'Ja, graag.' Ik haal de kettingen met dobbelstenen uit de tas. 'Deze ook. Ik weet niet wat me bezielde. Ik wilde ze aan mijn moeder en haar vriendin geven, maar die doen ze vijf seconden om en dan weer af, en dan slingeren ze door het huis en over een jaar of drie gaan ze naar de kringloopwinkel, maar daar komt ook niemand die ze wil hebben.'

'O, mijn god, je hebt gelijk,' klinkt een hese stem achter me. Ik draai me om en zie een vrouw van middelbare leeftijd een stuk of vijf kettingen met dobbelstenen uit haar mand trekken. 'Ik wilde deze voor mijn vriendinnen thuis kopen, maar die zullen ze niet dragen, hè?'

'Nooit.' Ik schud mijn hoofd.

'Ik wil mijn geld terug.' Een vrouw in denim aan de kassa naast de mijne heeft meegeluisterd en wendt zich nu tot haar caissière, een vrouw met rood haar. 'Neem me niet kwalijk. Ik heb net een berg meuk gekocht. Ik weet niet waar ik mee bezig was.' Ze haalt een honkbalpetje met LAS VEGAS in strasletters uit haar tas. 'Dit zal mijn stiefdochter nóóit dragen.'

'Pardon, u wilt uw geld terug?' vraagt de roodharige caissière in haar wiek geschoten. 'Nu al?'

'Zij doet het ook.' De vrouw in denim wijst naar mij. 'Zij geeft alles terug.'

'Niet alles,' zeg ik snel. 'Ik probeer gewoon kalm en welbewust te shoppen.'

De roodharige caissière kijkt me vuil aan. 'Hou daar dan mee op, alstublieft.'

'Fantástisch,' zegt de vrouw in denim nadrukkelijk. '"Kalm en welbewust." Oké, wat heb ik hier nog meer wat ik niet nodig heb?' Ze wroet in haar tas en diept er een LAS VEGAS-heupflacon uit op. 'Dit. En dit.' Ze tovert een strandlaken met dollartekens tevoorschijn. 'Dit gaat terug.'

Bij de achterste kassa zie ik nog een vrouw aarzelen. 'Wacht even,' zegt ze tegen haar caissière. 'Misschien heb ik geen knipperend LAS VEGAS-bord nodig. Kan ik mijn geld terugkrijgen?'

'Ophouden!' zegt de roodharige caissière, die steeds geagiteerder wordt. 'Geen geld terug meer!'

'Je kunt niet weigeren mijn geld terug te geven!' spreekt de vrouw in denim haar tegen. 'En dit geef ik ook terug.' Ze legt met een klap een glimmend roze fotoalbum op de toonbank. 'Wie wil ik voor de gek houden? Ik ga echt geen foto's in een album plakken.'

'Ik hoef dit allemaal niet!' De vrouw bij de achterste kassa keert haar hele tas boven de toonbank om. 'Ik winkel alleen maar omdat ik me te pletter verveel.'

'Ik ook!'

Ik zie in alle rijen vrouwen die meeluisteren, in hun mandje kijken en er dingen uit halen. Het is alsof er een besmettelijke ontshoppingsgolf door de massa trekt.

'Wat is hier aan de hand?' Een vrouw in broekpak beent naar de kassa's. 'Waarom haalt iedereen spullen uit zijn mandje?' vraagt ze briesend.

'Alle klanten geven hun aankopen terug!' zegt de roodharige caissière. 'Ze zijn gek geworden! Het komt door haar.' Ze wijst gemeen kijkend naar mij.

'Dat was mijn bedoeling niet!' zeg ik haastig. 'Ik besloot alleen, nou ja, over mijn aankopen na te denken. Alleen te kopen wat ik nodig heb.'

'Alleen kopen wat je nodig hebt?' De vrouw in broekpak kijkt me aan alsof ik iets onbeschrijflijk blasfemisch heb gezegd. 'Mevrouw, wilt u alstublieft zo snel mogelijk afrekenen en de winkel verlaten?'

Nou vraag ik je. Je zou denken dat ik eigenhandig probeerde het kapitalisme omver te werpen of zoiets. Terwijl ze me de zaak uit werkte, siste de bedrijfsleidster in broekpak me nota bene toe: 'Hebt u wel gezien hoe het in Japan is gegaan? Wilt u dat dat hier ook gebeurt? Nou?'

Ik bedoel, ik voelde me schuldig, want het begon wel een beetje uit de hand te lopen. Iedereen haalde spullen uit zijn mandje en legde ze terug in de schappen en vroeg aan wildvreemden: 'Waarom zijn we aan het shoppen?' en: 'Heb je dat nodig?' terwijl het personeel opgewonden rondrende en riep: 'Iedereen is gek op souvenirs!' en: 'Dit gaat voor de halve prijs weg! Neem er drie!'

Hoewel, het is niet echt mijn schuld, toch? Ik bedoel, ik heb er alleen maar op gewezen dat niemand ooit zo'n ketting met dobbelstenen zal dragen.

Uiteindelijk heb ik alleen een legpuzzeltje voor Minnie gekocht.

Het gaf me niet echt een kick, maar wel een ander soort voldoening. Toen ik de kassabon aannam ($7,32) voelde ik me een soort van kalm. Sterk. Ik heb zelfs dat beoordelingskaartje gepakt en 'Ongelooflijk' aangevinkt.

Maar terwijl ik langs de Shoppes terugloop, begint mijn stemming weer te zakken. Ik pak mijn telefoon en sms Luke:

Waar ben je?

Hij antwoordt direct:

Congrescentrum. Nog een paar mails afhandelen. Waar ben jij?

Ik slaak een zucht van verlichting, alleen maar omdat ik contact met hem heb, en tik:

Bij de Shoppes. Luke, denk je dat Suze en ik ooit weer vriendinnen worden? Ik bedoel, ik weet dat het fout is gegaan tussen ons in LA, maar ik doe nu mijn best en ze lijkt het niet eens te merken en de enige om wie ze iets geeft is Alicia en

O. Geen ruimte meer. Nou ja, hij krijgt de boodschap wel door.

Pas nadat ik het bericht heb verzonden, dringt het tot me door. Misschien was zo'n uitbarsting niet slim. Luke is niet geweldig in het beantwoorden van eindeloze boze sms'jes. Ik heb zelfs stiekem het gevoel dat als ik hem echt lange berichten stuur, hij ze niet eens leest. En ja hoor, nog maar een paar seconden later piept mijn telefoon dat ik weer een bericht heb:

Je hebt afleiding nodig, lieveling. Ik ben zo klaar en dan ga ik met je naar het casino. Ik sms je als ik onderweg ben. Je moeder past op Minnie, is al geregeld. Xxx

Wauw. Gokken! Ik voel opwinding, vermengd met zenuwen. Ik heb nog nooit van mijn leven gegokt, tenzij je de loterij meetelt. Ik bedoel, we waagden altijd een gokje in de Grand National, als gezin, maar het was paps ding en hij koos de paarden uit waarop we wedden. Ik heb nog nooit een wedkantoor vanbinnen gezien en ik heb zelfs nog nooit gepokerd.

Anderzijds heb ik hopen James Bond-films gezien, en ik denk dat je daar vrij veel van kunt leren. Zoals: blijf onaangedaan. Trek je wenkbrauwen op terwijl je van een cocktail nipt. Ik weet zeker dat ik dat allemaal wel kan, ik weet alleen niet goed hoe het met de spelregels zit.

Ik stop bij een koffietent en net als ik een latte bestel, zie ik een vrouw met een geblondeerde paardenstaart aan een bistrotafel zitten. Ze is in de vijftig, zo te zien. Ze heeft een zwart spijkerjack met stras aan en speelt een soort kaartspel op haar telefoon. Voor haar op de tafel staat een gigantische beker met munten voor de gokautomaten, en op haar T-shirt staat ROCKWELL CASINO NIGHT 2008.

Zij moet iets van gokken weten. En ze zal een groentje toch zeker wel willen helpen? Ik wacht tot ze even ophoudt met spelen en loop naar haar tafel.

'Neem me niet kwalijk,' zeg ik beleefd. 'Ik vroeg me af of u me wat gokadvies kunt geven?'

'Huh?' De vrouw kijkt op van haar telefoon en knippert met haar ogen. O, mijn god, ze heeft dollartekens op haar oogleden. Hoe heeft ze dat in vredesnaam gedaan?

'Eh...' Ik probeer niet al te opvallend naar haar ogen te kijken. 'Ik ben hier op bezoek en ik heb nog nooit gegokt, en ik weet niet goed hoe het moet.'

De vrouw neemt me op alsof ze het zaakje niet vertrouwt.

'Je bent in Las Vegas en je hebt nog nooit gegokt?' vraagt ze uiteindelijk.

'Ik ben er nog maar net,' leg ik uit. 'Ik ga straks naar het casino, alleen weet ik niet wat ik moet spelen of waar ik moet beginnen. Ik vroeg me af of u me tips zou kunnen geven?'

'Wil je tips?' De vrouw kijkt me nog steeds aan, nu zonder met haar ogen te knipperen. Ze zijn nogal rood, zie ik. Trouwens, onder al die stras en make-up ziet ze er helemaal niet zo florissant uit.

'Of misschien kunt u me een boek aanbevelen?' bedenk ik opeens.

De vrouw negeert de vraag, alsof die te stom is om te beantwoorden, en kijkt weer naar haar kaartspelletje. Ik weet niet wat ze ziet, maar haar gezicht krijgt plotseling een boze uitdrukking.

'Weet je wat?' zegt ze. 'Mijn tip is: doe het niet. Blijf uit de buurt. Spaar jezelf.'

'O,' zeg ik verbaasd. 'Tja, ik wilde alleen maar even snel aan een roulettetafel gaan zitten of zo.'

'Zo zijn we allemaal begonnen. Ben je verslavingsgevoelig?'

'Eh...' Ik probeer heel eerlijk tegen mezelf te zijn. Ben ik verslavingsgevoelig? Ik neem aan dat je zou kunnen zeggen dat ik dat wel ben, een béétje. 'Ik hou wel van winkelen,' biecht ik op. 'Ik bedoel, ik heb in het verleden te veel gewinkeld. Ik had te veel creditcards en het liep een beetje uit de hand. Maar het gaat al veel beter met me.'

De vrouw lacht kort en vreugdeloos.

'Denk je dat winkelen erg is? Wacht maar tot je begint te gokken, schat. Alleen al het gevoel van de fiches in je hand. De roes. De kick. Het is net crystal meth. Eén shotje en het is gebeurd. Je bent een slaaf. En dan raakt je leven in een neerwaartse spiraal. Dan komt de politie zich ermee bemoeien.'

Ik kijk haar aan en huiver. Ze ziet er eigenlijk verschrikkelijk uit, van dichtbij. Haar gezicht beweegt niet zoals het hoort en ik kan zien waar haar extensions beginnen. Ze tikt geagiteerd op het scherm van haar telefoon en er verschijnt een nieuw kaartspel.

'Aha!' zeg ik monter, en ik zet een stap achteruit. 'Nou, hoe dan ook, bedankt voor uw hulp...'

'Crystal meth,' herhaalt de vrouw onheilspellend, en ze fixeert me met haar bloeddoorlopen ogen. 'Denk er goed om. Crystal meth.'

'Crystal meth.' Ik knik. 'Absoluut. Tot ziens!'

Crystal meth?

O, god. Zal ik wel naar het casino gaan? Is het niet allemaal een ontzettend slecht plan?

Het is bijna een uur later en ik voel me nog steeds nerveus, ook al heb ik een rustgevend gondeltochtje gemaakt met mam, Janice en Minnie. Mam en Janice zijn weer een 'stiekeme cocktail' aan het drinken, zoals mam het noemt, en Minnie en ik zitten boven in onze hotelkamer. Minnie speelt winkeltje en ik speel zo'n beetje mee, alleen probeer ik me tegelijkertijd op te maken terwijl ik ook nog eens tob over mijn potentiële afglijden naar een gokverslaving.

Zou ik echt letterlijk metéén verslaafd zijn? Bij de eerste keer dat het balletje rolt, zeg maar? Opeens krijg ik een ijselijk visioen waarin ik over een casinotafel gebogen zit, met mijn haar alle kanten op, glazig naar Luke kijk en prevel: 'Ik ga winnen. Ik ga winnen,' terwijl hij probeert me weg te trekken en mam op de achtergrond ingehouden snikt. Misschien moet ik niet eens gaan kijken. Misschien is het te link. Misschien kan ik beter gewoon hier in de kamer blijven.

'Meer winkels!' Minnie pakt het laatste zakje chips uit de minibar en legt het bezitterig voor zich. 'Shoppen, mammie, shoppen!'

'O.' Ik schrik op en trek snel het zakje weg, voordat ze de chips kan pletten en we ze moeten betalen.

Het ouderschap is feitelijk iets wat je al doende leert. En de waardevolle les die ik vandaag heb geleerd, is: zeg nooit 'minibar' waar Minnie bij is. Ze dacht dat ik 'Minnie bar' zei en dat het haar eigen bijzondere kastje was, vol mooie spulletjes voor Minnie. En ik kon het met geen mogelijkheid rechtzetten. Uiteindelijk heb ik haar alles maar laten pakken, en nu ligt de vloerbedekking bezaaid met flesjes en zakjes. We bergen alles later wel weer op (als het zo'n elektronische minibar is, zouden we in de nesten kunnen zitten, maar dan belt Luke de receptie wel om het op te lossen. Hij is een kei in dat soort dingen.)

Ik heb al een flesje tonic en een Toblerone van Minnie 'gekocht', en nu wijs ik naar een flesje jus.

'Mag ik alstublieft een flesje jus?' vraag ik terwijl ik met mijn mascararoller in de weer ben. Ik steek mijn hand uit naar het flesje, maar Minnie houdt het stevig vast.

'Mag niet,' zegt ze streng. 'Moet wachten. We hebben geen geld.'

Ik kijk haar stomverbaasd aan. Wie doet ze na?

O.

O, god. Ik denk dat ik het zelf ben.

Wat de indruk wekt dat ik een gemene, akelige mammie ben, maar echt, het is de enige manier om haar in de hand te houden als we aan het shoppen zijn.

Minnie praat sinds kort een stuk beter. Wat natuurlijk heel fijn is. Alle ouders willen hun kind zijn of haar diepste gedachten horen vertolken. Het enige minuscule probleempje is dat vrij veel van Minnies diepste gedachten lijken te gaan over wat ze wil hebben.

Al krijst ze niet meer 'hebben!', wat lang haar stopwoordje was. In plaats daarvan zegt ze nu 'mooi'. We lopen door de supermarkt en het enige wat ze zegt is: 'Mooi, móói, mammie,' steeds ernstiger, alsof ze probeert me tot een nieuwe godsdienst te bekeren.

Het is ook totaal niet logisch wat ze mooi vindt. Ze reikt naar dweilen, diepvrieszakjes en doosjes met nietjes. De vorige keer dat we boodschappen gingen doen, bleef ze maar 'mooi, alsjeblie-hief' zeggen, en ik bleef maar knikken en alles terugleggen, buiten haar bereik, tot er opeens iets bij haar knapte en ze zo wanhopig: 'Ik wil iets kóóópen!' gilde dat alle klanten die het hoorden in de lach schoten. Toen hield ze op met gillen en keek stralend om zich heen, en toen lachte iedereen nog harder.

(Soms vraag ik me af of ik ook zo was op die leeftijd. Ik moet het eens aan mam vragen.)

(Bij nader inzien vraag ik me af of ik het eigenlijk wel wil weten.)

Mijn nieuwe tactiek in winkels is dus dat ik tegen Minnie zeg dat we geen geld hebben. Wat ze zo'n beetje begrijpt. Alleen klampt ze dan wildvreemden aan en zegt droevig: 'We hebben geen geld.' Wat gênant kan zijn.

Nu roept ze haar pop Speaky op luide toon tot de orde. 'Leg. Dat.

Terug.' Ze pakt Speaky een zakje pinda's af en kijkt de pop streng aan. 'Is. Niet. Van. Jou.'

O, god, klink ik echt zo?

'Doe eens lief tegen Speaky,' stel ik voor. 'Kijk, zo.'

Ik pak Speaky en wieg haar in mijn armen. Minnie grist haar bezitterig naar zich toe. 'Speaky huilt,' zegt ze. 'Wil Speaky... een snoepje?'

Opeens heeft ze een ondeugende twinkeling in haar ogen, en ik schiet bijna in de lach.

'We hebben geen snoepjes,' zeg ik met een uitgestreken gezicht.

'Dit is snoepje?' Ze pakt de Toblerone en kijkt er weifelend naar.

'Nee, dat is een saaie grotemensendoos,' zeg ik tegen haar. 'Geen snoepje.'

Minnie kijkt naar de Toblerone en ik zie de radertjes in haar hoofd draaien. Ze heeft nog nooit een Toblerone geproefd, dus ze had het best goed geraden.

'Het is geen snoepje,' herhaal ik op zakelijke toon. 'We gaan een andere keer wel snoepjes kopen. Nu is het opbergtijd.'

Ik zie Minnies overtuiging wankelen. Ze denkt misschien dat ze alles weet, maar als puntje bij paaltje komt, is ze pas tweeënhalf.

'Dank je!' Ik trek de Toblerone behendig uit haar handje. 'Zo, wil je de flesjes voor me tellen?'

Dat was een geniale zet, want Minnie is dol op tellen, ook al slaat ze 'vier' altijd over. Net als we erin zijn geslaagd alle flesjes terug te zetten in de minibar en aan de lichte snacks en verfrissingen toe zijn, gaat de kamerdeur open en komt mam binnen, met Janice in haar kielzog. Ze zijn allebei rood aangelopen. Janice heeft een plastic kroontje op haar hoofd en mam drukt een grote beker met munten tegen haar borst.

'Hallo!' zeg ik. 'Hoe was de cocktail?'

'Ik heb meer dan dertig dollar gewonnen,' zegt mam met een soort verbeten triomf. 'Dat zal je vader leren.'

Mam bazelt. Wat moet pap daar nou van leren? Maar je kunt haar beter niet tegenspreken als ze in zo'n bui is.

'Goed zo!' zeg ik. 'Leuke kroon, Janice.'

'O, die was gratis,' zegt Janice ademloos. 'Er is vanavond een danswedstrijd, weet je. Die promoten ze.'

'We komen even op adem terwijl jij met Luke uit bent, en daarna gaan we stappen,' zegt mam, die haar woorden kracht bijzet door met haar beker te zwaaien. 'Heb jij misschien een paar valse wimpers voor me, lieverd?'

'Eh... jawel,' zeg ik een beetje verbaasd. 'Maar ik heb jou nog nooit met valse wimpers gezien, mam.'

'Wat in Vegas gebeurt, blijft in Vegas,' zegt ze, en ze werpt me een blik van verstandhouding toe.

Wat in Vegas gebeurt? Oké, heeft ze het alleen over valse wimpers of zit er meer achter? Terwijl ik me afvraag hoe ik haar tactvol kan vragen of het wel goed met haar gaat, of ze niet aan het ontsporen is, piept mijn telefoon dat ik een bericht heb.

'Het is van Danny!' zeg ik verrukt. 'Hij is er al! Hij wacht beneden.'

'Nou, als je klaar bent, kun je toch naar hem toe gaan, schat?' zegt mam. 'Wij stoppen Minnie wel in bad en in bed. Ja toch, Janice?'

'Tuurlijk!' zegt Janice. 'Die lieve kleine Minnie is ons nooit tot last.'

'Weet je dat zeker?' vraag ik met gefronst voorhoofd. 'Want ik kan het makkelijk zelf doen...'

'Doe niet zo mal, Becky,' zegt mam. 'Ik zie mijn kleindochter de laatste tijd veel te weinig. Zo, Minnie, kom eens bij omie op schoot zitten.' Ze spreidt haar armen voor Minnie. 'Ik vertel je een fijn verhaaltje, we doen wat spelletjes en... ik weet het al!' zegt ze stralend. 'Laten we zo'n lekkere Toblerone opsmikkelen!'

7

Danny zit aan een tafel in de hoek in Bouchon, zo'n chic restaurant met linnen tafellakens. Hij is ontzettend bruin (dat moet nep zijn), heeft een lichtblauw motorjack aan en een heel blond, heel bleek meisje bij zich met een onopgemaakt gezicht, op dieppaarse lippenstift na.

'Danny!' Ik ren naar hem toe en sla mijn armen om zijn dunne lijf. 'O, mijn god! Je leeft nog!'

Ik heb Danny niet meer gezien sinds zijn poging de Groenlandse ijskap over te steken voor het goede doel; hij moest per traumaheli naar het basiskamp worden teruggebracht omdat hij zijn teen had geschaafd of zoiets en is daarna naar Miami gegaan om te herstellen.

'Nog net,' zegt Danny. 'Het was kielekiele.'

Het was absoluut niet kielekiele. Ik heb zijn zakelijk manager gesproken. Ik ken de waarheid. Alleen zei hij dat ik Danny niet moet tegenspreken omdat Danny denkt dat hij op het randje van de dood heeft gebalanceerd.

'Arme jij,' zeg ik. 'Wat zul je bang zijn geweest! Al die sneeuw en... eh... wolven?'

'Het was een nachtmerrie!' zegt Danny geëmotioneerd. 'Weet je, Becky, ik heb wat dingen aan je vermaakt in mijn testament, en je had ze op een haar na gekregen.'

'Echt?' Dat wekt mijn interesse, of ik wil of niet. 'Erf ik dingen van je? Wat dan?'

'Wat kleren,' zegt Danny vaag. 'Mijn Eames-stoel. Een bos.'

'Een bos?' Ik kijk hem met open mond aan.

'Ik heb een bos in Montana gekocht. Je weet wel, voor de belasting. En ik dacht dat Minnie erin zou kunnen spelen of weet ik veel...' Hij breekt zijn zin af. 'Trouwens, dit is Ulla.'

'Hoi Ulla!' Ik wuif vrolijk naar Ulla, maar die knippert alleen nerveus met haar ogen, mompelt 'hoi' en werkt door. Ze zit iets te tekenen in een groot schetsboek en als ik er een blik op werp, zie ik dat het een close-up is van het bloemstuk op onze tafel.

'Ik heb Ulla net aangenomen als mijn "inspiratiezoeker",' zegt Danny gewichtig. 'Ze heeft dat schetsboek al vol.' Hij gebaart ernaar. 'Mijn hele nieuwe collectie zal geïnspireerd zijn door Las Vegas.'

'Ik dacht dat je je door de Eskimo's wilde laten inspireren?' zeg ik.

De laatste keer dat ik iets van Danny hoorde, had hij het over kale botten en Eskimo-volkskunst en oneindige witte vlakten, die hij wilde verbeelden in een oversized mannenbroekrok.

'Het snijpunt van Eskimo's en Las Vegas,' zegt Danny soepel. 'Zo, heb je al gegokt?'

'Ik durf niet,' zeg ik huiverend. 'Ik heb me net door een vrouw laten vertellen dat gokken net crystal meth is en dat als ik mijn teen erin doop, ik voor eeuwig meegesleurd zal worden.'

Ik hoop dat Danny 'wat een lulkoek' zal zeggen, maar hij knikt ernstig.

'Dat zou kunnen. Mijn schoolvriendin Tania is nooit meer hersteld van een nachtje pokeren op internet. Ze werd erdoor gegrepen en is nooit meer de oude geworden. Het was best een tragisch verhaal.'

'Waar is ze nu?' vraag ik angstig. 'Is ze... dood?'

'Zo goed als.' Hij knikt. 'Ze zit in Alaska.'

'Alaska is niet dóód!' zeg ik verontwaardigd.

'Ze is op een booreiland gaan werken.' Danny neemt een teug wijn. 'Ze doet het trouwens heel goed. Ik geloof dat zij de baas is. Maar daarvoor was ze gokverslaafd.'

'Het is dus helemaal geen tragisch verhaal,' zeg ik verbolgen. 'Uiteindelijk werd ze de baas van een booreiland.'

'Heb je enig idee hoe het is om de baas van een booreiland te zijn?' pareert Danny. 'Heb je ooit een booreiland van dichtbij gezien?'

Ik vergeet altijd weer hoe onuitstaanbaar Danny is.

'Maar goed,' zeg ik een tikje streng. 'Daar gaat het allemaal niet om. Waar het om gaat...'

'Ik weet wel waar het om gaat!' onderbreekt Danny me triomfantelijk. 'Ik ben je tien stappen voor, zeg maar. Ik heb flyers en aanplakbiljetten, ik heb pennen en T-shirts...'

'T-shirts?' Ik gaap hem aan.

Danny trekt zijn motorjack uit, waaronder hij een T-shirt met Tarquin erop blijkt te dragen. Het is een zwart-witfoto die is gemaakt tijdens een modereportage die Tarkie een tijdje terug heeft gedaan; hij heeft een ontbloot, met touw omwonden bovenlichaam en kijkt broeierig in de lens. Het is een prachtige opname, maar ik krimp in elkaar. Suze haat die foto. Ze vindt dat Tarquin er als een gay supermodel op staat. (Wat, eerlijk is eerlijk, ook zo is.) Ze zal niet blij zijn als ze Tarkie zó op een T-shirt ziet.

Onder de foto staat ZOEK MIJ met Suzes mobiele nummer.

'Ik heb een hele stapel,' zegt Danny trots. 'Kasey en Josh zijn aan het flyeren bij Caesars Palace.'

'Kasey en Josh?'

'Mijn assistenten. Zie je, wat we doen, is zijn gezicht onder de aandacht brengen. Het eerste wat je moet doen als je iemand zoekt. Mijn pr-mensen proberen de nieuwszenders; er praat iemand met de jongens van de melkpakken...'

'Wacht eens even.' Opeens valt het muntje. 'Zijn ze op dit moment foto's van Tarquin aan het uitdelen?'

'Ze gaan de hele stad door,' snoeft Danny. 'We hebben er tienduizend laten drukken.'

'Maar we hebben hem al gevonden!'

'Wát?' Danny maakt letterlijk een sprongetje van schrik.

'Nou ja, min of meer,' verbeter ik. 'Ik bedoel, we hebben hem gesproken. We hebben morgenochtend een ontbijtafspraak in het Bellagio.'

'Het Bellágio?' zegt Danny diep gekrenkt. 'Dat meen je toch niet? Ik dacht dat hij ontvoerd was. Ik dacht dat hij werd gehersenspoeld.'

'Nou, dat denkt Suze nog steeds. Ze heeft in elk geval geen rust tot ze hem zelf heeft gezien... Hoe dan ook, laat die flyers eens zien?' vervolg ik snel. 'Je bent fantastisch, Danny. Echt geniaal. Wat zal Suze dankbaar zijn.'

Danny laat zich vermurwen door de lof. 'Ik heb drie verschillende,' zegt hij. 'Ulla, de flyers?'

Ulla reikt meteen in haar grote leren tas en haalt er drie flyers uit, die ze over de tafel schuift. Op alle drie staat een andere, waanzinnige zwart-witfoto van Tarkie als een broeierige gay-pornoster... allemaal uit dezelfde modereportage. Op de eerste staat ZOEK MIJ, net als op het T-shirt, op de tweede WAAR BEN IK? en op de derde IK BEN VERDWAALD, en op alle drie staat Suzes mobiele nummer.

'Cool, hè?'

'Eh...' Ik schraap mijn keel. 'Ja! Mooi!'

Ik móét zorgen dat Suze ze niet ziet.

'Ik geloof niet dat Kasey en Josh ze allemáál hoeven uit te delen,' zeg ik behoedzaam. 'Misschien niet alle tienduizend.'

'Maar wat moet ik dan met de rest?' Danny's gezicht betrekt even en klaart dan weer op. 'Ik weet het al. Een installatie! Misschien baseer ik mijn volgende collectie op deze ervaring!' Hij begint te stralen. 'Yes! Opsluiting. Ontvoering. Onderwerping. Heel duister, vat je? Heel *noir.* Geketende modellen. Ulla!' roept hij uit. 'Noteer: boeien, ketenen, jute, leer.' Hij denkt even na en besluit: 'Hotpants.'

'Ik dacht dat je volgende collectie het snijpunt van Eskimo's en Las Vegas zou zijn?'

'Oké, die daarna dan,' zegt hij luchtig. 'Zo, waar is Suze?'

'O.' Mijn stemming zakt prompt. 'Bij Alicia. Weet je nog, Alicia

Billenkont? Nou, ze is met die knakker getrouwd, Wilton Merrelle heet hij, en...'

'Becky, ik weet wel wie Alicia Merrelle is,' valt Danny me in de rede. 'Ze is niet de eerste de beste. Haar huis is, zeg maar, de droom van de dure architectuurbladen.'

'Praat me er niet van,' zeg ik mismoedig. 'O, Danny, het is zo erg. Ze heeft Suze van me afgepakt. Ze zijn altijd samen. Suze is haar hele gevoel voor humor kwijt en het komt allemaal door Alicia...' Ik breek mijn zin af en wrijf over mijn neus. 'Ik weet me geen raad.'

'Tja.' Danny denkt even na en haalt dan laconiek zijn schouders op. 'Mensen gaan door. Vriendschappen gaan voorbij. Als je van Suze houdt, moet je haar misschien loslaten.'

'Haar loslaten?' Ik kijk hem gekwetst aan. Het was niet de bedoeling dat hij dat zou zeggen.

'Mensen veranderen, het leven verandert... Zo gaat dat. Misschien is het voorbestemd.'

Ik kijk naar het linnen tafelkleed, opgeslokt door ellendige gedachten. Het kan niet voorbestemd zijn dat ik Suze kwijtraak aan Alicia Billenkont. Dat kán gewoon niet.

'En, hoe is het tegenwoordig met Alicia?' vraagt Danny. 'Nog steeds dezelfde lieve schat als altijd? Nog steeds bezig huwelijken kapot te maken?'

Ik word overspoeld door opluchting. Danny weet tenminste hoe Alicia echt is.

'Ze doet alsof ze haar leven heeft gebeterd,' zeg ik somber, 'maar ik geloof haar niet. Ze voert iets in haar schild.'

'Nee!' Danny leeft op. 'Wat dan?'

'Ik weet het niet,' geef ik toe, 'maar het kan niet anders. Ze is altijd iets van plan. Hou haar in de gaten.'

'Doe ik.' Hij knikt.

'Niet dat je haar vanavond te zien zult krijgen.' Ik laat moedeloos mijn schouders hangen. 'We zijn in Las Vegas, ik heb Tarquin en pap gesproken en we weten dat het goed met ze gaat. We zouden het moeten vieren, maar Alicia en Suze weigeren zich te vermaken. Ze willen vroeg naar bed. Dat geloof je toch niet?'

'Nou, maar ik ga me wél vermaken.' Danny reikt over het tafelblad en omvat mijn hand met zijn warme, droge vingers. 'Niet zo somber, Becky. Wat zullen we gaan doen? Naar het casino?'

'Daar zie ik Luke straks,' vertel ik. 'Hoewel ik er een beetje... nou ja. Huiverig voor ben.'

'Hoezo?'

Nou ja, zeg, luistert hij dan niet?

'Daarom!' Ik gebaar woest met mijn handen. 'Crystal meth!'

'Dat neem je toch niet serieus?' Danny schiet in de lach. 'Becky, gokken is léúk.'

'Je snapt het niet! Ik heb een verslavingsgevoelige persoonlijkheid! Mijn hele leven kan in een neerwaartse spiraal van verslaving en afhankelijkheid raken! Je zult me wel willen helpen, maar ik ben niet meer te redden!'

Ik heb op ware verhalen gebaseerde films over drugsverslaving gezien. Ik weet hoe het gaat. Het ene moment zeg je: *één trekje dan*, en het andere zit je met ongewassen haar tegenover de rechter, vechtend voor de voogdij over je kinderen.

'Relax.' Danny wenkt een ober om af te rekenen. 'Kom op, we gaan een gokje wagen. Als je er verslaafd uit begint te zien, sleur ik je weg. Erewoord.'

'Ook als ik je uitscheld en bespuug en zeg dat mijn vrienden en familie niets meer voor me betekenen?' vraag ik angstig.

'Dan helemaal. Kom op, eens kijken of we al Lukes geld kunnen verspelen.' Hij ziet mijn gezicht en voegt eraan toe: 'Grapje. Het was een grápje.'

Binnen een paar minuten zijn we bij het casino, en als we over de drempel stappen, haal ik diep adem. Dit is het dus. Het echte Las Vegas. Het kloppende hart van de stad. Ik kijk om me heen, bijna duizelig van al het neon, de drukke vloerbedekking en de glimmende kleren. Iedereen lijkt op de een of andere manier te schitteren, al is het maar door een met diamanten bezet horloge dat flonkert in het licht.

'Heb je al fiches?' vraagt Danny, en ik tast naar mijn gratis fiches. Luke heeft me zijn rol ook gegeven, dus ik heb een hele lading.

'Ik heb voor vijftig dollar,' zeg ik als ik alles bij elkaar heb opgeteld.

'Vijftig?' Danny gaapt me aan. 'Daar kun je amper een keer mee inzetten. Je moet voor minstens driehonderd hebben.'

'Ik ga geen driehonderd dollar vergokken!' zeg ik vol afgrijzen. God, wat is gokken duur. Ik bedoel, voor driehonderd dollar heb je een echt leuke rok.

'Nou, ik had al voor vijfhonderd dollar gekocht,' zegt Danny met fonkelende ogen. 'Dus ik wil aan de slag.'

'Vijfhonderd?' Ik kijk hem verbijsterd aan.

'Ik maak er tien keer zoveel van, wacht maar af. Ik voel dat ik ga winnen vanavond.' Hij blaast in zijn handen. 'Fortuinlijke vingers.' Zijn enthousiasme werkt aanstekelijk, en als we met onze fiches in de hand om ons heen kijken, moet ik me wel opgewonden voelen. En doodsbang. Allebei.

Ik heb nog nooit zoiets meegemaakt. Zelfs de lucht lijkt goklust te verspreiden. Je voelt het zo ongeveer aan de adem van de mensen als je langs de tafels loopt, een soort opgefokt, gespannen gevoel, zoals wanneer je in de rij staat bij een sample sale. Ik hoor overal om me heen gebrul en kreten van mensen die winnen of verliezen, vermengd met het tikken van de fiches en het rinkelen van cocktailglazen op dienbladen die worden vastgehouden door schaars geklede serveersters. En op de achtergrond blijven de gokautomaten continu bliepen.

'Wat zullen we doen?' vraag ik. 'Roulette?'

'Blackjack,' zegt Danny gedecideerd, en hij loodst me naar een grote tafel.

Wat ziet het er allemaal volwassen en serieus en écht uit. We schuiven op een paar lege krukken aan de tafel, maar niemand kijkt zelfs maar op om ons te begroeten. Het heeft wel iets van aan een bar zitten, alleen ligt er vilt op de bar en deelt de croupier geen drankjes uit, maar kaarten. Er zitten twee mannen op leeftijd en een heel humeurig ogend meisje in smoking met een glitterhoed op aan onze tafel.

'Ik weet niet hoe het moet!' fluister ik panisch naar Danny.

Hoewel... ik weet wel een beetje hoe het moet. Het is hetzelfde als eenentwintigen, toch? Dat doe ik elk jaar met Kerstmis met pap en mam. Maar zijn er speciale regels in Las Vegas?

'Eitje,' zegt Danny. 'Leg wat fiches neer. Twintig dollar.' Hij pakt de fiches uit mijn hand en legt ze resoluut in een cirkel op tafel. De croupier, een Japans uitziend meisje, neemt nauwelijks notitie van mijn fiches. Ze wacht gewoon tot iedereen heeft ingezet en deelt dan.

Ik heb een hartenzes en een schoppenzes.

'Kaart,' zeg ik luid, en iedereen staart me aan.

'Je zegt niet "kaart",' zegt Danny, die een blik op mijn kaarten werpt. 'Je wilt splitsen.' Ik weet niet wat dat is, maar ik zal Danny maar vertrouwen.

'Oké,' zeg ik dapper. 'Ik wil splitsen.'

'Dat zég je niet,' moppert Danny. 'Leg je extra fiches hier' – hij wijst naar de tafel – 'en maak een V met je vingers.'

'Oké.' Ik doe wat hij zegt en voel me opeens heel cool en professioneel. De dealer schuift mijn kaarten uit elkaar en geeft weer.

'O, nou snap ik het!' roep ik uit als ze me een klaveracht en een hartentien geeft. 'Nu heb ik twee stapeltjes! Nu moet ik wel winnen!'

Ik kijk naar iedereen die aan onze tafel zit te spelen. Dit is eigenlijk best leuk.

'Becky, jij bent,' prevelt Danny. 'Iedereen zit te wachten.'

'O, goed.' Ik tuur naar mijn kaarten. Het ene stapeltje is bij elkaar veertien en het andere zestien. Wat zal ik doen?? Eh… Ik word heen en weer geslingerd tussen doorgaan of passen en kom er niet uit.

'Becky?'

'Ja, moment…' God, wat een moeilijk spel. Ik bedoel, het is écht moeilijk. Hoe moet ik beslissen? Ik doe mijn ogen dicht en probeer de gokgoden te laten spreken, maar die zijn duidelijk even met theepauze.

'Becky?' zegt Danny weer.

Iedereen aan tafel kijkt me geërgerd aan. Nou ja, zeg. Beseffen ze niet hoe lastig dit is?

'Ehhhhh…' Ik masseer mijn voorhoofd. 'Ik weet het niet. Even denken…'

'Mevrouw?' vraagt de croupier ongeduldig. 'Mevrouw, u moet spelen.'

Argh. Wat een stress, dat gokken! Het is alsof je twijfelt of je die afgeprijsde jas in de uitverkoop bij Selfridges zult kopen; het zou kunnen dat er bij Liberty een mooiere hangt, maar als je deze niet neemt, zou iemand anders ermee aan de haal kunnen gaan…

'Wat moet ik doen?' Ik kijk vragend naar de andere spelers. 'Hoe kan het dat jullie allemaal zo rustig blijven?'

'Mevrouw, het is gókken. U kiest gewoon iets.'

'Oké, kaart,' zeg ik uiteindelijk. 'Pas. Weet ik veel. Op allebei. O, of zal ik dubbelen?' Ik kijk naar Danny. Ik weet niet wat dubbelen precies is, maar ik heb het in films gehoord, dus het moet iets zijn.

'Néé,' zegt hij met klem.

De croupier geeft me een negen en een tien, maakt het spel af en harkt mijn fiches naar zich toe.

'Hè?' zeg ik perplex. 'Wat is er nou gebeurd?'

'Je bent kapot,' zegt Danny.

'Maar… Zomaar? Zegt ze niet eens iets?'

'Nee. Ze pakt gewoon je geld. En het mijne. Balen.'

Ik kijk naar de zwijgende croupier en voel me een beetje verongelijkt. Ze zouden dat gokken een beetje moeten opleuken. Als je iets duurs koopt, stoppen ze het toch ook voor je in een mooie tas en wensen ze je veel plezier met je aankoop?

Ik denk zelfs dat winkels in alle opzichten beter zijn dan casino's. Je geeft net zoveel geld uit, maar in winkels krijg je er iets voor terug. Ik bedoel, kijk dan. Ik zit een seconde of vijf op een kruk en ik ben veertig dollar kwijt, en ik heb helemaal niets.

'Ik neem even pauze,' zeg ik van mijn kruk glijdend. 'Zullen we iets gaan drinken?' Ik check mijn telefoon en zie dat ik een nieuw bericht heb. Luke is onderweg.

'Prima,' zegt Danny. 'En, ben je al gokverslaafd, Becky?'

'Ik dénk het niet,' zeg ik, mijn gevoelens ontledend. 'Misschien ben ik toch geen geboren gokker.'

'Je hebt verloren,' zegt Danny deskundig. 'Wacht maar tot je begint te winnen. Dán kun je niet meer ophouden. O, hé Luke.'

Ik kijk op en zie Luke door het casino op ons af lopen. Zijn donkere haar glanst onder de lampen en zijn kin steekt zelfbewust naar voren.

'Danny!' Hij slaat Danny op zijn rug. 'Ben je al ontdooid?'

'Geen grappen.' Danny huivert. 'Het is nog te vers om over te praten.'

Luke kijkt naar mij en ik grinnik even naar hem. Wat het met Danny is, is dat hij zichzelf wel héél serieus neemt. Maar het is zo'n lieverd dat je er maar gewoon in meegaat.

'Zo Becky, heb je ons al schatrijk gemaakt?' vraagt Luke.

'Nee, ik heb verloren,' zeg ik. 'Ik vind er geen klap aan.'

'Je bent nog niet eens begonnen!' zegt Danny. 'Laten we een andere tafel proberen.'

'Misschien,' zeg ik, maar ik kom niet in beweging. Ik ben er nog steeds niet van overtuigd dat gokken leuk is. Als je verliest, is dat balen, natuurlijk. En als je wint, is dat super, maar dan kun je verslaafd raken.

'Wil je niet, Becky?' Luke neemt me verwonderd op.

'Jawel. Alleen... stel dat ik begin te winnen en verslaafd raak?'

'Dat gebeurt niet,' zegt Luke geruststellend. 'Kies gewoon een strategie voordat je begint en hou je eraan.'

'Wat voor strategie?'

'Nou, bijvoorbeeld: ik blijf zó lang gokken en dan hou ik op. Ik geef dít bedrag uit en dan hou ik het voor gezien. Of gewoon: stop als je in de plus staat. Wat je nooit moet doen, is goed geld naar kwaad geld gooien. Als je verliest, verlies je. Probeer niet jezelf weer in de winst te gokken.'

Ik laat het allemaal even zwijgend bezinken. 'Juist. Oké.' Dan kijk ik weer op. 'Ik heb een strategie.'

'Goed zo! Wat wil je spelen?'

'Geen blackjack,' zeg ik gedecideerd. 'Dat is een stom spel. Laten we naar de roulette gaan.'

We lopen naar een lege roulettetafel en klimmen op de hoge stoelen. De croupier, een kale man van in de dertig, zegt meteen met een olijke glimlach: 'Goedenavond, en welkom aan mijn tafel,' en ik lach stralend terug. Ik vind hem nu al aardiger dan die vorige. Wat een stuk chagrijn was dat. Geen wonder dat ik heb verloren.

'Hallo!' Ik glimlach terug en leg een enkele fiche op rood, terwijl Luke en Danny voor zwart kiezen. Ik kijk als gehypnotiseerd naar het draaiende wiel. Kom op, rood… kom op, rood…

Het balletje klettert in een vakje en ik knipper verbluft met mijn ogen. Ik heb gewonnen! Ik heb nota bene gewonnen!

'Dat is voor het eerst dat ik iets win in Las Vegas,' zeg ik tegen de croupier, die lacht.

'Misschien blijf je wel winnen.'

'Wie weet!' Ik leg mijn fiches weer op rood en kijk naar het draaiende wiel. Het is bijna hypnotiserend. We staren er allemaal naar, niet in staat onze blik af te wenden, tot het eindelijk vaart mindert en het balletje in een vakje valt…

Yes! Ik heb weer gewonnen!

Oké. Roulette is het meest geweldige spel van de wereld. Ik snap niet waarom we onze tijd aan dat stomme blackjack hebben verspild. Het is een halfuur later en ik heb zo vaak gewonnen dat ik me de gokgodin voel. Luke en Danny hebben allebei zo ongeveer quitte gespeeld, maar ik heb een enorme berg fiches verzameld en ga nog steeds lekker.

'Ik heb hier talent voor!' Ik zit me te verkneukelen als ik weer een stapel fiches win. Ik neem een slok van mijn margarita en kijk naar de tafel, peinzend over mijn volgende zet.

'Je hebt gelúk,' verbetert Luke me.

'Geluk... talent... één pot nat...'

Ik pak al mijn fiches, concentreer me even en leg ze dan op zwart. Luke schuift een paar fiches op oneven en we kijken allemaal gefascineerd naar het draaiende wiel.

'Zwart!' juich ik als de bal in 10 valt. 'Ik heb weer gewonnen!'

Vervolgens zet ik mijn fiches eerst op zwart, dan op rood en dan nog eens op rood. En op de een of andere manier blijf ik winnen! Een groep kerels op hengstenbal komt naar onze tafel, de croupier vertelt dat ik achter elkaar door win, en ze scanderen allemaal: 'Be-cky, Be-cky!' telkens wanneer ik win. Ongelooflijk dat ik het zo goed doe. Ik ben betoverd.

En weet je wat? Danny had gelijk. Gokken is totaal anders als je wint. Ik zit in de flow. De rest van de wereld is weg. Het enige wat ik zie, is het roulettewiel, de cijfers die een waas worden als het tolt en dan weer tevoorschijn komen... En ik heb wéér gewonnen.

Een van de hengsten, een zekere Mike, tikt me op mijn schouder. 'Wat is je methode?'

'Weet ik niet,' zeg ik bescheiden. 'Ik concentreer me gewoon, weet je. Ik stúúr de kleur min of meer.'

'Ben je een vaste klant?' vraagt iemand anders.

'Ik had nog nooit van mijn leven gegokt,' zeg ik, roezig van de aandacht. 'Maar misschien moet ik ermee doorgaan!'

'Je zou in Las Vegas moeten gaan wonen.'

'Ja!' Ik wend me tot Luke. 'We zouden hierheen moeten verhuizen!'

Ik pak al mijn fiches, aarzel eventjes en stapel ze dan allemaal op nummer 7.

'Zeker weten?' zegt Luke met opgetrokken wenkbrauwen.

'Heel zeker,' zeg ik, en ik neem nog een teug margarita. 'Laten we het erop houden dat ik een vibratie voel. Van nummer 7.' Ik richt me tot de hele groep. 'Dat is mijn getal. Zeven.'

Een paar van de hengsten beginnen 'Ze-ven, ze-ven!' te scanderen. Een paar anderen zetten ook snel in op 7. Terwijl het wiel draait, kijken we er allemaal als bezeten naar.

'Zeven!' brult de tafel als de bal in vakje 7 klettert. Ik heb gewonnen! Zelfs de croupier helt naar me over om me een high five te geven.

'Die meid is niet te houden!' roept Mike uit.

'Welk getal nu, Becky?' vraagt een andere hengst.

'Zeg op, Becky!'

'Becky!'

'Wat moeten we spelen, Becky?'

Iedereen is benieuwd wat ik ga doen, maar ik kijk niet meer naar het wiel. Ik kijk naar mijn fiches en maak een snelle rekensom. Tweehonderd… vierhonderd… nog een… Yes! Ik kan me niet bedwingen en geef een stompje in de lucht.

'Nou?' vraagt een van de hengsten gretig. 'Wat heb je voor ons, Becky?'

Ik richt me triomfantelijk glimlachend tot de croupier. 'Ik wil mijn fiches graag inwisselen, alstublieft.'

'Inwisselen?' Mikes mond valt open. 'Wát?'

'Ik heb genoeg gegokt.'

'Nee, nee, nee!' Mike struikelt bijna over zijn woorden, zo erg vindt hij het. 'Je bent op dreef! Speel door!'

'Maar ik heb achthonderd dollar verdiend,' leg ik hem uit.

'Super! Ga zo door, meid! Leg je fiches neer!'

'Nee, je snapt het niet,' zeg ik geduldig. 'Met achthonderd dollar kan ik dat prachtige jasje voor Luke kopen.'

'Wat voor jasje?' vraagt Luke verbaasd.

'Ik heb het bij Armani gezien toen ik de Shoppes bekeek. Het is van grijs kasjmier. Zullen we ernaar gaan kijken?' Ik geef een kneepje in zijn arm. 'Het zal je fantastisch staan.'

'Een jasje?' zegt Mike ongelovig. 'Schat, ben je niet goed wijs? Je hebt het in je vingers! Je kunt nu niet ophouden!'

'O, jawel. Dat was mijn strategie.'

'Je strategie?'

'Luke zei dat ik een strategie moest hebben. Ik besloot dus dat mijn strategie was: genoeg geld winnen om het Armani-jasje te kopen. En dat heb ik gedaan.' Ik lach triomfantelijk. 'Dus kap ik ermee.'

'Maar... maar...' Mike lijkt bijna sprakeloos te zijn. 'Je kunt nu niet ophouden! Je wint achter elkaar door.'

'Maar dat hoeft niet zo te blijven,' merk ik op. 'Ik zou kunnen verliezen.'

'Je verliest niet. Ze gaat winnen, toch?' Hij kijkt vragend om bijval naar zijn vrienden.

'Becky gaat winnen!' beaamt een van hen.

'Maar ik zou kunnen gaan verliezen,' leg ik geduldig uit. 'En dan kan ik het jasje niet meer betalen.'

Snappen ze dan niets?

'Becky, niet weggaan.' Mike slaat dronken een arm om mijn schouders. 'We hebben lol, toch?'

'O, het was geweldig,' zeg ik snel. 'Jullie waren fantastisch gezelschap. En ik vind gokken ook wel leuk, ergens... maar ik vind het nog leuker om dat jasje voor Luke te kopen.' Ik wend me tot de croupier en zeg beleefd: 'Sorry. Ik wil u niet beledigen. U hebt een heel mooie roulettetafel.' Dan hoor ik Luke opeens proesten van het lachen. 'Wat nou?' zeg ik verontwaardigd. 'Wat valt er te lachen?'

'Niets, lieveling,' zegt hij. Hij pakt mijn hand en geeft er een kus op. 'Alleen zou ik me als ik jou was nog maar geen zorgen maken over je afdaling in de gokverslavingshel.'

Het jasje staat Luke waanzinnig goed. Ik wist het wel. Het is strak gesneden en het kleedt af en het haalt de chocoladeachtige highlights in zijn haar op. Ik zie alle verkoopsters vol bewondering toekijken als hij uit de paskamer komt en voor de grote spiegel gaat staan. Ik vind het alleen jammer dat Danny er niet bij is om Luke ook te bewonderen, maar hij is nog aan het gokken met de hengsten.

'Als gegoten!' zeg ik. 'Ik wist wel dat het je goed zou staan!'

'Goh, dank je wel,' zegt Luke, die stralend naar zijn spiegelbeeld lacht. 'Ik ben diep ontroerd.'

Ik pak mijn winst en tel met zorg het bedrag uit terwijl een verkoopster het jasje in een mooie vierkante doos verpakt.

'En nu,' zegt Luke als we de winkel uit lopen, 'wil ik iets terugdoen, al is het niet veel. Ik had je dit al eerder willen geven.' Hij geeft me een uitgeprinte e-mail. 'Een van de teams van de Londense vestiging adviseert Mac, dus hebben alle medewerkers een voucher voor negentig procent korting gekregen. Een hemels moment lang dacht ik dat het om Apple Mac ging...' – hij slaakt een komische zucht – '... maar het is natuurlijk make-up. Dus mag jij mijn voucher hebben.'

'Goh, bedankt.' Ik laat mijn blik over de e-mail glijden. 'Wauw. Negentig procent!'

'Waar zouden ze het hebben?' Luke kijkt om zich heen. 'Barneys? Zullen we daarheen lopen?'

'Eigenlijk... nee,' zeg ik na een korte stilte. 'Laat maar. Je zou het saai vinden.'

'Wil je niet?' vraagt Luke verbaasd.

Ik kijk naar de voucher en probeer mijn eigen reactie te peilen. Bij het idee dat ik make-up voor mezelf moet uitkiezen – ook al is het met korting – krijg ik een raar, verkrampt gevoel in mijn maag.

O, god, ik weet niet wat me mankeert. Ik genoot ervan om dat jasje voor Luke te kopen, en dat legpuzzeltje voor Minnie, maar op de een of andere manier kan ik geen make-up voor mezelf kopen. Het is niet... Ik voel me zo vreemd... Ik heb...

Ik heb het niet verdiend, flitst het door mijn hoofd, en ik krimp in elkaar.

'Nee, dank je.' Ik dwing mezelf vrolijk te glimlachen. 'Laten we mam en Janice gaan aflossen. Ze hebben lang genoeg op Minnie gepast.'

'Wil je niet nog wat rondlopen? Naar de lichtjes kijken?'

'Nee, dank je.'

Mijn eerdere blijdschap is als sneeuw voor de zon verdwenen. Zodra Luke voorstelde iets voor me te gaan kopen, leek het alsof ik een vermanend stemmetje in mijn hoofd hoorde. Maar het was niet het vriendelijke, kalme Golden Peace-stemmetje dat zegt dat ik 'welbewust' moet kopen en alles 'met mate' moet doen. Dit was een strengere stem, eentje die zei dat ik helemaal niets verdien.

We lopen samen van de Shoppes naar de liften, overspoeld door het rumoer van mensen en muziek. Luke blijft peinzende blikken op me werpen, en ten slotte zegt hij: 'Becky, lieverd, ik geloof dat je niet lekker in je vel zit.'

'Hoezo?' schiet ik in de verdediging. 'Ik zit prima in mijn vel.'

'Volgens mij niet. Wat is er toch, schat?' Hij draait me naar zich toe en legt zijn handen op mijn schouders.

'Nou... je weet wel.' Ik heb een brok in mijn keel. 'Alles. Het is allemaal mijn schuld, deze reis. Ik had meteen naar Brent moeten gaan. Ik had beter naar pap moeten luisteren. Geen wonder dat Suze...'

Ik breek mijn zin af. Mijn ogen branden. Luke zucht.

'Suze draait wel bij.'

'Maar ik had het er met Danny over en die zei dat vriendschappen voorbijgaan en dat ik Suze moet loslaten.'

'Nee.' Luke schudt resoluut zijn hoofd. 'Nee, nee. Dat ziet hij verkeerd. Sommige vriendschappen gaan voorbij, maar die van Suze en jou niet.'

'Volgens mij is het al voorbij,' zeg ik verdrietig.

'Niet opgeven! Becky, jij bent er het type niet naar om het zomaar op te geven! Oké, het ging niet zo lekker met jou en het ging niet zo lekker met Suze... maar ik ken jullie allebei en ik weet dat jullie altijd vriendinnen zullen blijven. Als jullie allebei oma zijn, zullen jullie tips uitwisselen over het breien van babysokjes. Ik zie het al voor me.'

'Echt waar?' zeg ik met een sprankje hoop. 'Denk je?'

Ik kan me ons wel voorstellen als oude besjes. Suze heeft lang, zilverwit haar en een elegante wandelstok en is nog steeds adembenemend mooi, maar dan met een rimpeltje hier en daar, en ik ben niet mooi, maar ik draag fantastische accessoires. De mensen zullen me 'de oude dame met de prachtige ketting' noemen.

'Geef Suze nog niet op,' zegt Luke. 'Je hebt haar nodig. En zij jou ook, al beseft ze dat nu misschien even niet.'

'Maar ze heeft alleen oog voor Alicia,' zeg ik mismoedig.

'Ja, en op een dag krijgt ze haar scherp in beeld en ziet ze precies wie en wat Alicia is,' zegt Luke droog terwijl hij op de liftknop drukt. 'Vergeet intussen niet dat je nog steeds haar vriendin bent. Ze heeft gevraagd of je mee wilde gaan op deze reis. Laat je niet door Alicia ringeloren.'

'Oké,' zeg ik met een klein stemmetje.

'Ik meen het, Becky,' zegt Luke bijna fel. 'Wil je Alicia over je heen laten lopen? Vecht voor je vriendschap. Want die is het waard.'

Hij klinkt zo zeker van zijn zaak dat ik een ietsepietsie optimisme voel terugkomen.

'Oké,' zeg ik uiteindelijk. 'Oké. Dat zal ik doen.'

'Zo ken ik je weer.'

We zijn intussen bij onze hotelkamer aangekomen. Luke pakt het pasje, haalt het door de gleuf en doet de deur open... en ik verstijf van schrik. Wa...

Wááát?

'Goedenavond, Rebecca, Luke,' zegt een bekende ijzige stem.

Oké, droom ik? Of heb ik te veel margarita's gedronken? Dit kan niet waar zijn.

Maar ik geloof dat het toch waar is. Elinor, mijn schoonmoeder, zit kaarsrecht op een poef in een Diane von Fürstenberg-wikkeljurk en neemt me op met die borende blik van haar.

'Moeder!' Luke klinkt net zo geschrokken als ik. 'Wat doe jíj hier?'

Ik kijk naar zijn gezicht en krimp inwendig in elkaar. Het is nooit koek en ei geweest tussen Luke en zijn moeder, maar de relatie heeft onlangs een nieuw dieptepunt bereikt. Een paar dagen geleden, nog in LA, heb ik de minst succesvolle moeder-zoonverzoening ooit in scène gezet. Luke is de kamer uit gebeend. Elinor is de kamer uit gebeend. Mijn droom dat ik een conflictoplosser à la Kofi Annan zou worden, is in duigen gevallen. Ik weet dat Luke er een beurs gevoel aan over heeft gehouden. En nu is ze weer terug, zonder enige waarschuwing.

'Elinor heeft me gered!' zegt mam, die met Janice op de bank zit, op dramatische toon. 'Ik kon me tot niemand anders wenden, dus heb ik haar gebeld!'

Niemand anders? Waar heeft ze het over? Ze heeft een hele camper vol mensen.

'Mam,' zeg ik omzichtig, 'dat is niet waar. Je hebt mij, Suze, Luke...'

'Ik moest een invloedrijk iemand hebben!' Mam zwaait met haar wijnglas naar me. 'Aangezien Luke heeft geweigerd zijn connecties in te schakelen...'

'Jane,' zegt Luke, 'ik weet niet wat je precies van me verwachtte...'

'Ik verwachtte dat je geen middel onbenut zou laten! Elinor had niet behulpzamer kunnen zijn. Zij begrijpt het tenminste. Ja toch, Elinor?'

'Maar we hebben pap gevonden!' breng ik ertegen in. 'We hebben hem opgespoord!'

'Nou, dat kon ik toch niet weten toen ik Elinor belde?' zegt mam schaamteloos. 'Ze heeft zich hierheen gespoed om te helpen. Maar zij is dan ook een échte vriendin.'

Dit is waanzin. Mam kent Elinor amper. We zijn niet bepaald

versmolten tot zo'n grote, gelukkige familie waarvan de leden elkaar allemaal onder een sneltoets hebben zitten. Voor zover ik weet, liggen de familieverhoudingen tot nu toe ongeveer zo:

Elinor kijkt op pap en mam neer (te burgerlijk).
Mam heeft iets tegen Elinor (te snobistisch).
Pap mag Elinor wel, maar vindt haar een droogpruim (goed punt).
Luke en Elinor praten amper met elkaar.
Minnie houdt van iedereen, vooral van 'omie' (mam) en 'mewouw' (Elinor). Maar ze ligt al te slapen, dus daar hebben we niet zoveel aan.

Dus. Niets in dit scenario wijst erop dat mam en Elinor hartsvriendinnen zouden zijn. Ik wist zelfs niet dat mam Elinors nummer had. Ik kijk naar Luke en zie een boze frons over zijn gezicht trekken.

'Wat verwacht je van mijn moeder?' zegt hij effen.

'We gaan nu uit, de situatie bespreken,' zegt mam. 'Zij is nog nooit in Las Vegas geweest en wij ook niet, dus we gaan een ladies' night houden.'

'Girlpower!' vult Janice enthousiast aan.

'Je ziet er goed uit, Elinor,' moet me van het hart. 'Mooie jurk.'

Ik heb Elinor zelf aangeraden die eeuwige stijve mantelpakken eens te verruilen voor een wikkeljurk en kijk: ze heeft mijn advies opgevolgd! De jurk heeft een zwart-witprint, zit perfect – ik denk dat ze hem heeft laten vermaken – en maakt haar een stuk vrouwelijker. Hierna ga ik haar overhalen laagjes in haar haar te laten knippen. (Maar alles op zijn tijd, natuurlijk.)

Ik zie dat Luke pissig is op mam, al probeert hij het niet te laten merken.

'Moeder,' zegt hij, 'denk alsjeblieft niet dat je verplicht bent je hier aan je haren bij te laten slepen. Het was ongepast van Jane om je te bellen.'

'Ongepast?' herhaalt mam verontwaardigd. 'Elinor is familie hoor, niet dan, Elinor?'

'Ze tobt met haar gezondheid,' zegt Luke. 'Het laatste waar ze behoefte aan heeft, is betrokkenheid bij een familiedrama. Moeder...' Hij wendt zich tot Elinor. 'Als je nog niet hebt gegeten, stel ik voor dat wij samen naar een restaurant gaan. Dat vind je toch wel goed, Becky?'

'Ja,' zeg ik snel. 'Prima. Ga maar.'

'Want eerlijk gezegd...' vervolgt Luke gegeneerd tegen Elinor. 'Nou ja, het komt erop neer dat ik me de laatste keer niet netjes heb gedragen. En dat wil ik graag goedmaken. Ik vind dat we een kans moeten krijgen om een brug te slaan...' Luke zwijgt en wrijft in zijn nek. Ik weet dat hij dit moeilijk vindt, helemaal waar iedereen bij zit. 'En ik moet mijn excuses aanbieden. Laat me alsjeblieft beginnen met een etentje.'

'Ik waardeer je woorden, Luke,' zegt Elinor na een korte, stugge stilte. 'Dank je. Ik denk dat we, als jij de bereidheid hebt...' Ze lijkt het net zo moeilijk te vinden als Luke. 'Dat we... een streep onder het verleden zouden kunnen zetten en opnieuw beginnen?'

Ik hou mijn adem in en kijk naar Luke. Ik kan bijna niet geloven dat ik de woorden 'een streep onder het verleden' en 'opnieuw beginnen' hoor. Ze gaan het bijleggen! Eindelijk dan toch! Hopelijk wordt het een heerlijk lang, verbindend etentje en praten ze het helemaal uit en wordt alles anders van nu af aan.

'Fijn!' Lukes gezicht breekt open in een opgeluchte glimlach. 'Ik zou niets liever willen. Ik reserveer een tafel, we eten samen, misschien kunnen we het over dat uitstapje naar de Hamptons hebben dat we zouden gaan maken...'

'Ik was nog niet klaar,' onderbreekt Elinor hem. 'Ik waardeer je woorden, Luke, en ik zou het fijn vinden als we de problemen uit het verleden achter ons konden laten, maar ik heb besloten dat ik vanavond...' ze zwijgt even '... met Jane en Janice de stad in ga.'

Mijn mond zakt open. Elinor en mam? Samen uit? In Las Vegas?

'Goed zo.' Mam geeft Elinor een schouderklopje. 'Ga maar met ons mee, lol maken.'

'Girlpower!' roept Janice weer. Ze heeft blosjes op haar wangen en ik vraag me af hoeveel miniflesjes wijn ze opheeft.

'Wil je met die twee uit? Niet met mij?' vraagt Luke ongelovig.

Ik moet toegeven dat het ook moeilijk te geloven is. Toen Elinor en mijn ouders elkaar net kenden, was ze zo'n snob dat ze zich gedroeg alsof alle Bloomwoods een soort pestlijders waren.

'Jane heeft wat foto's van Minnie die ze me wil laten zien,' zegt Elinor. 'Ik wil haar graag als baby zien. Ik heb zoveel van die periode gemist.'

Er is een glimpje emotie in haar ogen te zien en ik voel een ongemakkelijk steekje. Die arme Elinor heeft te lang aan de rand van deze familie gestaan.

'Wat je zegt, Elinor! Kijk maar in mijn iPhone, ik stuur je alle kiekjes die je hebben wilt,' zegt mam, die haar jasje aantrekt en van de bank komt. 'Je kunt een collage maken voor in je keuken. Of... Dat is het! Je houdt toch van legpuzzels? Nou, laat een puzzel maken van een foto van Minnie! Dat kun je bij Snappy Snaps laten doen.'

'Een legpuzzel?' Elinor fronst bedachtzaam haar voorhoofd. 'Een legpuzzel van Minnies beeltenis. Wat een goed idee.'

'O, ik barst van de goede ideeën,' zegt mam terwijl ze Elinor naar de deur drijft. 'Kom op! Klaar, Janice? Elinor, heb je wel eens gegokt?'

'Ik speel van tijd tot tijd baccarat in Monte Carlo,' zegt Elinor stijfjes. 'Met de Broisiers. Een oud Monegaskisch geslacht.'

'Mooi zo! Dan kun je het ons leren. Ik moet wat stoom afblazen, Elinor, dat kan ik je rustig vertellen. Doei, Becky, schat, ik zie je morgen stipt om negen uur in het Bellagio. Ik ga je vader eens flink de waarheid zeggen. Zo, Elinor, lust je wel een cocktail?'

Als de deur achter hen in het slot valt, ratelt mam nog steeds door. En Luke en ik gapen elkaar verbijsterd aan.

Berichten: Inbox (1.783)

Van: Privénummer
18.46
Hé, lekker ding!

Van: Privénummer
18.48
Jou wil ik wel tussen de lakens vinden!

Van: Privénummer
18.57
Zie je om 22.00 flamingo vraag naar juan

Van: Privénummer
18.59
Hoeveel per uur?

Van: Privénummer
19.01
Cool, die brede borst!!!! Gaaf, dat touw!!!!

Van: Privénummer
19.07
Love you, eenzame jongen

Van: Privénummer
19.09
Hoe duur?

Van: Privénummer
19.10
Doe me, stuk, maakt niet uit wanneer

Van: Privénummer
19.12
Ik wil je boeken

Van: Privénummer
19.14
Val je op mannen of op vrouwen?

8

Het is de ochtend erna. Degene die de ochtend erna heeft uitgevonden, moet eigenlijk dood.

Het is kwart voor negen en ik zit aan een grote ronde tafel in het Bellagio op de anderen te wachten. Mijn hoofd bonst zacht op het ritme van de muzak en ik voel me een beetje misselijk. Wat maar bewijst dat roomservicewijn net zo sterk is als restaurantwijn.

Net als roomservicecocktails.

Oké, oké. En roomserviceslaapmutsjes.

Wat ook niet hielp, was dat Minnie ons om een uur of drie ’s nachts wakker maakte door te krijsen dat haar bed ‘in het water lag’. Het komt allemaal door die stomme gondels. Er zou een waarschuwingsbord bij moeten staan.

Ik kijk op en zie Luke van het buffet terugkomen naar onze tafel, samen met Minnie, die een kom cornflakes vasthoudt.

‘Mammie, flakes!’ zegt ze op een toon alsof ze een zeldzame delicatesse heeft ontdekt. ‘Ik heb flakes!’

‘Nee maar, lieverd! Lekker!’ Ik kijk Luke aan. ‘Ze heeft het hele buffet van het Bellagio om uit te kiezen en ze gaat voor de cornflakes?’

‘Ik heb geprobeerd haar over te halen de verse garnalen-kreeftschotel te nemen,’ zegt Luke met een lach, ‘maar het zat er niet in.’

Mijn maag draait zich bijna om bij het idee van verse garnalen en kreeft. Ik bedoel, nou vraag ik je, zeekreeft bij het ontbijt? Wat is dat voor waanzin?

‘Ze hebben truffelomeletten,’ zegt Luke terwijl Minnie haar cornflakes opknabbelt.

'Joepie,' zeg ik zonder enig enthousiasme.

'En er is een chocoladefontein, en ze hebben wentelteefjes, en...'

'Luke, hou op,' kreun ik. 'Niet over eten praten.'

'Heb je het zwaar?' Luke grijnst naar me.

'Nee,' zeg ik waardig. 'Ik heb gewoon niet zo'n trek.'

Misschien moet ik het 5:2-dieet gaan volgen. Ja. Dan zou vandaag de vastendag kunnen zijn.

Er komt een ober koffie bijschenken en ik nip er voorzichtig van. Even later hoor ik een bekend geluid en kijk op. Is dat de stem van mam? O, mijn god, die geestverschijning, is dat mam?

Ze staat bij het tafeltje van de gerant, met warrig haar, vegen mascara onder haar ogen en een soort glitterbloem achter haar oor.

'Mijn dochter,' zegt ze. 'Mijn dochter, Becky. Kunt u haar zoeken, alstublieft? Ik moet dringend een kop koffie hebben...' Ze grijpt naar haar verfomfaaide kapsel. 'O, mijn hoofd...'

'Mam!' Ik wuif verwoed naar haar. 'Hier!'

Mam kijkt op en ik zie dat ze nog dezelfde jurk aanheeft als gisteravond. Is ze de hele nacht opgebleven?

'Mam!' roep ik nog eens, en ik loop door het restaurant naar haar toe. 'Gaat het? Waar heb je gezeten?'

'Wacht,' zegt ze. 'Ik roep de anderen even. Meiden! Hierheen!'

Ze wenkt naar de ingang van het restaurant en tot mijn verbijstering zie ik de gedaantes van Elinor en Janice naderen. Ze lopen gearmd. Nee, ze waggelen gearmd.

Ze zien er allebei verschrikkelijk uit, en zij lopen ook nog allebei in hun kleren van de vorige avond. Janice heeft een glimmende sjerp om waar KARAOKE QUEEN op staat en Elinor heeft iets wat lijkt op afgebrande sterretjes in haar haar.

O, mijn god. Ik proest opeens van het lachen en sla een hand voor mijn mond.

'Zo, zijn jullie lekker wezen stappen?' vraag ik als ze bij ons zijn.

Janice kijkt op en prevelt zwakjes: 'O, Becky, kind. Laat me nooit meer Tia Maria drinken.'

'Ik voel me onpasselijk,' verkondigt Elinor, die zo wit is als een doek. 'Mijn hoofd… die symptomen… ze zijn heel beangstigend…' Ze doet haar ogen dicht en ik pak haar beet om haar overeind te houden.

'Hebben jullie eigenlijk wel geslapen?' Ik kijk van de een naar de ander met het gevoel dat ík de moeder ben. 'Hebben jullie wel water gedronken? Hebben jullie wel iets gegeten?'

'We hebben wat gedoezeld,' zegt mam na enig nadenken. 'In het Wynn, toch?'

'Ik voel me onpasselijk,' zegt Elinor weer, en ze laat haar hoofd hangen als een zwaan.

'Je hebt een kater,' zeg ik meelevend. 'Ga zitten, dan bestel ik thee…'

We lopen naar de tafel. Luke kijkt op van Minnies cornflakes en schrikt zich wild. 'Moeder!' Hij springt van zijn stoel. 'O, mijn god! Gaat het wel?'

'Niets aan de hand, ze heeft gewoon een kater,' zeg ik. 'Allemaal. Elinor, heb je wel vaker een kater gehad?'

Ik help haar op een stoel en ze kijkt me wezenloos aan.

'Weet je wat een kater is?' probeer ik nog eens.

'Ik heb de term wel eens gehoord,' zegt ze, iets van haar vertrouwde hooghartigheid hervindend.

'Nou, gefeliciteerd met je allereerste kater.' Ik schenk een groot glas water voor haar in. 'Opdrinken. Luke, heb je pijnstillers bij je?'

Luke en ik spelen katerdokter en dienen mam, Janice en Elinor water, koppen thee en pijnstillers toe. Telkens als ik Lukes blik vang, wil ik giechelen, maar Elinor zit er zo gekweld bij dat ik me bedwing.

'Maar was het wel leuk?' zeg ik als ze eindelijk weer wat kleur op haar wangen heeft.

'Ik denk het wel,' zegt ze beduusd. 'Ik herinner me zo goed als niets.'

'Dan was het leuk,' zegt Luke.

'Hé, jongens!' begroet Danny ons. We kijken allemaal op en zien hem naar onze tafel lopen. Hij draagt een met lovertjes bezette avondjurk en is opgemaakt met paarse glitteroogschaduw. Ik vermoed dat hij zijn bed ook niet heeft gezien.

'Danny!' roep ik uit. 'Wat heb je aan?'

Maar hij let niet op mij. 'Hé, jongens!' zegt hij weer, en nu begrijp ik dat hij het tegen mam, Janice en Elinor heeft. 'Jullie rockten gisteren!' Hij wendt zich tot mij. 'Ze hebben karaoke gedaan in het Mandalay Bay,' vertelt hij. 'Je moeder zingt een weergaloze "Rolling in the Deep". En Elinor! Klasse, die act!'

'Heeft Elinor karaoke gedaan?' Ik gaap hem aan.

'Nee!' zegt Luke verbijsterd.

'O, jawel.' Danny grinnikt. '"Something Stupid". Duet met Janice.'

'Nee!' zegt Luke weer, en we kijken allemaal naar Elinor, die de tafel weer bijna raakt met haar hoofd. De eerste keer dat je dronken wordt is altijd afgrijselijk, en dit is duidelijk haar eerste keer.

'Het gaat wel over,' zeg ik, en ik aai over haar rug. 'Hou je taai, Elinor.' Net als ik haar nog wat water inschenk, zie ik Suze en Alicia vanuit mijn ooghoek. Het hoeft geen betoog dat zij er totaal niet katterig uitzien. Alicia heeft die gebruineerde gezonde gloed die alle medewerkers van Golden Peace hebben. (Die is trouwens te danken aan het zelfbruinende serum van Golden Peace, níét aan gezond leven.) Suzes blonde haar is frisgewassen en ze heeft een wit topje met lange mouwen aan dat haar iets engelachtigs geeft. Als ze dichterbij komen, krijg ik een vleugje van een frisse, bloemige geur in mijn neus, alsof ze allebei hetzelfde parfum gebruiken, wat misschien ook zo is, aangezien ze zulke dikke hartsvriendinnen zijn.

'Hallo, daar!' zeg ik, mezelf tot beleefdheid dwingend. 'Hebben jullie een leuke avond gehad?'

'We zijn vroeg onder de wol gekropen,' zegt Alicia. 'En vanochtend hebben we een tai-chi-les gevolgd.'

'Super!' Ik glimlach geforceerd. 'Fijn. Zal ik jullie een glas water inschenken? Hebben jullie al gezien dat Danny er is?'

Terwijl het tweetal gaat zitten, komt Danny terug van het buffet met een bord met een hoge berg kreeft en druiven erop en verder niets.

'Suze! Schat van me.' Hij werpt haar een kushandje toe. 'Ik ben er voor je. Ik bedoel, letterlijk. Ik. Ben er.' Hij wijst naar zichzelf. 'Voor jou. Zeg maar wat ik kan doen.'

'Danny!' zegt Suze met een woedende blik. 'Waar ben jij in godsnaam mee bezig?'

'Ik ben zo snel als ik kon hierheen gevlogen,' zegt Danny trots. 'Mijn assistenten en ik staan tot je beschikking. Zeg maar wat we kunnen doen.'

'Ik zal je zeggen wat je níét kunt doen!' zegt Suze. Ze haalt een van Danny's flyers tevoorschijn en zwaait er dreigend mee. 'Wat jij níét kunt doen, is heel Las Vegas met het gezicht van mijn man beplakken zodat ik een miljoen mensen over me heen krijg die "wel zin in hem hebben"! Weet je wel wat voor telefoontjes ik heb gekregen?'

'Nee!' zegt Danny verrukt. 'Wat zeiden ze?' Dan ziet hij Suzes gezichtsuitdrukking en recht afwerend zijn rug. 'Ik wilde je alleen maar helpen, Suze. Neem me niet kwalijk dat ik mijn middelen heb ingezet om je bij te staan. Dat zal ik de volgende keer wel uit mijn hoofd laten.'

Ik zie Suze sidderend proberen tot zichzelf te komen en dan zegt ze: 'Sorry, Danny. Ik weet dat je wilde helpen, maar écht.'

'Maar het zijn wel schitterende foto's, hè?' zegt Danny, die liefdevol naar Tarkies zwaarmoedige gezicht kijkt.

'Ik haat ze,' zegt Suze uit de grond van haar hart.

'Weet ik, maar toch zijn ze schitterend. Geef het maar toe, Suze. Jij bent kunstenares. Jij hebt er oog voor. Hé, in mijn nieuwe collectie zit een jas die perfect is voor jou. Hij heeft zo'n enorme plissékraag, zeg maar? Zoals Elizabeth de Eerste? Die zou jij heel goed kunnen hebben. Zoenoffer?'

Niemand kan lang boos blijven op Danny. Ik zie Suze zwichten en vertwijfeld naar hem kijken, en uiteindelijk leunt ze met een geërgerde zucht achterover en richt zich tot Alicia. 'Alicia, je kent Danny Kovitz al, hè?' zegt ze. 'Danny, Alicia Merrelle.'

'Ik herinner me je nog van Becky's bruiloft,' zegt Danny poeslief tegen Alicia. 'Dat was me de entree wel.'

Ik zie iets over Alicia's gezicht flitsen – woede? spijt? – maar ze zegt niets terug. Suze heeft twee glazen water ingeschonken en ze beginnen allebei nuffig te nippen.

'Waar ben jij gisteren geweest?' vraagt Danny aan Suze, die haar hoofd schudt.

'Nergens. We zijn de hele avond op onze kamer gebleven. Zullen we naar het buffet gaan, Alicia?'

Ze staan op en Danny leunt over het tafelblad naar me toe.

'Nou, dat is gelogen,' zegt hij zachtjes.

'Wat is gelogen?'

'Alicia is niet de hele avond op haar kamer gebleven. Ik heb haar rond middernacht in de lobby van het Four Seasons met een kerel zien praten.'

'Dat meen je niet!' zeg ik opgewonden.

'Dat meen je niet!' zegt Minnie me prompt na.

'Wat deed ze? En waarom zou ze erover liegen?'

Danny haalt zijn schouders op en propt een stuk of vijf druiven tegelijk in zijn mond.

'Ik moet ijswater hebben,' zegt hij kribbig. 'Dit water is niet koud genoeg. Waar blijft Kasey?'

Hij begint te sms'en en ik leun achterover op mijn stoel en kijk naar Alicia, die partjes grapefruit uitzoekt. Ik wíst dat ze iets in haar schild voerde. Wat deed ze rond middernacht in de lobby van het Four Seasons? Het klink ontzettend verdacht, als je 't mij vraagt. Net als ik Danny verder wil uithoren, zie ik opeens dat Elinor met haar hoofd op tafel in slaap is gevallen. Haar gezicht wordt geplet, haar haar piekt alle kanten op en ik hoor een zacht gesnurk.

De verleiding om nu een selfie met haar te maken is enorm, maar ik doe het niet. Zoiets doet een vriendelijke, volwassen schoondochter niet.

'Elinor.' Ik schud voorzichtig aan haar schouder. 'Elinor, wakker worden!'

'Huh?' Ze schrikt wakker en wrijft in haar ogen. Ik kijk angstig toe, half en half verwachtend de huid van haar gezicht te zien bladderen.

'Neem nog wat water.' Ik reik haar het glas aan en kijk op mijn horloge. 'Tarkie en pap zouden nu snel moeten komen.'

'Als ze komen,' zegt Luke, die bacon en eieren zit te eten en af en toe een hap aan Minnie voert.

'"Als ze komen"?' Ik kijk hem geschrokken aan. 'Wat bedoel je? Natuurlijk komen ze.'

'Grapje,' zegt Minnie nadrukkelijk. 'Je maakt een grapje.' Ze kijkt trots om zich heen en pikt een aardbei van mams bord, maar mam merkt het niet eens. Zij kijkt ook ontsteld naar Luke.

'Waarom zeg je dat, Luke? Heeft Graham contact met je gehad?'

'Natuurlijk niet,' zegt Luke geduldig terwijl Suze terugkomt en weer gaat zitten. 'Maar het is al tien over negen. Als ze zich aan de afspraak wilden houden, waren ze volgens mij wel op tijd gekomen. Ik heb gewoon zo'n gevoel.'

'Een gevóél?' zegt mam argwanend.

'Weet jij er meer van?' vraagt Suze streng. 'Luke, wat verzwijg je voor ons?'

'Luke weet niets!' zeg ik snel. 'En zijn intuïtie zit er meestal naast. Ze komen vast wel.'

Maar ik lieg, natuurlijk. Lukes intuïtie laat hem nooit in de steek. Anders zou hij niet zo'n goede zakenman zijn. Hij doorziet mensen en situaties en is iedereen altijd een stap voor. En dan, als we zwijgend van onze glazen zitten te nippen, gaat mijn telefoon. Ik pak hem en zie PAP op het scherm staan, en mijn vertrouwen keldert.

'Pap!' roep ik vastberaden uit. 'Super! Ben je er al? We zitten aan de grote ronde tafel, naast die enorme berg fruit...'

'Becky...' Hij zwijgt, en het blijft stil, en dan weet ik het, ik weet het gewoon.

'Pap, ik geef je aan mam,' zeg ik met een soort verbeten vrolijkheid in mijn stem. 'Nu meteen. Praat maar met mam.'

Ik wil de brenger van het slechte nieuws niet meer zijn. Ik kan het niet.

Ik geef mijn telefoon aan mam en begin als een gek een stuk meloen in partjes te snijden. Ik zit met mijn hoofd over het bord gebogen, maar ik hoor mams stem schriller en schriller worden.

'Maar we zitten hier allemaal te wachten! Graham, zeg nou niet dat ik me geen zorgen moet maken... Nou, vertel me dan hoe het zit... Ik denk dat ik zélf wel kan uitmaken wat belangrijk is en wat niet... Terug naar LA? ... Nee, ik heb geen wijngaarden bezocht... Nee, ik wil ook geen wijngaarden bezoeken... Hou eens op over die verdomde wijngaarden!'

'Ik wil hem spreken!' roept Suze er telkens tussendoor. 'Is Tarkie er ook?' Uiteindelijk weet ze mam de telefoon te ontfutselen en roept: 'Ik moet mijn man spreken! Nou, waar is hij dan? Hoe bedoel je, wandelen?' snauwt ze in de telefoon. 'Ik moet hem spreken!'

Ten slotte verbreekt ze de verbinding en smijt de telefoon op tafel. Ze is rood aangelopen en ze hijgt. 'De volgende die tegen me zegt dat ik moet kalmeren...'

'Wat je zegt!' valt mam haar luidkeels bij.

'Hoe kan ik nou kalm zijn?'

'Wijngaarden! Hij wil dat ik de wijngaarden ga bezoeken! Ik zal die Graham een lesje leren als ik hem zie. Hij bleef maar onzin uitkramen, zoals: "Het stelt niets voor... Ik ben pas een paar dagen weg... Waar zit je mee?" Waar ik mee zit, is dat hij geheimen voor me heeft!' Ze zet haar kopje met een klap op tafel. 'Er is een andere vrouw in het spel. Ik weet het gewoon.'

'Mam!' zeg ik ontzet. 'Nee!'

'Ja!' Er wellen tranen in haar ogen op en ze dept ze weg met een servet. 'Dat is wat hij moet "rechtzetten". Iets met een andere vrouw.'

'Nee, niet waar!'

'Nou, wat kan het anders zijn?'

Het blijft stil. Eerlijk gezegd heb ik geen idee.

We blijven nog drie kwartier zitten, ook al weten we dat ze niet komen. Het is alsof we allemaal te verdoofd zijn om in beweging te komen.

Daar komt nog bij dat het buffet echt uitstekend is. En mijn eetlust is weer helemaal teruggekomen na een paar koppen koffie. Ik heb zelfs besloten van het 5:2-dieet over te schakelen op het 'haal alles uit je ontbijtbuffet wat erin zit, want het kost je een fortuin'-dieet.

Intussen is Elinor opgeleefd en diep in gesprek verwikkeld met Danny. Ze blijken dezelfde societydames in Manhattan te kennen, want Elinor gaat met ze naar evenementen en Danny verkoopt ze jurken. Danny heeft zelfs zijn schetsboek opengeslagen en zit outfits voor Elinor te ontwerpen terwijl zij over zijn schouder meekijkt.

'Dit zou geschikt zijn voor de opera,' zegt hij terwijl hij een rok arceert. 'Of een vernissage, een theemiddag…'

'Pas op met dat schootje,' zegt Elinor, die zijn schets met kritische blik bekijkt. 'Ik wil niet op een lampenkap lijken.'

'Elinor, je krijgt precies het schootje dat je nodig hebt,' pareert Danny. 'Vertrouw me maar. Ik kan het weten.'

'En ik kan het betalen,' kaatst Elinor terug, en ik proest onderdrukt. Die twee zijn aan elkaar gewaagd. Nu tekent Danny een wijd uitlopende jas met een enorme opstaande kraag.

'Zo'n halslijn is je vriend,' zegt hij tegen Elinor. 'Van achteren hoog, van voren laag. Hij omlijst je gezicht. Het zal er ongelooflijk goed uitzien. En we zetten hem af met nepbont.' Hij schetst het bont en Elinor kijkt begerig toe. Ik ben zelf ook gefascineerd, eerlijk gezegd. Die jas zou Elinor geweldig staan.

'Ik moet een muffin hebben om beter te kunnen denken,' zegt Danny, die opeens opspringt. 'Ik ben zo terug, Elinor.' Ik loop met hem mee naar de muffintafel en zie dat hij erg in zijn sas is met zichzelf.

'Ik ga een complete nieuwe collectie opzetten, gebaseerd op Elinor,' zegt hij. 'Danny Kovitz Classic. Een, zeg maar, semi-couturelijn voor de vrouw van zekere leeftijd.'

'Van zekere rijkdom, zul je bedoelen,' zeg ik, en ik sloeg mijn ogen ten hemel.

'Allebei.' Hij knipoogt naar me. 'Elinor heeft een uitstekend gevoel voor stijl, hoor.'

'Tja, ach... Ze is alleen een beetje star.'

'Dat vind ik niet,' zegt Danny zelfvoldaan. 'Ze staat erg open voor nieuwe ideeën.'

'Ja, het is wel duidelijk dat ze het goed met je kan vinden,' zeg ik een tikkeltje jaloers. Ik zag mezelf als Elinors modegoeroe. Ik bedoel, ik heb haar in een wikkeljurk gekregen. Maar nu neemt Danny het van me over en gaat hij met de eer strijken. 'Maar goed, geniet ervan. Hoeveel laat je haar hiervoor dokken?'

'O, niet meer dan de prijs van een bescheiden appartement in Mexico,' teemt Danny. 'Ik heb het al gegoogeld en ik weet wat ik wil.'

'Danny!'

'Ik hoef haar nog maar drie jassen aan te smeren.'

'Danny!' Ik geef hem een duw. 'Wil je mijn schoonmoeder niet uitbuiten?'

'Zij buit mij uit!' kaatst Danny terug. 'Weet je wel hoeveel werk dit allemaal wordt? Hé, zal ik een Belgische wafel nemen?'

Danny zet koers naar de andere kant van het buffet en ik drentel naar de tafel in Italiaanse sfeer, en net als ik naar een cannolo reik, gaat mijn telefoon. Ik haal hem tevoorschijn en kijk verbluft naar het scherm. Het is Tarquin. Waarom belt hij míj? Heeft hij zich in het nummer vergist?

'Hoi,' zeg ik ademloos. 'O, mijn god, Tarkie, ik ga Suze even halen...'

'Nee!' roept Tarquin. 'Ik wil Suze niet spreken.'

'Maar...'

'Als je haar gaat halen, hang ik op, Becky.'

Hij klinkt zo onvermurwbaar dat ik verbaasd naar mijn telefoon kijk.

'Maar Tarkie...'

'Ik wil jou spreken, Becky. Daarom heb ik jouw nummer gebeld.'

'Maar ik ben je vrouw niet,' zeg ik stompzinnig.

'Je bent mijn vriendin. Ja toch?'

'Natuurlijk. Tarkie...' Ik wrijf over mijn hoofd in een poging mijn gedachten te ordenen. 'Wat is er met je gebeurd?'

'Er is niets met me gebéúrd.'

'Maar je bent helemaal veranderd. Je klinkt goed. In LA dachten we allemaal...' Ik slik de rest in: *dat je doordraaide.*

Ik weet dat het extreem klinkt, maar echt, Tarkie maakte er een zootje van. Hij wilde alleen nog maar bij die Bryce zijn. Het enige waar hij het over had, was dat Suze hem saboteerde. Het was verschrikkelijk.

'Ik was er slecht aan toe in LA,' zegt Tarkie na een lange stilte. 'Het was... benauwend. Dat kan elke relatie een vreemde draai geven.'

Hij zal het over Bryce en hem hebben.

'Maar dan is het nu toch zeker nog veel benauwender?' zeg ik verwonderd. 'Ik bedoel, nu je continu met Bryce samen bent, zal het er niet beter op worden...'

'Ik heb het niet over Bryce! Waarom zou ik het over Bryce hebben? Ik heb het over Suze!'

Suze?

Ik kijk verbaasd naar de telefoon. Bedoelt hij... Hij zal toch niet bedoelen...

'Tarkie?' begin ik met een angstig voorgevoel. 'Wat be...'

'Je moet het hebben gezien, Becky,' zegt Tarkie kortaf. 'Je moet hebben begrepen dat het niet goed zat tussen Suze en mij. Nou, in LA bereikten we het dieptepunt.'

'Het was voor iedereen een stressvolle tijd,' zeg ik snel.

'Nee, het zat echt heel slecht tussen ons.'

Ik voel een soort knoop in mijn maag. Ik heb nog nooit zo'n soort gesprek gevoerd met Tarkie. Suze en Tarkie hebben nog nooit relatieproblemen gehad. Dat kán helemaal niet. Ik heb het gevoel dat de wereld niet klopt als Suze en Tarkie niet gelukkig zijn met elkaar.

'Je moet het hebben gezien,' herhaalt Tarkie.

'Ik... nou...' stamel ik. 'Ik wist dat je veel tijd met Bryce doorbracht, maar...'

'Ja, en waarom zou dat zijn, denk je?' Tarkie klinkt zo fel dat ik ervan schrik. 'Sorry,' krabbelt hij meteen terug. 'Ik wilde niet zo uit mijn slof schieten.'

Wat is Tarkie toch een heer. Ik heb hem eigenlijk nog nooit horen uitvallen. Het duizelt me van ongerustheid en verdriet, en het enige wat ik kan denken is: Suze.

'Tarkie, je moet met Suze praten,' zeg ik. 'Alsjeblieft. Ze maakt zich erg veel zorgen om je, ze is helemaal overstuur...'

'Ik kan niet met haar praten,' kapt Tarkie me af. 'Niet nu. Becky, ik trek het niet. Ze is zo irrationeel. Ze beschuldigt me van van alles, ze vliegt me naar de keel... Ik moest weg. Je vader is geweldig. Zo evenwichtig.'

'Maar Suze heeft je nodig!'

'Ik kom wel terug. We blijven maar een paar dagen weg.'

'Ze heeft je nu nodig!'

'Nou, misschien moeten we elkaar een tijdje niet zien om ons huwelijk te redden!' zegt hij bijna schreeuwend.

Ik heb er niet van terug. Ik sta daar maar, bevend van schrik, en probeer te bedenken hoe ik dit gesprek op iets vrolijkers kan brengen.

'Dus... waarom bel je?' vraag ik uiteindelijk.

'Ik denk dat je Alicia voor Bryce moet waarschuwen. Ik ben erachter gekomen wat hij in zijn schild voert.'

'O, wauw.' Mijn hart gaat sneller slaan. We weten allemaal dat Bryce niets goeds in de zin heeft, maar wat is het? Een sekte? Een geheime organisatie? O, god, hij zal toch geen terrorist zijn?

'Bryce probeert al een tijdje geld van me los te peuteren. Hij had het over zijn "zaak", maar hield in het midden wat die "zaak" precies was.'

Mijn hart klopt in mijn keel. Een 'zaak'. O, mijn god, het is waar. Ik kijk vol afgrijzen naar de telefoon en krijg een visioen van Bryce die bevelen schreeuwt naar een geheim leger van volgelingen in een trainingskamp in Zuid-Amerika. Of misschien wil hij Google hacken.

'Nu heeft hij eindelijk onthuld hoe of wat,' vervolgt Tarkie. 'Hij is van plan...'

'Ja?' spoor ik hem ademloos aan.

'Om de concurrentie met Golden Peace aan te gaan en zelf een centrum te openen.'

'O,' zeg ik na een korte stilte. 'O, oké.'

Ik moet bekennen dat het me een heel klein beetje tegenvalt. Ik bedoel, ik ben natuurlijk wel blij dat Bryce geen terrorist of sekteleider is... maar toch. Een nieuwe zakelijke onderneming. Het zal wel.

'Hij heeft een database aangelegd van vroegere cliënten van Golden Peace, van wie er veel ontevreden waren over hun ervaring daar,' vertelt Tarquin me. 'Hij heeft er in het geniep aan gewerkt. Alicia en haar man moeten uitkijken. Bryce gaat het uiterst agressief aanpakken. Ik ben niet de enige van wie hij geld probeert los te krijgen, dus ik weet zeker dat het hem gaat lukken.'

'O,' zeg ik weer. 'Nou, ik zal het aan Alicia doorgeven.'

De spanning is weggeëbd. Dus Bryce gaat de concurrentie met Alicia aan. Nou en? Ik ben veel bezorgder om Tarkie en wat mijn vader en hij van plan zijn. En wat er tussen Tarkie en Suze speelt. En wat ik nu in vredesnaam moet beginnen.

Ik zit in een onmogelijke situatie, besef ik opeens. Als ik Alicia waarschuw voor de zakelijke plannen van Bryce, zal ze vragen hoe ik dat weet en moet ik toegeven dat ik Tarkie heb gesproken, en dan wordt Suze woest.

'Tarkie, kun je me echt niet vertellen wat mijn vader en jij van plan zijn?' De woorden tuimelen uit mijn mond. 'Alsjeblieft?'

'Becky...' zegt Tarkie aarzelend. 'Je vader is een goed mens. En hij is heel beschermend. Hij wil niet dat je te weten komt wat hij aan het doen is. Ik persoonlijk zou niet weten waarom niet, maar misschien moet je het maar respecteren.' Ik hoor op de achtergrond een geluid als van een startende auto. 'Sorry, ik moet gaan. Maar maak je geen zorgen, alsjeblieft.'

'Tarkie, wacht!' roep ik, maar de verbinding wordt verbroken. Ik blijf doodstil staan en verwerk wat ik zojuist heb gehoord.

'Becky?' Ik kijk op en zie Luke voor me staan. 'Wie was dat in vredesnaam? Je ziet lijkbleek.'

'Tarquin,' zeg ik mismoedig. 'O, Luke, ik geloof dat hij helemaal geen zenuwinzinking heeft, maar een húwelijksinzinking. Hij zegt dat hij Suze een tijdje niet wil zien... Het gaat slecht tussen Tarkie en haar...' Er ontsnapt me een snik. 'Wat moet ik tegen Suze zeggen?'

'Niets,' zegt Luke zonder aarzeling. 'Bemoei je níét met hun relatie. Dan zal ze haar woede alleen maar op jou gaan richten.'

'Hij zei dat ze...' ik slik '... irrationeel was.'

'Tja,' zegt Luke droog. 'Volgens mij maakt Suze een nogal vreemde fase door, maar als je tegen haar zegt dat ze irrationeel is, zal jullie vriendschap hoe dan ook voorbij zijn.'

We zwijgen even. Mijn maag verkrampt. Ik haat deze situatie. Ik wil iemand de schuld geven, maar ben bang dat zelfs Alicia niets te verwijten valt.

'Het is allemaal zo akelig,' zeg ik verdrietig.

'Dit is ernstig. Het is zwaar.' Luke slaat zijn armen stevig om me heen en geeft me een zoen op mijn voorhoofd. Ik zink weg in zijn omhelzing en adem zijn vertrouwde geur in: deels aftershave, deels gewassen overhemd en deels Luke.

'O, en trouwens, Bryce heeft toch geen sekte,' zeg ik somber. 'Hij wil Alicia kapot gaan concurreren. Tarkie wil dat ik haar waarschuw, maar hoe moet ik dat doen? Ik kan toch niet zeggen: hé, raad eens? Ik had Tarkie net aan de lijn!'

'Het is lastig,' beaamt Luke.

Dan krijg ik opeens een inval. 'Luke, jíj kunt het tegen Alicia zeggen. Zeg dat je een roddel hebt opgevangen. Hou mij erbuiten.'

'O, nee.' Luke schudt zijn hoofd en lacht kort. 'Hier ga ik me niet aan branden.'

'Aaaah?' probeer ik hem te paaien. 'Toe nou, Luke, alsjeblieft.'

Wat heb je aan een man als hij niet zo af en toe de kastanjes voor je uit het vuur haalt? Ik bedoel, het staat zo ongeveer in de trouwgeloftes.

Luke schenkt zichzelf zwijgend een glas grapefruitsap in. Dan kijkt hij met een zucht op.

'Oké, ik doe het, maar Becky, je zult Suze toch een keer moeten vertellen dat je Tarquin hebt gesproken. Zulke dingen hebben er een handje van ontdekt te worden.'

'Weet ik,' zeg ik verwoed knikkend. 'Maar nu even niet. Ze zou me vermoorden.'

'Wat zei hij nog meer?'

'Niet veel. Mijn vader schijnt een goed mens te zijn.'

'Tja, dat wisten we al.' Luke ziet mijn gezicht en lacht. 'Becky, niet zo somber. Het is goed nieuws, weet je nog? Gisteren dachten we nog dat Tarquin ontvoerd en voor dood achtergelaten was.'

'Ja, maar het is allemaal zo ingewikkeld.' Ik pak droefgeestig een chocoladebroodje, een amandelcroissant en een koffiekoek. Ik stop iets in mijn tas voor later, voor het geval Minnie een tussendoortje wil. 'En wat gaan we nu doen? Weet je wat ik vind? Als Tarkie het goed maakt en pap niet gevonden wil worden, kunnen we net zo goed naar huis gaan, vind ik.'

'Ja.' Luke knikt peinzend. 'Goed punt. Ga jij dat tegen je moeder zeggen of zal ik het doen?'

Oké, dat was dus bij voorbaat kansloos. Ik had moeten beseffen dat mam in geen miljoen jaar naar huis zou willen. Na wat je een 'levendige discussie' zou kunnen noemen (het bedienend personeel moest ons vragen iets zachter te doen) zijn we tot een compromis gekomen. We gaan paps andere vriend van vroeger opzoeken, die in Tucson. Raymond Earle. En als dat niets oplevert, gaan we terug naar LA en wachten we tot pap terugkomt.

Dan zal hij ongetwijfeld weigeren te vertellen wat hij heeft uitgespookt, en het zal een van de grote onopgeloste raadselen van onze tijd worden. En mam zal uit haar vel springen van woede, maar, zoals Luke maar tegen me blijft zeggen, dat is niet mijn probleem.

We zijn allemaal nog een laatste rondje om het buffet aan het lopen. Ik kan bijna niet geloven dat ik nóg meer eten op mijn bord leg, maar er is gewoon zo ontzettend veel. Telkens wanneer je denkt dat je alles hebt geproefd, sla je een hoek om en zie je een reusachtige berg dampende Belgische wafels, of kipspiesjes, of in chocola gedoopte aardbeien, en een stemmetje vanbinnen roept: *ik heb ervoor betaald! Ik moet het opeten!* Terwijl een ander stemmetje kreunt: *ik zit vol! Weg ermee!*

Ik schenk een glas melk in voor Minnie en werp een blik op Suze, die aan de andere kant van het buffet wat sap neemt. Mijn hele lijf staat strak van het schuldgevoel. Ik heb nog nooit iets geheimgehouden voor Suze.

Nou ja, op af en toe een piepklein geheimpje na, zoals die keer toen ik haar Monsoon-top had geleend, die niet eens van haar bleek te zijn. Ze kwam er pas jaren later achter. Maar afgezien dáárvan.

Alicia pakt een paar doorschijnend dunne plakjes ananas van een fruitschaal en terwijl ik ernaar kijk, loopt Luke met zijn telefoon in zijn hand naar haar toe.

'O, Alicia,' zegt hij achteloos, 'ik hoorde net een roddeltje uit de wandelgangen. Iemand die anoniem wilde blijven had uit betrouwbare bron vernomen dat Bryce Perry van plan is de concurrentie met Golden Peace aan te gaan met een vergelijkbaar centrum.'

'Wát?' Alicia's geschrokken uitroep snerpt door het buffetgekletter heen.

'Dat is wat ik heb gehoord. Je zou het kunnen natrekken.'

Hij klinkt volkomen relaxed en hij heeft zelfs niet even naar me gekeken. God, wat hou ik toch van Luke.

'Dus dát is zijn plannetje?' Alicia's ogen schieten vuur. 'Daarom heeft hij zich op Tarquin gestort? Voor het beginkapitaal?'

'Zou kunnen.'

Alicia's newagerige, zenachtige masker lijkt te verpulveren. Ze lijkt des duivels te zijn.

'Enfin,' zegt Luke schouderophalend. 'Het is maar een gerucht, zoals ik al zei, maar misschien wil je het checken.'

'Ja. Ja. Bedankt voor de tip, Luke.' Ze is al op weg naar Suze. 'Je raadt nooit wat ik net van Luke heb gehoord,' roept ze uit voordat ze discreet zachter gaat praten.

'Echt waar?' hoor ik Suze geschrokken zeggen. 'O, mijn god.'

'Ik weet het, ik weet het!' Alicia's stem zwelt weer woedend aan. 'Hij is al jaren Wiltons rechterhand, en nu beschaamt hij ons vertrouwen!'

'Dus dát is...' Suze zwijgt opeens en er valt een vreemde stilte. Haar blik wordt wazig en ik heb geen idee wat er in haar omgaat.

Alicia heeft haar telefoon gepakt en zet het op een sms'en. 'Wat zal Wilton hier wel niet van zeggen?' pruttelt ze. 'Het heeft hem jaren gekost om zo'n fantastische, kwalitatief hoogstaande clientèle op te bouwen en nu wil Bryce ze allemaal van ons wegkapen?'

Ik krijg zo'n schok dat ik haar alleen maar kan aanstaren. Hallo? Wil jij iets over het jatten van cliënten zeggen?

Alicia, weet je nog dat je hebt geprobeerd Luke al zijn cliënten af te pakken? zou ik willen roepen. *Weet je nog dat je hebt geprobeerd alles kapot te maken waar hij zo hard voor had gewerkt?*

Maar het heeft geen zin. Ik denk dat ze dat hele incident uit haar geheugen heeft gewist.

Terwijl zij erop los sms't, loopt Danny naar Suze en haar toe, met een bord waarop de bacon hoog ligt opgestapeld. Ik zie een boosaardige schittering in zijn ogen en hij werpt me bijna onmerkbaar een knipoogje toe.

'Zo, ik hoor dat Bryce de competitie met je wil aangaan?' begint hij belangstellend. 'Wat een nieuws. Zeg eens, Alicia, wordt hij goedkoper dan jij? Want ik kan je wel zeggen dat Golden Peace véééł te duur is.'

'Ik zou het niet weten,' zegt Alicia ijzig.

'Ik bedoel, ik volg ook graag een lesje mindfulness,' vervolgt Danny luchtig, 'maar als Bryce een redelijker alternatief kan bieden, hoef ik er niet lang over na te denken. Ik bedoel, we moeten allemaal prijsbewust zijn, nietwaar? Zelfs filmsterren. Ik denk dat je veel cliënten kwijt zou raken.'

'Danny!' zegt Suze vermanend.

'Ik ben gewoon eerlijk,' zegt Danny schijnheilig. 'Dus, Alicia, als Bryce de concurrentie aangaat, zal je imperium dan instorten, denk je?' Hij knippert met zijn ogen naar haar. 'Moet je dan een baan gaan zoeken?'

'Danny, hou je kop!' zegt Suze woest.

'Wilton en ik laten ons niet door een ondergeschíkte ondermijnen,' snauwt Alicia. 'Wie denkt die Bryce Perry wel dat hij is?'

Hij is een bijzonder lekker ding, wil ik zeggen. *En iedereen aanbidt hem.* Maar ik zeg het niet, want ik ben bang dat ze me dan met een vork te lijf zal gaan.

'Kom op, Alicia.' Suze kijkt nog eens kwaad naar Danny. 'Laten we gaan zitten.'

Terwijl ik me afvraag of ik achter ze aan zal lopen of me gewoon bij de muffins verstoppen, zie ik Elinor naar me toe komen. Ze ziet er een stuk beter uit, al weet ik niet of dat te danken is aan de vruchtensalade waar ze een paar muizenhapjes van heeft genomen of aan de speciaal voor haar ontworpen Danny Kovitz Classic-garderobe waarop ze zich mag verheugen (ik sta te popelen om haar in die jas te zien).

'Heb je zin in een muffin?' vraag ik beleefd, en ze werpt een laatdunkende blik op de muffins.

'Dat dacht ik niet.' Ze kijkt naar Suze en Alicia. 'Wat zei Luke daarnet over Wilton Merrelle?'

'Dat een van zijn medewerkers van plan is een concurrerend centrum te openen en er met al zijn klanten vandoor te gaan. Hoezo? Ken je hem soms?'

'Het is een monster van een man,' zegt Elinor kernachtig, en ik probeer niet te stralen van verrukking. Wilton Merrelle afkraken, dat is precies wat ik nodig had.

'Hoezo?' spoor ik haar aan. 'Mij kun je het wel vertellen. Ik ben uiterst discreet.'

'Hij heeft een vriendin van me zo ongeveer gedwongen haar appartement aan Park Avenue te verkopen.'

'Hoe heeft hij dat voor elkaar gekregen?' vraag ik brandend van nieuwsgierigheid.

'Hij kocht het appartement naast het hare en bleef maar treiteren. Die arme Anne-Marie voelde zich gewoon belegerd. Wat haar betrof zat er niets anders op dan haar appartement aan hem te verkopen.'

'Die arme vrouw!' zeg ik meelevend. 'En toen?'

'Toen was ze gedwongen meer tijd op haar landgoed in de Hamptons door te brengen,' zegt Elinor zonder een spier te vertrekken.

Oké, Elinor moet haar tranentrekkers nog een beetje bijschaven, maar toch voelt het knus dat we een gezamenlijke vijand hebben.

'Nou, Alicia doet niet voor Wilton onder,' zeg ik. 'Integendeel.' Net als ik aan een lange opsomming van Alicia's vuile streken wil beginnen, zie ik Elinor een druif aan een cocktailprikker rijgen en er verwonderd naar kijken.

'Dit is wel een heel minimalistische hors-d'oeuvre,' zegt ze.

'Het is geen hors-d'oeuvre, het is voor de chocoladefontein.' Ik wijs naar de fontein. 'Zie je wel?'

Elinor kijkt naar de opspuitende chocolade alsof ze daar ook niet wijzer van wordt. Ik pak de druif van haar af, doop hem in de chocola, laat hem iets afkoelen en geef hem terug.

'Aha.' Haar gezicht klaart op. 'Het doet me denken aan de fondues in Gstaad.'

'Heb je nog nooit iets in een chocoladefontein gedoopt?'

'Natuurlijk niet,' zegt ze hautain.

Geweldig. Haar allereerste kater. Haar allereerste chocoladefontein. Wat zou er nog meer op Elinor Shermans lijst van eerste keren kunnen staan? Ik krijg een geniale inval.

'Elinor,' zeg ik. 'Draag je wel eens een spijkerbroek?'

'Nooit,' antwoordt Elinor met een blik vol afgrijzen.

Opgelost. Ik weet wat ik haar met Kerstmis ga geven. Een indigo skinny jeans van J. Brand.

Tenzij... Zou ik haar een jeans met scheuren durven te geven?

De gedachte aan Elinor die op kerstochtend een gescheurde jeans uitpakt vrolijkt me zo op dat ik nog steeds glimlach als ik bij onze tafel terugkom, maar dan zie ik Suzes gekwelde gezicht en vergaat het lachen me.

'Ik moet Tarkie bij Bryce weg zien te krijgen,' zegt ze vurig. 'Hij zal proberen hem miljoenen afhandig te maken.'

'Zo niet meer,' zegt Alicia zwartgallig, en ze sms't weer door.

'Ik bedoel, moeten we de politie niet nog een keer bellen?' Suze kijkt om zich heen, zoekend naar bijval. 'Nu we deze nieuwe informatie hebben?'

'Tarkie heeft gisteren nog tegen me gezegd dat hij Bryce geen geld ging geven,' durf ik ertegen in te brengen. 'Ik denk dat hij sterk is. Hij zegt gewoon nee.'

'Bex, je weet er niets van! Tarkie is ontzettend kwetsbaar. Hij heeft niet gebeld, hij heeft geen berichtje gestuurd... hij snauwde me af in LA... Hij is niet in zijn normale doen.'

Haar blauwe ogen schieten vuur en ik deins achteruit. Suze kan heel eng zijn als ze zich zo opwindt.

'Suze...' begin ik omzichtig. 'Ik weet dat Tarkie een beetje gespannen was in LA. Ik weet dat hij een paar rare dingen heeft gezegd. Maar dat hoeft nog niet te betekenen dat hij werd gehersenspoeld. Misschien... nou ja...'

Ik maak mijn zin maar niet af. Ik kan moeilijk zeggen: *misschien heeft hij even geen zin om met je te praten.*

'Wat weet jij er nou van?' bijt Suze me toe.

'Ik zeg alleen hoe ik ertegen aankijk.'

'Nou, laat dat. Je probeert me continu te ondermijnen. Ja toch, Alicia?'

Suzes ogen vonken en ze ziet er zo vijandig uit dat er iets in me lijkt te knappen.

'Zal ik jou eens iets zeggen, Suze?' roep ik uit. 'Waarom heb je eigenlijk gevraagd of ik mee wilde gaan op deze reis? Je zei in LA dat je me nodig had, dus heb ik alles uit mijn handen laten vallen. Met alle plezier! Maar je lijkt helemaal geen behoefte te hebben aan mijn gezelschap, mijn mening of wat ik ook maar te bieden heb. Jij maakt je alleen maar druk om Alicia. En trouwens, raad eens? Ze heeft tegen je gelógen!'

Dat laatste had ik er niet uit willen flappen, maar nu ik het toch heb gedaan, is de voldoening enorm.

'Gelogen?' Suzes ogen worden donker van ontzetting. 'Hoe bedoel je?'

'Ik bedoel, gelogen! Je zei toch dat jullie gisteren allebei de hele avond op de hotelkamer waren gebleven?'

'Dat is ook zo.' Suze kijkt weifelend naar Alicia.

'Nou, Alicia niet! Met wie zat jij rond middernacht in de lobby van het Four Seasons te smoezen, Alicia? En voordat je het ontkent, Danny heeft je gezien.' Ik gooi het er genietend uit, zak terug op mijn stoel en sla mijn armen over elkaar. Eindelijk. Alicia is als leugenaar ontmaskerd.

Alleen ziet ze er niet ontmaskerd uit. Ze bloost niet, lijkt niet in verlegenheid gebracht, laat haar glas niet met veel gekletter uit haar hand vallen en doet ook niets anders wat ik zou doen.

'Ik had een afspraak met een privédetective,' zegt ze koeltjes.

Een wát?

'Die ik uit mijn eigen middelen heb betaald, natuurlijk.' Ze werpt me een vernietigende blik toe. 'Ik wilde Suze alleen niet vertellen dat het niets had opgeleverd, om haar niet te ontmoedigen. Dus bedankt, Becky, dat al mijn moeite door jouw toedoen voor niets is geweest.'

Er valt een lange, geladen stilte aan tafel. Mijn gloeiende hoofd lijkt te tollen. Hoe bestaat het dat Alicia weer heeft gewonnen? Is ze soms een heks?

'Heb je nog iets te zeggen, Becky?' vraagt Suze, en ze klinkt precies zoals de directrice van mijn school toen ik een hele 'breng je juf een kledingstuk'-rage had ontketend (die ik nog stééds een goed idee vind).

'Het spijt me,' mompel ik met neergeslagen ogen, precies zoals toen bij mevrouw Brightling op kantoor.

'Goed. Zo.' Suze drinkt haar koffie op. 'We moesten maar eens gaan, lijkt me.'

Van: dsmeath@locostinternet.com
Aan: Brandon, Rebecca
Onderwerp: Re: Alles gaat fout

Geachte mevrouw Brandon,

Dank voor uw e-mail. Het spijt me zeer voor u dat u zoveel problemen hebt.

We kennen elkaar inderdaad al heel lang, en natuurlijk mag u uw 'hart bij me uitstorten'. Ik voel me gevleid dat u me ziet als 'een wijze oude raadgever, zoals de Kerstman', en zal mijn best doen om u te adviseren.

Mevrouw Brandon, voor wat het waard is: misschien zou u kunnen proberen de band met mevrouw Billenkont iets te verbeteren. Lady Cleath-Stuart heeft duidelijk een medestandster in deze vrouw gevonden. Als u voor het 'vijandelijke kamp' kiest, loopt u het gevaar uw vriendin kwijt te raken. Zoek punten van overeenkomst en borduur daarop door. Ik weet zeker dat u, met uw vindingrijkheid, hier veel mee zult kunnen bewerkstelligen.

Ik hoop oprecht dat uw reis zal slagen en dat u weer gelukkig zult worden met uw vriendin.

Met vriendelijke groet,
Derek Smeath

9

Wat is Derek Smeath toch wijs. Hij heeft me door de jaren heen altijd goed advies gegeven, en ik had eigenlijk wat vaker moeten doen wat hij zei. (Of, nou ja. Ik had wel eens één keer kunnen doen wat hij zei. Vooral die keer toen hij tegen me zei dat ik geen klantenkaarten meer moest nemen vanwege de welkomstcadeaus. Ik heb die krulset nooit gebruikt.)

Dus terwijl we Las Vegas uit rijden, neem ik me voor zijn raad deze keer op te volgen. Als ik een band moet scheppen met Alicia Billenkont om Suze te vriend te houden, dan moet dat maar. Op de een of andere manier. Ik moet gewoon de onnozele hals in mezelf naar boven halen en me op Alicia's positieve kanten focussen. Ik heb zelfs 'omgaan met collega's die je niet mag' gegoogeld en een paar bruikbare tips gevonden, zoals: zoek een gezamenlijke hobby en geef hem/haar een koosnaampje. (Maar hoe kan ik ooit een bijnaam verzinnen die 'Alicia Billenkont' overtreft?)

We razen inmiddels over de snelweg. Ik schuif naar de tafel met de bankjes waar Alicia en Suze op zitten. Mam, Janice en Danny zitten met Minnie op een ander bankje te bridgen. (Ze weten het zo te spelen dat Minnie elke keer de dummy is, wat best slim is. Alleen heeft Minnie haar eigen spel kaarten, en die blijft ze maar op tafel gooien en dan zegt ze: 'Mijn slag' en probeert alle andere kaarten bij elkaar te harken.) Elinor is in Las Vegas gebleven om een paar dagen 'uit te rusten', wat ik haar niet kwalijk kan nemen. Je allereerste kater is altijd schrikken. Ik schat dat de hare een week gaat kosten.

Aan weerszijden van de snelweg zijn weidse woestijnvlaktes,

met bergen in de verte, en telkens als ik naar buiten kijk, voel ik opwinding. Ik bedoel, dít is pas een uitzicht. Dít is pas een landschap. Waarom hebben we dat in Engeland niet? Toen ik nog klein was, zeiden pap en mam altijd: 'Kijk eens naar het mooie uitzicht, Becky!' en dan hadden ze het over drie bomen en een koe. Geen wonder dat het me niet kon boeien en ik liever *Debbie en haar magische glitterjurk* las.

Als ik bij de tafel ben, kijkt Suze op… en een verschrikkelijk moment lang denk ik dat ze niet wil opschuiven om plaats voor me te maken, maar ze doet het toch, na een ongemakkelijke aarzeling, en ik ga zitten en probeer normaal te doen. Alsof we altijd met zijn drieën zijn. Alsof we oude vriendinnen zijn.

'Ik vind dat echt een mooi topje, Alicia,' zeg ik houterig. Ik heb besloten dat ik haar het snelst kan paaien door haar complimentjes te maken. Er is niets bijzonders aan dat topje te zien, maar daar gaat het niet om.

'O?' Alicia neemt me waakzaam op. 'Dank je.'

'En je haar,' voeg ik er in het wilde weg aan toe. 'Wat is je haar toch mooi. Zo glanzend.'

'Dank je,' zegt ze kortaf.

'En, eh… je parfum.'

'Dank je,' zegt ze weer. 'Het is de Golden Peace-geur.'

'Nou, je ruikt echt fantastisch, eh… Ali,' zeg ik gekunsteld.

Ik heb het nog niet gezegd of ik besef dat Alicia beslist geen Ali is. Ze kijkt verbaasd op en ik zie dat Suze me ook aangaapt.

'Ali?'

'Ik bedoel… Lissy,' verbeter ik haastig. 'Noemen ze je wel eens Lissy? Het past wel bij je. Lissy. Liss.' Ik geef haar een vriendelijk kneepje in haar arm, wat niet echt goed uitpakt.

'Au!' Ze kijkt me kwaad aan. 'Nee, nooit. En blijf van mijn arm af, alsjeblieft.'

'Sorry,' zeg ik, en ik probeer snel meer complimentjes te verzinnen. 'Wat heb je toch een mooie neus! Hij is zo, eh…' Ik slik om tijd te winnen. Wat kun je over een neus zeggen? 'Ik vind het zo leuk hoe je neusgaten... zitten,' bazel ik zwakjes.

Argh. Ik vind dat *haar neusgaten leuk zitten*?

Suze kijkt me hoogst bevreemd aan, maar ik doe alsof ik het niet zie, en Alicia knijpt haar ogen tot spleetjes.

'O, nou snap ik het,' zegt ze. 'Nou snap ik waar je mee bezig bent. Je wilt het nummer van mijn plastisch chirurg, hè? Nou, dat krijg je niet.'

Hè? Ik gaap haar verbouwereerd aan. Plastisch chirurg? *Hè?*

O, god, dit is hopeloos. Laten we de complimentjes maar vergeten. En de koosnaampjes.

'Dus, tai chi!' zeg ik monter. 'Is dat wat? Zal ik het eens proberen?'

'Ik denk niet dat het iets voor je is,' zegt Alicia. 'Daarvoor moet je je lichaam en geest kunnen behéérsen.' Ze werpt me een superieur glimlachje toe en wisselt een blik met Suze.

'O.' Ik probeer me niet al te vernederd te voelen. 'Oké. Nou...'

'Dus, hóéveel slaapkamers, zei je?' overstemt Alicia me, de draad van het duidelijk veel fascinerender gesprek dat ze met Suze had weer oppakkend.

Dat was dan het banden scheppen. Grandioze mislukking. Trouwens, wat is er zo boeiend aan slaapkamers? Waarom willen sommige mensen het gesprek áltijd weer naar huizen en huizenprijzen sturen, willen ze vertellen dat ze niet kunnen beslissen of fotobehang passé is, en willen ze weten wat ik ervan vind? (Oké, dat laatste is alleen iets van mam. Ik blijf maar tegen haar zeggen dat ik echt niets van fotobehang weet.)

'Goh, daar vraag je me wat,' zegt Suze. 'Achtentwintig? De helft is gewoon aan het verkommeren. We komen er nooit.'

'Achtentwintig,' herhaalt Alicia. 'Stel je voor. Achtentwintig slaapkamers.'

Ze moeten het over Letherby Hall hebben. Arme Suze. Ze baalt er altijd van als mensen haar het hemd van het lijf vragen over Letherby

Hall. Vooral historische experts, die altijd op zo'n betweterig toontje dingen zeggen in de trant van: *ik denk dat je zeventienhonderdvijftien bedoelt.* Ik was een keer met Suze bij de plaatselijke groenteboer toen ze door een oude man werd aangeklampt. Hij begon haar aan de tand te voelen over de een of andere belangrijke haard in de Grote Zaal en verbeterde haar op alle punten. Hij werd zelfs tamelijk agressief toen ze het erover hadden wie van Tarkies voorouders het ding had lagen aanleggen (ik bedoel, wat boeit dat nou?), en uiteindelijk moest ik opzettelijk een toren van mandarijnen omgooien zodat Suze zich in de consternatie uit de voeten kon maken.

'En is het zo'n huis waar een titel aan vastzit?'

'Ik geloof het wel,' zegt Suze ongeïnteresseerd. 'Lord van het landgoed.'

'Juist.' Alicia fronst nadenkend haar voorhoofd. 'Dus degene van wie het huis is, mag zich lord noemen?'

'Het zal wel,' zegt Suze vaag. 'Ik bedoel, in ons geval maakt het niet uit omdat Tarkie zijn ándere titel al heeft.'

In feite heeft Tarkie een stuk of vijf andere titels, al is Suze veel te bescheiden om erover te beginnen. Ze vindt het zelfs afschuwelijk om over zulke dingen te praten. Ik daarentegen heb het allemaal een keer opgezocht op een website, want ik zou het best cool vinden om lady Brandon van Hier-of-daar te zijn. Zo duur zijn die titels niet eens. Een paar honderd pond, en dat voor iets wat je hele leven meegaat. Ik bedoel, in zekere zin, waarom zou ik níét lady Brandon worden?

(Alleen heeft Luke me toen betrapt en me er een week mee geplaagd.)

Suze moet naar de wc en ik werp een blik op Alicia. Haar ogen kijken peinzend in het niets. En oké, ik weet dat ik mijn onnozele hals moet laten spreken, maar dat weigert mijn brein. Ik denk niet: hihi, wat enigjes! Ik wil wedden dat Alicia eigenlijk een schat is; misschien kunnen we samen een milkshake drinken... Nee ik denk: hm. Wat is ze nou weer van plan?

Misschien ben ik gewoon van nature het negatieve, achterdochtige type, denk ik somber. Misschien moet ik in therapie voordat ik met Alicia kan opschieten. Opeens zie ik ons voor me, samen in relatietherapie, gedwongen elkaars hand vast te houden, en er ontsnapt me een raar, snuivend geluidje. Intussen komt Suze terug en Alicia begint haar meteen weer uit te horen over Letherby Hall.

'Mijn man zou er heel graag eens een kijkje willen nemen,' zegt ze. 'Hij is een echte anglofiel.'

'Hij komt maar!' Suze trekt een quasizielig gezicht. 'Het onderhoud kost een fortuin. We proberen altijd nieuwe manieren te bedenken om er iets aan te verdienen. Je zult het wel zien als je komt logeren.'

'Komt Alicia bij je logeren?' Ik probeer het te vragen op een toon alsof het een supergeweldig idee is. 'Wanneer?'

'Dat weten we nog niet, natuurlijk,' zegt Suze, en haar gezicht betrekt alsof het al tactloos van me is dat ik ernaar durf te vragen. 'We zullen moeten wachten tot alles met Tarkie is opgelost.'

'Fijn,' breng ik moeizaam uit. 'Dat klinkt perfect.'

Ik blijf nog een tijdje zwijgend naar het landschap zitten kijken terwijl de akelige gedachten door mijn hoofd schieten. Ik word zo moe van mijn eigen achterdochtige geest. Ik moet een onnozele hals zijn, roep ik mezelf tot de orde. *Onnozele hals*. En er is geen enkele reden om Alicia te wantrouwen. Geen enkele.

Maar o, god. Zolang ik Alicia ken, heeft ze iets in haar schild gevoerd, en ik blijf me maar afvragen waar ze op uit is. Suze is naïef en kwetsbaar en dat weet Alicia ook...

En dan schiet ik overeind. Wacht eens even. Wilton Merrelle is een anglofiel. Een roofdierachtige, agressieve anglofiel die alles krijgt waar hij zijn zinnen op heeft gezet. En Alicia hoort Suze uit over Letherby Hall... Stel dat Wilton Merrelle heeft besloten dat het volgende waar hij zijn zinnen op heeft gezet een landgoed met een titel is? Stel dat hij lord Merrelle van Letherby Hall wil worden?

Ik denk een minuut of twintig zwijgend na over die theorie. Het is een bespottelijk idee. Suze en Tarkie zouden het voorvaderlijke huis nooit verkopen, zelfs niet als ze onder druk werden gezet. Dat zouden ze toch zeker nooit doen?

Nee toch?

Ik kijk van opzij naar Suze. Haar haar zit tegenwoordig altijd in een knotje gepropt, alsof niets haar nog iets kan schelen. Ze heeft kloofjes in haar lippen en een afgetobd gezicht. Eerlijk gezegd weet ik niet meer wat ik moet denken. Het gaat niet goed tussen Suze en Tarkie; Tarkie vindt het zwaar om Letherby Hall draaiend te houden; Suze kan nu niet helder denken…

Maar ze kúnnen het niet verkopen. Dat huis is al een ziljoen jaar in de familie. Bij de gedachte alleen al voel ik een akelige steek in mijn hart. En dan ook nog uitgerekend aan Alicia Billenkont? In gedachten zie ik haar al met een kroontje op. Ze laat alle dorpelingen voor zich buigen en een klein meisje geeft haar een bosje bloemen en fluistert: 'Wat bent u mooi, prinses Alicia.' Getver. Dat mag niet gebeuren. Het mág gewoon niet.

Van: dsmeath@locostinternet.com
Aan: Brandon, Rebecca
Onderwerp: Re: Ramp

Geachte mevrouw Brandon,

Dank voor uw e-mail. Het spijt me zeer dat uw pogingen om een band te smeden met mevrouw Billenkont op niets zijn uitgelopen. Het spijt me ook dat u zich zo machteloos voelt, 'alsof alles onmogelijk is'.

Sta me toe, mevrouw Brandon, te zeggen: houd moed. Positieve actie geeft de ziel een opkikker.

Gedurende de vele jaren dat we elkaar kennen, heb ik uw dynamische benadering van de problemen des levens en ingebakken gevoel voor rechtvaardigheid met bewondering gadegeslagen. U hebt er vaker kracht uit kunnen putten en ik ben ervan overtuigd dat het nu ook zal lukken.

Het mag nu allemaal moeilijk lijken, maar ik weet zeker dat u zult zegevieren.

Met de allerbeste wensen,
Derek Smeath

10

Het enige nadeel van een reis maken, heb ik vastgesteld, zijn de wegen. Verder is het allemaal geweldig: de camper, de wegrestaurants, het uitzicht en de countrymuziek. (Ik heb Luke een tijdje op een countryzender laten afstemmen en god, wat begrijpen die countryzangers goed hoe je je voelt. Bij één nummer, 'Only Your Oldest Friend', moest ik bijna huilen.)

Maar de wegen zijn niet te harden. Ze zijn te lang. Ik bedoel, het is belachelijk. Iemand zou er iets op moeten verzinnen. Daar komt nog bij dat de kaart heel bedrieglijk en geniepig is. Je laat je erdoor in de luren leggen. Je denkt: o, ik neem dat stukje snelweg even... het is maar een centimeter, het kan niet lang duren. Ha! Een centimeter? Een hele dag van je leven, zul je bedoelen.

Het blijkt nog een heel eind te zijn naar Tucson, Arizona. Het is nog verder als je beseft dat de ranch die je zoekt nog voorbíj Tucson staat. Tegen de tijd dat we bij de Red Ranch in Cactus Creek, Arizona aankomen, hebben we bijna een hele dag op de weg gezeten. Ik heb een tijd gereden, en Suze en Alicia ook. We zijn allemaal stram, bekaf en uitgepraat. Bovendien tuiten mijn oren nog van de liedjes uit *Aladdin* waar ik net van Minnie naar heb moeten kijken, met een koptelefoon op.

Voordat we uitstapten heb ik mijn haar geborsteld, maar het voelt nog steeds geplet en raar doordat ik erop heb gelegen. Mijn benen voelen verkrampt en mijn longen snakken naar wat frisse lucht.

Ik kijk om me heen en zie dat we geen van allen in topconditie zijn. Mam en Janice strompelen over de stoffige grond als vee dat uit een vrachtwagen het licht in wordt gelaten. Suze en Alicia slaan water en pijnstillers achterover. Danny doet een ingewikkelde reeks yoga-achtige strekoefeningen. Minnie is de enige die nog fut heeft. Ze probeert om een enorm rotsblok heen te huppelen, alleen kan ze nog niet huppelen en rent ze dus eigenlijk gewoon met molenwiekende armen rond. Terwijl ik naar haar kijk, blijft ze opeens staan, reikt naar beneden en plukt een piepklein wit bloemetje. Ze komt het me brengen, met rode wangen en trots op zichzelf.

'Is een róós,' zegt ze met zorg. 'Is een roos voor mammie.'

Minnie denkt dat alle bloemen rozen zijn, behalve narcissen, die ze 'na-vissen' noemt.

'Wat mooi, schat, dank je wel!' zeg ik. Ik steek het bloemetje in mijn haar, zoals ik altijd doe, en ze gaat er meteen nog een plukken, nog blozender en trotser op zichzelf. (We doen dit spelletje vaak. Ik begin eraan te wennen dat mijn doucheputje verstopt raakt door verlepte bloemen.)

De lucht is diepblauw en er hangt zo'n warme, verwachtingsvolle schemersfeer. In de verte zijn rode, rotsachtige bergen waar geen eind aan lijkt te komen, en rondom ons groeien spichtige boompjes die een kruidige geur verspreiden. En ik geloof dat ik net een hagedis door het stof zag rennen. Ik kijk naar Luke om te zien of hij het ook heeft opgemerkt, maar hij tuurt naar de ranch.

We staan een paar meter van de poort. Immens hoge hekken, camerabewaking en alleen een klein houten bord dat je vertelt dat dit de Red Ranch is, waar Raymond Earle woont. De ranch staat helemaal alleen, een eind van de weg af, achter hoge schuttingen om bezoekers te weren. De ranch schijnt op meer dan vierhonderd hectare eigen grond te staan, maar Raymond doet er zelf niets mee. Hij verpacht de grond en woont zelf helemaal alleen in zijn omheinde huis.

Dat zijn we aan de weet gekomen in de Bites 'n Brunch, waar we twintig minuten geleden iets hebben gedronken. Megan, de eigenares, was heel spraakzaam, en mijn moeder is kampioen informatie uit mensen peuteren, dus we weten zo ongeveer alles wat Megan van Raymond weet, en dat is:

1. Hij is niet altijd op zijn ranch.

2. Hij leeft een teruggetrokken bestaan.

3. Hij heeft vijf jaar geleden een nieuwe keuken genomen, en de jongens die hem hebben geplaatst zeiden dat hij best aardig was.

4. Hij staat bekend als pottenbakker.

Geen overvloed aan informatie dus, maar dat geeft niet. We zijn er nu. Tijd voor de grote ontmoeting. Tijd om erachter te komen wat er in vredesnaam gaande is.

'Zullen we?' Danny komt uit zijn boomhouding en gebaart naar de ranch.

'We kunnen niet allemaal samen gaan,' stribbel ik tegen. 'Dan lijkt het net een bestorming.' Ik wil eraan toevoegen dat ik wel alleen wil gaan, maar mam is me voor.

'Helemaal mee eens,' zegt ze terwijl ze haar lippenstift bijwerkt. 'Als er iemand naar die man heen gaat, moet ik het zijn. Janice en ik. Wij gaan wel.'

'Als er iemand naar die man tóé gaat,' verbetert Alicia, en ik werp haar een moordlustige blik toe. Grammatica? Echt? Op dit cruciale moment?

'Wij gaan wel,' beaamt Janice enthousiast knikkend.

'Zal ik ook meegaan?' opper ik. 'Voor de morele steun?'

'Nee, schat, laat maar. Hoe het ook met je vader en zijn verleden zit...' Mam staart in het niets. 'Eerlijk gezegd heb ik liever niet dat jij iets over zijn andere vrouw hoort, schat.'

'Mam, je weet niet of er een andere vrouw is!'

'Ik weet het, Becky,' zegt ze met beverige stem, als de heldin uit een miniserie naar een waargebeurd verhaal. 'Ik wéét het.'

O, god. Weet ze het? Ik word heen en weer geslingerd tussen a) mam gelooft gewoon het ergste omdat ze een dramaqueen is... en b) na tientallen jaren huwelijk voelt ze zulke dingen haarfijn aan... natúúrlijk weet ze het.

'Nou, oké dan,' zeg ik uiteindelijk. 'Ga dan maar met Janice.'

'Wij wachten hier,' zegt Luke. 'Hou je telefoon bij de hand.'

'Vraag hem naar Tarkie,' bemoeit Suze zich ermee. 'Hij zou iets kunnen weten.'

'En vraag hem of zijn ranch te koop is,' vult Danny aan. 'Ik heb een vriend, werkt voor Fred Segal, die húnkert naar een ranch en deze ziet er perfect uit...'

'Danny!' zeg ik verwijtend. 'Dit gaat niet om vastgoed! Het gaat om...' Ik kijk naar mam, die haar lippen stijf op elkaar klemt. 'Het gaat om waarheidsvinding.'

We kijken zwijgend naar mam en Janice, die tussen de dorre struiken door naar de hoge houten hekken lopen. Er is een intercom en ik zie dat ze iets zeggen. Eerst mam. Dan Janice, tot mijn verbazing, en dan mam weer. Maar de hekken blijven hermetisch gesloten. Wat is er aan de hand?

Mam en Janice komen onverrichter zake terug en ik zie dat mam van streek is.

'Hij heeft ons weggestuurd!' roept ze uit. 'Dat geloof je toch niet?'

Opeens praat iedereen door elkaar heen.

'O, mijn god!'

'Heeft hij jullie wéggestuurd?'

'Heb je hem wel gesproken?' roep ik boven het rumoer uit. 'Was het Raymond zelf?'

'Ja! Eerst de een of andere huishoudster, maar die is hem gaan halen en ik heb gezegd dat ik Grahams vrouw was en uitgelegd hoe het zat...' Ze kijkt naar Janice. 'Ja toch, Janice?'

'Ja,' zegt Janice knikkend. 'En goed ook, schat. Heel helder, heel bondig.'

'En...?' vraag ik.

'En hij zei dat hij niets voor ons kon doen!' Mams stem schiet omhoog van de stress. 'We hebben meer dan zes uur gereden, alleen maar om hem te spreken, en hij kan niets voor ons doen! Janice heeft geprobeerd hem over te halen...'

‘We hebben alles geprobeerd,’ zegt Janice droefgeestig.

‘Maar hij wilde ons nog geen vijf minuten binnenlaten. Terwijl hij me kon zien! Via zijn camerasysteem! Ik weet zeker dat hij kon zien hoe erg ik het vond, en toch zei hij nee.’

Dat wekt mijn belangstelling. ‘Kon jij hem ook zien?’ vraag ik. ‘Hoe ziet hij eruit?’

‘O, nee,’ zegt mam. ‘Wij konden hem niet zien. Hij heeft zich verstopt, hè?’

We kijken allemaal naar de hoge hekken, die resoluut gesloten blijven voor de buitenwereld. Ik heb een soort brandend gevoel in mijn borst. Wie denkt die man wel dat hij is? Waarom doet hij zo gemeen? Tegen mijn moeder nog wel?

‘Ik ga wel,’ zegt Alicia kordaat, en voordat iemand haar kan tegenhouden beent ze naar de hekken, intussen een van haar Golden Peace-kaartjes uit haar tas pakkend. We kijken allemaal zwijgend naar haar terwijl ze op de bel drukt, iets zegt, haar kaartje voor de camera houdt, weer iets zegt, steeds kwaaier wordt en zich uiteindelijk omdraait.

‘Dit is schandalig,’ foetert ze als ze weer bij ons is. ‘Hij beweerde dat hij nog nooit van Golden Peace had gehoord. Het is dus een grote leugenaar. Waarom zouden we onze tijd aan hem verspillen?’

‘Hij is het enige houvast dat we hebben!’ zegt mam.

‘Nou, misschien had je man zijn vrienden zorgvuldiger moeten kiezen,’ zegt Alicia met iets van haar oude, sarcastische zelf.

‘Nou, misschien moet jij je mening voor je houden!’ kaatst mam driftig terug, en even denk ik dat er een enorme ruzie gaat oplaaien, maar dan komt Luke tussenbeide.

‘Laat mij maar eens,’ zegt hij, en hij loopt naar de ingang van de ranch. We kijken allemaal gefascineerd toe terwijl hij in de intercom praat. Misschien kent hij de toverspreuk, zoals Ali Baba bij de ingang van de grot, maar algauw draait hij zich om en schudt van nee. Met een peinzend gezicht sluit hij zich weer bij de groep aan.

'Ik geloof niet dat we hem kunnen overhalen,' zegt hij. 'Hij liet zijn huishoudster met me praten. Hij wil geen contact.'

'Wat moeten we nou doen?' jammert mam. 'Hij is hier, hij móét weten hoe het zit...' Ze wuift verontwaardigd naar de hekken.

'Beraadslagen,' zegt Luke. 'Het wordt al laat. We moeten eten en slapen. Misschien brengt een maaltijd ons op goede ideeën.'

Ik denk dat we allemaal hopen dat het eten een van ons een geniale inval zal bezorgen. We beginnen in optimistische stemming aan onze steak, frites en maisbrood, in de Tall Rock Inn in Cactus Creek. Een van ons zal toch zeker wel iets briljants bedenken?

O, kom op nou. Iemand moet iets verzinnen.

Telkens zegt een van ons: 'Oooh! Misschien...' en zwijgt dan ontmoedigd. Ik heb al een stuk of vijf ideeën gehad over het beklimmen van de muren rond Raymonds ranch, maar die heb ik voor me gehouden.

Het probleem is dat niemand van ons volgens mij iets anders had verwacht dan dat we Raymond zouden vinden en dat hij ons hartelijk zou ontvangen op zijn ranch, waar we een bed voor de nacht en een heerlijke maaltijd aangeboden zouden krijgen. Daarna zou Raymond pap opbellen en alles in orde maken. (Nou ja, dat verwachtte ik in elk geval.)

Tegen de tijd dat de borden worden afgeruimd en de dessertkaarten uitgedeeld, is de conversatie zo goed als stilgevallen en vraag ik me af wie als eerste zal zeggen: *laten we het maar opgeven.*

Niet dat ik dat zal zeggen. Mooi niet. Ik ga door tot het bittere eind. Maar Janice zou het kunnen zeggen. Ze ziet er een beetje verpieterd uit. Ik wil wedden dat ze heimwee heeft naar Oxshott.

'Zo, luitjes, willen jullie iets toe?' vraagt onze serveerster, Mary-Jo, die bij onze tafel is opgedoken.

'Weet jij misschien een manier om Raymond Earle te ontmoeten?' vraag ik in een opwelling. 'We zijn hier voor hem gekomen, maar hij is een beetje een kluizenaar.'

'Raymond Earle?' Ze krijgt een denkrimpel in haar voorhoofd. 'Die vent van de Red Ranch?'

'Precies.' Ik krijg weer hoop. 'Ken je hem?'

Misschien werkte ze parttime voor hem, denk ik in een vlaag van optimisme. Misschien kan ik met haar mee naar de ranch, onder het mom dat ik haar assistente ben...

'Sorry, schat,' onderbreekt de stem van Mary-Jo mijn gedachten. 'We zien hem niet zo vaak.' Ze draait zich om naar de vrouw achter de bar en roept: 'Hé, Patty? Deze mensen zijn hier voor Raymond Earle.'

'Die zien we niet zo vaak,' zegt Patty hoofdschuddend.

'Wat je zegt.' Mary-Jo richt zich weer tot ons. 'Die zien we niet zo vaak.'

'O, nou ja. Toch bedankt,' zeg ik teleurgesteld. 'Mag ik de appeltaart, alsjeblieft?'

'Hij komt morgen naar de jaarmarkt,' zegt een kraakstem vanuit de hoek. We kijken allemaal op en zien een oude man met een baard en een echt cowboyhemd met van die metalen driehoekjes op de kraagpunten. 'Om zijn potten en zo aan de man te brengen.'

We kijken elkaar allemaal opgewonden aan, zelfs Minnie.

'Echt waar?'

'Weet u zeker dat hij komt?'

'Waar is die jaarmarkt?' vraagt Luke. 'Hoe laat begint hij?'

'In Wilderness,' zegt Mary-Jo verbaasd. 'De jaarmarkt van Wilderness. Ik dacht dat jullie daarom hier waren. Hij duurt een week, je kunt hem niet missen.'

'Gaat Raymond erheen?' dringt mam aan.

'Meestal wel.' De man met de baard knikt. 'Hij stelt zijn potten tentoon in de keramiektent. Hij vraagt er krankzinnige prijzen voor. Geen mens wil ze hebben, voor zover ik het kan beoordelen.'

'Jullie moeten erheen, vooral als je er nog nooit bent geweest,' zegt Mary-Jo enthousiast. 'Het is de beste jaarmarkt van de staat. Je hebt de veeshow, de missverkiezing, het linedancen...'

Linedancen? O, mijn god, ik heb altijd al willen linedancen.

Ik bedoel, niet dat we hier zijn om te linedancen. Ik werp schuldbewust een blik op Suze om te zien of ze mijn gedachten heeft geraden.

'Oké, dat klinkt als een plan,' zegt Luke. 'We blijven hier, gaan morgenochtend meteen naar de jaarmarkt, zoeken Raymond op in de keramiektent en zetten hem klem.'

Er gaat een zucht van verlichting op aan onze tafel. De zorgenrimpels trekken uit mams voorhoofd. Nu maar hopen dat die Raymond over de brug komt, denk ik. Anders kunnen we echt niets meer doen, en ik weet niet wat ik dan met mam moet beginnen.

De volgende dag word ik vol optimisme wakker. Jaarmarkt van Wilderness, we komen eraan! We hebben in de Treeside Lodge in Wilderness geslapen, waar toevallig net een groot gezelschap had afgezegd, zodat ze heel blij waren dat wij op het laatste moment kwamen aanzetten. Mam en Janice moesten een piepklein kamertje delen, wat niet ideaal is, maar het was dat of de camper.

Bijna iedereen hier is voor de jaarmarkt gekomen, ontdekten we bij het ontbijt. De andere gasten droegen allemaal T-shirts en honkbalpetjes met opdruk van de jaarmarkt en zaten hun plannen voor de dag te bespreken, en de opwinding werkte aanstekelijk. Ik googel de jaarmarkt en hij is immens! Er staan een ziljoen tenten en kramen, los van de rodeo, veeshows en een gigantisch reuzenrad. Volgens de plattegrond staat de keramiektent aan de noordwestelijke kant van het terrein, tussen de tent met de mooist versierde graanschoven en het horlepiepfestival, niet ver van de rodeoring, waar het wildekoeienmelken, varkensworstelen en schapendraven worden gehouden.

Het klinkt me als een vreemde taal in de oren. Een hele tent voor versierde schoven? Hoe versier je trouwens een schoof? En wat is een horlepiep? En wat is varkenworstelen in vredesnaam? Laat staan schapendraven? Ik kijk op van de laptop.

'Luke, wat denk jij dat schapendraven is?' vraag ik aan Luke, die zijn horloge omdoet.

'Geen idee,' zegt hij. 'Zoiets als paardenrennen?'

'Gaan ze wedden? Op schapen?' vraag ik sceptisch.

'Er is ook een wedstrijd Oreo-stapelen, mocht het je interesseren,' vervolgt hij. 'Ik zag het gisteravond op de website.'

Goh, dát klinkt goed! Ik heb zo'n idee dat ik briljant zou kunnen zijn in het stapelen van Oreo's. Ik zie me al naast een drie meter hoge toren staan en stralend naar het publiek lachen terwijl ik de eerste prijs in ontvangst neem, die wel zal bestaan uit een pakje Oreo's.

Niet dat we aan wedstrijden mee gaan doen, roep ik mezelf snel tot de orde. We zijn hier voor zaken. Waarschijnlijk blijven we maar een halfuur.

'Klaar?' zegt Luke, die zijn portefeuille pakt. 'Klaar, Minnie? Klaar voor de attracties?'

'Taxi's!' roept Minnie opgetogen. 'Winnie de Poeh zien!'

Hm. Dat is het probleem als je met je kind naar Disneyland gaat. Ze denkt bij het woord 'attracties' direct aan Disneyland, en je kunt een kind van twee niet uitleggen hoe het zit met gedeponeerde merknamen en copyright, zoals Luke gisteravond heeft geprobeerd.

'Heel misschien zien we Winnie de Poeh,' zeg ik op hetzelfde moment dat Luke zegt: 'Nee, Winnie de Poeh is er niet.'

Minnie kijkt verward van Luke naar mij.

'Nee, Winnie de Poeh is er niet,' verbeter ik mezelf snel, terwijl Luke zegt: 'Heel misschien zien we Winnie de Poeh.'

Argh. In alle opvoedboeken staat dat het belangrijkste wat je moet doen is een front vormen als ouders, anders raakt je kind in de war en gaat het misbruik maken van de verschillen tussen jullie. Wat ik absoluut geloof, maar het kan pittig zijn. Zoals die keer toen Luke zei: 'Mammie gaat net weg, Minnie,' terwijl ik me net had bedacht. In plaats van hem tegen te spreken ben ik toen maar 'dag!' roepend door de voordeur naar buiten gelopen en weer door een raam naar binnen geklommen.

(Mam zei dat ik niet goed wijs was en dat opvoedboeken meer kwaad doen dan goed, dat pap en zij nooit aan die flauwekul hadden gedaan en: 'Moet je zien hoe jij bent geworden, Becky.' Waarop Luke een verstikt geluid maakte en 'nee, niets' zei toen we hem allemaal aankeken.)

Ik heb Minnie haar spijkerbroekje aangetrokken, en een nieuw suède vest met franje dat Luke gisteren voor haar heeft gekocht, en ze ziet eruit om op te vreten: een echte cowgirl. Ik draag een short en een mouwloos topje. Ik heb in de spiegel een blik op mezelf geworpen en... ik zie er wel oké uit. Ik kan ermee door.

Op de een of andere manier kan ik me er niet meer druk om maken hoe ik eruitzie. Ik wacht tot er iets in mijn hoofd aan klikt; het deel dat normaal gesproken zou jubelen: *joe-hoe! Jaarmarkt! Wat is de perfecte outfit voor een jaarmarkt?...* maar er gebeurt niets. Het blijft stil.

'Klaar?' vraagt Luke, die al bij de deur staat.

'Ja.' Ik plak een glimlach op. 'We gaan.'

Het geeft niet. Laat maar. Misschien word ik gewoon eindelijk volwassen.

Als we beneden in de lobby aankomen, is iedereen er al en hangt er een verwachtingsvolle sfeer in de lucht.

'Oké, dus we gaan regelrecht naar de keramiektent,' zegt Luke tegen de groep. 'Jane spreekt Raymond aan, samen met Becky, en de rest blijft stand-by staan.'

Er was gisteren wat geharrewar over wie er met mam mee zou gaan om Raymond aan te spreken. Janice vond dat zij het moest zijn, als Beste Vriendin, maar ik sloeg terug met Dochter. Toen stelde Suze voor om allemaal te gaan, maar dat werd weggestemd. Hoe dan ook, ik heb gewonnen op grond van het argument dat wat Raymond ook over pap zegt, goed of slecht, mam en ik het het eerst moeten horen.

De enige die geen enkele belangstelling had voor een ontmoeting met Raymond, was Alicia. Ze gaat zelfs niet eens mee naar de jaarmarkt. Ze zegt dat ze een bespreking heeft geregeld in Tucson. *Een bespreking in Tucson?* Nou vraag ik je. Wie regelt er nou een bespreking in Tucson?

Nou ja, mensen die in Tucson wonen, neem ik aan. Maar je snapt me wel. Afgezien daarvan.

Ik geloof dat 'bespreking in Tucson'-verhaal voor geen meter. Alicia zit ergens op te broeden, ik weet het zeker. En als het kon, zou ik haar in de gaten houden, maar het kan niet, want 1. ik moet naar de jaarmarkt en 2. ze is al vertrokken, in een limo.

Suze zit op een stoel die van een ton is gemaakt, over haar telefoon gebogen, als een gek te sms'en. Naar Alicia, vermoedelijk, want ze hebben elkaar al zo ongeveer een kwartier niet meer gezien. Ze ziet er verschrikkelijk uit, en ik wil een arm om haar heen slaan of haar uit haar wolk van ellende schudden, maar ik durf niet naar haar toe te gaan. Niet alleen is Suze mijn drie-uur-'s-nachts-vriendin niet meer, denk ik terneergeslagen, ze is zelfs mijn negen-uur-'s-ochtends-en-vlakbij-vriendin niet meer.

'Oké?' onderbreekt Luke mijn gedachten. 'Zijn we allemaal zover? Ben je er klaar voor, Jane?'

'En óf ik er klaar voor ben,' zegt mam met een veelbetekenende, bijna dreigende blik. 'En óf ik er klaar voor ben.'

We horen de jaarmarkt al voordat we hem zien. Begeleid door schetterende muziek kruipen we in de hitte langzaam naar voren in de rij voor de parkeerplaats. Als we de camper eenmaal hebben geparkeerd, moeten we pasjes kopen, en dan moeten we de goede ingang vinden, en tegen de tijd dat we eindelijk door ingang B lopen, zijn we allemaal bezweet en geïrriteerd.

(Je zou denken dat ingang B naast ingang A zou zijn. Dat zou je denken.)

'Mijn hemel!' zegt Janice als we om ons heen staan te kijken. 'Het is heel… overdadig!'

Ik snap wat ze bedoelt. Alles om ons heen is felgekleurd, lawaaiig of domweg buitenissig. Er staan tenten en kramen zo ver het oog reikt. Uit elke luidspreker lijkt andere muziek te schallen. Boven ons in de lucht hangt een zeppelin waar JAARMARKT WILDERNESS op staat, en daaronder zweven wat heliumballonnen, zilveren stipjes tegen het blauw, die waarschijnlijk per ongeluk losgelaten zijn. Een groepje cheerleaderachtige meisjes in zeegroene pakjes rent een nabije tent in en ik zie Minnie er vol ontzag naar kijken. Een man loopt met een gigantisch wollig schaap aan een touw langs ons en ik zet in een reflex een stap achteruit.

'Bex!' Suze rolt met haar ogen. 'Het is maar een schaap, hoor.'

Hmpf. Zij heeft makkelijk praten, maar dat beest heeft enorme krulhoorns en een gemene blik in zijn ogen. Het zal de hoofdprijs wel winnen in de categorie moordschapen.

Allerlei geuren vermengen zich: benzine, mest, verbrand vlees en het zoete, prikkelende aroma van versgebakken donuts, dat nogal overheersend is aangezien we vlak bij een donutkraam staan.

'Koek!' zegt Minnie, die de kraam opeens in het vizier krijgt. 'Móói, mammie.' Ze trekt zo verlangend aan mijn arm dat ik mijn evenwicht bijna verlies.

'Geen koek,' zeg ik snel, en ik trek haar weg. 'Kom mee, we gaan die keramiektent zoeken.'

Hoewel het nog vroeg is, wemelt het al van de mensen: ze verdringen zich bij de tenten, staan in rijen op eten te wachten, drentelen tussen de attracties door en blijven soms opeens staan om hun plattegrond te raadplegen. Het duurt dus even voordat we het creatieve dorp hebben bereikt, en eenmaal daar kunnen we de goede tent niet vinden. Mam marcheert geconcentreerd door, met haar kiezen op elkaar geklemd, maar Janice wordt telkens afgeleid door de tentoongestelde waren en dan moet ik haar wegtrekken en zeggen: 'Janice, je kunt later nog wel naar de geborduurde pannenlappen kijken.' Echt, ze is nog erger dan Minnie.

Dan zijn we eindelijk in de keramiektent en bestuderen we de lijst van deelnemers. Raymond zit op de afdeling volwassenen, keramiek en porselein, en hij dingt mee naar een prijs in de categorieën schalen, dekselpotten en varia. Hij heeft ook een paar stukken in de verkoopgalerie staan. Je pikt ze er zó uit, want ze zijn ongeveer vijf keer zo groot als die van de anderen. Het is ook duidelijk dat hij er niet is, want afgezien van ons groepje zijn er maar zeven mensen in de tent, en dat zijn allemaal vrouwen.

Mam en ik lopen een paar minuten zwijgend langs de inzendingen. We blijven bij elk stuk van Raymond staan alsof het ons een aanwijzing zou kunnen geven. Hij heeft overal een stuk papier bij gelegd met een verhaal erop over de invloed van de Franse keramiste Pauline Audette (wie?) en dat hij zich laat inspireren door de natuur. En nog wat gewauwel over soorten glazuur.

'Nou, hij is er niet,' zegt mam ten slotte, als we bij een grote, groen geglazuurde schaal aankomen die bijna een hele tafel in beslag neemt.

'Maar hij moet hier wel zijn geweest,' merk ik op. 'Misschien komt hij nog terug. Eh, pardon?' zeg ik tegen een vrouw in een hemdje met spaghettibandjes die bij de tafel ernaast staat. 'We zijn op zoek naar Raymond Earle. Kent u hem? Zou hij vandaag nog naar de tent komen, denkt u?'

'O, Raymond,' zegt de vrouw, en ze draait even met haar ogen. 'Die is hier wel geweest. Hij zou nog terug kunnen komen. Maar hij blijft nooit hangen.'

'Dank u. Is die vaas van u?' vraag ik. 'Heel mooi.'

Het is een grote leugen, want ik heb nog nooit zoiets lelijks gezien, maar het lijkt me goed om wat vrienden en bondgenoten te hebben, mochten we Raymond moeten tackelen of zo.

'Goh, dank je,' zegt de vrouw, en ze klopt beschermend op de vaas. 'Ik heb ook stukken te koop, als je geïnteresseerd bent.' Ze wijst naar de galerie aan de andere kant van de tent.

'Cool!' Ik probeer enthousiast te klinken. 'Ik zal ernaar kijken. En, bent u ook beïnvloed door Pauline Audette?'

'Pauline Audette?' zegt de vrouw bits. 'Wat is dat toch met die

Pauline Audette? Tot ik Raymond leerde kennen, had ik zelfs nog nooit van het mens gehóórd. Ze schijnt in Frankrijk te wonen. Wist je dat hij haar heeft geschreven? Om te vragen of ze hier wilde jureren? Hij heeft niets van haar gehoord, al zal hij dat niet toegeven.' Haar ogen blikkeren naar me. 'Hij is een snob, als je 't mij vraagt.'

'Een echte snob,' val ik haar snel bij.

'Wat moeten we met een Franse jury als we Erica Fromm hebben, die hier in Tucson woont?'

'Erica Fromm,' zeg ik knikkend. 'Absoluut.'

'Draai jij ook?' Ze neemt me met hernieuwde belangstelling op.

'O, eh...' Ik kan het niet over mijn hart verkrijgen botweg nee te zeggen. 'Nou... een beetje. U weet wel, als ik tijd heb.'

Wat min of meer bijna waar is. Ik bedoel, ik heb op school geboetseerd en misschien begin ik er wel weer mee. Opeens zie ik mezelf in een pottenbakkerskiel een fantastische vaas draaien terwijl Luke achter me staat en met zijn neus in mijn nek wroet. En ik stel me voor dat iedereen met Kerstmis zijn cadeautjes uitpakt en zegt: 'Wauw, Becky, we wisten niet dat je zo artistiek was!' Ik snap niet waarom ik niet eerder op het idee ben gekomen te gaan pottenbakken.

'Dus... succes,' voeg ik eraan toe. 'Leuk u even gesproken te hebben. Ik ben Becky, trouwens.'

'Dee.' Ze geeft me een hand en ik haast me terug naar mam, die naar een verzameling piepkleine poppetjes van klei staat te kijken.

'En?' Ze kijkt verwachtingsvol op. 'Ben je iets aan de weet gekomen?'

'Naar het schijnt zou Raymond nog terug kunnen komen,' vertel ik. 'We zullen de tent in de gaten moeten houden.'

Luke stelt een wachtrooster op. Mam en Janice doen het eerste uur, want ze willen allebei toch al graag naar de keramiek kijken. Daarna is Danny aan de beurt, maar hij gaat eerst naar de horecatent om een traditionele Wilderness-ijsthee te drinken, die voor tachtig procent uit whisky schijnt te bestaan.

'Ik ga met Minnie naar het peuterdorp, een ballon voor haar kopen, en dan nemen wij de derde wacht,' zegt Luke op die gezaghebbende toon van hem. 'Becky, als Suze en jij het vierde uur eens namen? Tot die tijd kunnen jullie gewoon chillen. Samen van de jaarmarkt genieten. Oké, Suze?'

O, god. Ik weet precies waar Luke mee bezig is. Hij probeert Suze en mij te koppelen zodat we het weer goed kunnen maken. Wat echt lief van hem is, maar ik voel me net een panda die moet paren met een andere panda die duidelijk niet op me valt. Suze zou niet minder enthousiast kunnen kijken bij het idee met mij te chillen. Haar voorhoofd rimpelt zich in een frons en ze werpt me een duistere, onvriendelijke blik toe.

'Ik wil de tent best in mijn eentje in de gaten houden,' zegt ze. 'Dan kunnen Becky, Minnie en jij bij elkaar blijven.'

Ik voel een pijnlijk steekje in mijn hart. Heeft ze echt zo'n weerzin tegen me? Kan ze het niet eens opbrengen om een paar uur in mijn gezelschap te verkeren?

'Nee, we kunnen het beter zo doen,' zegt Luke resoluut. 'En degenen die over de jaarmarkt lopen, kunnen naar Raymond uitkijken.'

Luke heeft gisteravond een foto van Raymond gevonden op een lokale nieuwssite. En ik wil niet opscheppen, maar pap ziet er stukken beter uit dan zijn oude vrienden. Corey zag er plasticachtig en griezelig uit, Raymond oeroud. Hij heeft van die grote, grijze, borstelige wenkbrauwen, en op de foto kijkt hij heel nors en chagrijnig in de lens.

'Er is een beetje bereik hier,' zegt Luke, 'al valt het steeds weg. Dus als iemand Raymond ziet, onmiddellijk de anderen sms'en, afgesproken?'

Voordat we ons verspreiden, werpt Luke me nog een bepaalde blik toe waarmee hij denk ik 'kop op' wil zeggen en dan verdwijnt hij met Minnie in de massa en laat mij alleen met Suze achter.

Ik ben niet meer met Suze alleen geweest sinds... Ik weet het niet eens meer. De zon lijkt opeens op mijn hoofd te branden en mijn huid voelt kriebelig. Ik haal een paar keer diep adem in een poging te ontspannen. Ik werp een blik op Suze en zie dat ze naar de grond kijkt, alsof ze mijn bestaan niet eens wil erkennen. Ik weet niet wat ik moet zeggen. Ik weet niet waar ik moet beginnen.

Ze zit op een stapel omgekeerde kratten in een spijkerbroek en een wit T-shirt, en ze heeft de stokoude cowboylaarzen aan waar ze in Londen altijd op liep. Ze zijn perfect voor hier, en dat wil ik tegen haar zeggen, maar mijn keel wordt dichtgeknepen. Net als ik ademhaal om iets te zeggen – maakt niet uit wat – piept haar telefoon. Ze haalt hem tevoorschijn, kijkt er geboeid naar en doet haar ogen dicht.

'Suze?' begin ik nerveus.

'Wát?' valt ze uit. Ik heb nog niets voorgesteld en ze is al agressief.

'Ik dacht gewoon... Wat wil jij het eerst doen?' Ik pak met bevende vingers de jaarmarktgids uit mijn tas. 'Zullen we naar de varkens gaan kijken?'

Het is het ultieme offer van mijn kant, want ik ben eigenlijk nogal bang voor varkens. Ik bedoel, ik ben ook niet dol op schapen, maar varkens zijn doodeng. Suze en Tarkie hebben er een paar op de boerderij in Hampshire en echt, het zijn boosaardige, krijsende monsters.

Maar Suze houdt van ze en geeft ze allemaal een naam. En als we ze hier gaan bekijken, kunnen we misschien samen vaststellen hoe puntig hun oren zijn of zo, en schept dat weer een band.

'Amerikaanse varkens zijn vast heel boeiend,' dring ik aan, want Suze zegt niets. 'Of schapen? Ze hebben allemaal zeldzame soorten... Of kijk, er is ook een West-Afrikaanse-dwerggeitgebeuren!'

Suze kijkt op. Haar blik is afwezig. Ik denk dat ze geen woord heeft gehoord.

'Bex, ik moet iets doen,' zegt ze. 'Ik zie je wel weer, oké?' Ze zwaait haar benen van de kratten en rent weg, langs de keramiektent de drukte in.

'Suze?' Ik kijk haar ontdaan na. 'Súze?'

Ze kan me niet zomaar in de steek laten. We worden geacht een team te vormen. We worden geacht bij elkaar te blijven. Voordat ik me af kan vragen of het wel een goed idee is, zet ik de achtervolging in.

Gelukkig is Suze erg lang en haar haar erg blond, zodat het een eitje is om haar te volgen, ook al wordt het met de minuut drukker. Ze loopt vastberaden langs het rodeostadion, door het etensdorp en de kinderboerderij voorbij. Ze beent zelfs zonder op of om te kijken langs een arena waarin een gast zijn hond door een hoepel laat springen. Ze kíjkt niet eens naar de kramen met cowboyhoeden, -laarzen en -zadels, hoewel ik weet dat ze ze anders uren zou aaien. Ze is gespannen en ze piekert ergens over. Ik zie het aan haar schouders. En ik zie het aan haar gezicht als ze eindelijk blijft staan, op een open plek achter de zwijnenbraai.

Ze leunt tegen een hoge houten paal en pakt haar telefoon. Ze piekert niet alleen, besef ik met een schok. Ze ziet er radeloos uit. Wie sms't ze, Alicia?

Mijn eigen telefoon piept en ik trek me snel terug, uit het zicht. Ik verwacht een bericht van mam, of Luke, of zelfs van Danny... maar het is van Tarquin.

Hoi Becky. Ik meld me even. Alles goed met Suze?

Ik kijk naar mijn telefoon en word opeens razend. Nee, alles is niet goed met Suze. Helemaal niet! Ik kies Tarkies nummer en duik een tent vol zelfgemaakte conserven in.

'Becky?' Het lijkt Tarquin te verbazen dat ik hem bel. 'Alles goed?'

'Tarkie, je hebt geen idee wat we doormaken!' zeg ik bijna krijsend. 'Suze is diep ongelukkig, we zijn op een jaarmarkt een vent aan het volgen, mijn moeder heeft geen idee wat mijn vader allemaal uitspookt...'

'Zijn jullie daar nou nog mee bezig?' vraagt Tarquin geschrokken.

'Ja, natuurlijk!'

'Kun je je vader niet wat privacy gunnen?' Nu klinkt hij boos. 'Kun je hem niet vertrouwen?'

Daar heb ik even niet van terug. Zo had ik het nog niet bekeken. En een ogenblik lang voel ik me schuldig... tot mijn bloed weer begint te koken. Die kerels gaan er zomaar vandoor op hun missie en denken dat ze helemaal cool en heldhaftig zijn, maar houden ze wel rekening met ons, de achterblijvers, die dachten dat ze dood waren?

'Kon hij mijn moeder niet vertrouwen?' kaats ik woedend terug. 'Kon jij Suze niet vertrouwen? Je bent getrouwd! Jullie horen elkaar alles te vertellen!'

Het blijft stil, en ik weet dat ik een gevoelige snaar heb geraakt. Ik wil meer zeggen. Ik wil loeien: wees gelukkig met Suze! Wees gelukkig!

Maar je kunt je niet met de relatie van een ander stel bemoeien. Het is alsof je probeert in een wolk te stappen. De boel vervliegt zo'n beetje en dan sta je weer buiten.

'Maar goed, jullie kunnen ons niet meer volgen,' zegt Tarkie na een pijnlijke stilte. 'We hebben ons opgesplitst. Er is niets meer te volgen.'

'Jullie hebben je opgesplitst?' Ik kijk verbijsterd naar mijn telefoon. 'Wat bedoel je?'

'We zijn allemaal onze eigen weg gegaan. Ik help je vader met...' hij aarzelt even '... iets. Hij doet zijn eigen ding. Bryce is verdwenen, god mag weten waarheen.'

'Bryce is verdwénen?' herhaal ik ontzet.

'Hij is gisteravond vertrokken. Ik heb geen idee waarheen.'

'O, op die manier.'

Ik voel me compleet van mijn stuk gebracht. Dat nieuws, na alle angsten. Bryce heeft Tarquin dus toch niet gestrikt voor zijn boosaardige plan. Hij heeft hem niet gehersenspoeld of uitgekleed; hij heeft hem niet eens overgehaald timeshares te verkopen. Hij is hem gewoon gepeerd.

'Becky, ga terug naar LA,' zegt Tarquin, alsof hij mijn gedachten kan lezen. 'Blaas die zoektocht af. Geef het op.'

'Maar we zouden jullie kunnen helpen,' zeg ik tegen beter weten in. 'Wat zijn jullie aan het doen? Wat is er aan de hand?'

Betrek ons erbij! wil ik uitroepen. *Ik smeek het je!*

'We hebben jullie hulp niet nodig,' zegt Tarquin onvermurwbaar. 'Zeg tegen Suze dat het goed met me gaat. Ik help je pa. Ik voel me nuttig, voor het eerst in… een eeuwigheid. Ik ga dit doen, oké? En ik wil niet dat jij je ermee bemoeit, of Suze. Toedeloe, Becky.'

Met die woorden verbreekt hij de verbinding. Ik heb me nog nooit zó machteloos gevoeld. Ik wil janken van frustratie, of in elk geval woest tegen een ton schoppen.

Oké, van woest tegen een ton schoppen blijk ik niet op te knappen. (Ik loop op teenslippers en tonnen zijn best hard.) Van met mijn ene vuist in mijn andere hand stompen, zoals ze in films doen, ook niet. (Ik heb nooit begrepen wat er zo leuk is aan boksen, en nu begrijp ik het nog minder. Mijn hand doet pijn, alleen maar doordat ik er zelf in heb gestompt. Stel je voor dat het iemand anders was en je niet tegen hem kon zeggen dat hij ermee op moest houden.)

Het enige waar ik van op zou knappen, dringt het tot me door, is met Suze praten. Ik moet haar over mijn gesprekken met Tarkie vertellen. Ik moet haar vertellen dat hij veilig bij Bryce uit de buurt is. Het is een dringende kwestie, en ik moet dapper zijn en niet terugdeinzen voor mijn taak.

Maar als ik de conserventent uit sluip, word ik opeens nerveus. Suze ziet er ongeveer zo benaderbaar uit als een leeuwin die haar welpen én het eten voor het hele gezin én de kroonjuwelen bewaakt, alle drie tegelijk. Ze ijsbeert over de open plek, met haar telefoon in haar rechterhand, haar wenkbrauwen gefronst, en haar ogen flitsen heen en weer.

Net als ik mogelijke openingszinnen aan het oefenen ben – Goh, Suze, jij hier? – blijft ze stokstijf staan en kijkt waakzaam om zich heen. Alsof ze ergens op wacht. Waarop?

Even later zie ik waar ze naar kijkt, en dan sla ik bijna steil achterover van verbazing. Nee. Dit moet een hallucinatie zijn. Ik geloof mijn ogen niet. Maar die lange, soepel lopende gestalte; dat kan niemand anders zijn.

Het is Bryce.

Bryce. In eigen persoon. Hier. Op de jaarmarkt van Wilderness.

Ik kijk met open mond hoe hij naar Suze toe loopt. Hij is nog net zo knap en bruin als altijd, met zijn afgeknipte broek en teenslippers. Hij ziet er zorgeloos en ontspannen uit, terwijl Suze aan het eind van haar Latijn lijkt te zijn. Maar ze lijkt niet verbaasd hem te zien. Dit was duidelijk van tevoren afgesproken. Maar… hè?

Ik bedoel, hè?

Hoe kan Suze met Bryce hebben afgesproken? Hoe?

We hebben achter Bryce aan gezeten. We hebben ons angstig afgevraagd wat hij in zijn schild voerde. We hebben over Bryce gepraat, geprobeerd in zijn geest te kruipen, en we geloofden zo ongeveer dat hij een seriemoordenaar was. Heeft Suze aldoor contact met hem gehad?

Innerlijk kerm ik van verwarring. *Wáááát? Leg uit!* wil ik roepen. Ik wil eropaf stampen en zeggen: 'Dit kun je niet maken!'

Maar ik kan alleen maar sprakeloos toekijken terwijl zij het een of andere gesprek voeren dat ik niet kan horen. Suze heeft haar armen beschermend over haar borst gekruist en ze praat in korte, staccato zinnen, terwijl Bruce er nog net zo kalm en relaxed uitziet als altijd. Ik zou niet gek opkijken als hij een volleybal tevoorschijn toverde en ermee begon te stuiteren.

Dan lijken ze eindelijk tot een soort besluit te komen. Bryce knikt een keer en legt een hand op Suzes arm. Ze schudt hem zo woest af dat ik een sprongetje maak van schrik, maar Bryce schokschoudert. Hij lijkt het grappig te vinden. Dan beent hij weg, de massa in, en blijft Suze alleen achter.

Ze zakt op een decoratieve hooibaal, met hangend hoofd, en ze zit er zo wanhopig bij dat een paar voorbijgangers enigszins bezorgd naar haar kijken. Ze is helemaal in trance en ik durf haar bijna niet te storen. Ik ben bang dat ze nog feller naar me zal uithalen als ze beseft dat ik haar met Bryce heb gezien.

Maar ik heb geen keus. Dit gaat niet meer alleen om onze vriendschap. Dit gaat om veel meer.

Ik stap resoluut naar voren, de ene voet voor de andere, en wacht tot ze opkijkt. Haar hoofd schiet omhoog en even is ze net een in het nauw gedreven dier. Elke spier in haar lijf staat gespannen. Haar ogen flitsen panisch heen en weer, alsof ze wil checken of ik iemand bij me heb... en dan, als ze zich ervan heeft overtuigd dat ik alleen ben, kijkt ze weer naar mij.

'Suze...' begin ik, maar mijn stem klinkt helemaal hees en ik weet niet goed waar ik naartoe wil.

'Heb je...' Ze slikt, alsof ze het niet kan opbrengen het hardop uit te spreken, en ik knik.

'Suze...'

'Niet doen,' kapt ze me beverig af. Haar ogen zijn bloeddoorlopen. Ze lijkt wel ziek, denk ik opeens. Ziek van ongerustheid. En niet omdat ze denkt dat Tarkie in gevaar is. Het is iets anders, iets wat ze voor ons allemaal verborgen heeft gehouden.

Het voelt alsof we elkaar een eeuwigheid alleen maar aankijken, en het is bijna alsof we een gesprek voeren zonder woorden.

Had het me maar verteld.

Ja.

Het is een beetje uit de hand gelopen, hè?

Ja.

Nou, laten we het dan oplossen.

Ik zie Suzes afweer stukje bij beetje verbrokkelen. Haar schouders zakken langzaam. Ze ontspant haar kaakspieren. Voor het eerst in tijden kijkt ze me echt aan, en het dringt met een akelige schok tot me door dat ze er radeloos uitziet.

En er is nog iets. Alsof er een soort verschuiving is in het evenwicht tussen ons. Al zo lang ik me kan herinneren ben ik degene die zich in de nesten werkt en is Suze degene die me eruit redt. Zo zijn we gewoon. Nu lijken de rollen echter omgedraaid. Ik weet niet precies wat er gaande is, maar dit weet ik wel: Suze zit tot over haar oren in de ellende.

Ik wil een ziljoen vragen op haar afvuren, maar ik denk dat ze eerst een beetje tot bedaren moet komen.

'Kom op,' zeg ik. 'Kan me niet schelen hoe vroeg het is, we moeten een neut hebben.'

Ik neem haar mee naar de tequilaproeverij en ze volgt me gedwee, met neergeslagen ogen. Ik bestel tequilashotjes en geef haar er een. Dan kijk ik haar recht aan, alsof het tijd is om ter zake te komen, en zeg: 'Oké, Suze. Je moet me alles vertellen. Hoe zit dat tussen Bryce en jou?'

Ik weet het antwoord zodra ik haar gezicht zie.

Ik bedoel, eigenlijk wist ik het al zo'n beetje zodra ik hem zag opduiken, maar de aanblik van haar gezicht is de dolksteek in mijn hart. 'Suze, dat meen je niet.'

'Nee!' zegt ze alsof ze zich aan me brandt. 'Niet helemáál...'

'Wat niet helemaal?'

'Ik... we...' Ze kijkt om zich heen. 'Zullen we ergens anders gaan zitten?'

'Suze. Zeg het nou maar.' Ik heb een brok in mijn keel. 'Heb je Tarkie bedrogen?'

In een flits zie ik hun bruiloft voor me. Suze zag er stralend en beeldschoon uit. Tarkie en zij waren hoopvol en optimistisch. We waren allemaal hoopvol en optimistisch.

En, oké, Tarkie kan soms een beetje excentriek zijn. Hij heeft een vreemde smaak op het gebied van kleren. En muziek. En alles. Maar hij zou Suze nooit ontrouw zijn, nóóit. Bij de gedachte aan hoe gekwetst hij zou zijn als hij erachter kwam, springen de tranen me in de ogen.

'Ik...' Haar handen fladderen naar haar hals. 'Wat telt als overspel? Zoenen?'

'Hebben jullie alleen maar gezoend?'

'Nou, nee.'

'Hebben jullie...'

'Nee!' Ze aarzelt. 'Niet echt.'

Er valt een stilte waarin mijn fantasie rond een verscheidenheid aan scenario's galoppeert. 'Voelde je je overspelig?'

Het blijft weer lang stil. En opeens heeft Suze ook tranen in haar ogen.

'Ja,' zegt ze dan met een zielig soort opstandigheid. 'Ja. En dat wílde ik ook. Ik was het zat. Tarkie voelde zich zo rot, en alles was zo moeilijk in Engeland, en Bryce was helemaal nieuw en positief en… je weet wel…'

'Seksgodachtig.'

Ik herinner me dat ik dacht een vonk te zien overspringen toen Suze en Bryce elkaar voor het eerst zagen, maar ik had in geen miljoen jaar gedacht…

Zo zie je maar weer: ik ben niet wantrouwig genoeg. Dat is het. Ik vertrouw nooit meer iets of iemand. Ik neem aan dat iedereen een verhouding met iedereen heeft zonder dat het me ooit is opgevallen.

'Precies,' zegt Suze. 'Hij was zo anders. Zo zeker van zijn zaak.'

'Dus wanneer hebben jullie…' Ik spoel in gedachten terug in een poging het uit te knobbelen. 'Ik bedoel, zo vaak ging je nou ook weer niet naar Golden Peace… Was het 's avonds?'

'Vraag me niet wanneer!' roept Suze gekweld uit. 'Vraag me niet naar data en tijden en plaatsen! Het was een vergissing, oké? Dat besef ik nu wel, maar het is te laat. Hij heeft me nu te pakken.'

'Hoe bedoel je, hij heeft je te pakken?'

'Hij wil geld,' zegt Suze onomwonden. 'Veel geld.'

'Je geeft hem toch niets?' Ik kijk haar met grote ogen aan.

'Wat moet ik anders?'

'Suze! Nee!' Ik voel me slap van afgrijzen. 'Je moet hem niets geven!'

'Maar dan zegt hij het tegen Tarkie!' De tranen stromen over Suzes gezicht. 'En dan is het gedaan met mijn huwelijk… de kinderen…' Ze staart in haar tequilaglas. 'Bex, ik heb mijn hele leven verknald en ik weet me geen raad. Ik kon het aan niemand vertellen. Ik heb me zo eenzaam gevoeld.'

Ik voel me gekwetst. Nou ja, misschien ook verontwaardigd. Nou ja, waarschijnlijk ook kwaad.

'Je had het aan mij kunnen vertellen,' zeg ik. Ik probeer het rustig te zeggen, niet gekwetst, verontwaardigd en kwaad. 'Je had mij in vertrouwen kunnen nemen, Suze.'

'Nee, dat kon ik niet! Luke en jij hebben het zo perfect samen. Je had het nooit begrepen.'

Wát? Hoe kan ze dat nou zeggen?

'We waren bijna uit elkaar gegaan in LA!' roep ik ongelovig uit. 'We hadden laaiende ruzie en Luke ging terug naar Engeland en ik wist niet of hij ooit nog terug zou komen. Dus ik denk dat ik het wel had begrepen. Als je me een kans had gegeven.'

'O.' Suze veegt de tranen uit haar ogen. 'Tja... O. Ik wist niet dat het zo erg was.'

'Ik heb mijn best gedaan om het je te vertellen, maar het boeide je niet! Je sloot me buiten!'

'Nou, jij sloot mij buiten!'

We kijken elkaar aan, zwaar ademend, allebei rood aangelopen en met ons tequilaglas in onze hand geklemd. Ik heb het gevoel dat ik eindelijk alle lagen afpel en tegen Suze zeg wat ik echt kwijt moet.

'Oké, Suze, misschien heb ik je buitengesloten,' barst ik los. 'Misschien heb ik het fout gedaan in LA. Maar zal ik jou eens iets zeggen? Ik heb tig keer gezegd dat het me spijt, ik ben met je meegegaan op deze reis, ik doe mijn best... en je keurt me geen blik waardig. Je wilt niet met me praten, je wilt me niet aankijken, het enige wat je doet is me afkraken. Je geeft alleen nog iets om Alicia. Maar ík zou je vriendin moeten zijn.' Een berg oud zeer rijst in me op en de tranen branden opeens in mijn ogen. 'Ik zou je vriendín moeten zijn, Suze.'

'Weet ik,' fluistert ze, in haar glas starend. 'Weet ik toch.'

'Waarom behandel je me dan zo?' Ik haal woest een hand over mijn gezicht. 'En ik verzin het niet. Luke heeft het ook gezien.'

'O, god.' Suze lijkt niet meer te weten waar ze het zoeken moet. 'Ik weet het. Ik heb je afschuwelijk behandeld. Maar ik kon je niet eens aankijken.'

'Waarom niet?' Ik ben zo geagiteerd dat ik bijna schreeuw. 'Waarom niet?'

'Omdat ik wist dat je alles zou raden!' barst ze uit. 'Jijként me, Bex, Alicia niet. Bij Alicia kan ik de schijn wel ophouden.' Ze kijkt op en nu huilt ze echt. Ik bedoel, haar gezicht is vlekkerig rood en ze heeft een snotneus en alles. 'Ik kan niets voor jou verborgen houden.'

'Je hebt Bryce voor me verborgen gehouden,' breng ik ertegen in.

'Door je te ontlopen. O, god, Bex.' Suze zit letterlijk met de handen in het haar. 'Ik loop er al zo lang over te tobben... Had ik het je maar meteen verteld...'

Ik heb Suze nog nooit zo meelijwekkend gezien. Ze lijkt op de een of andere manier kleiner en er is niets over van haar Suzige uitbundigheid. Ze heeft een afgetobd gezicht en onder de extensions is haar haar helemaal vet.

'Stel dat mijn huwelijk is afgelopen, Bex?' snikt ze, en ik voel mijn hart angstig bonken in mijn borst.

'Dat gebeurt niet, Suze, het komt wel goed.' Ik sla mijn arm om haar heen. 'Niet huilen. We verzinnen er wel iets op.'

'Wat ben ik stom geweest,' snikt Suze. 'Zo ontzettend stom. Ja, toch?'

Ik zeg niets terug. Ik druk haar gewoon dichter tegen me aan.

Ik heb stomme dingen gedaan. Ik ben mezelf tegengekomen. En Suze heeft nooit gemeen gedaan of me verwijten gemaakt. Ze heeft me altijd gesteund. Dus dat ga ik nu ook doen.

Terwijl we daar zitten en de Mexicaanse muziek over ons heen laten komen, denk ik terug aan de tijd toen het net mis begon te gaan tussen Suze en mij. Ik dacht dat het allemaal mijn schuld was. Ik dacht dat het door mij kwam, doordat ik met andere dingen bezig was. Het is niet in me opgekomen dat ze zelf ook met iets anders bezig zou kunnen zijn.

'O, mijn god.' Het dringt tot me door en ik kijk op. 'Dus dáárom wilde je Tarkie met alle geweld bij Bryce uit de buurt hebben. Uit angst dat Bryce het hem zou vertellen.'

'Dat kwam er wel bij,' geeft Suze toe.

'Wacht.' Ik hap even naar lucht. 'Heb je dat hersenspoelgedoe soms verzonnen?'

'Nee! Ik maakte me echt ongerust om Tarkie!' schiet Suze in de verdediging. 'Hij is echt kwetsbaar. En Bryce is een boosaardige, geraffineerde...' Ze houdt zich in en haalt diep adem. 'Hij is op geld uit, waar hij het maar kan krijgen. Eerst dacht hij dat Tarkie alle poen had, dus richtte hij zich op hem. Toen kwam hij erachter dat ik mijn eigen geld heb, dus... Nou ja.' Ze slikt. 'Toen begon hij mij te bespelen.'

'Je mag hem niets geven. Dat weet je.' Suze zegt niets en ik neem haar streng op. 'Dat weet je toch wel, hè, Suze? Wat heb je tegen hem gezegd?'

'Ik heb gezegd dat ik hem vanavond om zeven uur geld zal geven,' mompelt Suze.

'Suze!'

'Nou, wat moet ik dan doen?'

'Als je hem één keer geld geeft, heeft hij je voor eeuwig in zijn macht. Nooit toegeven aan chantage. Dat weet iedereen.'

'Maar als hij het dan aan Tarkie vertelt?' Suze zet haar lege glas neer en haalt haar handen weer door haar haar. 'Bex, stel dat ik het echt heb verkloot? Stel dat Tarkie en ik uit elkaar gaan? Hoe moet het dan met de kinderen?' Haar stem beeft. 'Ik heb mijn hele leven op het spel gezet, alles...'

Een lid van de Mexicaanse band komt met een stralende glimlach naar ons toe en schudt met zijn sambaballen in Suzes richting. Hij biedt haar er een aan om mee te doen, maar hij heeft de verkeerde voor zich.

'Laat me met rust!' gilt Suze, en de sambaballenman deinst geschrokken achteruit.

We zwijgen allebei. Het duizelt me een beetje, en dat komt niet alleen door de tequila. Ik wil Suze nog een ziljoen dingen vragen, zoals: wie is er begonnen? en: wat bedoel je, 'niet echt'? Maar ik kan haar nu niet aan de tand gaan voelen. Het belangrijkste is nu dat we van Bryce af moeten zien te komen.

'Suze, Tarkie gaat niet bij je weg,' zeg ik beslist.

'Waarom niet? Ik zou wel bij mezelf weggaan.' Ze kijkt verdrietig op. 'Ik kan echt een heks zijn. Ik word driftig en dan zeg ik allemaal verschrikkelijke dingen tegen hem...'

'Weet ik,' zeg ik verlegen. 'Dat heeft hij me verteld. Hoor eens, Suze, ik moet je iets vertellen. Ik heb voor je verzwegen dat ik Tarkie heb gesproken.'

Haar ogen worden groot en ze haalt diep adem. Even ben ik bang dat ze tegen me uit zal vallen, maar dan ademt ze uit en ebt de woede zo'n beetje weg.

'Aha,' zegt ze. 'Ik had het kunnen weten. En hij zei natuurlijk dat zijn vrouw een kreng was.'

'Nee! Natuurlijk niet!' Ik probeer te bedenken hoe ik het tactvol kan brengen. 'Hij heeft gezegd... eh... dat jullie problemen hadden.'

'Problemen!?' Ze stoot een wrange lach uit.

'Nee, luister nou, Suze,' vervolg ik gespannen. 'Het is juist goed. Tarquin is veel sterker dan je denkt. Hij is nu in zijn eentje, hij doet zijn eigen ding om mijn vader te helpen, en hij klonk heel positief. Ik geloof absoluut niet dat Bryce hem heeft gehersenspoeld. Ik denk dat hij zo chagrijnig was in LA vanwege... andere dingen.'

'Vanwege mij.'

'Nee, het kwam niet alleen door jou. Het was de hele situatie. Maar nu hij daaraan is ontsnapt... voelt hij zich nuttig... ik denk dat het beter met hem gaat.'

Suze laat het even bezinken.

'Tarkie aanbidt je vader,' zegt ze uiteindelijk. 'Hij had zelf graag zo'n vader gehad.'

'Weet ik.'

'Heeft hij verteld wat hij aan het doen is?'

'Nee, natuurlijk niet.' Ik rol met mijn ogen. 'Hij zei dat ik pap wat privacy moest gunnen en dat ik terug moest gaan naar LA.'

'Misschien heeft hij wel een punt.' Suze zet haar voeten op haar barkruk en slaat haar armen om haar knieën. 'Ik bedoel, waar zijn we mee bezig? Waar zijn we allemaal mee bezig?'

Ik denk dat dit zo'n vraag is waar geen antwoord op wordt verwacht. Dus zeg ik niet: *we jagen op Tarkie omdat jij vond dat we dat moesten doen, Suze*, maar neem ik nog een slokje tequila.

'Ik heb het gevoel dat ik in een verschrikkelijke, krankzinnige situatie zit,' zegt Suze opeens. 'En dat heb ik op jou afgereageerd, Bex.'

'Nee, hoor.' Ik haal een beetje gegeneerd mijn schouders op.

'Jawel.' Ze kijkt me met grote, verdrietige ogen aan. 'Ik heb heel hatelijk gedaan. Ik vind het ongelooflijk dat je nog met me wilt praten.'

'Nou...' zeg ik aarzelend, zoekend naar woorden. 'Je bent mijn vriendin. En ik heb me nogal misdragen in LA. We zitten allebei fout.'

'Maar ik heb lelijker gedaan,' zegt Suze met klem. 'Want ik probeerde jou de hele tijd een schuldgevoel aan te praten. Waar was ik mee bezig? Waar was ik mee bézig?' Haar stem schiet overstuur de hoogte in en de tranen biggelen weer over haar wangen. 'Het was een soort gekte. Vanaf het moment dat ik in LA aankwam, had ik het gevoel dat ik aan mijn saaie leventje thuis wilde ontsnappen, maar nu heb ik er alles voor over...' Ze wrijft in haar ogen. 'Ik zou er alles voor overhebben om...'

'Je kunt je oude leven terugkrijgen,' zeg ik gedecideerd, 'maar dan moet je om te beginnen geen geld aan Bryce geven.'

Suze hoort me handenwringend aan.

'Maar als hij het dan aan Tarkie vertelt?' fluistert ze uiteindelijk.

'Daar kun je niet op wachten.' Ik raap de moed bij elkaar om datgene te zeggen waarvan ik weet dat het goed is. 'Suze, je moet het zelf aan Tarkie vertellen. Zo snel mogelijk.'

Ze kijkt me aan alsof ze haar doodvonnis heeft gekregen, maar na een stilte die wel een halfuur lijkt te duren, knikt ze ten slotte.

Ik geloof dat ik me net zo beroerd voel als Suze. Ik heb Luke door de jaren heen vaak pijnlijke bekentenissen moeten doen, zoals die keer toen ik zijn zes Tiffany-klokken op eBay had verkocht zonder het hem te vertellen, maar Tiffany-klokken verkopen kun je in de verste verte niet vergelijken met een andere man zoenen.

En als ik 'zoenen' zeg, ben ik nog mild ten opzichte van Suze, want het was duidelijk veel meer dan zoenen. (Maar hoeveel meer? Ze wil het me nog steeds niet vertellen en ik ben natuurlijk veel te volwassen om haar te vragen een schema te tekenen. Ik zal mijn fantasie moeten gebruiken.)

(Hoewel, nee, doe ook maar niet. Brrr. Stóúte fantasie.)

We hebben afgesproken dat ik Tarkie zal bellen en het toestel dan aan haar geef, en ik druk met bonzend hart op de sneltoets.

'Tarkie!' zeg ik vinnig zodra hij opneemt. 'Luister. Je moet nu meteen met Suze praten, en als je dat niet doet, zeg ik nooit meer een woord tegen je, en als ik het aan mijn vader vertel, wil hij ook niet meer met je praten. Dit is stóm. Je kunt niet doorgaan met mij bellen en Suze uit de weg gaan. Ze is je vrouw. En ze moet je een paar heel belangrijke dingen vertellen.'

Het blijft even stil en dan zegt Tarkie: 'Oké, geef haar maar.' Hij klinkt zelfs een beetje berouwvol.

Ik geef mijn telefoon aan Suze en trek me terug. Ik had zo'n beetje gehoopt dat ze me zou vragen erbij te blijven, zodat ik mijn oor tegen de achterkant van het toestel kon drukken om Tarkies aandeel in het gesprek te volgen, maar ze heeft gezegd dat het een privégesprek was.

Wat... nou ja. Het is haar huwelijk en zo. Al had ik wel heel goed kunnen helpen. Ik zou haar jenevermoed hebben gegeven en haar hebben voorgezegd als het nodig was. Ik zeg het maar.

Maar goed, geeft niet. Ze is de tent uit gelopen en ik zit bij de Mexicaanse band met een cola light om de tequila te verdunnen. Een gast in een poncho heeft me daarnet een tamboerijn aangeboden en hij keek me zo verwachtingsvol aan dat ik het hart niet had om nee te zeggen. Ik sla dus op de tamboerijn, zing in volgens mij best goed Spaans mee ('aii-aii-aii-aii') en probeer niet te denken aan Suze en Tarquin op het bordes van de rechtbank waar de scheiding wordt uitgesproken, en dan is ze opeens weer terug.

Mijn hart maakt een enorme snoekduik en de hand met de tamboerijn erin valt slap naar beneden. Ze staat bij de tentflap, hijgend, rood aangelopen en volkomen overstuur.

'Wat is er gebeurd?' vraag ik als ze bij me is. 'Suze, gaat het wel?'

'Bex, de bomen op ons landgoed,' ratelt ze koortsachtig. 'De bomen. Herinner je je daar iets over? Maakt niet uit wat?'

Bomen? Waar hééft ze het over?

'Eh, nee,' zeg ik omzichtig. 'Ik weet niets van bomen. Suze, bij de les blijven. Hoe ging het? Hoe staan de zaken ervoor?'

'Ik weet het niet.' Haar gezicht is grauw.

'Weet je het niet?' Ik gaap haar aan. 'Hoe kun je dat nou niet weten? Wat heeft hij gezegd?'

'We hebben gepraat. Ik heb het hem verteld. Ik bedoel, hij begreep het eerst niet...' Ze wrijft over haar neus.

Oké, ik kan me dat gesprek wel voorstellen. Suze die zegt: *er is iets verschrikkelijks gebeurd, Tarkie,* en Tarkie die denkt dat ze haar mascara kwijt is.

'Heb je het hem wel echt verteld?' vraag ik streng. 'Weet hij wat er is gebeurd?'

'Ja.' Ze slikt. 'Ja, hij... Uiteindelijk snapte hij het wel. Ik bedoel, het signaal viel steeds weg.'

'En?'

'Het was een hele schok voor hem. Ik geloof dat ik mezelf had wijsgemaakt dat hij vast al zo'n vermoeden had... maar dat had hij niet.'

Nou vraag ik je. Natuurlijk had hij geen vermoeden. We hebben het wel over Tarkie, hoor. Dat zeg ik natuurlijk niet tegen Suze, want die begint net op dreef te komen.

'Ik zei telkens dat het me speet en dat het niet zo erg was als hij waarschijnlijk dacht...' Suze hapt naar adem '... en dat ik het niet over mijn hart had kunnen verkrijgen om, nou ja, alles met Bryce te doen, en toen vroeg hij of hij daar soms blij om moest zijn.'

Goed punt, Tarkie, denk ik. Maar ook: goed punt, Suze. Ik bedoel, ze is toch niet echt overspelig geweest? Niet in juridische zin.

(Is er een juridische zin? Ik moet het aan Luke vragen, die weet het wel.)

(Of nee, ik vraag het niet aan Luke, want dan gaat hij zich afvragen waarom ik het wil weten, en dat zou tot allerlei misverstanden kunnen leiden waar ik nu echt niet op zit te wachten.)

'Maar goed, uiteindelijk zei ik dat we zo snel mogelijk moesten afspreken om te praten,' vervolgt Suze met een snik in haar stem. 'En hij zei nee.'

'Nee?' Ik kijk haar perplex aan.

'Hij zei dat hij iets heel belangrijks voor je vader aan het doen was en dat hij dat niet ging onderbreken. En toen viel het signaal echt weg. Dus.' Suze haalt haar schouders op alsof het haar koud laat, maar ik zie dat ze nerveus haar handen tot vuisten balt en weer ontspant.

'En toen was het gesprek afgelopen?' vraag ik verbijsterd.

'Ja.'

'Dus je weet niet hoe de zaken ervoor staan?'

'Niet echt.' Ze zakt op de barkruk naast de mijne en ik kijk perplex naar haar. Hier klopt niets van. Dat je je man opbelt om alles volledig en eerlijk op te biechten, heeft als doel dat je alles uitpraat en daarna ga je uit elkaar of heb je het bijgelegd.

Ik bedoel, niet dan?

Het probleem met Tarkie is dat hij nooit tv-kijkt en dus geen idee heeft hoe zulke dingen horen te gaan.

'Suze, je moet echt een paar dvd-boxen voor hem kopen,' zeg ik met klem. 'Tarkie heeft geen referentiekader.'

'Weet ik. Hij heeft niets gezegd van de dingen die ik verwachtte.'

'Zei hij dat hij een time-out wilde?'

'Nee.'

'Zei hij: hoe kan ik je nu ooit nog vertrouwen?'

'Nee.'

'Nou, wat zei hij dan?'

'Hij zei dat hij kon begrijpen dat ik me door Bryce had laten verleiden en dat hij ook in de ban van Bryce was geweest...'

'Dat is maar al te waar.' Ik knik.

'... maar dat we Cleath-Stuarts waren en dat Cleath-Stuarts geen water bij de wijn doen; het is alles of niets.'

'Alles of niets?' Ik trek mijn wenkbrauwen op. 'Wat bedoelde hij daarmee?'

'Weet ik niet!' jammert Suze. 'Hij was niet duidelijk. En toen begon hij over die beroemde boom van ons op Letherby, de Uilentoren.' Ze begint weer overstuur te raken. 'Je weet toch dat onze grootste bomen allemaal een naam hebben?'

Dat weet ik inderdaad. In een van Suzes logeerkamers ligt een boekje over de bomen en ik heb echt geprobeerd het te lezen, alleen val ik telkens in slaap bij het stukje waarin lord Henry Cleath-Stuart in 1873 met zaadjes terugkomt uit India.

'Over bomen praten is goed!' jubel ik bemoedigend. 'Het is een heel goed teken. Het zegt: ik wil ons huwelijk in stand houden. Suze, als hij over bomen praat, zit je volgens mij wel goed.'

'Je snapt het niet!' kermt Suze. 'Ik weet niet welke boom de Uilentoren is! We hebben miljoenen bomen die iets met een uil in hun naam hebben. En er was een heel beroemde bij die door de bliksem is getroffen en doodgegaan. Misschien bedoelde hij die.'

'O, god.' Dit slaat wel een deukje in mijn zekerheid. 'Echt?'

'Misschien bedoelt Tarkie dat Bryce de bliksemschicht is en dat ons huwelijk nu een verkoolde stomp is waar rook van opstijgt.' Suzes stem beeft.

'Maar misschien ook niet,' pareer ik. 'Misschien is de Uilentoren wel een kerngezonde eik die ondanks alle beproevingen nog fier overeind staat. Heb je hem niet gevraagd welke boom hij bedoelde?'

Suze ziet er gekweld uit.

'Ik durfde niet toe te geven dat ik het niet wist,' zegt ze kleintjes. 'Tarkie zegt altijd dat ik me meer in de bomen op het landgoed moet verdiepen, dus heb ik vorig jaar tegen hem gezegd dat ik de ronde had gedaan met de rentmeester en dat het heel interessant was.'

'Had je dat echt gedaan?'

'Nee,' fluistert ze, en ze verstopt haar gezicht in haar handen. 'Ik ben gaan paardrijden.'

'Even voor de duidelijkheid.' Ik leg mijn tamboerijn op de bar, want je kunt niet goed nadenken met een tamboerijn in je hand. 'Tarkie dacht dat hij je een geheime boodschap doorgaf die je wel zou begrijpen vanuit jullie gedeelde liefde voor de familiebomen.'

'Ja.'

'Maar je hebt geen flauw idee wat hij bedoelde.'

'Nee.'

Nou vraag ik je. Dat is het probleem als je op een landgoed woont met overal grootse dichterlijke symbolen. Als ze in een normaal huis met een appelboom en een ligusterhaag woonden, hadden we dit gedoe nu niet gehad.

'Oké,' zeg ik gedecideerd. 'Suze, je moet uitzoeken welke boom de Uilentoren is. Bel je ouders, bel zijn ouders, bel de rentmeester... bel iemand!'

'Heb ik al gedaan,' bekent Suze. 'Ik heb ze allemaal ge-sms't.'

'En wat doen we nu?'

'Weet niet. Wachten.'

Ik kan het bijna niet geloven. Het is dus afhankelijk van een boom of Suzes huwelijk voorbij is of niet. Dit is zó typisch Tarquin, verdomme.

Al had het erger gekund, neem ik aan. Hij had van haar kunnen verwachten dat ze de hele plot van een opera van Wagner kende.

Suze glijdt van haar barkruk en zet het op een ijsberen, nagelbijtend en om de paar seconden haar telefoon checkend. Ze kijkt verwilderd uit haar ogen en pruttelt in zichzelf: 'Is het de kastanje?

Misschien is het die hoge es.' Als ze zo doorgaat, drijft ze zichzelf tot waanzin.

'Hoor eens, Suze.' Ik probeer haar arm te pakken, maar grijp ernaast. 'Kalmeer. Je kunt nu niets doen. Je moet ergens anders aan denken. Laten we op de jaarmarkt gaan kijken. Suze, alsjeblieft,' smeek ik, en ik reik nog eens naar haar arm. 'Je hebt een heel stressvolle tijd gehad. Dat is niet goed voor je. Het is een en al cortisol en van alles in je aderen. Dat is giftig!'

Dat heb ik in Golden Peace geleerd. Ik heb zelfs een hele cursus stressbeperking gevolgd die heel nuttig zou zijn geweest als ik niet altijd net te laat uit de yoga was gekomen, waardoor ik de hele les een opgejaagd gevoel hield. (Ik denk zelfs dat ik minder gestrest was geweest als ik die cursus níét had gevolgd.)

'Oké,' zegt Suze uiteindelijk, nog steeds ijsberend. 'Oké. Misschien moet ik proberen mezelf een beetje af te leiden.'

'Precies! Hoor eens, we hebben nog uren tot we de wacht moeten houden bij de keramiektent. Laten we afleiding gaan zoeken.'

'Ja.' Suze houdt op met ijsberen, maar haar blik is nog steeds verwilderd. 'Je hebt gelijk. Wat zullen we gaan doen? Ik vraag me af of ik ergens een paard zou kunnen lenen. Ik zou aan een paar wedstrijden mee kunnen doen. Ik heb nog nooit een rodeo gereden.'

Een rodeo rijden? Is ze niet goed wijs?

'Eh... wie weet,' zeg ik voorzichtig. 'Ik dacht eigenlijk meer aan wat rondlopen? Een kijkje nemen? Ze hebben kippen, hoor.'

Suze heeft altijd een zwak gehad voor kippen (waar ik nog minder van begrijp dan van die varkensliefde). Ik vouw mijn gids open en net als ik haar iets over de rassen wil vertellen, lichten haar ogen op.

'Ik weet het al.' Ze pakt mijn arm en trekt me mee. 'Ik heb het.'

'Waar gaan we heen?' stribbel ik tegen.

'Dat merk je vanzelf.'

Suze is zo vastbesloten dat protesteren geen zin heeft. En ze knaagt tenminste niet meer als een krankzinnige op haar vingers. We omzeilen alle etenstenten, kronkelen ons een weg tussen de veekralen door en passeren het creatieve dorp. (Twee keer, zelfs. Ik geloof dat Suze een beetje verdwaald is, al zal ze dat niet toegeven.)

'Kijk eens aan.' Suze blijft eindelijk staan bij een tent met een bordje NEUS VOOR HAKKEN. Ik hoor binnen 'Sweet Home Alabama' uit de speakers klinken.

'Wat is dit?' vraag ik niet-begrijpend.

'We gaan laarzen kopen,' zegt Suze. 'We zijn op een echte jaarmarkt, dus we moeten echte cowboylaarzen hebben.' Ze trekt me mee de tent in en de geur van leer vult mijn neus. Ik word er zelfs zo door overweldigd dat het even duurt voordat ik het spectaculaire schouwspel voor me zie.

'O, mijn god,' stamel ik ten slotte.

'Is het niet...' Suze lijkt net zo overdonderd als ik.

We staan arm in arm vol ontzag naar boven te kijken, als een paar pelgrims bij een schrijn.

Ik bedoel, ik heb wel eerder cowboylaarzen te koop gezien, vaak zat. Je weet wel. Een plank hier en daar. Maar zoiets heb ik nog nooit gezien. De stellingen reiken tot aan de nok van de tent. Elke stelling heeft zo'n vijftien planken en al die planken staan vol laarzen. Er zijn bruine en zwarte laarzen, roze en aquamarijnblauwe. Sommige zijn bezet met stras. Andere met borduursels. Weer andere met stras én borduursels. Onder een bordje LUXE LAARZEN staat een paar witte, ingelegd met pythonleer, dat vijfhonderd dollar kost, en een paar van lichtblauw struisvogelleer dat zevenhonderd dollar kost. Er is zelfs een paar zwarte overknee cowboylaarzen met de aanprijzing LAATSTE MODE, maar ik vind het er een beetje bizar uitzien, eerlijk gezegd.

Het is allemaal zo duizelingwekkend dat we er allebei stil van zijn. Suze trekt haar oude bruine cowboylaarzen uit, die ze in Covent Garden heeft gekocht, en verruilt ze voor een paar roze met witte laarzen uit een stelling. Ze staan haar fantastisch, met haar spijkerbroek en blonde haar.

'Of moet je deze zien.' Ik pak een paar okerkleurige laarzen voor haar met een fijn straspatroontje over de schacht.

'Wat mooi!' Suze valt zo ongeveer in zwijm van begeerte.

'Of deze!' Ik heb een dramatisch paar zwart met donkerbruine leren laarzen gevonden die helemaal vettig en donker en zadelig ruiken. 'Voor de winter?'

Het is als je te buiten gaan aan een doos bonbons. Elk volgende paar is verleidelijker en verrukkelijker dan het vorige. Ik doe een minuut of twintig niets anders dan laarzen naar Suze keilen en zien hoe ze haar staan. Haar benen lijken eindeloos en ze blijft maar met haar haar zwiepen en zeggen: 'Was Caramel er maar.'

(Caramel is haar nieuwste paard. En het moet me van het hart dat ik heel blij ben dat hij er níét is, als ze overweegt een rodeo te gaan rijden.)

Uiteindelijk heeft ze alleen de okerkleurige laarzen met stras en een paar zwarte laarzen met verbijsterende witte borduursels over. Ik wil wedden dat ze ze allebei koopt.

'Wacht eens even.' Ze kijkt met een ruk op. 'Bex, en jij dan? Waarom pas jij geen laarzen?'

'O,' zeg ik betrapt. 'Ik heb er eigenlijk niet zo'n zin in.'

'Geen zin in?' Suze kijkt me verwonderd aan. 'Hoe bedoel je, in laarzen passen?'

'Nee. Denk ik.'

'Ook geen klein beetje?'

'Eh... nee.' Ik gebaar naar de laarzen. 'Maar ga vooral door.'

'Nou hoef ik ook niet meer,' zegt Suze teleurgesteld. 'Ik wilde laarzen voor ons allebei kopen. Je weet wel, om het goed te maken. Om weer vriendinnen te zijn. Maar als je niet wilt...'

'Nee, ik wil wel! Het lijkt me enig,' zeg ik snel.

Ik wil Suze niet kwetsen, maar ik heb weer die rare knoop in mijn maag. Ik probeer er niet aan te denken en pak een paar laarzen uit de dichtstbijzijnde stelling. Suze geeft me een paar passokjes.

'Deze zijn mooi.' Ik trek ze aan. Ze zijn bruin met een gelaserd patroon erin op een zwarte achtergrond en ze zitten perfect. 'De maat is ook goed. Zo. Klaar.' Ik doe mijn best om te glimlachen.

Suze, die op haar sokken staat, met in elke hand een paar laarzen, knijpt haar ogen tot spleetjes.

'Is dat alles?'

'Eh... ja.'

'Ga je niet meer laarzen passen?'

'Nou...' Ik laat mijn blik over de laarzen glijden en probeer het gevoel van vroeger terug te halen. Laarzen! zeg ik tegen mezelf; Suze wil coole laarzen voor me kopen! Joepie!

Maar het klinkt me ongemeend in de oren. Als Suze laarzen past, word ik helemaal enthousiast voor haar, maar als het om mij gaat, is het op de een of andere manier anders. Om mijn goede wil te tonen trek ik snel een turkooiskleurig paar van een hoge plank en schuif mijn voeten erin. 'Deze zijn ook wel leuk.'

'Wel leuk?'

'Ik bedoel...' ik zoek naar het goede woord '... fantastisch. Ze zijn fantastisch.' Ik knik erbij en probeer enthousiast te kijken.

'Bex, hou op!' zegt Suze angstig. 'Doe normaal! Wind je op!'

'Ik bén opgewonden,' zeg ik, maar ik hoor zelf dat het niet overtuigend klinkt.

'Wat is er met je gebeurd?' Suze neemt me op, rood van de consternatie.

'Niks!'

'Wel waar! Je doet raar! Je bent helemaal...' Ze breekt haar zin opeens af. 'Wacht eens even. Zit je in de schulden, Bex? Want ik betaal...'

'Nee, ik zit niet in de schulden, bij wijze van uitzondering. Luister...' Ik wrijf over mijn gezicht. 'Ik ben een beetje shopmoe. Meer niet.'

'Je bent shopmoe?' Suze laat beide paren laarzen met een bons op de grond vallen.

'Een beetje maar. Je weet wel. Voor mezelf. Ik bedoel, ik vind het heerlijk om dingen voor Minnie te kopen, en voor Luke... Hoor eens, koop jij maar een paar laarzen voor jezelf.' Ik glimlach naar haar. 'Mijn beurt komt nog wel.' Ik raap de laarzen op die ze heeft laten vallen en bied ze haar aan. 'Ze zijn schitterend.'

Maar Suze verroert geen vin. Ze neemt me onderzoekend op.

'Bex, wat is er toch?' vraagt ze uiteindelijk.

'Niets,' zeg ik prompt. 'Alleen... je weet wel. Het is allemaal een beetje stressig, denk ik...'

'Je maakt een vlakke indruk,' zegt ze langzaam. 'Het valt me nu pas op. Ik had het te druk met...' Ze aarzelt. 'Ik lette niet op je.'

'Er is niets om op te letten. Luister, Suze, ik voel me prima.'

Het is stil. Suze neemt me nog steeds onderzoekend op. Dan stapt ze op me af, pakt mijn arm en kijkt me in de ogen.

'Oké, Bex, wat zou je nu het allerliefst willen? Niet alleen spullen, maar ook, zeg maar, ervaringen. Een vakantie. Een baan. Een ambitie... wat dan ook!'

'Ik... tja...'

Ik probeer een soort verlangen op te roepen, maar het is gek. Het is alsof die plek in mijn binnenste leeg is.

'Ik wil gewoon... dat iedereen gezond is,' zeg ik slap. 'Wereldvrede. Je weet wel. Gewoon.'

'Je bent niet in orde.' Suze laat mijn arm los. 'Ik weet niet wat er met je aan de hand is.'

'Hoezo, omdat ik geen cowboylaarzen hoef?'

'Nee! Omdat er niets is wat je drijft.' Ze kijkt me ongerust aan. 'Je had altijd zo'n... zo'n energie. Zo'n stuwkracht. Waar is die gebleven? Wat maakt jou op dit moment enthousiast?'

Ik zeg niets, maar innerlijk bibber ik van angst. De vorige keer dat ik ergens enthousiast over was, heeft het me bijna al mijn relaties gekost.

'Kweenie.' Ik haal mijn schouders op en mijd haar blik.

'Denk na. Wat wíl je? Bex, we zijn eerlijk tegen elkaar.'

'Tja,' zeg ik na een gigantische stilte. 'Ik denk...'

'Wat? Bex, prááŧ tegen me.'

'Tja,' zeg ik weer, en ik haal verlegen mijn ene schouder op. 'Ik denk dat ik het allerliefst nog een kind erbij wil, maar het gebeurt niet. Dus. Ik bedoel, misschien gebeurt het wel nooit meer. Maar goed.' Ik schraap mijn keel. 'Je weet wel. Het is niet zo erg.'

Ik kijk op en zie dat Suze aangeslagen is.

'Bex, dat wist ik helemaal niet. Je hebt er nooit iets over gezegd.'

'Nou ja, ik zeur er niet over,' zeg ik vertwijfeld, en ik zet een paar passen bij Suze vandaan. Ik wil geen medelijden. Ik had het nooit moeten vertellen.

'Bex...'

'Nee.' Ik schud mijn hoofd. 'Ophouden. Echt. Het geeft niet.'

We lopen zonder iets te zeggen door en komen in een aangrenzende tent terecht, waar allemaal tafels staan vol leren accessoires.

'En... wat gaan jullie hierna doen?' vraagt Suze uiteindelijk, alsof ze er voor het eerst bij stilstaat. 'Gaat Luke terug naar huis?'

'Ja.' Ik knik. 'Als we hier klaar zijn, pakken we onze biezen en gaan we terug. Ik denk dat ik in Engeland een baan ga zoeken, al weet ik niet of het gaat lukken. Het is moeilijk op de arbeidsmarkt daar, weet je.' Ik pak een gevlochten leren riem, werp er een blik op en leg hem weer terug.

'Was je maar Hollywood-stylist geworden,' zegt Suze spijtig, en ik schrik zo dat ik steun moet zoeken bij de tafel.

'Dat meen je niet! Jij deed er moeilijk over!'

'Toen wel.' Suze bijt op haar onderlip. 'Maar ik had je naam dolgraag op de aftiteling van een film willen zien. Het had me heel trots gemaakt.'

'Tja. Dat is allemaal voorbij.' Ik wend mijn gezicht af en klem mijn kiezen op elkaar. Het is nog best pijnlijk om aan te denken. 'En ik heb geen baan meer in Engeland.'

'Je kunt de draad wel weer oppakken. Makkelijk!'

'Misschien.'

Ik loop naar een andere tafel, weg van haar borende blik. Ik wil niet dat Suze onder mijn beschermende pantser komt. Ik voel me te beurs vanbinnen. En ik denk dat ze het aanvoelt, want als ze me heeft ingehaald, zegt ze alleen: 'Wil je er zo een?'

Ze houdt een afgrijselijke ketting op, versierd met kurken.

'Nee,' zeg ik ferm.

'Goddank. Want dan was ik me echt zorgen gaan maken.'

Ze trekt komisch haar wenkbrauwen op en ik glimlach tegen wil en dank. Ik heb Suze gemist. De oude Suze. Ik heb de oude wij gemist.

Ik bedoel, het is heerlijk om een volwassen echtgenote en moeder en alles te zijn. Het schenkt voldoening. Het schenkt vreugde. Maar soms zou ik zo graag weer eens een keer samen dronken worden op zaterdagavond, naar *Dirty Dancing* kijken en besluiten dat we ons haar blauw gaan verven.

'Suze, weet je nog toen we nog single waren, in ons flatje?' zeg ik zonder enige inleiding. 'Weet je nog dat ik curry voor je wilde maken? En geen haar op ons hoofd die dacht aan trouwen, laat staan aan kinderen krijgen.'

'Laat staan aan overspel plegen,' vult Suze ernstig aan.

'Niet aan denken! Ik vroeg me gewoon af... Is het getrouwde leven wat jij je ervan had voorgesteld?'

'Kweenie,' zegt ze na enig nadenken. 'Nee, niet echt. Wat vind jij?'

'Ik had gedacht dat het simpeler zou zijn,' beken ik. 'Bij ons thuis leek het altijd als vanzelf te gaan. Je weet wel, de zondagse lunch, een rondje golf, een glaasje sherry... alles was zo kalm en ordelijk en verstandig, maar moet je mijn ouders nu zien. Moet je ons zien. Het is allemaal zo'n gestres.'

'Met jullie zit het wel goed,' zegt Suze meteen. 'Met Luke en jou zit het wel snor.'

'Nou, tussen Tarkie en jou komt het ook wel weer goed,' zeg ik met alle overtuiging die ik kan opbrengen. 'Ik weet het wel zeker.'

'En met ons?' Suzes gezicht staat onzeker. 'Bex, ik heb zo gemeen tegen je gedaan.'

'Nee, hoor!' zeg ik prompt. 'Ik bedoel... we... het...'

Mijn gezicht gloeit helemaal. Ik weet niet wat ik moet zeggen. Ik weet dat Suze nu weer helemaal lief en hartelijk is… maar wat gebeurt er als Alicia terugkomt? Word ik dan weer buitengesloten?

'Vriendschappen verschuiven.' Ik probeer opgewekt te klinken. 'Of zoiets.'

'Verschúíven?' herhaalt Suze verbouwereerd.

'Nou ja, je weet wel,' zeg ik verlegen. 'Alicia is nu je beste vriendin…'

'Dat is ze niet! O, god…' Suze doet gekweld haar ogen dicht. 'Ik heb me afschuwelijk gedragen. Ik voelde me gewoon zo schuldig… maar het kwam er verkeerd uit. Het kwam eruit als gemeenheid.' Haar blauwe ogen vliegen weer open. 'Bex, Alicia is mijn beste vriendin niet. Ze zou nooit mijn beste vriendin kunnen zijn. Dat ben jij al. Tenminste… ik hoop dat je dat nog bent.' Ze komt tegenover me staan en kijkt me met angstige ogen aan. 'Ben je dat nog?'

Mijn keel wordt dichtgeknepen terwijl ik naar haar vertrouwde gezicht kijk. Het voelt alsof er een knoop in mijn borst wordt losgetrokken. Alsof ik word bevrijd van iets wat al zo lang pijn doet dat ik er zo'n beetje aan gewend was.

'Bex?' dringt Suze aan.

'Als ik jou om drie uur 's nachts bel…' zeg ik met een klein stemmetje, 'zou je dan opnemen?'

'Ik zou meteen naar je toe komen,' antwoordt Suze onmiddellijk. 'Ik zou er zijn. Wat je ook wilde, ik zou het voor je doen.' Opeens blinken er tranen in haar ogen. 'Jou hoef ik het niet te vragen, want toen ik in de nesten zat, was je er voor me. Je bent er nu.'

'Maar dat was niet om drie uur 's nachts,' gebiedt de eerlijkheid me te zeggen. 'Meer acht uur 's avonds.'

'Maakt niet uit.' Suze geeft me een zetje en ik lach, al heb ik bijna zin om te huilen. Ik voelde me stuurloos zonder Suze. En nu heb ik haar terug. Ik denk dat ik haar terug heb.

Ik zet een stap opzij in een poging tot mezelf te komen. Dan pak ik in een opwelling een lelijke leren armband die is versierd met bierflesdoppen – nog erger dan de kurkenketting – en laat hem met een pokerface aan Suze zien. 'Weet je? Deze past écht bij jou.'

'Vind je?' gaat Suze er met pretlichtjes in haar ogen op in. 'Nou, deze zou jou góddelijk staan.' Ze pakt een haarband die is bezet met gifgroene nepdruiven en we proesten allebei van het lachen. Net als ik het allerergste sta te zoeken wat ik op de tafel kan vinden, wordt mijn blik getrokken door een vertrouwde gestalte die door de tent loopt.

'Hé, Luke!' Ik zwaai naar hem. 'Hier zijn we! Heb je al iets van mam gehoord?'

'Mammie!' gilt Minnie, die aan Lukes arm trekt. 'Schaap!'

'Geen nieuws, voor zover ik weet,' overstemt Luke haar. 'Hoe gaat het hier?' Hij begroet me met een zoen en kijkt dan van mij naar Suze en weer terug. Ik zie de vraag in zijn ogen: hebben jullie het bijgelegd?

'Alles goed,' zeg ik met nadruk. 'Ik bedoel, niet álles is goed, maar... je snapt me wel.'

Alles goed, behalve dan dat Suze wordt afgeperst door haar geheime minnaar en misschien moet aanvaarden dat haar huwelijk is afgelopen. Ik probeer het met mijn ogen te seinen, maar ik weet niet of het overkomt.

'Luke, heb jij de bomen van Letherby Hall ooit bekeken?' vraagt Suze, die opeens weer gespannen klinkt. 'Of heeft Tarkie je erover verteld? Herinner je je er eentje die de Uilentoren wordt genoemd?'

'Eh, nee. Sorry.' De vraag raakt kant noch wal, dus het is geen wonder dat Luke er vreemd van opkijkt.

'O.' Suze laat haar schouders weer hangen.

'Ik leg het nog wel uit,' zeg ik. 'Eh... Suze, je vindt het toch wel goed als ik het aan Luke vertel? Alles?'

Er trekt een blos over Suzes gezicht en ze slaat haar ogen neer.

'Doe maar,' zegt ze somber. 'Maar niet waar ik bij ben. Ik zou door de grond gaan.'

Wat? vraagt Luke geluidloos.

Later, sein ik terug.

'Schaap!' gilt Minnie nog steeds hartstochtelijk. 'Schááááp!' Ze trekt zo hard aan Lukes arm dat hij in elkaar krimpt.

'Even wachten, Minnie! We moeten eerst met mammie praten.'

'Waarover? Wil Minnie een schaap kopen?'

'Minnie wil op een schaap ríjden,' zegt Luke grinnikend. 'Dat is schapendraven. Kleine kinderen die op schapen rijden. Het is in de rodeoring.'

'Néé,' zeg ik verbijsterd. 'Rijden ze op schapen? Is dat een ding?'

'Nou, het is meer "je vastklampen alsof je leven ervan afhangt" dan "rijden".' Hij lacht. 'Het is best komisch om te zien.'

'O, mijn god.' Ik kijk hem vol afgrijzen aan. 'Minnie, schatje, dat ga jij niet doen. We kopen wel een mooi speelgoedschaapje voor je.' Ik leg een hand op Minnies arm, maar ze slaat hem weg.

'Schááápje rijden!'

'Ach, laat haar toch,' zegt Suze, die uit haar trance komt. 'Ik reed ook op schapen in Schotland.'

Meent ze dat nou?

'Maar het is gevaarlijk!' zeg ik.

'Welnee!' zegt Suze smalend. 'Ze hebben een helm op. Ik heb ze gezien.'

'Maar ze is nog zo klein!'

'Toevallig mag het vanaf tweeënhalf jaar.' Luke trekt zijn wenkbrauwen naar me op. 'Ik kwam voorstellen haar maar mee te laten doen.'

'Haar mee laten doen?' Ik kan bijna geen woord uitbrengen. 'Ben je nou helemaal geschoffeld?'

'Waar is je avonturiersgeest, Bex? Ik ben Minnies peetmoeder en ik vind dat we het haar moeten laten doen.' Opeens stralen Suzes ogen weer net zoals vroeger. 'Kom op, Minnie, we zijn in het Wilde Westen. We gaan schapendraven.'

Ben ik hier dan de enige volwassene met verantwoordelijkheidsbesef? Echt?

Als we bij het schapendraven aankomen, ben ik sprakeloos van ontzetting. Waar moet ik beginnen? Dit zijn wilde dieren. Waar mensen hun kínderen op zetten. En ze moedigen ze aan. Op dit moment klampt een jongetje van een jaar of vijf met een halsdoek om zich vast aan de rug van een groot, wit, wollig schaap dat door de ring springt. Het publiek moedigt hem aan en filmt alles met telefoons, en de man achter de microfoon geeft doorlopend commentaar.

'En de jonge Leonard laat niet los... Goed zo, Leonard! ... Hij heeft wel lef... Aaaaaah.'

Leonard is van het schaap gevallen, wat geen verrassing mag heten, want echt, het ziet eruit als een woest beest. Drie mannen rennen de ring in om het schaap te vangen, Leonard springt met een trotse lach overeind en het publiek wordt uitzinnig.

'Een applaus voor Leonard!'

'Leo-nard! Leo-nard!' scandeert een hele groep mensen, vermoedelijk Leonards trotse familie. Leonard maakt een pedant buiginkje, rukt zijn halsdoek los en gooit hem het publiek in.

Wát? Het is een jochie dat net van een schaap is gevallen, geen Wimbledon-kampioen! Ik kijk naar Suze om een afkeurende blik met haar te wisselen, maar haar hele gezicht straalt.

'Het herinnert me aan mijn eigen kindertijd,' zegt ze enthousiast. Wat nergens op slaat. Suze komt uit een aristocratische familie in Groot-Brittannië, niet van een ranch in Arizona.

'Droegen jouw ouders cowboyhoeden?' zeg ik vertwijfeld.

'Soms,' zegt Suze zonder een spier te vertrekken. 'Je weet hoe mam is. Ze kwam in de meest afzichtelijke outfits naar mijn sportdagen.'

Gek genoeg geloof ik het meteen. Suzes moeder heeft zo'n eclectische kledingverzameling dat *Vogue* er een reportage aan zou moeten wijden. Ze is ook heel aantrekkelijk op zo'n knokige, paardachtige manier. Als ze een goede stylist had – ik dus – zou ze er verrukkelijk, geniaal excentriek uitzien. (Nu ziet ze er meestal alleen maar excentriek uit.)

Er is weer een kind de ring in gereden, op hetzelfde schaap. Of misschien een ander schaap. Hoe moet ik dat zien? Het ziet er net zo levendig uit, en het meisje valt er nu al bijna af.

'En hier komt Kaylee Baxter!' roept de spreekstalmeester. 'Kaylee viert vandaag haar zesde verjaardag!'

'Kom op!' zegt Suze. 'We gaan Minnie opgeven!'

Ze pakt Minnie bij de hand en loopt met haar naar de inschrijftent. Je moet een formulier invullen en wat handtekeningen zetten, wat Luke allemaal doet terwijl ik meer redenen probeer te bedenken waarom dit een slecht idee is.

'Ik geloof dat ze zich niet zo lekker voelt,' zeg ik.

'Schaap!' krijst Minnie op en neer springend van opwinding. 'Schaapje rije. Schaapje rije!' Haar ogen stralen en haar wangen zijn rood van opwinding.

'Kijk, ze heeft koorts.' Ik leg mijn hand op haar voorhoofd.

'Welnee,' zegt Luke laatdunkend.

'Ik bedoel, ik geloof dat ze haar enkel heeft verstuikt.'

'Heb je pijn in je enkel?' vraagt Luke aan Minnie.

'Néé,' antwoordt Minnie met klem. 'Niet pijn. Scháápje rije.'

'Becky, je kunt haar niet in een doosje doen,' zegt Luke rechtstreeks tegen mij. 'Ze moet ervaring opdoen. Ze moet soms een risico nemen.'

'Maar ze is pas twee!' Ik wend me tot de vrouw die de formulieren inneemt. Ze is mager en gebruind en op haar bomberjack staat: WILDERNESS JUNIOR HIGH TWIRLERS: HEAD COACH. 'Pardon?' zeg ik afgemeten.

'Ja, schat?' Ze kijkt op van de tafel. 'Mag ik je formulier?'

'Mijn dochter is pas twee,' leg ik uit. 'Volgens mij is ze te jong om mee te doen. Ja toch?'

'Is ze al tweeënhalf?'

'Ja, dat wel, maar...'

'Dan redt ze zich wel.'

'Ze redt zich niet! Ze kan niet op schapen rijden! Niemand kan op schapen rijden!' Ik steek mijn handen op. 'Dit is pure waanzin!'

De vrouw lacht schor. 'Geen paniek, dame. De kleintjes worden door hun pappie vastgehouden.' Ze geeft me een joviale knipoog. 'Ze rijden niet echt. Dat denken ze alleen maar.'

Ze heeft zo'n zwaar zuidelijk accent dat ik haar bijna niet kan volgen.

'Ik wil niet dat mijn kleintje gaat rijden,' zeg ik gedecideerd. 'Maar als het dan toch moet, wil ik echt niet dat ze valt.'

'Ze valt niet, dame. Haar pappie houdt haar goed vast. Ja toch, knul?'

'Ja,' zegt Luke knikkend.

'Dus, als ze gaat rijden, moet ik haar formulier hebben.'

Ik kan er niets meer aan doen. Mijn teerbeminde dochter gaat op een schaap rijden. Een schááp. Luke levert het formulier in en we gaan naar de ingang voor deelnemers. Een gast in een T-shirt van de jaarmarkt van Arizona voorziet Minnie van een helm en een rugbeschermer en brengt haar dan naar een kooi met een stuk of vijf schapen van verschillend formaat in afzonderlijke hokken.

'Denk erom dat je dat schaap goed ment,' zegt hij tegen Minnie, die aan zijn lippen hangt. 'Laat dat stoute schaap niet los. Niet loslaten, hoor je?'

Minnie knikt gretig en de man lacht.

'Ik lach me wild om de kleintjes,' zegt hij. 'Ze ligt eraf voordat je het goed en wel beseft. Vader, hou je dochter stevig vast.' Hij kijkt naar Luke.

'Oké.' Luke knikt. 'We gaan ervoor. Klaar, Minnie?'

O, god. Ik ben misselijk. Ik bedoel, het is in feite een rodeo. Ze zetten haar op een schaap. En dan maken ze het hek open en dan komt ze in de ring... Het lijkt *Gladiator* wel.

Oké, het is niet echt hetzelfde als *Gladiator*, maar het is bijna net zo erg. Mijn maag speelt op en ik durf bijna niet tussen mijn vingers door te gluren, maar Suze maakt foto's met haar mobiel en juicht: 'Zet 'm op, Minnie!'

'Nu gaan we elk aan een kant meerennen,' zegt de man tegen Luke. 'Laat haar niet los en trek haar er zo snel mogelijk af.'

'Oké.' Luke knikt weer.

'Dit is een oud, mak schaap, speciaal voor de kleintjes, maar toch...'

Ik kijkt naar Minnie. Ze heeft geconcentreerd haar wenkbrauwen gefronst. Ik heb haar nog nooit zo gefocust gezien, op die keer na toen ze haar feeënjurk aan wilde, die in de was zat, en ze de rest van de dag weigerde iets anders aan te trekken.

Opeens gaat er een zoemer. Het is zover. Het hek gaat open.

'Zet 'm op, Minnie!' gilt Suze weer. 'Je kunt het! Blijf zitten!'

Ik span al mijn spieren in de verwachting dat het schaap Minnie zo fel zal afwerpen dat ze drie meter de lucht in vliegt, maar dat gebeurt niet, wat deels te danken is aan het feit dat de man van de jaarmarkt het schaap stevig vasthoudt. Het wringt zich in bochten, maar kan in wezen geen kant op.

O. O, nou snap ik het.

Oké, het is iets minder erg dan ik dacht.

'Goed gedaan, popje!' zegt de man na een seconde of tien tegen Minnie. 'Je hebt heel goed op het schaap gereden! Kom er maar af...'

'Was dat alles?' zegt Suze terwijl Luke opzijstapt om een foto te maken. 'Godsamme, dat stelt niets voor!'

'Schaapje rije!' roept Minnie vastbesloten. 'Wil schaapje rije!'

'Kom er maar af...'

'Scháápje rije!'

En ik weet niet wat er gebeurt – of Minnie het schaap een schop geeft of wat dan ook – maar opeens maakt het schaap een sprong, ontwijkt de greep van de jaarmarktman en begint door de ring te draven, terwijl Minnie uit alle macht probeert erop te blijven zitten.

'O, mijn god!' roep ik. 'Help!'

'Minnie, blijf zitten!' hoor ik Suze naast me schreeuwen.

'Red mijn dochter!' Ik ben bijna hysterisch. 'Luke, pak haar!'

'Nee maar, kijk nou eens!' dreunt de spreekstalmeester door de luidspreker. 'Minnie Brandon, twee jaar oud, dames en heren... pas twee jaar oud en ze zit nog steeds!'

Het schaap draaft en zigzagt alle kanten op. Luke en de jaarmarktman proberen het te vangen, maar Minnie klemt zich verbeten vast. Als Minnie echt iets wil, krijgt ze een soort superkracht in haar vingertjes, zo zit dat met haar.

'Ze is geweldig!' hijgt Suze. 'Moet je haar zien!'

'Min-níé!' roep ik radeloos. 'Hééééelp!' Ik kan het niet meer aanzien. Ik moet iets doen. Ik klauter over het hek en ren de ring in, zo goed en zo kwaad als dat gaat op mijn teenslippers, amechtig hijgend. 'Ik kom je redden, Minnie!' gil ik. 'Zet mijn dochter neer, rotschaap!'

Ik storm op het schaap af en grijp het in zijn wol met de bedoeling het in een enkele, eenvoudige beweging op de grond te werken.

Kolere. Au. Dat schaap is echt sterk. En het heeft op mijn voet getrapt.

'Becky!' roept Luke. 'Waar ben je in godsnaam mee bezig?'

'Dat schaap tegenhouden!' roep ik terug. 'Pak het, Luke!'

Ik zet de achtervolging in en hoor het publiek lachen.

'En Minnies mama heeft zich in het strijdgewoel gestort!' dreunt de spreekstalmeester. 'Zet 'm op, Minnies mama!'

'Minnies mama!' begint een groep opgeschoten jongens prompt te scanderen. 'Min-nies ma-ma! Min-nies ma-ma!'

'Kop dicht!' roep ik geagiteerd. 'Geef me mijn kind!' Ik stort me op het voorbijdravende schaap, maar het is te snel en ik val in de modder, als het niets smerigers is. Au. Mijn hóófd.

'Becky!' roept Luke vanaf de andere kant van de ring. 'Gaat het?'

'Ja! Pak Minnie!' Ik maai met mijn armen. 'Pak dat kloteschaap!'

'Pak dat kloteschaap!' nemen de tienerjongens het meteen van me over, met een gemaakt Brits accent. 'Pak dat kloteschaap!'

'Kop dicht!' roep ik dreigend.

'Kop dicht!' kaatsen ze vrolijk terug. 'O, freule. Kop dicht!'

Ik haat tienerjongens. En ik haat schapen.

Inmiddels hebben Luke, de jaarmarktman en een paar anderen het schaap de pas afgesneden. Ze zetten het klem en proberen Minnie te pakken, die ze hun hulp absoluut niet in dank afneemt.

'Schááपje rije!' hoor ik haar boos roepen, en ze klemt zich vast aan de wol. Ze kijkt naar het publiek, beseft dat ze de ster van het moment is, lacht stralend en steekt een hand op om naar iedereen te wuiven. Wat is het toch een uitslovertje.

'Nee, maar, kijk eens aan, dames en heren!' zegt de spreekstalmeester grinnikend. 'Onze jongste deelnemer is het langst blijven zitten! Een daverend applaus alstublieft...'

Onder gejuich van het publiek weet Luke Minnie eindelijk van het schaap af te krijgen en tilt haar hoog op, met haar helmpje op en rugbeschermer nog aan, terwijl ze opstandig met haar beentjes trappelt.

'Minnie!' Ik ren naar haar toe, het schaap ontwijkend, dat nu zijn hok weer in wordt gedreven. 'Minnie, gaat het?'

'Weer!' Ze ziet rood van triomf. 'Weer schaapje rije!'

'Nee, lieverdje. Níét weer.'

Wankelend op mijn benen van opluchting loods ik Minnie de ring uit.

'Zie je nou?' zeg ik tegen Luke. 'Het was wél gevaarlijk.'

'Zie je nou?' kaatst Luke bedaard terug. 'Ze kon het wél.'

Oké. Ik voel dat dit zo'n echtelijk 'laten we het erover eens zijn dat we het niet eens zijn'-moment is, zoals die keer toen ik Luke een gele stropdas gaf met Kerstmis. (Ik blijf erbij dat hij het goed kan hebben, geel.)

'Maar goed.' Ik ontdoe Minnie van haar helm en rugbeschermer. 'Laten we een kop thee of een dubbele wodka of zo gaan drinken. Ik ben gesloopt.'

'Minnie was waanzinnig!' Suze haast zich stralend naar ons toe. 'Ik heb nog nooit zoiets gezien!'

'Nou, ze is nog heel, daar gaat het om. Ik moet een neut hebben.'

'Wacht.' Suze pakt Minnies hand uit de mijne. 'Ik wil je spreken. Jullie allebei.' Ze maakt een opgewonden indruk. 'Volgens mij heeft Minnie echt talent. Denk je ook niet?'

'Waarvoor?' vraag ik verwonderd.

'Rijden! Zag je hoe ze zich overeind hield? Stel je voor hoe ze het op een paard zou doen!'

'Eh... ja,' zeg ik zonder enig enthousiasme. 'Tja, misschien gaat ze ooit nog eens paardrijden.'

'Je snapt het niet,' zegt Suze vurig. 'Ik wil haar trainen. Ik denk dat ze de top zou kunnen halen als dressuuramazone. Of als springruiter.'

'Wát?' Mijn mond zakt open.

'Ze heeft een fantastisch natuurlijk gevoel voor evenwicht. Ik zie zulke dingen, Bex, dat belooft wat! Vooral als je het in een vroeg stadium opmerkt. Minnie heeft het in zich om heel groot te worden!'

'Maar Suze...' begin ik, en dan doe ik er machteloos het zwijgen toe. Waar moet ik beginnen? Ik kan moeilijk zeggen: je bent gek; ze heeft zich alleen aan een schaap vastgeklemd.

'Daar is het nog een beetje vroeg voor, lijkt me.' Luke glimlacht vriendelijk naar Suze.

'Luke, laat me dit doen!' dringt ze aan, onverwacht gloedvol. 'Laat me een kampioen van Minnie maken. Mijn huwelijk mag dan voorbij zijn, mijn leven geruïneerd... maar dit kan ik nog.'

'Je huwelijk voorbij?' roept Luke geschrokken uit. 'Waar heb je het over?'

Oké, dus dáárom is Suze zo op Minnie gefixeerd.

'Suze, ophouden!' Ik pak haar bij de schouders. 'Je weet niet of je huwelijk voorbij is.'

'Wel waar! De boom is een verschrompeld stompje houtskool,' zegt Suze met een snik. 'Ik weet het zeker.'

'De boom?' vraagt Luke perplex. 'Waarom heb je het toch steeds over bomen?'

'Nee,' zeg ik zo overtuigd als ik kan tegen Suze. 'Hij is groen en vol bladeren. Met vruchten. En... en tjilpende vogeltjes op de takken.'

Suze zwijgt en ik omklem haar schouders steviger in een poging een beetje optimisme aan haar door te geven.

'Misschien,' fluistert ze uiteindelijk.

'Kom op,' zegt Luke. 'Ik ga iets te drinken voor iedereen halen. En voor mezelf.' Hij neemt Minnie bij de hand en beent weg, en ik hol achter hem aan. 'Wat is er in vredesnaam aan de hand?' vraagt hij zacht.

'Bryce,' fluister ik discreet terug.

'Bryce?'

'Sst!' sis ik. 'Afpersing. Tarkie. Boom. Uilentoren.'

Ik knik veelbetekenend in de hoop dat Luke tussen de regels door zal lezen, maar hij kijkt me alleen maar niet-begrijpend aan.

'Geen. Idee,' zegt hij. 'Waar. In godsnaam. Over. Praat.'

Soms drijft Luke me tot wanhoop. Echt waar.

Van: dsmeath@locostinternet.com
Aan: Brandon, Rebecca
Onderwerp: Re: Wilt u een hoed van een jaarmarkt?

Geachte mevrouw Brandon,

Hartelijk dank voor uw aanbod van een gepersonaliseerde Stetson-hoed met op de ene kant 'Smeathie' en op de andere kant 'is een ster'. Hoewel het heel vriendelijk van u is, moet ik het aanbod afslaan. U hebt vast wel gelijk dat het er 'fantastisch' uit zou zien als ik hem droeg bij het tuinieren, maar ik weet niet of dit wel een 'look' is die ik me in East Horsley kan permitteren.

Nu even iets anders: het doet me oprecht genoegen te horen dat lady Cleath-Stuart en u een begin hebben gemaakt met het bijleggen van de geschillen en ik hoop dat u in uw andere ondernemingen zult slagen.

Met vriendelijke groet,
Derek Smeath

11

Oké, hier is mijn oordeel over jaarmarkten. Ze zijn heel leuk en boeiend en er zijn miljoenen verschillende soorten varkens. Wat, zeg maar, prettig is als je iets met varkens hebt. Het enige piepkleine nadeeltje is dat het echt slopend is om er een hele dag rond te hangen.

Het is nu halfzes en we zijn kapot. We hebben allemaal twee keer de wacht gehouden bij de keramiektent, maar niemand heeft een glimp opgevangen van Raymond. Suze heeft ook niets meer van Tarkie gehoord, maar ze houdt zich kranig en zegt er niets over. Ze heeft vanmiddag uren met haar kinderen getelefoneerd en ik hoorde dat ze probeerde vrolijk te klinken… maar daar niet echt in slaagde. We zijn nu drie dagen weg en Suze is er in het gunstigste geval al niet zo goed in haar kinderen achter te laten. (En dit is niet bepaald het gunstigste geval.)

Danny ligt nu weer op de loer in de keramiektent, mam en Janice zijn gaan shoppen en ik zit Minnie patat te voeren in de That Western Feelin'-tent, waar balen hooi rond een dansvloer liggen. Tegelijkertijd geef ik Suze een peptalk voor haar afspraak met Bryce straks.

'Ga niet met hem in discussie,' zeg ik streng. 'Zeg gewoon dat je zijn spelletje niet meespeelt. En als hij de confrontatie wil aangaan, speel je het hard.'

'Ik dacht dat ik niet moest meespelen.' Suze kijkt me verward aan.

'Eh… nee,' zeg ik, zelf ook een beetje warrig. 'Je speelt het hárd. Dat is iets anders.'

'O.' Suze kijkt nog steeds perplex. 'Bex, ga je met me mee?'

'Weet je zeker dat je me erbij wilt hebben?'

'Alsjeblieft?' smeekt ze. 'Ik heb morele steun nodig. Ik ben bang dat ik instort als ik hem weer zie.'

'Goed dan, ik zal er zijn.' Ik geef een kneepje in haar hand en ze knijpt dankbaar terug.

Het was heilzaam om wat tijd met Suze door te brengen, doelloos over de jaarmarkt te slenteren, te kletsen en elkaar dingen aan te wijzen. Ik heb haar ontzettend gemist.

Alsof ze mijn gedachten kan lezen, geeft Suze me opeens een knuffel. 'Het was een heerlijke dag,' zegt ze. 'Ondanks alles.'

De band speelt een zwierig countrydeuntje en een vrouw met een leren vest aan is op het podium geklommen. Ze geeft linedance-instructies aan een stuk of twintig mensen op de dansvloer. 'Kom op, Minnie,' zegt Suze. 'Dans met me!'

Ik kan een glimlach niet onderdrukken als ik haar met Minnie op de dansvloer zie. Ze heeft vanmiddag een paar minuscule cowboylaarsjes voor Minnie gekocht en nu lijken ze echte countrymeiden, zoals ze hak-teen-kick-draai doen.

Nou ja, Suze hakketeent en draait. Minnie hopst maar wat van de ene voet op de andere.

'Mag ik deze dans van u?' verrast Lukes stem me, en ik kijk lachend op. Hij heeft de hele middag als een gek voor zijn werk zitten mailen, dus ik heb hem amper gezien, maar nu is hij er. Hij glimlacht naar me. Zijn gezicht is gebruind door de zon.

'Kun je wel linedancen?' vraag ik plagerig.

'We leren het wel! Kom op.' Hij pakt mijn hand, trekt me overeind en leidt me de dansvloer op. Die is nu vol mensen, die allemaal synchroon naar achteren en naar voren stappen. Ik probeer de instructies op te volgen, maar het is een beetje lastig op teenslippers. Je hak raakt de grond niet goed. En je kunt geen draai maken. En mijn ene slipper blijft de hele tijd van mijn voet vallen.

Uiteindelijk geef ik het maar op en gebaar naar Luke dat ik weer ga zitten. Hij loopt verbaasd achter me aan de dansvloer af.

'Wat is er?'

'Mijn slippers,' zeg ik schouderophalend. 'Ik geloof niet dat ze op linedancen zijn berekend.'

Even later komen Suze en Minnie ook terug.

'Kom op, Bex, probeer het nou!' Suze, die straalt, steekt een hand naar me uit.

'Ik kan niet dansen op mijn slippers. Het geeft niet.' Ik verwacht dat Suze haar schouders zal ophalen en weer terug zal gaan naar de dansvloer, maar in plaats daarvan kijkt ze me verwijtend aan, bijna boos.

'Suze?' zeg ik verbaasd.

'Het geeft wel!' barst ze uit. 'Ik wilde cowboylaarzen voor je kopen.' Ze kijkt naar Luke. 'Maar ze wilde ze niet. En nou kan ze niet dansen!'

'Luister nou, het maakt niet uit,' zeg ik. Ik voel me in een hoek gedreven. 'Hou erover op.'

'Bex doet helemaal raar,' zegt Suze tegen Luke. 'Ik mag haar niet eens een cadeautje geven. Bex... wat is er toch?'

Luke en zij nemen me nu allebei aandachtig op, en ik zie dat ze ongerust zijn.

'Ik weet het niet, oké?' Zonder enige waarschuwing springen de tranen me in de ogen. 'Ik hoef gewoon niet zo nodig. Hé, ik wil me nuttig maken, ik ga terug naar de keramiektent. Luke, heb jij niet nog meer werk in te halen? Vast wel. Ik zie je nog, Suze. Om zeven uur achter de zwijnenbraaitent, hè?' En voordat iemand nog iets kan zeggen, maak ik me uit de voeten.

Vol tobberige gedachten loop ik naar de keramiektent. Ik weet niet waarom ik niet wilde dat Suze cowboylaarzen voor me kocht. Ik weet dat ze ze makkelijk kan betalen. Wil ik haar straffen? Of wil ik mezelf straffen? Of... eh...

Ik weet eigenlijk niet wie ik verder zou kunnen straffen. Ik weet alleen dat Suze gelijk heeft: ik ben een beetje uit mijn doen. Ik heb het allemaal fout gedaan met mijn werk, met pap, met alles... Ik heb het gevoel dat ik zonder het te beseffen fout op fout heb gestapeld. En dan, vlak bij de keramiektent, dringt het opeens met een schok tot me door: ik ben bang. Diep vanbinnen ben ik bang dat ik het nog erger zal maken. Sommige mensen durven niet meer paard te rijden, te skiën of te duiken; nou, ik durf niet meer te leven.

Het is nu veel drukker in de keramiektent, en het duurt even voor ik Danny heb gevonden, die in een hoek zit. Hij heeft zijn schetsboek opengeslagen en gaat helemaal op in de outfit die hij zit te ontwerpen. Ik zie meer schetsen aan zijn voeten liggen, dus zo te zien is hij al een tijdje bezig. Kijkt hij dan helemaal niet naar Raymond uit?

'Danny!' zeg ik, en hij schrikt. 'Heb je Raymond al gezien? Let je wel op?'

'Natuurlijk.' Hij knikt alert. 'Ik zit er bovenop.' Hij kijkt een paar seconden naar de drukte in de tent en dan glijdt zijn blik naar beneden en komt zijn potlood weer in beweging.

Nou ja, zeg. Hij zit er totaal niet bovenop.

'Danny!' Ik leg een hand op zijn schets. 'Zou je de tent niet bewaken? Als Raymond nu langs je liep, zou je het dan merken?'

'Tjeezus, Becky!' zegt Danny geërgerd. 'Zie het nou maar onder ogen: Raymond komt niet. Als hij hier wilde zijn, was hij er wel. Alle andere kunstenaars zijn er.' Hij gebaart om zich heen. 'Ik heb ze gesproken. Ze zeiden dat Raymond zich zelden laat zien.'

'Nou, maar toch. We moeten het in elk geval proberen.'

Maar Danny luistert niet. Hij tekent een jurk met een ceintuur en een pelerine, die er trouwens fantastisch uitziet.

'Ga jij maar door met ontwerpen,' verzucht ik. 'Maak je maar geen zorgen over Raymond. Ik bewaak de tent wel.'

'Los je me af?' Danny's ogen lichten op. 'Oké, ik ga iets drinken. Ik zie je.' Hij raapt zijn schetsen bij elkaar, stopt ze in zijn leren map en loopt weg.

Ik kijk hem na en richt mijn aandacht dan op de mensen in de tent. Ik knijp mijn ogen half dicht en voel een opperste waakzaamheid. Danny kan dan wel zeggen dat Raymond niet komt opdagen, maar stel dat hij wel komt? Stel dat ik het geheim kan ontsluieren? Als ik dat zou kunnen, als ik echt iets zou kunnen bereiken… dan zou ik me misschien niet meer zo nutteloos voelen.

Ik pak mijn telefoon, bekijk de foto van Raymond en laat mijn blik over de gezichten rondom me glijden, maar ik zie hem nergens. Ik loop een paar rondjes door de tent, zigzaggend tussen de mensen door, en kijk naar alle potten, schalen en vazen. Ik zie een crèmekleurige kom met rode spatten die ik wel mooi vind, maar als ik dichterbij kom, zie ik dat hij *Bloedbad* heet en word ik een beetje misselijk. Moeten die rode spatten soms…

Argh. Getver. Waarom zou je zoiets doen? Waarom zou je een kom *Bloedbad* noemen? God, wat een rare lui, die pottenbakkers.

'Vind je 'm mooi?' Een tengere blondine in een werkkiel komt op me af. 'Het is mijn favoriete stuk.' Ik zie KUNSTENAAR op het label aan een koord om haar nek staan, dus zij zal die kom wel hebben gemaakt. Wat betekent dat zij Mona Dorsey is.

'Prachtig!' zeg ik beleefd. 'En die daar ook.' Ik wijs naar een vaas met grote, lukraak gezette zwarte strepen die Luke volgens mij wel mooi zou vinden.

'Dat is *Schennis.*' Ze glimlacht. 'Het is een set, samen met *Slachting.*'

Schennis en *Slachting*?

'Uitstekend!' Ik knik alsof ik het heel gewoon vind. 'Absoluut. Al vroeg ik me wel af of je misschien iets hebt met een wat joliger naam?'

'Joliger?'

'Vrolijker. Je weet wel. Opgewekt.'

Mona kijkt me niet-begrijpend aan. 'Ik probeer mijn stukken betekenis te geven,' zegt ze. 'Het staat hier allemaal in.' Ze reikt me een boekje aan dat *Creatief Festival Wilderness: kunstenaarsgids* heet. 'Alle kunstenaars die hier exposeren vertellen over hun leven en hun werkproces. Ik wil de zwartste, meest morbide en nihilistische neigingen van de mens verbeelden.'

'Juist,' breng ik moeizaam uit. 'Eh... super!'

'Zou je een stuk willen aanschaffen?'

'Ik weet het niet,' zeg ik eerlijk. 'Ik bedoel, ik vind ze er prachtig uitzien, alleen zou ik liever iets hebben wat net iets minder deprimerend en nihilistisch is.'

'Even denken,' zegt Mona. Ze is een moment stil en gebaart dan naar een hoge fles met een smalle hals. 'Die heet *Honger in een overvloedige wereld.*'

'Hm.' Ik trek een peinzend gezicht. 'Nog steeds tamelijk deprimerend.'

'Of *Verwoest*?' Ze pakt een groen met zwarte dekselpot.

'Ik vind hem heel mooi,' verzeker ik haar snel, 'maar het blijft een tikkeltje sombere titel.'

'Vind jij *Verwoest* een sombere titel?' vraagt ze verbaasd, en ik knipper verbouwereerd met mijn ogen. Zou iemand *Verwoest* géén sombere titel kunnen vinden?

'Een beetje wel,' zeg ik uiteindelijk. 'Gewoon... je weet wel. Zo vind ik het wel klinken.'

'Vreemd.' Ze haalt haar schouders op. 'O, wacht, déze is anders.' Ze pakt een donkerblauwe vaas met witte penseelstreken. 'Ik mag graag denken dat deze een sprankje hoop onder de radeloosheid heeft. Hij is geïnspireerd door de dood van mijn grootmoeder,' vertelt ze.

'O, wat ontroerend,' zeg ik meelevend. 'Hoe heet hij?'

'*Zelfmoordgeweld*,' zegt ze trots.

Ik kan even geen woord uitbrengen. Ik probeer me voor te stellen dat Suze komt eten en dat ik dan zeg: *heb je mijn nieuwe vaas al gezien? Hij heet* Zelfmoordgeweld.

'Of anders *Verslagen*,' zegt Mona. 'Die is ook mooi...'

'Weet je, ik denk er nog even over na.' Ik stap haastig achteruit. 'Maar, je weet wel... schitterende potten. Heel erg bedankt dat ik ze mocht zien. En veel succes met de zwarte, morbide menselijke neigingen!' besluit ik monter voordat ik me snel omdraai.

Krijg nou wat. Ik had er geen idee van dat aardewerk zo diep en deprimerend was. Ik dacht dat het, nou ja, gewoon klei en zo was. Het positieve is dat ik een goede inval heb gekregen terwijl we praatten. Ik ga het stukje over Raymond in de kunstenaarsgids lezen, zien of het aanwijzingen oplevert.

Ik trek me terug aan de rand van de tent, ga op een kruk zitten en blader in de gids tot ik hem heb gevonden. *Raymond Earle, plaatselijk kunstenaar.*

> *Raymond Earle, geboren in Flagstaff, bla, bla... loopbaan als industrieel ontwerper, bla, bla... plaatselijk filantroop en mecenas, bla... liefde voor de natuur, bla... in hoge mate geïnspireerd door Pauline Audette... vele jaren gecorrespondeerd met Pauline Audette... wil deze expositie graag opdragen aan Pauline Audette...*

Ik sla de bladzij om en val bijna van mijn kruk van verbijstering.

Nee. Néé.

Dat is toch niet...

Ik bedoel... Echt?

Ik kijk naar de bladzij en lach opeens hardop. Dit is ongelooflijk. Het is gewoon bizar! Maar kunnen we er iets mee?

Natuurlijk kunnen we er iets mee, zeg ik gedecideerd tegen mezelf. Het is een te mooie kans. Die móéten we aangrijpen.

Een stelletje neemt me bevreemd op en ik lach stralend.

'Sorry. Ik zag net iets heel boeiends. Het leest lekker!' Ik wuif met het gidsje. 'Jullie zouden er ook een moeten halen!'

Het stelletje loopt weg en ik blijf op mijn kruk zitten. Zo af en toe kijk ik naar het gidsje, duizelend van de ideeën. Ik maak het ene plan na het andere. Ik voel adrenalinestootjes. En voor het eerst in tijden voel ik een soort opwinding. Vastberadenheid. Een positieve instelling.

Ik blijf nog een poosje in de tent, tot mam en Janice terugkomen. Wanneer ik ze door de mensenmassa naar me toe zie komen, knipper ik verbaasd met mijn ogen. Mam heeft een roze Stetson op en een bijpassende riem om die helemaal is bezet met zilveren studs. Janice zeult een banjo met zich mee en heeft een leren vestje met franjes aan. Ze zijn allebei rood, al kan ik niet zien of het van de zon is, van al het rondrennen of van te veel ijsthee met whisky.

'En?' vraagt mam zodra ze me in het vizier krijgt.

'Niets.'

'Het is bijna zeven uur!' Mam kijkt tobberig op haar horloge. 'De dag is bijna om!'

'Hij zou tegen het eind kunnen komen,' zeg ik. 'Je weet het nooit.'

'Misschien.' Mam zucht. 'Nou, wij nemen het over tot sluitingstijd. Wat ga jij nu doen?'

'Ik moet ervandoor, want...' Ik slik de rest net op tijd in. Ik kan niet zeggen: ik moet Suze steunen tijdens de confrontatie met haar voormalige minnaar die haar wil afpersen. Ik bedoel, mam en Suze kunnen het goed met elkaar vinden, maar niet zó goed.

'Ik ga naar Suze,' maak ik ervan. 'Ik zie jullie vanavond, oké?' Ik glimlach naar mam, maar ze ziet het niet. Ze kijkt mismoedig om zich heen.

'Hoe moet het als we die Raymond niet vinden?' Ze kijkt mijn kant op en ik zie dat haar gezicht oud lijkt door de zorgen. 'Geven we het dan op? Gaan we dan naar huis?'

'Nou, mam, toevallig heb ik een plannetje,' zeg ik om haar op te beuren. 'Ik vertel het nog wel, maar nu moet je eerst eens lekker gaan zitten en relaxen.' Ik sleep een paar stoelen van de zijkant van de tent aan. 'Zo. Zal ik een lekker koud drankje voor jullie halen? Janice, heb je daar een banjo?'

'Ik ga mezelf leren spelen, schat,' zegt Janice enthousiast terwijl ze op de stoel ploft. 'Ik heb altijd banjo willen spelen. We kunnen leuk samen zingen in de camper!'

Ik kan me niet voorstellen dat er iets zou zijn wat Luke meer op de zenuwen zou werken onder het rijden dan leuk samen zingen met banjobegeleiding.

'Eh... super!' zeg ik. 'Klinkt goed. Ik ga ijsthee voor jullie halen.'

Ik haal snel twee glazen perzikijsthee bij een kraam, geef ze aan mam en Janice en haast me weg. Het is bijna zeven uur en ik krijg afschuwelijke kriebels in mijn buik, dus god mag weten wat Suze doormaakt.

We hebben afgesproken dat we elkaar bij de zwijnenbraaitent treffen en dan samen naar de ontmoetingsplek lopen, maar als ik om de hoek van de tent kom, krijg ik een schok te verwerken. Alicia staat naast Suze. Waarom staat Alicia naast Suze?

'O, hoi Alicia,' zeg ik zo vriendelijk als ik kan. 'Ik dacht dat je een bespreking had. In Tucson.'

Een bespreking in Tucson. Nou ja, zeg. Hoe vaker ik het hoor, hoe onwaarschijnlijker het klinkt.

'Ik heb besloten daarna terug te komen,' zegt Alicia ernstig, 'en dat is maar goed ook. Dit is ongelooflijk.'

'Ik heb het aan Alicia verteld,' zegt Suze beverig.

'Je moet je niet schuldig voelen, Suze.' Alicia legt een hand op Suzes arm. 'Bryce is gif.'

Ik werp Alicia een afkeurende blik toe. Ik heb de pest aan mensen die zeggen dat je je niet schuldig moet voelen. Wat ze eigenlijk bedoelen is: *ik herinner je er even fijntjes aan dat je je schuldig zou moeten voelen.*

'Iedereen maakt fouten,' zeg ik kortaf. 'Waar het om gaat, is dat we die Bryce voorgoed afschudden. Laten we dus maar gauw gaan.'

'Alicia gaat ook mee voor de morele steun,' zegt Suze... en verbeeld ik het me nou of klinkt er iets verontschuldigends in haar toon?

'O, oké.' Ik dwing mezelf te glimlachen. 'Fijn! Zo, ben je er klaar voor?' Ik kijkt Suze aan. 'Weet je wat je gaat zeggen?'

'Ik denk het wel,' zegt Suze knikkend.

'Hé, jongens! Daar zijn jullie!' begroet Danny's stem ons. We draaien ons alle drie om en zien hem naar ons toe lopen met een suikerspin in zijn ene hand, een ijsthee in de andere en zijn map onhandig onder een arm geklemd. Hij blijft staan en neemt ons onderzoekend op. 'Hé, wat is hier aan de hand?'

Als Suze het aan Alicia mag vertellen, mag ik het aan Danny vertellen, besluit ik. Hij komt er toch wel achter.

'Bryce is hier,' zeg ik kernachtig. 'Suze gaat de confrontatie met hem aan. Hij wil haar chanteren. Lang verhaal.'

'Ik wíst het!' roept Danny uit. 'Dat heb ik de hele tijd al gezegd.'

'Helemaal niet!' spreek ik hem tegen.

'Ik vermoedde het.' Hij wendt zich tot Suze. 'Je hebt het met hem gedaan, hè?'

'Nee,' snauwt Suze.

'Maar je hebt met hem gerotzooid. Weet Tarkie ervan?'

'Ja, ik heb hem alles verteld.'

'O, wauw.' Danny trekt zijn wenkbrauwen op en neemt een hap suikerspin. 'Wat goed van je, Suze.'

'Dank je,' zegt Suze waardig.

'Maar… wacht eens.' Ik zie de radertjes in Danny's hoofd draaien. 'Ik dacht dat Bryce Tarkie een poot wilde uitdraaien voor zijn nieuwe yogacentrum. Wil je zeggen dat hij jou ook wil plukken? Man én vrouw?'

'Het schijnt zo,' zegt Suze ijzig.

'Hij is góéd,' zegt Danny bewonderend. 'Hé Alicia, wat vind jij ervan? Zo te zien zou Bryce dat centrum best eens kunnen bouwen. Ben je klaar om de concurrentie aan te gaan?'

Wat is Danny toch vals. Ik weet dat hij Alicia gewoon op de kast probeert te krijgen.

'Dat gaat niet gebeuren,' zegt Alicia koeltjes. 'Het is absoluut onmogelijk dat dat sujet Golden Peace zou kunnen beconcurreren met het een of andere tweederangs centrum. Neem maar van mij aan dat Wilton dat niet laat gebeuren.' Ze kijkt op haar horloge. 'We moeten gaan.'

'Ja, we moeten gaan,' valt Suze haar bij.

'We gaan ervoor,' zegt Danny knikkend.

'Jij gaat níét mee,' zegt Suze met klem.

'O, jawel,' zegt Danny onverstoorbaar. 'Je kunt niet genoeg morele steun hebben. Zin in ijsthee?' Hij reikt haar zijn plastic glas aan. 'Het is rond de honderd procent whisky.'

'Dank je,' zegt Suze onwillig, en ze neemt een slokje. 'Kolere!' sputtert ze.

'Ik had het toch gezegd?' zegt Danny grinnikend. 'Nog een?'

'Nee, dank je.' Suze steekt vastberaden haar kin naar voren. 'Ik ben zover.'

We lopen zonder iets te zeggen naar de afgesproken plek, met Suze tussen ons in, zodat we haar kunnen beschermen en verdedigen als het moet. En we laten ons niets wijsmaken door die Bryce. We houden onze poot stijf, onwrikbaar, en we laten ons níét afleiden door zijn uiterlijk...

O, god, daar is hij. Hij leunt achteloos tegen een dicht koffiekraampje. Zijn huid is glanzend goudbruin en zijn denimblauwe ogen staren in de verte. Hij is net een Calvin Klein-model. *Mmmmmm*, zoemt het voordat ik er iets tegen kan doen door mijn hoofd. Argh. Stout, stout hoofd!

En dan richt hij zijn ogen op ons. Zijn gezicht weerspiegelt zijn persoonlijkheid, en mijn *mmmm* verstomt op slag. Ongelooflijk dat ik hem ooit niet weerzinwekkend heb gevonden.

'Suze.' Hij lijkt te schrikken van de overmacht. 'Zo, heb je versterking bij je?'

'Bryce, ik moet je iets zeggen,' begint Suze beverig. Ze kijkt over zijn schouder, zoals ik haar heb opgedragen. 'Je kunt me niet chanteren. Ik ga je geen geld geven en ik verzoek je mijn man en mij met rust te laten. Je kunt hem niets vertellen wat mij zou schaden. Ik ben volkomen open en eerlijk tegen hem geweest. Je hebt geen macht over me, en ik verzoek je geen pressie meer op me uit te oefenen.'

Dat van die pressie had ik bedacht. Ik vind het lekker juridisch klinken.

Ik geef een bemoedigend kneepje in Suzes hand en fluister: 'Heel goed!' Ze staart nog steeds strak in het niets, dus maak ik van de gelegenheid gebruik en werp een steelse blik op Bryce. Zijn gezicht staat kalm, maar ik zie aan zijn ogen dat hij nadenkt.

'Chanteren?' zegt hij uiteindelijk, en hij lacht hartelijk. 'Dat is een groot woord. Ik vraag je om een donatie voor een goede zaak en dat noem jij chantage?'

'Een goede zaak?' herhaalt Suze ongelovig.

'Een goede zaak?' roept Alicia uit, die verontwaardigder lijkt dan wie ook. 'Hoe dúrf je! Ik heb gehoord wat je in je schild voert, Bryce, en neem maar van mij aan dat het je nooit zal lukken.' Ze zet een stap naar hem toe, haar kin agressief naar voren gestoken. 'Jij zult nooit zoveel geld hebben als wij. Jij zult nooit zoveel macht hebben als wij. Mijn echtgenoot zal je sneue pogingen om ons naar de kroon te steken de grond in stampen. Ik heb hem al op de hoogte gesteld van je plan; het zal het daglicht niet eens zien. En tegen de tijd dat Wilton met je klaar is, Bryce...' ze laat een korte stilte vallen '... zul je er spijt van hebben dat je op het idee bent gekomen.'

Wauw. Alicia klinkt als een maffiabaas. Als ik Bryce was, zou ik doodsbang zijn, maar ik moet zeggen dat hij totaal niet onder de indruk lijkt. Hij kijkt naar Alicia alsof hij haar probeert te doorgronden. Dan stoot hij een ongelovige lach uit.

'Tjeezus, Alicia, doen we dit echt?'

Er flitst iets vreemds over Alicia's gezicht.

'Ik weet niet wat je bedoelt,' zegt ze dan zo ijzig en vorstelijk als ik haar nog nooit heb gehoord. 'En ik wil je erop wijzen dat je nog steeds in dienst bent van mijn echtgenoot.'

'Ja, hoor. Zie maar,' zegt Bryce.

Er valt een ongemakkelijke stilte. Niemand zegt iets. Ik probeer de sfeer te peilen. Suze staat zwaar ademend naast me, met gebalde vuisten; Alicia kijkt dreigend naar Bryce; Danny ziet het allemaal met grote ogen aan. Maar Bryce gedraagt zich anders dan ik had verwacht. Hij kijkt niet eens naar Suze. Hij neemt Alicia nog steeds taxerend op.

'Of misschien... doe ik niet meer mee,' zegt hij langzaam, en ik zie een soort opstandige schittering in zijn ogen. 'Misschien heb ik het gehad met die bullshit.'

'In dat geval heb je je aan de geheimhoudingsclausule in je contract te houden,' zegt Alicia voordat iemand anders iets kan zeggen. 'Mag ik je erop wijzen dat we een uiterst sterk juridisch team hebben?'

Alicia's toon is vinniger geworden en Suze, Danny en ik kijken elkaar verwonderd aan. Heeft dit nog iets met Suze te maken?

'Nou, sleep me maar voor de rechter,' zegt Bryce, en hij laat zijn kauwgom klappen. 'Dat doe je toch niet. Zou je alles in de media willen hebben?' Hij spreidt zijn armen.

'Bryce!' roept Alicia uit. 'Denk aan je positie.'

'Ik ben mijn "positie" zat! Weet je, ik heb medelijden met jullie arme stumpers.'

'Medelijden, hoezo?' Suze lijkt wakker te worden. 'Alicia, waar heeft hij het over?'

'Ik heb geen idee,' antwoordt ze woest.

'O, alsjeblieft zeg.' Bryce schudt zijn hoofd. 'Wat kun jij manipuleren, Alicia Merrelle.'

'Ik laat me niet op zo'n manier beledigen!' Alicia is witheet van woede. 'En ik stel voor dat we dit gesprek nu meteen beëindigen. Ik zal mijn echtgenoot bellen, en hij zal stappen ondernemen...'

'Godallemachtig!' Bryce lijkt aan het eind van zijn Latijn te zijn. 'Hou nou eens op!' Hij richt zich rechtstreeks tot Suze. 'Ik concurreer niet met Wilton Merrelle, ik wérk voor hem. Ik probeerde wel geld van je los te krijgen, maar dat was niet voor mezelf, maar voor de Merrelles.'

Er valt een verblufte stilte. Heb ik dat goed gehoord?

'W-wat?' stamelt Suze uiteindelijk, en Bryce zucht ongeduldig.

'Wilton wil een concurrerend centrum openen. Als hij één Golden Peace vol kan krijgen, kan hij er ook twee vol krijgen, denkt hij. Alleen wordt het nieuwe anders in de markt gezet. Lagere prijzen. Om alle klanten binnen te halen die genoeg hebben van Golden Peace en een alternatief zoeken. Het is een win-winsituatie.' Hij kijkt naar Alicia. 'Zoals je heel goed weet.'

Ik kijk volkomen sprakeloos naar Suze, en dan naar Alicia. Haar gezicht heeft een soort mauve kleur gekregen.

'Bedoel je...' Mijn geest kan het niet allemaal bevatten. 'Bedoel je...'

'Bedoel je dat Wilton Merrelle achter dit alles zit?' zegt Danny, die zich zichtbaar verkneukelt. 'Dus toen je Tarquin probeerde af te persen...'

'Precies.' Bryce knikt. 'Dat was Wiltons idee. Hij dacht dat hij wel een paar miljoen van hem los kon krijgen.' Hij haalt zijn schouders op. 'Het ging niet zo makkelijk. Jullie Britten zijn krenterig.'

'Heb je ons gebrúíkt?' keert Suze zich plotseling tegen Alicia, die nu niet mauve meer is, maar lijkbleek. 'Heb je de hele tijd gedaan of je mijn vriendin was... terwijl je alleen op ons géld aasde?'

Oké, je moet Alicia wel bewonderen, zoals ze haar gelaatsspieren dwingt hun oude, hooghartige uitdrukking weer aan te nemen. Ze is zeg maar de Olympisch kampioen zelfbeheersing herwinnen.

'Ik heb geen idee waar Bryce het over heeft,' zegt ze. 'Ik ontken categorisch.'

'Wil je deze e-mails ontkennen?' zegt Bryce, die er nu lol in begint te krijgen. Hij reikt Suze zijn telefoon aan, en Suze kijkt hulpeloos naar Alicia. 'Wilton heeft jullie allebei als doelwit gekozen,' zegt hij tegen Suze, 'en Alicia wist het.' Hij kijkt weer naar Alicia. 'Was je vandaag niet in Tucson om er met hem over te praten?'

Tucson?

Oké. Ik neem terug wat ik over Tucson heb gezegd. Er worden echt besprekingen gehouden. Wie had dat kunnen denken?

Alicia's gelaatsspieren werken weer hard; ze heeft zelfs een tic in haar wang. Haar ogen vonken furieus. Ze haalt adem en barst dan los tegen Bryce.

'We slepen je voor de rechter,' bijt ze hem toe, zo giftig dat ik in elkaar krimp.

'Het is dus waar.' Suze staat er verdwaasd bij. 'Ongelooflijk. Wat ben ik stom geweest.'

Bryce kijkt hoofdschuddend van de een naar de ander. 'Wat een klerezooi is dit. Ik ben weg. Het was leuk stoeien met jou, schat,' zegt hij tegen Suze, die huivert. 'Becky, kom nog eens een cursus bij me doen.' Hij lacht en krijgt die sexy kraaienpootjes rond zijn ogen. 'Je ging goed vooruit.'

'Over mijn lijk,' zeg ik met kracht.

'Wat jij wilt.' Hij lijkt het grappig te vinden. 'Ik zie je wel weer, Alicia.'

Met een paar grote passen van zijn lange benen is hij weg. En wij blijven achter, met stomheid geslagen. Het is alsof er een aardbeving is geweest. Ik zie het stof zo ongeveer in de lucht hangen.

'Becky wist het,' zegt Danny uiteindelijk, de stilte verbrekend.

'Wát?' Suze kijkt me verbijsterd aan.

'Ik wist niet...' ga ik er snel tegen in.

'Ze vermoedde dat Alicia iets van plan was,' houdt Danny vol. 'Ze heeft op je gepast, Suze.'

'Echt?' Suze heft haar grote blauwe ogen op naar de mijne en ik zie het hernieuwde verdriet. 'O, god. O, Bex. Hoe heb ik kunnen denken dat Alicia iets anders was dan een vals, verraderlijk...' Ze keert zich met een plotselinge passie tegen Alicia. 'Waarom ben je eigenlijk met ons meegegaan? Om er zeker van te kunnen zijn dat Bryce het geld van me had losgekregen? En wie heb je in het Four Seasons gezien? Géén detective.'

'Suze, er is nog iets,' fluister ik gespannen. 'Je moet op je hoede zijn. Ik denk dat Alicia het op Letherby Hall heeft voorzien.'

'Hoe bedoel je?' Suze zet een stap naar ons toe, bij Alicia vandaan, en neemt Alicia omzichtig op, alsof ze een tikkende tijdbom is.

'Letherby Hall?' zegt Alicia smalend. 'Ben je gestoord?'

Ik ga er niet op in. 'Kijk naar de feiten, Suze. Waarom vraagt Alicia je de hele tijd naar je huis? Waarom is ze zo geïnteresseerd in de titel die bij het landgoed hoort? Omdát…' Ik tel de redenen op mijn vingers af. 'Haar man anglofiel is. Ze dolgraag lord en lady van het landgoed willen zijn. Omdat ze je huis wil hebben. Omdat ze op je titel aast… en waarschijnlijk ook op al je familiejuwelen.'

Dat laatste is me net ingevallen, maar ik weet zeker dat ik gelijk heb. Alicia zou wild zijn van al die eeuwenoude diademen en zo. (Suze vindt de meeste wanstaltig, en ik ben het min of meer met haar eens.)

'Becky, je bent nog krankzinniger dan ik al dacht.' Alicia lacht spottend. 'Waarom zou ik Letherby Hall willen hebben, in godsnaam?'

'Mij hou je niet voor de gek, Alicia.' Ik werp haar een ijzige blik toe. 'Het is een toplandgoed en jij bent een snob. Denk nou niet dat we niet doorhebben dat jij je wilt opwerken.'

Alicia kijkt van mij naar Suze en weer terug, maar nu wordt ze niet mauve. Ze lijkt oprecht verbijsterd.

'Me opwerken? In Engeland nota bene? Denk je echt dat Wilton en ik onze dagen willen slijten in een ijskoude gribus zonder vloerverwarming, tussen de keuterboertjes?'

Gribus? Ik word namens Suze overspoeld door een golf verontwaardiging en voor ik het goed en wel besef, roep ik uit: 'Letherby Hall is geen gribus! Het is een vooraanstaand voorbeeld van de classicistische stijl, met een originele gelambriseerde bibliotheek en een uitgesproken mooi park dat in 1752 is aangelegd!'

Ik had geen idee dat ik die dingen wist. Ik heb blijkbaar beter opgelet dan ik dacht toen Tarkies vader me over het landgoed vertelde.

'Het zal wel,' zegt Alicia, en ze neemt Suze medelijdend op. 'Neem maar van mij aan dat ik mijn geld wel beter kan besteden dan aan een berg afbrokkelende oude bakstenen.'

'Hoe durf je!' Ik ben niet meer te houden. 'Waag het niet Suzes huis te beledigen. En waarom stelde je al die vragen als het je toch niet boeit?'

Zo. Ha! Ik heb haar tuk.

'Ik moest toch íéts verzinnen om over te praten?' Alicia werpt een laatdunkende blik op Suze. 'Op een gegeven moment ben je uitgepraat over die bespottelijke man van jou. Ik bedoel, echt, Suze. Gaap.'

Ik geloof dat ik Alicia nu zou kunnen slaan.

Maar dat doe ik niet. Ik kijk alleen maar naar Suze, die beverig zegt: 'Je kunt nu maar beter gaan, Alicia.'

We blijven allemaal als standbeelden staan terwijl ze de benen neemt.

Sommige dingen zijn bijna te heftig om meteen te kunnen bespreken. Danny komt als eerste bij zijn positieven, zegt: 'Drank' en loodst ons een cafétent in. Als we aan de appelpunch zitten, vertelt hij ons alles over zijn nieuwe collectie voor Elinor en laat ons zijn ontwerpschetsen zien, en eigenlijk is dat de ideale bezigheid voor dit moment. Het is precies waar Suze zich op moet richten: iets buiten haar eigen overhoopgehaalde leven.

Ten slotte slaat hij zijn schetsboek dicht en kijken we elkaar allemaal aan alsof we de draad weer gaan oppakken, maar ik kan het nog steeds niet opbrengen iets over Alicia te zeggen. Ik gun haar de zendtijd niet eens.

'Bex.' Suze haalt diep en sidderend adem. 'Ik weet niet hoe... Ik snap niet hoe ik voor haar heb kunnen vallen...'

'Stil maar,' zeg ik sussend. 'Laten we het er niet over hebben. Als we over Alicia praten, wint ze nog steeds, want dan laten we haar ons leven verzieken. Oké?'

Suze denkt even na en buigt haar hoofd dan. 'Oké.'

'Goed punt,' zegt Danny, die in zijn handen klapt. 'Laten we haar uit ons leven airbrushen. Alicia wíé?'

'Precies.' Ik knik. 'Alicia wíé?'

Ik bedoel, natuurlijk zullen we het nog wél over Alicia hebben. Waarschijnlijk blijven we nog een volle week op haar afgeven en misschien kunnen we pijltjes gooien naar een foto van haar. (Daar verheug ik me eigenlijk wel op.) Maar nu nog niet. Dit is niet het juiste moment.

'Zo,' zeg ik in een poging het gesprek weer op gang te brengen. 'Het was me het dagje wel.'

'Je moeder zal Raymond wel niet hebben gezien,' zegt Suze.

'Nee, dan had ze het me wel laten weten.'

'Ongelooflijk dat we de hele dag de wacht hebben gehouden in die tent. Zonder resultaat.'

'Het heeft wel iets opgeleverd,' zeg ik. 'Janice heeft een banjo gekocht.'

Suze proest zwakjes en ik lach met haar mee.

'Dus... wat gaan we nu doen? Waar gaan we heen?' Suze bijt op haar onderlip. 'Laten we eerlijk zijn, het heeft niet veel zin meer om te proberen Tarkie te vinden.' Ze zegt het kalm, maar met een bibber in haar stem.

'Misschien niet.' Ik kijk haar aan, maar wend snel mijn blik af.

'Maar hoe moet het nu met je ouders?'

'O, god.' Ik zak onderuit op mijn stoel. 'Ik heb geen idee.'

'Gaan we nog een keer naar Raymonds huis? Of kunnen we beter teruggaan naar LA, zoals je vader de hele tijd al zei? Ik bedoel, misschien had hij wel gelijk.' Suze kijkt naar me op en ik zie dat het haar veel kost om dit te zeggen. 'Misschien was dit écht een stom idee.'

'Nee!' zeg ik in een reflex.

'We kunnen nog niet terug,' stribbelt Danny tegen. 'We zijn op een missie. Die moeten we volbrengen.'

'Dat zal best,' zegt Suze tegen hem, 'maar we hebben geen flauw idee hoe het verder moet. We hebben Raymond niet te pakken kunnen krijgen, we hebben geen enkele andere aanwijzing, geen enkel idee...'

'Nou...' onderbreek ik haar. 'Ik heb wel een idee.'

'Echt waar?' Suze zet grote ogen op. 'Wat dan?'

'Nou, een soort van idee,' verbeter ik. 'Het is nogal vergezocht. Het is zelfs een beetje geschift. Maar het is een laatste redmiddel. En als het niets wordt, moeten we het misschien opgeven en teruggaan naar Los Angeles.'

Danny en Suze kijken me allebei nieuwsgierig aan.

'Nou, kom op dan,' zegt Suze. 'Wat is je geschifte wanhoopsplan?'

'Oké.' Ik aarzel even en zoek dan in mijn tas naar de kunstenaarsgids. 'Voordat ik nog iets zeg, wil ik jullie iets laten zien.'

Ik zie Suze en Danny naar de bladzij kijken; ik zie mijn eigen verbazing terug op hun gezichten.

'O, mijn gód,' zegt Suze, die ongelovig naar me opkijkt. 'Dus wat... Ik bedoel, hoe gaan we...'

'Zoals ik al zei, ik heb een idee.'

'Natuurlijk heb je dat,' zegt Danny. 'Jij hebt altijd fantastische ideeën. Zeg op, Becky-gekkie.'

Hij glimlacht bemoedigend naar me en gaat ervoor zitten, en ik voel dat adrenalinestootje weer in mijn binnenste. Die positieve instelling. Als een oude innerlijke vriend die me een knuffeltje komt geven.

12

Iedereen vindt het een geschift plan.

Zelfs Suze, die het een goed plan vindt, vindt het ook geschift. Luke vindt het een kansloos plan. Mam weet niet of het goed of slecht is, maar hoopt uit alle macht dat het zal lukken. Janice is het ene moment tomeloos enthousiast en het andere diep pessimistisch. Danny ziet het helemaal zitten, maar alleen omdat hij mijn vermomming heeft gecreëerd.

'Zo.' Ik verschik mijn hoofddoek een laatste keer. 'Perfect.' Ik kijk naar mijn publiek. 'Wat vinden jullie... Niet van elkaar te onderscheiden, hè?'

'Je lijkt totaal niet op haar,' zegt Luke effen.

'Ik lijk sprekend op haar!'

'Lieverd, ik denk dat je je ogen moet laten nakijken.'

'Nee, ik zie het,' zegt Danny. 'Je lijkt wel wat op haar.'

'Alleen maar "wel wat"?' zeg ik teleurgesteld.

'Iedereen ziet er in het echt anders uit dan op foto's,' zegt Danny gedecideerd. 'Niets aan de hand. Het is goed.' Hij pakt het kunstenaarsgidsje nog eens en houdt het naast me, opengeslagen op de bladzij met de foto van Pauline Audette. En het kan me niet schelen wat Luke zegt, ik lijk écht op haar. Het is bijna griezelig... helemaal nu ik me als haar heb vermomd.

Ik heb een soort kiel aan, die Danny gisteravond nog op de jaarmarkt heeft gekocht, en een wijde broek van Janice. Mijn haar wordt naar achteren gehouden door een lap tie-dyestof, want Pauline Audette heeft altijd een artistiekerig sjaaltje in haar haar. Danny is de hele ochtend bezig geweest met sjorren en spelden en het aanbrengen van kunstzinnige vegen verf en klei, die we in de handenarbeidtent hebben gekocht. In mijn eigen ogen lijk ik sprekend een Franse keramiste.

'Oké, ik ga oefenen,' zeg ik. 'Mijn namme, iet ies Pauline Audette.'

Gelukkig zijn er heel veel filmpjes van Pauline Audette op YouTube, want ze doet iets wat 'snelboetseren' heet, wat erop neerkomt dat ze een homp klei pakt en daar binnen vijf seconden iets van maakt. Een boom of een vogel, bijvoorbeeld. (Ik moet toegeven dat ik er versteld van sta.) Daar heb ik dus keer op keer naar gekeken, en ik denk dat ik het accent goed kan nadoen. 'Iek ben keramieste,' vervolg ik. 'Mijn *inspiration*, die komt van de nature.'

'Mijn wat?' zegt Janice perplex.

'Inspiratie, schat,' legt mam uit. 'Inspiratie, op z'n Frans.'

'Iek ben naar Arizoná gekomen voor vakantie. Ik denk aan monsieur Raymond die me die lieve brieven stuurt en iek denk: *zut!* Ik zal monsieur Raymond visiteren.' Ik kijk vragend om me heen. 'Wat vinden jullie ervan?'

'Geen zut zeggen,' zegt Luke.

'Je klinkt als Hercule Poirot,' zegt Suze. 'Als je zo praat, trapt hij er nooit in.'

'Nou, het is onze laatste kans,' antwoord ik verongelijkt. Ik voel me eigenlijk een beetje gekrenkt. Ik dacht dat mijn accent best goed was. 'En oké, ik zal geen zut zeggen. Kom op, assistente, we gaan.'

Suze speelt mijn assistente, helemaal in het zwart en met een bril op. Haar haar zit in een gladde paardenstaart en haar enige make-up bestaat uit een streep rode lippenstift, wat volgens Danny onmiskenbaar de 'Franse kunstenaarsassistente'-look is.

Ik loop naar de deur van de camper en kijk naar de gretige, hoopvolle gezichten. 'Wens ons succes!'

Alicia is er niet meer bij, natuurlijk. Ik heb geen idee wat ze gisteravond heeft gedaan. Weer een limo laten komen, veronderstel ik, en teruggaan naar LA. (Ze heeft wat spullen in de camper laten liggen en Danny was ervoor om ze op een vreugdevuur te verbranden, maar we hebben besloten ze met een waardig briefje terug te sturen.) Gisteravond heb ik mam en Janice onder het eten verteld hoe Alicia en haar man hadden geprobeerd zowel Tarkie als Suze een poot uit te draaien en hoe door en door slecht ze was. Waarop ze allebei prompt zeiden dat ze de hele tijd al vermóédden dat ze iets van plan was, en dat ze het aan hun water hadden gevoeld, en dat het maar goed was dat ze me voor haar hadden gewaarschuwd!

Ik bedoel, nou vraag ik je.

'Becky, stel dat je gearresteerd wordt?' zegt Janice opeens panisch. 'We hebben al een aanvaring met de politie gehad.'

'Ik word niet gearresteerd!' zeg ik smalend. 'Het is niet verboden om je voor iemand anders uit te geven, hoor.'

'Ja, dat is het wel!' zegt Luke, die met een hand tegen zijn voorhoofd slaat. 'Jezus, Becky. Het is fraude.'

Luke neemt alles altijd zo létterlijk.

'Nou, oké, in sommige gevallen misschien, maar dit is geen fraude,' zeg ik resoluut. 'Het is een zoektocht naar de waarheid. Dat zou iedereen begrijpen, zelfs een politieman. En ik ben nu al vermomd; ik kan niet meer terugkrabbelen. Tot later.'

'Wacht!' roept Luke. 'Denk erom, als er geen huishoudster of ander personeel is, als je geen bereik hebt, als het ook maar een beetje verkeerd voelt, ga dan wég.'

'Luke, er kan niets gebeuren!' zeg ik. 'Het is een vriend van mijn vader, weet je nog?'

'Hm.' Luke lijkt er het zijne van te denken. 'Nou, als je maar voorzichtig doet.'

'Beloofd. Kom mee, Suze.'

We haasten ons de treden van de camper af en zetten koers naar Raymonds ranch. Luke rijdt weg om de camper om de volgende bocht te zetten, uit het zicht. Hoe dichter we bij de hoge hekken komen, hoe zenuwachtiger ik word, maar dat ga ik niet tegen Suze zeggen. Dan zegt ze toch: laten we het dan maar niet doen. En ik wil dit echt heel graag doen. Het is onze laatste kans.

Plus... er zit nog iets achter. Door dit plan in werking te zetten, al is het een beetje belachelijk, voelt het alsof ik weer tot leven ben gekomen. Ik voel me dynamisch. En ik denk dat het Suze net zo vergaat. Ze zit nog steeds in de stress, want ze heeft niets van Tarkie gehoord, of over de Uilentoren, of wat dan ook. Maar het lijkt haar goed te doen dat ze haar energie hierop kan richten.

'Kom op!' Ik geef een kneepje in Suzes hand. 'We kunnen het! Je hebt op de toneelschool gezeten, weet je nog? Als ik in de problemen kom, neem jij het van me over.'

De houten hekken van de ranch zijn immens, en ik tel drie op ons gerichte camera's. Het is allemaal een beetje intimiderend, maar ik prent me in dat ik Pauline Audette ben en stap zelfbewust op de intercom af. Ik druk op de bel en wacht op antwoord.

'Wacht, Suze!' zeg ik dan opeens gespannen. 'Wat is ons codewoord?'

'Shit.' Ze kijkt me met grote ogen aan. 'Kweenie.'

We hebben het er de hele ochtend over gehad dat we een codewoord moesten hebben, maar we hebben er geen bedacht.

'Aardappel,' zeg ik gejaagd.

'Aardappel?' Ze gaapt me aan. 'Ben je niet goed bij je hoofd? Hoe moet ik "aardappel" in een gesprek verwerken?'

'Nou, verzin dan iets beters.' Ze kijkt me wezenloos aan en ik zeg: 'Kom op dan!'

'Ik weet niets,' zegt ze verongelijkt. 'Niet als je me zo voor het blok zet. Het enige wat ik kan bedenken is "aardappel".'

'Hallo?' klinkt een blikkerige vrouwenstem door de intercom, en mijn maag verkrampt.

'Hallo,' zegt Suze, die naar voren stapt. 'Ik ben Jeanne de Bloor. Ik heb Pauline Audette hier voor meneer Raymond Earle. Pauline Audette,' herhaalt ze duidelijk articulerend.

Suze heeft de naam Jeanne de Bloor zelf bedacht. Ze heeft besloten dat Jeanne in München geboren is, zich in Parijs heeft gevestigd maar een latrelatie heeft met iemand in Antwerpen, vijf talen spreekt en nu Sanskriet studeert. (Suze is heel grondig als het op het scheppen van een personage aankomt. Ze heeft aantekeningen gemaakt en zo.)

De intercom zwijgt, en Suze en ik kijken elkaar vragend aan. Dan, net als ik Suze wil voorstellen het nog eens te proberen, klinkt er een mannenstem door het roostertje.

'Hallo? Hier Raymond Earle.'

O, mijn god. Mijn maag keert zich nu bijna om, maar ik zet een stap naar voren.

''Allo?' zeg ik in de intercom. 'Mijne namme, iet ies Pauline Audette. Wij 'ebben kekorrepondeerd.'

'Bent u Pauline Audette?' Hij klinkt verbijsterd, en terecht.

'Ik 'eb uw expositie op de jaarmárk gezien. Ik wil u sprekèn over uw werk, maar ik kan u niet vindèn. Iek ben dus naar uw 'uis kekomen.'

'Hebt u mijn werk gezien? Wilt u over mijn werk praten?'

Hij klinkt zo opgewonden dat ik word overmand door schuldgevoel. Dit zou ik die arme, onschuldige pottenbakker niet aan mogen doen. Ik zou geen valse verwachtingen bij hem moeten wekken. Ik ben een slecht mens.

Anderzijds had hij mam en Janice niet weg mogen sturen. Boontje komt om zijn loontje.

'Mag ik in uw 'uis komen?' vraag ik, maar de hekken zwaaien al open.

We zijn binnen!

'Jeanne,' zeg ik kortaf, vanwege de camera's, 'jij zult mij vergezellèn en de aantekeniengen makèn.'

'Zehr gut,' zegt Suze met een soort Duits accent en ik klap bijna dubbel van het lachen.

Het is nog ongeveer een kilometer lopen naar het huis, over een bijzonder slecht onderhouden zandweg, en ik begrijp dat hij verwachtte dat we met een auto zouden komen, maar ik kan niet bepaald de camper gaan halen. Terwijl we door het zand sjokken, zie ik overal bizarre sculpturen. Een stier die zo te zien van auto-onderdelen is gemaakt, en een schreeuwende mannenkop van ijzer, en allerlei vreemde, abstracte stukken die van banden lijken te zijn gemaakt. Het is allemaal een beetje eng, en ik ben blij dat ik bij het huis ben, tot ik het uitzinnige geblaf van honden hoor.

'Het is hier niet pluis,' prevel ik tegen Suze, die aanbelt. Het huis zal ooit wel heel indrukwekkend zijn geweest, maar het is een beetje vervallen. Het is van steen en hout, met puntgevels en een veranda en een gigantische voordeur met snijwerk, maar de houten balustrades zien er hier en daar verrot uit en ik zie een paar dichtgetimmerde kapotte ruiten. De honden gaan nog harder blaffen en we deinzen allebei achteruit.

'Heb jij nog bereik?' fluister ik, en Suze checkt haar telefoon.

'Ja. Jij?'

'Ja. Niks aan de hand,' zeg ik iets luider, zodat Luke het kan horen. Suzes telefoon zit in haar zak en neemt alles op en ik heb een open verbinding met Luke, dus iedereen in de camper zou moeten kunnen horen wat er gebeurt.

'Af!' commandeert een mannenstem in het huis. 'Naar binnen, jullie.'

Er slaat een deur dicht binnen. Het volgende moment horen we dat er wel een stuk of vijfentwintig sloten open worden gemaakt en dan zwaait de voordeur open en worden we door Raymond Earle begroet.

Het eerste woord dat in me opkomt, is 'verweerd'. Raymonds baard valt als een grijze, wollige deken tot op zijn borst. Hij heeft een blauw-met-witte hoofddoek om en zijn stokoude jeans zit onder de modder of de klei of zoiets. Het huis stinkt naar honden, tabak, stof en oud eten, met een zwakke ondertoon van rottend plantaardig materiaal.

Hij zou echt wel een paar geurkaarsen kunnen gebruiken. Ik kom in de verleiding hem de link naar Jo Malone te geven.

'Mademoiselle Audette.' Hij maakt een diepe buiging, waarbij zijn baard naar voren valt. 'Het is me een eer.'

O, god, nu we er zijn, voel ik me nog schuldiger om het bedrog. We moeten zo snel mogelijk in zijn atelier zien te komen om mijn plan ten uitvoer te brengen.

'Ik ben enchantée om u eindelijk te ontmoeten,' zeg ik plechtig. 'Iek kom naar Wildernèss en 'erinner mij monsieur Raymond die me die vriendelieke brieven 'eeft kestuurd.'

'Nou, het genoegen is wederzijds!' Hij pakt mijn hand en schudt hem met kracht. 'Wat een onverwachte verrassing!'

'Laat ons meteen naar het atelier gaan om het werk te beschouwen,' zeg ik.

'Maar natuurlijk.' Raymond lijkt diep onder de indruk te zijn. 'Laat me even… Kom binnen. Kom toch binnen.'

Hij loodst ons een grote hal met een schouw en een houten gewelfd plafond in die overweldigend zou zijn als het er niet zo'n troep was. Er slingeren modderlaarzen, jassen, hondenmanden, een emmer met oude bakstenen en een opgerold tapijt rond.

'Wilt u een glas bier? IJswater?' Raymond gaat ons voor naar een rommelige keuken waar het naar iets met vlees ruikt. Tegen de achtermuur staan stellingkasten met schilderijen, tekeningen en een paar vreemde sculpturen. Een huishoudster doet pogingen om ze af te stoffen, maar ik zie dat het geen eenvoudige taak voor haar is.

'Pas op!' snauwt Raymond haar opeens toe. 'Niets verplaatsen!' Hij wendt zich weer tot mij. 'Mademoiselle Audette?'

'*Non, merci.* Ik wil uw werk zien. Het stuk dat u het dierbaarst ies van de 'ele wereld.' Ik probeer hem op te jagen, maar Raymond lijkt niet het jachtige type te zijn.

'Ik wil u zoveel vragen,' zegt hij.

'En iek wil u zoveel vragen,' kaats ik terug, en dat is tenminste niet gelogen.

'U hebt mijn Darin zeker wel gezien?' Hij knikt naar de stellingen.

Darin? Wat is een Darin? Is Darin een kunstenaar?

'Absolument.' Ik knik afgemeten. 'Zullen we?'

'Wat vindt u van zijn vormtaal?' Hij kijkt me ernstig aan.

Oké, dit is nu exact het soort vraag dat ik niet op me afgevuurd wilde krijgen. Ik moet een overtuigend kunstenaarsachtig antwoord verzinnen, en snel ook. Iets over vorm. Alleen heb ik nooit opgelet bij de lessen kunstgeschiedenis.

'Vorm is deaud,' verklaar ik uiteindelijk met mijn meest Gallische accent. *'C'est morte.'*

Perfect. Als vorm dood is, hoef ik er geen woorden meer aan vuil te maken.

'Laat ons ter atelier gaan,' vervolg ik, en ik probeer Raymond de keuken uit te drijven, maar er is geen beweging in te krijgen. Hij maakt een onthutste indruk.

'Vorm is dóód?' herhaalt hij ten slotte.

'Oui, c'est fini,' zeg ik knikkend.

'Maar...'

'Vorm, iet ies passé.' Ik steek mijn handen op en probeer overtuigend over te komen.

'Maar mademoiselle Audette, dat kan toch niet?' stamelt Raymond. 'Uw eigen ontwerpen... uw geschriften... uw boeken... Wilt u echt het werk van een heel leven opgeven? Dat kan niet waar zijn!'

Hij staart me ontzet aan. Ik had het kennelijk niet moeten zeggen, maar ik kan nu niet meer terug.

'Oui,' zeg ik na een korte stilte. *'C'est ça.'*

'Maar waaróm?'

'Ik ben een *artiste*,' zeg ik in een poging tijd te rekken. 'Niet vrouw, niet mens, *artiste*.'

'Ik snap het niet,' zegt Raymond ontmoedigd.

'Iek moet ze waarheid zoeken,' vervolg ik in een plotse inval. 'Iek moet dappèr zijn. Ze artiste moet altijd beauvenal dapper zijn, u begrijpt? Iek moet ze oude ideeën vernietigèn. Dan zal ik *vraiment* een *artiste* zijn.'

Ik hoor een proestje van Suze, maar neem er geen notitie van.

'Maar…'

'Iek wiel 'et er niet meer over 'ebben,' kap ik hem gedecideerd af.

'Maar…'

'Naar l'atelier!' Ik zwaai met mijn handen. *'Allons y!'*

Met bonzend hart loop ik achter Raymond aan het hele huis door. Meer discussies over kunst trek ik niet; ik wil alleen maar weten hoe het met pap zit.

'Wie moet jij voorstellen, Pauline Audette of Yoda?' fluistert Suze in mijn oor.

'Kop dicht!' fluister ik terug.

'We moeten ter zake komen!'

'Weet ik!'

We komen in een grote ruimte met witte muren en een glazen dak. Het is er licht en rommelig, met een zware houten tafel in het midden en twee draaischijven, allemaal vol kleispatten. Maar daar kijk ik niet naar. Ik kijk naar de grote uitstalkast aan de andere kant van het atelier. Die staat vol beeldjes, sculpturen en raar uitziende vazen. Hebbes. Dít zochten we.

Ik kijk vragend naar Suze, en ze geeft me een knikje.

'U moet me vertellen, Raymond,' zeg ik gebiedend. 'Wat zijn voor u de dierbaarste stukken in ze kamèr?'

'Nou…' zegt Raymond weifelend. 'Even denken. *Dubbel*, uiteraard.' Hij wijst naar een beeld dat een man met twee hoofden lijkt voor te stellen. 'Het is genomineerd voor de prijs van het Stephens Institute, een paar jaar geleden. Het is op een paar websites genoemd; u zult wel niet…' Hij werpt me een hoopvolle blik toe.

'Een mooi stuuk,' zeg ik met een kort knikje. 'En welke ies u 'et líéfst?'

'O, ik weet niet.' Raymond lacht opgelaten. 'Ik heb wel een zwak voor dit hier.' Hij wijst naar een veel groter, abstract werk dat in allerlei kleuren is geglazuurd.

'Aha.' Ik knik. 'Wij zullen ze ienspectieren…' Ik pak *Dubbel* en

Suze het veelkleurige werk. 'Laat ons ze in het licht zien...' Ik loop weg van Raymond, gevolgd door Suze. 'Aha. Deze 'ier, die doet mij denken aan... een aardappèl.'

Suze had gelijk. Aardappel is echt een ontzettend slecht codewoord. Maar het werkt wel. In een naadloze beweging heffen Suze en ik onze sculptuur boven ons hoofd.

(Die van Suze ziet er veel zwaarder uit dan de mijne. Dat geeft me een beetje een schuldgevoel. Anderzijds: ze heeft wel sterke armen.)

'Zo,' zeg ik zo dreigend mogelijk. 'Het zit zó. Ik ben Pauline Audette niet. Ik heet Rebecca. Mijn vader heet Graham Bloomwood. En ik wil weten wat er echt is gebeurd tijdens die rondreis van jullie. Als je het niet vertelt, gooien we de stukken kapot. Als je om hulp roept, gooien we de stukken kapot. Ik raad je dus aan het ons te vertellen.' Ik hou even op met praten, hijg uit en vraag me af of ik er 'makker' aan toe zal voegen, maar zie ervan af.

Raymond is duidelijk zo'n ontzettend traag type dat alles van alle kanten wil bekijken. Het voelt alsof we een halfuur zo blijven staan, met zere armen en bonkend hart, wachtend op zijn reactie. Hij kijkt van mij naar Suze. Hij knippert met zijn ogen. Hij fronst zijn voorhoofd. Hij doet zijn mond open om iets te zeggen en klapt hem weer dicht.

'We moeten het weten,' zeg ik in een poging hem tot actie aan te sporen. 'We moeten de waarheid weten, en wel hier, en wel nu.'

Raymond fronst zijn voorhoofd weer alsof hij over de grote raadselen van het leven peinst. God, wat is dat frustrerend.

'Dus je bent Pauline Audette niet?' zegt hij uiteindelijk.

'Nee.'

'Nou, goddank.' Hij schudt verwonderd zijn hoofd. 'Ik dacht dat je gek was geworden.' Hij neemt me aandachtig op. 'Maar je lijkt wel op haar. Sprekend.'

'Weet ik.'

'Ik bedoel, het is ongelooflijk. Ben je geen familie van haar?'

'Voor zover ik weet niet. Het is echt ongelooflijk, hè?' Ik ontdooi tegen wil en dank. Ik wist wel dat ik op Pauline Audette leek.

'Nou, je zou het eens moeten googelen.' Er licht belangstelling op in zijn ogen. 'Wie weet hebben jullie een gezamenlijke voorouder. Je zou aan zo'n tv-programma mee kunnen doen...'

'Genoeg gekletzebetzt!' blaft Suze als een nazicommandant. 'De waarheid willen we horen!' Ze fronst afkeurend haar wenkbrauwen naar me en ik besef dat ik me op een zijspoor heb laten zetten.

'Precies!' zeg ik snel, en ik hou *Dubbel* nog iets hoger. 'We zijn hier niet voor de lol, Raymond, dus vertel ons nou maar wat we willen weten.'

'En geen geintjes,' voegt Suze er dreigend aan toe. 'Zodra je de politie belt, vallen je twee beelden in gruzelementen.' Zo te horen popelt ze om met het gooi-en-smijtwerk te beginnen. Ik wist niet dat Suze zo'n gewelddadige kant had.

Het blijft weer ongeveer een minuut stil – al voelt het als een halfuur – waarin Raymond het op zich in laat werken.

'Dus jij bent Grahams dochter,' zegt hij ten slotte, en hij staart me aan. 'Je lijkt niet op hem.'

'Nou, maar het is toch zo. En hij is zoek. We hebben geprobeerd hem op te sporen om hem te helpen, maar het enige wat we weten is dat hij iets recht wil zetten. Weet jij wat dat zou kunnen zijn?'

'Is hij hier geweest?' mengt Suze zich in het gesprek.

'Heeft hij contact gezocht?'

'Kun jij ons vertellen wat dit allemaal te betekenen heeft?'

Raymonds gezicht is dichtgeklapt terwijl we praatten. Hij kijkt me even aan en wendt dan zijn gezicht af, en ik voel een steekje in mijn maag. Hij weet het.

'Nou?' vraag ik streng. 'Wat is er gebeurd?'

'Waar is hij mee bézig?' valt Suze me bij.

Ik zie weer iets flikkeren in Raymonds ogen, en hij kijkt naar een hoek van het atelier.

'Je weet het, hè?' Ik probeer zijn blik te vangen. 'Waarom zeg je niets? Waarom heb je mijn moeder weggestuurd?'

‘Zeg op!’ roept Suze uit.

‘Wat hij doet is zijn eigen zaak,’ zegt Raymond zonder me aan te kijken.

Hij weet het. We hebben dat hele eind hierheen gereisd en hij weet het en hij wil het ons niet vertellen. Ik word zo woedend dat ik ervan sidder.

‘Ik gooi dit op de grond!’ gil ik, zwaaiend met *Dubbel.* ‘Ik gooi alles op de grond! Ik kan veel schade aanrichten in een halve minuut! En het kan me niet schelen of je de politie belt, want het gaat om mijn vader en ik móét het weten!’

‘Jezus!’ Raymond lijkt te schrikken van mijn uitbarsting. ‘Relax. Ben je echt Grahams dochter?’ Hij richt zich tot Suze. ‘Graham was altijd de rust zelve.’

‘Dat is hij nog,’ zegt Suze.

‘Ik lijk iets meer op mijn moeder,’ geef ik toe.

‘Dus… jij bent Grahams dochter,’ zegt hij voor de derde keer. God, is hij altijd zo traag van begrip?

‘Ja, ik ben Rebecca,’ zeg ik nadrukkelijk. ‘Maar mijn vader wilde niet dat ik die naam zou krijgen. Om de een of andere reden. Die niemand me wil vertellen.’

‘En Brent en Corey hebben ook een dochter die Rebecca heet,’ vult Suze aan.

‘Brents dochter zei: “We heten allemaal Rebecca,” maar ik weet niet waarom en het komt erop neer dat ik het zat ben om dingen van mezelf niet te weten.’ Terwijl ik het zeg, wordt mijn stem beverig. Er daalt een vreemde stilte neer in het atelier.

Raymond lijkt het allemaal op zich in te laten werken. Hij kijkt naar Suze en naar mij. Hij kijkt naar de beelden die we nog boven ons hoofd houden. (Suzes armen zullen zo langzamerhand wel totaal verkrampt zijn.)

Dan lijkt hij uiteindelijk te zwichten. ‘Oké,’ zegt hij.

‘Oké, wat?’ vraag ik wantrouwig.

‘Ik zal je vertellen wat je vader aan het doen is.’

'Dus je weet het echt?'

'Hij is hier geweest.' Hij wijst naar een met verf bespatte bank. 'Ga zitten. Ik zal jullie vertellen wat ik weet. Hebben jullie zin in ijsthee?'

Raymond lijkt te hebben besloten mee te werken, maar we laten onze beelden niet los, voor de zekerheid. We gaan op de bank zitten, elk met een sculptuur op schoot, terwijl Raymond ijsthee inschenkt uit een karaf en zich op een stoel tegenover ons nestelt.

'Tja, het gaat om het geld,' zegt hij op een toon alsof het vanzelfsprekend is, en hij neemt peinzend een slokje ijsthee.

'Welk geld?'

'Van Brent, toen hij afstand deed van zijn rechten. Ik bedoel, dat is nu jaren geleden, maar je vader heeft het nog maar net ontdekt en hij vond het verkeerd. Hij wilde er iets aan doen. Ik zei: "Dat is hun zaak," maar je vader was niet te houden. Corey en hij hadden altijd zo'n... Ik weet niet hoe je het moet noemen. Ze botsten. Corey streek je vader tegen de haren in. Hoe dan ook, dat is hij aan het doen.'

Raymond leunt achterover alsof alles nu is opgehelderd en neemt nog een slokje ijsthee. Ik kijk hem niet-begrijpend aan.

'Ik snap het niet.' zeg ik uiteindelijk. 'Waar heb je het over?'

'Nou, je weet wel,' zegt Raymond schouderophalend. 'De veer. Het geld.' Hij neemt me onderzoekend op. 'Ik heb het over het géld.'

'Wat voor geld?' vraag ik wrevelig. 'Je hebt het wel steeds over geld, maar ik weet niet wat je bedoelt.'

'Weet je dat niet?' zegt Raymond verbaasd. 'Heeft hij dat nooit verteld?'

'Néé!'

'O, Graham. Toch niet zo'n heilig boontje, dus.' Hij lacht opeens bulderend.

'Waar héb je het over?' Ik plof bijna van frustratie.

‘Oké.’ Raymond lacht zijn tanden bloot. ‘Let op. Dit is een mooi verhaal. We leerden elkaar kennen in New York, waar we alle vier als ober werkten. Corey en Brent studeerden natuurkunde. Ik was postdoc aan de ontwerpacademie. Je vader… Ik weet niet meer wat je vader deed. We waren jonge jongens, benieuwd wat het leven ons zou brengen, en we besloten naar het westen te trekken. Op avontuur.’

‘Ja.’ Ik knik beleefd, maar ik ben teleurgesteld. Mensen zeggen wel: ‘Dit is een mooi verhaal,’ maar wat ze eigenlijk bedoelen is: ik ga je nu in het wilde weg iets over mijn leven vertellen en jij moet doen alsof je het fascinerend vindt. Toevallig heb ik dit verhaal al tig keer van pap gehoord. Straks komen we bij de zonsondergangen, de zinderende hitte en die keer dat ze de nacht in de woestijn doorbrachten. ‘Dus, wanneer komen we bij het geld?’

‘Dat komt zo.’ Raymond steekt een hand op. ‘Daar gingen we, op reis door het westen. En we praatten. Veel. Er waren nog geen mobiele telefoons, bedenk dat wel. Geen wifi. Alleen muziek en gesprekken. In cafés, bij het kampvuur, onderweg… overal. Corey en Brent stoeiden met ideeën. Ze hadden het erover dat ze samen een researchbedrijf wilden opzetten. Slimme jongens, allebei. En Corey had ook nog eens geld. En hij zag er goed uit. Hij was het alfamannetje, zou je kunnen zeggen.’

‘Aha,’ zeg ik sceptisch, denkend aan de gebruinde, bizar uitziende man die we in Las Vegas hebben ontmoet.

‘En op een avond…’ Raymond wacht even voor het effect ‘… bedachten ze de veer.’ Er danst een glimlachje om zijn mond. ‘Hebben jullie wel eens van een ballonveer gehoord?’

Er gaat me een lichtje op en ik recht mijn rug. ‘Wacht eens. Corey heeft een veer uitgevonden, toch?’

‘Corey en Brent hebben een veer uitgevonden,’ verbetert Raymond.

‘Maar…’ Ik kijk hem verbaasd aan. ‘Ik heb artikelen over die veer op internet gezien. Brent wordt nergens genoemd.’

'Corey zal hem wel uit het verhaal hebben geknipt.' Raymond grinnikt wrang. 'Maar Brent heeft wel degelijk geholpen die veer te ontwikkelen. Ze kwamen samen op het idee, op een avond toen we bij het vuur zaten. Ze maakten ter plekke een eerste ontwerpschets. Het duurde vier jaar voordat de ontwikkeling rond was, maar daar begon het allemaal. Corey, Brent, je vader en ik. We hadden er allemaal een aandeel in.'

'Wacht even. Wát?' Ik gaap hem verbaasd aan. 'Had mijn vader er een aandeel in?'

'Nou ja, ik zeg wel "aandeel"...' Raymond grinnikt weer '... maar hij stopte er geen geld in. Hij leverde een soort bijdrage.'

'Een bijdrage? Wat voor bijdrage?'

Ik hoop half en half te horen dat mijn vader met het duizelingwekkende inzicht kwam dat de aanzet was tot de uitvinding.

'Je vader gaf ze het papier waar ze op tekenden.'

'Het papier,' herhaal ik ontgoocheld. 'Is dat alles?'

'Het was genoeg! Ze maakten er grappen over. Corey en Brent zochten wanhopig naar iets om op te schrijven en te tekenen. Je vader had een groot schetsboek bij zich. Hij zei: "Tja, als ik jullie mijn schetsboek geef, wil ik in de winst delen," en Corey zei: "Doen we, Graham. Je krijgt één procent." Ik bedoel, het was maar een lolletje. Ik hielp ze de ideeën te tekenen. We waren er een paar avonden zoet mee.' Raymond neemt nog een teug ijsthee. 'Maar toen maakten ze de ballonveer. Het geld begon binnen te stromen. En voor zover ik weet, hield Corey zich aan zijn belofte. Hij stuurde je vader elk jaar zijn deel van de winst.'

Ik ben met stomheid geslagen. Mijn vader heeft een aandeel in een ballonveer? Oké, ik neem het terug. Dit is echt wel een mooi verhaal.

'Ik kreeg rond die tijd een erfenisje,' vervolgt Raymond, 'dus ik investeerde in de ballonveer. Ik zat voor de rest van mijn leven gebakken.'

'Maar hoe kan een veer nou zoveel geld opleveren?' zegt Suze sceptisch. 'Het is maar wat opgedraaid ijzerdraad.'

Dat is precíés wat ik ook dacht, alleen wilde ik het niet hardop zeggen.

'Het is een soort inklapveer,' zegt Raymond schouderophalend. 'Heel handig. Hij wordt gebruikt in vuurwapens, computertoetsenborden... noem maar op. Corey en Brent waren slim. Corey had een geweer; hij ging wel eens op jacht. Ze haalden het 's avonds uit elkaar, speelden met de slagpinveer. Zo kwamen ze op ideeën. Je weet hoe dat gaat.'

Nee, ik weet niet hoe dat gaat. Ik heb vaak zat bij Suze gezeten en we hebben samen van alles uit elkaar gehaald, zoals make-upkoffertjes, maar ik heb nooit een nieuw soort veer uitgevonden.

Opeens begrijp ik waarom pap altijd zo benieuwd was naar mijn rapportcijfer voor natuurkunde. En waarom hij altijd zei: 'Becky, lieverd, waarom word je geen ingenieur?' en: 'Natuurkunde is níét saai, jongedame!'

Hm. Misschien had hij een punt. Nu vind ik het bijna jammer dat ik niet heb geluisterd.

O, wacht, misschien kunnen we Minnie een technische opleiding laten volgen, zodat ze een nog geavanceerdere veer kan uitvinden en we allemaal triljonair worden. (Als ze niet bezig is Olympisch kampioen springruiter te worden, natuurlijk.)

'Toen ze terugkwamen van de reis,' zegt Raymond, 'huurden ze een lab en ontwikkelden ze de ballonveer echt. Vier jaar later lanceerden ze hem. Althans, Corey lanceerde hem.'

'Alleen Corey? Waarom Brent niet?'

Raymonds gezicht verstrakt. 'Brent hield het na drie jaar voor gezien,' zegt hij na een korte stilte.

'Na drie jaar? Hoe bedoel je, voordat de veer op de markt kwam? Dus hij heeft er niets aan verdiend?'

'Amper. Hij had min of meer afstand gedaan van zijn rechten.'

'Maar waarom zou hij in vredesnaam zoiets doen?' zeg ik vol afgrijzen. 'Hij moet hebben geweten dat die veer iets groots kon worden.'

'Corey zal wel tegen hem hebben gezegd...' Raymond breekt zijn zin af en zegt dan opeens met klem: 'Het is iets van vroeger. Het is iets tussen die twee.'

'Wat zal Corey wel tegen hem gezegd hebben?' Ik knijp mijn ogen tot spleetjes. 'Wát, Raymond?'

'Wát?' herhaalt Suze, en Raymond maakt een boos, snuivend geluid.

'Corey deed de zakelijke kant. Misschien spiegelde hij de zaken anders voor dan ze waren. Zei hij tegen Brent dat de investeerders op zich lieten wachten, dat er commercieel geen schot in zat, dat het duur zou worden om de zaak naar een hoger plan te tillen. Dus liet Brent zich uitkopen voor... nou ja. Een schijntje.'

Ik kijk Raymond ontzet aan.

'Heeft Corey Brent belazerd? Dan hoort hij in de gevangenis thuis!'

Ik zie Coreys paleis in Las Vegas voor me, en dan Brents woonwagen. Wat is dit oneerlijk. Ik kan het niet verdragen.

'Voor zover ik weet heeft Corey geen wetten overtreden,' zegt Raymond laconiek. 'Hij had in sommige opzichten gelijk – het was niet zeker dat het een succes zou worden. Ze moesten inderdaad investeren. Brent had zich erin moeten verdiepen. Hij had beter moeten weten.'

'Weet je wel dat Brent in een woonwagen woonde?' zeg ik verwijtend. 'Weet je wel dat hij uit zijn woonwagen is gezet?'

'Als Brent zo stom was Coreys praatjes te geloven, is dat zijn probleem,' pareert Raymond agressief. 'Ik geloof dat hij wel heeft geprobeerd er een rechtszaak van te maken, maar dat hij geen harde bewijzen had. Het was Coreys woord tegen dat van Brent, zie je.'

'Maar dat is zó fout! Brent had geholpen die veer uit te vinden! Die veer heeft miljoenen opgeleverd!'

'Het zal wel.' Raymonds gezicht verstrakt weer en ik word overspoeld door minachting voor hem.

'Je wilt het gewoon niet weten, hè?' bijt ik hem toe. 'Geen wonder dat je je voor de buitenwereld verstopt.'

'Als die Brent zo getalenteerd is,' zegt Suze opeens, 'waarom heeft hij dan niet alsnog iets van zijn leven gemaakt?'

'Brent was nooit zo'n sterke persoonlijkheid,' zegt Raymond. 'Ik denk dat het aan hem vrat om Coreys succes te zien. Hij dronk, trouwde te vaak... dan is je geld zo op.'

'Geen wonder dat het aan hem vrat!' Ik gil nu bijna. 'Het zou aan iedereen vreten. En jij denkt dat dit oké is, hè? Je ene vriend bezwendelt de andere en je hebt niet de neiging er iets aan te doen?'

'Ik bemoei me er niet mee,' zegt Raymond met een uitgestreken gezicht. 'Het contact is verwaterd.'

'Maar je neemt het geld nog wel aan,' zeg ik gevat.

'Je vader ook,' kaatst Raymond net zo gevat terug. 'Hij krijgt zijn aandeel in de winst nog steeds, voor zover ik weet.'

Mijn malende gedachten komen tot stilstand. Mijn vader. Het geld. Het aandeel in de winst. Waarom heeft hij ons er nooit iets over verteld? Hij heeft ons verder alles over die vakantie verteld, keer op keer. Waarom heeft hij het mooiste verzwegen?

Ik weet zeker dat mam er ook niets van weet. Dan had ze het wel verteld. Wat betekent... Heeft hij het al die jaren geheim gehouden?

Ik voel me een beetje verhit. Mijn vader is de openhartigste, eerlijkste man van de wereld. Waarom zou hij iets zo enorms geheim willen houden?

'Bex, wist je er niets van?' vraagt Suze zacht.

'Niets.'

'Waarom zou je vader zoiets stilhouden?'

'Ik heb geen idee. Het is bizar.'

'Is je vader stiekem miljardair?' Haar ogen worden groot.

'Nee! Nee. Dat kan niet!'

'Ik geloof niet dat Corey je vader veel stuurt,' zegt Raymond, die schaamteloos meeluistert. 'Het is meer een symbolisch blijk van vriendschap. Een paar duizend dollar, misschien.'

Een paar duizend dollar... elk jaar... En dan, als in een flits, dringt het tot me door. De DB. Paps Dikke Bonus.

Hij krijgt die bonus al mijn hele leven. Hij zegt altijd dat hij die voor zijn advieswerk krijgt, hij verwent ons ervan, en we hebben allemaal het glas op hem geheven. Komen die dikke bonussen van… van Corey?

Ik kijk naar Suze en zie dat zij hetzelfde denkt als ik.

'De DB,' zegt ze.

Suze logeerde een keer bij ons toen pap hem kreeg, en toen kocht hij een Lulu Guinness-tas voor haar, ook al bleef ze maar zeggen: 'Meneer Bloomwood, niet doen!'

'De DB,' zeg ik knikkend. 'Ik denk dat dat het is. Het is geen advieswerk. Het is die veer.'

Het duizelt me. Ik moet dit uitpraten. Mijn vader heeft een groot geheim. Waarom heeft hij ons niets verteld?

'Weet Corey wel dat Brent uit zijn woonwagen is gezet?' vraagt Suze aan Raymond.

Het blijft even stil. Raymond gaat verzitten en kijkt door het raam. 'Ik geloof dat Graham het hem heeft verteld. Ik geloof dat hij een beroep op Corey heeft gedaan om een financiële regeling te treffen voor Brent.'

'Dus dat wil hij "rechtzetten".' Ik kijk naar Suze. Nu begint alles op zijn plek te vallen. 'En wat zei Corey?'

'Ik geloof dat Corey weigerde.'

'En jij hebt je er niet mee bemoeid?'

Raymond beantwoordt mijn blik ijskoud. 'Ik peins er niet over.'

Ongelooflijk, wat heb ik de pest aan die man. Hij heeft zich gewoon gedrukt. De andere kant op gekeken. Dat kan hij doen, met zijn lucratieve investering, met zijn aardewerk, zijn ranch en zijn rommelige huis. Maar hoe zit het met Brent? Brent, die waarschijnlijk niet eens een huis hééft?

De tranen zijn me in de ogen gesprongen. Ik ben apetrots op mijn vader, zoals hij opkomt voor zijn oude vriend, probeert deze misstand aan te pakken.

'Voelt Corey zich niet schuldig?' vraagt Suze. 'Jullie waren toch allemaal vrienden?'

'Tja. Tussen Brent en Corey ligt het iets ingewikkelder.' Raymond drukt zijn vingertoppen tegen elkaar. 'Het grijpt allemaal terug, zie je.'

'Waarop?'

'Tja, je zou misschien kunnen zeggen dat het allemaal bij Rebecca is begonnen.'

Suze en ik snakken allebei naar adem. Ik tintel over mijn hele lijf. *Rebecca.*

'Wie... wat...' Mijn stem doet niet wat ik wil.

'We moeten weten wie Rebecca is,' neemt Suze het gedecideerd van me over. 'We moeten weten wat dit allemaal te betekenen heeft. Begin maar bij het begin en sla geen detail over.'

Ze klinkt een tikkeltje bazig, en ik zie de ergernis over Raymonds gezicht trekken.

'Ik begin helemaal nergens,' bijt hij van zich af. 'Ik ben het zat om het verleden te herkauwen. Als je iets over Rebecca wilt weten, vraag je het maar aan je pa.'

'Maar je moet het ons vertellen!' protesteert Suze.

'Ik moet niks. Ik heb genoeg verteld. Einde gesprek.' Hij staat op en voordat ik het goed en wel besef, heeft hij *Dubbel* uit mijn handen gegrist. 'Zet mijn werk neer,' zegt hij met een boze blik op Suze. 'En ga van mijn erf af, voordat ik de politie bel.'

Hij ziet er heel dreigend uit, en ik slik. Het zou best eens tijd kunnen zijn om te vertrekken. Maar terwijl ik van de bank kom, werp ik hem wel mijn meest minachtende blik toe.

'Nou, bedankt dat je ons het verhaal hebt verteld. Ik ben blij dat je 's nachts nog kunt slapen.'

'Graag gedaan. Tot ziens.' Hij wijst met zijn duim naar de deur. 'Hé, Maria!' roept hij erachteraan.

'Wacht! Eén ding nog. Heb je een idee waar mijn vader zou kunnen zijn?'

Het blijft stil, en ik zie de gedachten die door Raymonds hoofd spelen in zijn ogen.

'Heb je het bij Rebecca geprobeerd?' vraagt hij ten slotte, en weer voel ik een raar steekje bij het horen van mijn eigen naam.

'Nee! Snap je het dan niet? We weten helemaal niets van Rebecca. Geen achternaam, niet waar ze woont...'

'Rebecca Miades,' onderbreekt hij me. 'Ze woont in Sedona, zo'n vierhonderd kilometer ten noorden van hier. Je vader had het erover dat hij contact met haar wilde opnemen. Ze was erbij, die avond, zie je? Ze heeft gezien hoe het idee werd geboren.'

Ze was erbíj? Waarom heeft hij dat niet eerder gezegd? Ik wil doorvragen, maar voordat ik mijn mond open kan doen, duikt de huishoudster al op.

'Maria, laat de dames uit,' zegt Raymond. 'Zorg dat ze niets meenemen.'

Nou ja, zeg. We zijn geen díéven.

En dan, zonder nog een woord te zeggen, maakt hij de achterdeur open en beent het atelier uit, de tuin in. Ik zie hem een pijp pakken en opsteken. Ik kijk naar Suze en zie dat we allebei hetzelfde denken: wat een vreselijke, vreselijke man.

Mijn telefoon is de hele tijd in verbinding gebleven met die van Luke, wat betekent, aangenomen dat het bereik goed was, dat mam ten minste iets van het gesprek moet hebben gehoord. Ik kan het nog niet aan om haar te zien, dus zodra we door Raymonds hekken zijn, plof ik op een stukje kale grond. Ik sms Luke: *Alles goed, komen eraan*, zak terug op de dorre grond en kijk op naar de onmetelijke blauwe lucht.

Ik voel me eerlijk gezegd een beetje overdonderd. Ik ben trots op pap, die probeert zijn oude vriend te helpen, maar ik ben ook een beetje perplex. Waarom heeft hij ons niet verteld hoe het zat? Waarom heeft hij die 'bonus' verzonnen? Waarom die geheimzinnigheid, in vredesnaam?

'Het is raar, hè?' vertolkt Suze mijn gedachten. 'Nu móéten we wel naar Sedona.'

'Het zal wel,' zeg ik na een korte stilte. Hoewel ik eigenlijk wel een beetje klaar ben met het achter mijn vader aan door het land crossen.

Ik heb heimwee naar het simpele gezinsleven thuis in Oxshott. Tv-kijken en mam een complimentje maken voor de een of andere magnetronmaaltijd van Marks & Spencer en kibbelen over de vraag of prinses Anne haar haar moet afknippen.

'Ik begrijp dat pap gerechtigheid wil voor Brent,' zeg ik, nog steeds in het blauw starend. 'Maar waarom heeft hij ons niets vertéld?'

Suze geeft niet meteen antwoord. 'Geen idee,' zegt ze dan. 'Het is allemaal gewoon bizar.' Zij is zo te horen ook bekaf, en we ademen een tijdje zwijgend de droge lucht in en voelen de Amerikaanse zon op ons gezicht. Die immense hemel doet iets met me. Ik heb het gevoel dat ik een miljoen kilometer bij iedereen vandaan ben. Ik heb het gevoel dat de mist in mijn hoofd optrekt.

'Dit heeft te veel tweedracht gezaaid,' constateer ik opeens. 'Deze hele toestand heeft iedereen uit elkaar gedreven. Mijn vader en moeder, Tarkie en jou, mijn vader en mij... Door de geheimen, misverstanden en verwarring worden we opgebroken in afzonderlijke stukjes. Het is afschuwelijk. Ik wil niet afzonderlijk meer zijn. Ik wil gebónden zijn. Ik wil sámen zijn.' Ik richt me op een elleboog op. 'Ik ga naar Sedona, Suze. Ik ga mijn vader zoeken. Wat hij ook doet, wat hij ook van plan is, hij doet het maar met ons aan zijn zij. Want we zijn famílie.'

'Hij doet het ook maar met mij samen,' zegt Suze prompt. 'Ik ben je beste vriendin. Ik ben min of meer familie. Je kunt dus op me rekenen.'

'En op mij,' klinkt een stem, en dan komt Luke de bocht in de weg om, met Minnie aan zijn hand. 'We vroegen ons af waar jullie bleven,' zegt hij droog. 'Schat, je kunt niet zomaar verdwijnen.'

'We zijn niet verdwenen; we maken plannen.'

'Ik heb het gehoord.' Luke beantwoordt mijn blik met warmte in zijn ogen. 'En je kunt op me rekenen, zoals ik al zei.'

'En op mij,' zegt Janice, die achter hem aan is gehold, vol overtuiging. 'Ik ben zo goed als familie, lieverd. Je hebt gelijk. Zo te horen kan je vader wel wat morele steun gebruiken.'

'Ik doe ook mee,' zegt Danny, die achter Janice opduikt. 'We hebben alles via je telefoon gevolgd. Tjeezus, die Corey! Wat een stuk tuig! En die Raymond is niet veel beter. Maar je vader is een baas. We moeten hem absoluut helpen.'

Hij is ontroerend enthousiast. Danny is een vooraanstaand modeontwerper met een grote carrière. Hij hoeft hier niet te zijn. Niemand hoeft hier te zijn, in een uithoek van Arizona, vanwege het onrecht dat een vriend van mijn vader lang geleden is aangedaan. Ik bedoel, kom op. Iedereen heeft toch zeker wel wat beters te doen? Maar als ik om me heen kijk en al die betrokken, liefdevolle gezichten zie, worden mijn ogen vochtig.

'Goh... dank jullie wel,' weet ik eruit te persen. 'Dat zal mijn vader beslist waarderen.'

'Becky?' We kijken allemaal op en ik zie Janice in elkaar krimpen. Mam sjokt door de berm naar ons toe, en ik zie aan haar dat ze een beetje overstuur is. Arme mam. Ze ziet rood en haar haar piekt alle kanten op.

'Waarom heeft hij gelogen?' vraagt ze alleen maar, en ik hoor het verdriet in haar stem.

'Ik weet het niet, mam,' zeg ik machteloos. 'Hij legt het vast wel uit...'

Mams vingers friemelen aan haar parelketting. Haar Dikke Bonus-parels. Hoewel, noemen we ze nog wel zo?

'Dus nu gaan we naar Sedona?' Ze lijkt een beetje verslagen, alsof ze wil dat ik het voortouw neem.

'Ja.' Ik knik. 'Het is de beste manier om pap te vinden.'

Daar komt nog bij, al zeg ik het niet, dat het mijn beste manier is om mijn onterechte naamgenoot te ontmoeten: Rebecca. En echt, ik kan niet wáchten.

13

O, mijn god. Waarom zie ik Sedona nu pas? Waarom heeft niemand me erover verteld? Het is adembenemend. Het is... onbeschrijflijk.

Nou ja, oké, niet letterlijk onbeschrijflijk. Je kunt het beschrijven. Je kunt zeggen: er zijn overal enorme, rode, zandstenen rotsen die uit de woestijn omhoogsteken en je het gevoel geven dat je nietig en onbeduidend bent. Je kunt zeggen: het landschap heeft iets ruigs waar je kippenvel van krijgt. Je kunt zeggen: er hangt een eenzame roofvogel boven ons, hoog in de lucht, die de hele mensheid in perspectief lijkt te plaatsen.

Dat kun je allemaal zeggen. Maar het is niet hetzelfde als er zijn.

'Kijk eens...' Ik blijf maar wijzen, en dan vult Danny aan: 'Ik zie het!'

'O, mijn god! Die...'

'Ja! Waanzinnig!'

Suze heeft eindelijk niet meer zo'n afgetobd gezicht. Mam en Janice zitten bij het raam aan de andere kant van de camper en slaken ook kreten. Het lijkt zelfs wel alsof we allemaal weer kracht krijgen door het uitzicht.

Uiteindelijk hebben we de nacht maar in Wilderness doorgebracht, want volgens Luke had het geen zin om ons die avond nog naar Sedona te haasten en waren we allemaal toe aan een nacht lekker slapen. Suze heeft een uur of twee met haar kinderen in LA zitten skypen, en toen kwamen Minnie en ik erbij en hebben we 'Skype-hints' gespeeld, wat trouwens een prima spel is. Ik weet dat Suze heimwee heeft. Ze voelt zich ellendig en ik geloof niet dat ze nog kan slapen. Ze heeft nog stééds niets van Tarkie gehoord, en niets over die stomme boom, wat ik best lullig vind van haar ouders en die rentmeester. Toevallig ben ik best kwaad namens haar. Ik bedoel, kan dan níémand haar even terugbellen?

Al moet ik toegeven dat toen ik haar onder druk zette, ze bekende dat ze alleen supernonchalante berichten had achtergelaten omdat ze de paranoïde angst had dat iedereen anders zou raden dat er iets met haar huwelijk was. Waarschijnlijk denkt iedereen dus dat het wel kan wachten tot ze weer thuis is. Nou vráág ik je.

Intussen is ze volslagen doorgedraaid. Ik kan de zorgen zo ongeveer door haar aderen zien vloeien. Ze moet nu horen hoe het zit. Er moet toch íémand kunnen helpen...

Ooo. Wacht eens even. Ik krijg een inval.

Ik schrijf een e-mail, met mijn telefoon onder een tijdschrift zodat Suze me niet kan vragen wat ik aan het doen ben. Het is een slag in de lucht... maar je weet nooit. Ik verzend hem, stop mijn telefoon weg en richt mijn aandacht weer op de spectaculaire vergezichten.

We rijden al sinds het krieken van de ochtend, dus we zitten nu een uur of vijf op de weg, de onderbreking voor een vroege lunch meegerekend. De lucht heeft die ontzettend blauwe midden-van-de-dagintensiteit en ik snak naar een kop thee.

Onze bestemming is het High View Resort. Volgens de website heeft het 'een panoramisch uitzicht op de rode rotsen' en ligt het 'op een steenworp afstand van de chique winkels en galeries van Sedona'. Maar daarom gaan we er niet naartoe. We gaan ernaartoe omdat ze er een meditatieleider en new-agementor hebben die – raad eens? – Rebecca Miades heet.

Er staat zelfs een foto van haar op de website, maar die heb ik níét aan mam laten zien. Want die Rebecca blijkt heel knap te zijn, zeker voor een vrouw van haar leeftijd. Ze heeft een enorme bos fantastisch lang haar dat rozeachtig rood is geverfd. En een nogal indringende, sexy blik.

Niet dat het iets uitmaakt of ze knap is of niet. Ik bedoel, ik weet zeker dat pap… Ik weet zeker…

Ik weet niet wat ik precies zeker weet. Laten we het erop houden dat het me niet nodig lijkt dat mam die foto ziet.

Telkens wanneer ik naar de foto van Rebecca kijk, slaak ik een innerlijke kreet: *iek!* Ik was bijna gaan denken dat die Rebecca niet echt bestond… maar ze bestaat wél. Nu zal ik er eindelijk achter komen wat dit allemaal te betekenen heeft, en dat werd tijd ook, godsamme. Echt, het is ontzettend vermoeiend om dingen niet te weten. Hoe pakken detectives dat aan? Hoe zorgen ze dat ze niet gek worden? De vragen blijven me bestormen: *stel dat…* en: *zou het kunnen…* en: *maar nee…* tot mijn hoofd op springen lijkt te staan.

'We zijn er!' wekt Luke me uit mijn gepeins, en ik kijk nieuwsgierig naar buiten. Het hotel staat een eindje van de weg, aan het eind van een oprit met palmbomen aan weerszijden. Het is maar een paar verdiepingen hoog en opgetrokken uit een soort rode steen, zodat het volmaakt in het landschap opgaat.

'Ik ga de camper parkeren,' zegt Luke. 'Ga jij maar inchecken. Je onterechte naamgenoot zoeken.' Hij trekt zijn wenkbrauwen naar me op en ik grinnik terug. Volgens mij is hij ook wel benieuwd naar die Rebecca.

Het duurt even voordat we kamers hebben geregeld bij de receptie, en uiteindelijk neemt Suze het van me over. Danny ontdekt een poster voor een 'Verkwikkend Wellnesspakket' en besluit meteen dat hij dat gaat nemen, want zijn spieren en zenuwen schijnen 'kapot' te zijn van al het reizen. (Het komt natuurlijk van het reizen, niet van het doorhalen in Las Vegas en het ijsthee met whisky drinken op de jaarmarkt.) Intussen heb ik een folder gevonden die helemaal aan Rebecca Miades is gewijd. Ik trek me terug in een hoekje van de lobby, waar ik me in een grote houten stoel nestel, en begin gretig te lezen.

Het High View Resort is er trots op Rebecca Miades als spiritueel begeleider en medium te hebben. Rebecca begon haar studie van het paranormale in India en is opgeleid aan het Alara Institute of Mysticism. Ze vindt het heerlijk om te praktiseren in het spirituele krachtencentrum Sedona, waar onder de befaamde rode rotsen eeuwenoude maalstromen, energieën en mystieke krachten schuilen die de ziel helen en sterken.

Wauw. Ik wist niet dat Sedona eeuwenoude maalstromen had, laat staan mystieke krachten. Ik kijk om me heen in de hotellobby, half en half verwachtend een blijk van mystieke krachten op te merken, maar ik zie alleen een oud vrouwtje dat op haar iPad zit te tikken. Misschien moet je ervoor naar buiten.

Rebecca's aanbod omvat heilige-maalstroomrondleidingen, intuïtief coachen, healing, auralezen, hemelse kunst, communicatie met engelen...

Communicatie met engelen? Ik knipper met mijn ogen naar de folder. Bedoelen ze... engelen? Daar heb ik nog nooit van gehoord. En ook niet van hemelse kunst, dat wel zal neerkomen op het tekenen van sterren. Een zacht getinkel trekt mijn aandacht en ik zie een jonge man met vrij lang haar door een kralengordijn komen. Op de badge op zijn overhemd staat SETH CONNOLLY, GASTENWELZIJN. Hij glimlacht op een open, vriendelijke manier naar me en ziet het foldertje in mijn hand.

'Heb je belangstelling voor ons New Age Centrum?' vraagt hij vriendelijk. 'Zal ik je erheen brengen?'

'Eh, misschien,' zeg ik. 'Ik zat net over Rebecca Miades te lezen.'

'O, Rebecca.' Zijn gezicht plooit zich in een glimlach. 'Ze is, zeg maar, mijn favoriete persoon van de wereld.'

'Echt?' Die had ik niet zien aankomen. 'Eh... waarom? Wat is ze voor iemand?'

'Ze is door en door lief en góéd, snap je? En ze doet fantastisch werk,' zegt hij ernstig. 'Ze helpt de gasten bij hun zoektocht naar spirituele verlichting. Ze is bevoegd in het toepassen van engelentherapie, mocht je daar belangstelling voor hebben. Maar ze kan ook de kaart leggen, auralezen...'

'Wie weet. Ze ziet er heel aantrekkelijk uit,' zeg ik om hem aan te sporen meer te vertellen. 'Dat haar!'

'O, dat is haar trots.' Hij knikt. 'Ze kleurt het elk jaar. Blauw... rood... groen... We hebben tegen haar gezegd dat ze haar naam beter in Regenboog kan veranderen!' Hij lacht jongensachtig.

'Denk je dat ik haar zou kunnen zien?' vraag ik achteloos. 'Een afspraak maken of zo?'

'Ja, hoor!' zegt hij. 'Ze zit in het New Age Centrum. Ze was weg, maar misschien is ze er weer. Als je die kant op loopt, kan een van de spiritueel begeleiders je wel helpen. Daardoor...' hij wijst naar het kralengordijn '... helemaal door het zitgedeelte heen en dan vind je achterin het New Age Centrum.'

'Oké. Nou, misschien ga ik een kijkje nemen. Dank je.'

Seth loopt weg en ik kijk steels om me heen in de lobby. Mam, Minnie en Janice kijken naar een uitstalling dromenvangers. Suze praat nog met de vrouw achter de balie. Danny loopt achter een vrouw in een wit uniform aan naar het Wellness Centrum.

Met een muzikaal getinkel van kralen werk ik me door het gordijn. Ik sta in een grote, lichte ruimte met banken en stoelen waarop een paar mensen kranten en tijdschriften zitten te lezen. Ik zie potpalmen, een groot daklicht en een bordje NEW AGE CENTRUM, en net als ik erheen wil lopen, trekt een paar schoenen plotseling mijn aandacht. Ze steken uit een grote rotan armfauteuil; een paar afgetrapte suède instappers. Ik ken die schoenen... Ik kén ze. Er ligt ook een elleboog op een armleuning van de stoel. Een heel, heel bekende elleboog, alleen iets bruiner dan anders.

'Pap?' flap ik eruit voordat ik me kan bedwingen. 'Páp?'

De gebruinde elleboog schiet meteen van de armleuning. De

schoenen bewegen. De stoel wordt schrapend over de terracottavloer naar achteren geschoven. En dan zie ik pap. Hier. In levenden lijve. Mijn vermiste vader.

'Páp?' roep ik nog eens.

'Becky! Schattebout!' Hij lijkt net zo verbluft als ik. 'Wat... Hoe is het... Wie heeft je verteld dat ik hier was?'

'Niemand! We hebben je gezocht! We hebben je opgespoord! We zijn... Besef je wel...' Mijn wervelende gedachten laten zich niet in woorden vangen. 'Pap, besef je wel...'

Pap doet zijn ogen dicht alsof hij het niet kan geloven. 'Becky, ik had gezégd dat je het niet moest doen, ik had gezégd dat je naar huis moest gaan...'

'We waren ongerúst om je, snap je dat dan niet?' gil ik. 'We waren ongerúst!'

Allerlei emoties kolken door mijn binnenste, als hete lava door een vulkaan. Ik weet niet of ik opgelucht ben, blij of woedend, of dat ik alleen maar wil krijsen. De tranen lopen over mijn wangen, merk ik opeens, maar ik heb geen idee hoe ze daar gekomen zijn. 'Je ging er zomaar vandoor,' zeg ik hyperventilerend. 'Je hebt ons in de stéék gelaten.'

'O, Becky toch.' Hij steekt zijn armen uit. 'Lieverd. Kom hier.'

'Nee.' Ik schud woest met mijn hoofd. 'Je kunt niet zomaar... Weet je wel dat mam in alle staten is? Mam!' roep ik. 'Mááhááááám!'

Even later komen mam, Janice en Minnie alle drie met veel gekletter van kralen door het gordijn naar binnen tuimelen.

'Graham?'

Ik heb letterlijk nog nooit iets zo schril horen klinken als mams stem nu. Het lijkt wel een stoomfluit. We krimpen allemaal in elkaar en ik hoor meer stoelen schrapen van mensen die willen zien wat er aan de hand is.

Mam loopt op pap af. Haar ogen vonken van woede en ze briest.

'Waar ben je gewéést?'

'Jane,' zegt pap geschrokken. 'Jane, ik had je toch verteld dat ik een klusje moest opknappen...'

'Een klusje? Ik dacht dat je dóód was!' Ze barst in snikken uit, met schokkende schouders, en pap slaat zijn armen om haar heen.

'Jane,' zegt hij sussend. 'Jane, lieveling. Jane, maak je geen zorgen.'

'Hoe kan ik me nou geen zorgen maken?' Mams hoofd schiet omhoog als de kop van een cobra. 'Hoe kan ik me geen zorgen maken? Ik ben je vróúw!' Ze haalt uit en geeft pap een klap op zijn wang.

O, mijn god. Ik heb mam pap nooit zien slaan. Ik voel me gechoqueerd. Gelukkig speelt Minnie met het kralengordijn, dus ik denk niet dat ze iets heeft gezien.

'Eh... Minnie,' zeg ik snel. 'Opie en omie moeten... eh... praten.'

'Waag het niet ooit nog te verdwijnen.' Mam klampt zich nu aan pap vast en de tranen stromen over haar gezicht. 'Ik dacht dat ik weduwe was!'

'Dat dacht ze echt,' bevestigt Janice. 'Ze heeft naar de verzekeringspolissen gezocht.'

'Weduwe?' roept pap uit, en hij lacht ongelovig.

'Waag het niet me uit te lachen, Graham Bloomwood!' Mam ziet eruit alsof ze pap nog een mep zou kunnen verkopen. 'Haal het niet in je hoofd!'

'Kom mee, lieverdje.' Ik pak Minnies hand en loop met haar door het kralengordijn, nog steeds met bonzend hart. Even later voegt Janice zich bij me. We kijken elkaar verbijsterd aan.

'Wat is er?' vraagt Suze, die zich naar ons omdraait. 'Waarom schreeuwt je moeder zo? Ze houdt toch niet weer zo'n tirade over de uitspraak van "avocado", hoop ik?'

Mam had Suze en mij een keer meegenomen naar een chic restaurant en kreeg toen een aanvaring met een ober die 'advocado' zei. Suze is het nooit vergeten.

'Nee,' zeg ik bijna hysterisch. 'Daar gaat het niet om. Suze, je zult me niet gelóven...'

Pas na twee grote Arizona Breezes kom ik tot bedaren. (Gin, cranberrysap en grapefruitsap... verrukkelijk.) God mag weten hoeveel cocktails mám nodig zal hebben. Pap is hier. We hebben hem gevonden. Na al dat zoeken, al die angst... en hij zat gewoon rustig in een armfauteuil de krant te lezen. Ik bedoel... *Wat?*

Ik kan amper stil blijven zitten. Ik wil alleen maar terug naar die zitruimte en pap meedogenloos aan de tand voelen, net zo lang tot ik alles begrijp: ik wil het allemaal haarfijn weten. Maar Suze laat me niet gaan.

'Je ouders hebben wat ruimte nodig,' zegt ze telkens. 'Laat ze met rust. Gun ze de tijd. Wees geduldig.'

Ze laat me niet eens langs ze heen sluipen om die fameuze Rebecca van dichtbij te bekijken. Ze is niet eens naar binnen gestormd om nieuws over Tarkie te eisen. We zijn allemaal op rotan stoelen op de voorveranda van het hotel gaan zitten en schrikken van elk geluidje. Ik zeg wel 'allemaal', maar Luke is naar het zakencentrum om zijn e-mailachterstand weg te werken. Maar verder zitten we allemaal hier, met het gevoel dat ons leven in de wacht is gezet. Het duurt nu al minstens een halfuur...

En dan komen ze opeens door het zwiepende kralengordijn. Mam ziet eruit alsof ze een marathon heeft gelopen, terwijl pap schrikt als hij de hele groep ziet en in elkaar krimpt als iedereen door elkaar heen begint te gillen: 'Graham! We hebben je gevonden!' en: 'Waar was je?' en: 'Alles goed?'

'Ja,' zegt hij. 'Ja, ik maak het goed, we maken het allemaal goed... Mijn hemel! Ik had geen idee... Nou ja, we zijn hier nu in elk geval. Wil iemand een hapje eten? Iets drinken? Ah... Zullen we iets bestellen?' Hij lijkt nogal geagiteerd. Wat ook niets voor pap is.

Als we ons allemaal hebben geïnstalleerd met drankjes en snacks en hapjes van de kleine kaart, verstomt het rumoer. Een voor een kijken we weer naar pap.

'Kom op nou,' zeg ik. 'Waarom ging je er zomaar vandoor? Vanwaar die geheimzinnigheid?'

'Waarom kon je ons niet gewoon vertéllen wat er aan de hand was?' vraagt Suze beverig. 'Ik was zo ongerust...'

'O, lieve Suze toch.' Paps gezicht betrekt. 'Ik weet het. Het spijt me vreselijk. Ik had geen idee...' Hij aarzelt. 'Ik stuitte gewoon op een groot onrecht. En dat moest ik rechtzetten.'

'Maar Graham, waarom moest het allemaal zo geheimzinnig?' zegt Janice, die naast mam zit. 'Die arme Jane was buiten zichzelf, ze haalde zich van alles in haar hoofd!'

'Ik weet het.' Pap wrijft over zijn gezicht. 'Dat weet ik nu. Ik zal wel zo stom zijn geweest te denken dat als ik zei dat jullie je geen zorgen moesten maken, jullie dat ook niet zouden doen. En de reden waarom ik niet meteen het hele verhaal heb verteld...' Hij zucht. 'O, ik voel me zo belachelijk.'

'De Dikke Bonus,' zeg ik, en pap knikt, maar kijkt niet op.

'Fraai is dat,' zegt hij ernstig, 'om op mijn leeftijd nog op zo'n leugen te worden betrapt.'

Hij zit er echt ongelukkig bij. Ik weet niet of ik medelijden moet hebben of kwaad op hem moet zijn.

'Maar pap, waaróm?' Ik kan mijn ergernis niet verbergen. 'Waaróm zei je tegen ons dat het een bonus voor advieswerk was? Je hoefde helemaal geen Dikke Bonus te verzinnen. Je had ons kunnen vertellen dat het geld van Corey kwam. Het had niets uitgemaakt!'

'Schat, je snapt het niet. Kort nadat jij was geboren, raakte ik mijn baan kwijt. Er was geen speciale reden voor: er werd destijds overal bezuinigd. Maar je moeder...' Hij aarzelt. 'Ze nam het niet zo goed op.'

Hij zegt het op die typische onderkoelde manier van hem, maar hij bedoelt waarschijnlijk: *ze gooide het servies naar mijn hoofd.*

'Ik was ongerust!' verdedigt mam zich. 'Iedereen zou ongerust zijn geweest! Ik had een kleintje; ons inkomen was gekelderd...'

'Ik weet het,' zegt pap sussend. 'Het was een zorgelijke tijd.'

'Je sloeg je er kranig doorheen, schat,' zegt Janice, die solidair een hand op die van mam legt. 'Ik herinner het me nog wel. Je deed wonderen met gehakt.'

'Ik was een paar maanden werkloos. Het werd lastig,' vervolgt pap. 'En toen kreeg ik opeens een brief van Corey. Niet alleen een brief, maar ook een cheque. Hij verdiende al een tijdje redelijk, maar opeens stroomde het geld binnen. Hij had onze schertsende afspraak onthouden en hield zich er echt aan. Hij stuurde me vijfhonderd pond. Ik wist niet wat ik zag.'

'Je hebt geen idee hoeveel vijfhonderd pond destijds was,' vult mam enthousiast aan. 'Daar kon je... een huis voor kopen!'

'Geen huis,' wijst pap haar terecht. 'Misschien een tweedehands auto.'

'Dat geld heeft ons leven gered,' zegt mam met haar kenmerkende gevoel voor drama. 'Het heeft je leven gered, Becky, snoes! Wie weet of je anders niet was verhongerd?'

Ik zie dat Suze haar mond opendoet om er iets tegen in te brengen in de trant van: *er waren toen toch zeker ook al uitkeringen* en schud mijn hoofd. Mam gaat op in het moment. Ze wil niets horen over uitkeringen.

'Maar toen beging ik een grote fout.' Pap zwijgt even en we wachten allemaal met ingehouden adem. 'Het was ijdelheid,' vervolgt hij dan eindelijk, 'pure ijdelheid. Ik wilde dat je moeder trots op me was. We waren nog niet zo lang getrouwd, waren net ouders geworden, en ik was mijn baan kwijtgeraakt. Dus... loog ik. Ik verzon een opdracht en zei tegen je moeder dat ik het geld had verdiend.' Zijn gezicht staat op huilen. 'Stom van me. Oerstom.'

'Ik weet nog dat je naar me toe kwam rennen, Jane!' Janice' gezicht klaart op. 'Ik was de was aan het ophangen, weet je nog? Jij holde naar me toe en riep: "Raad eens wat mijn knappe man heeft gedaan?" Ik bedoel, we waren allemaal zo opgelucht.' Ze kijkt de kring rond.

'Jullie hebben geen idee hoe zwaar het was, met een pasgeboren kind en elke dag nieuwe rekeningen...' Ze leunt opzij en geeft pap een klopje op zijn arm. 'Graham, maak jezelf geen verwijten. Wie zou er onder zulke omstandigheden geen leugentje om bestwil vertellen?'

'Het was gewoon zielig,' verzucht pap. 'Ik wilde de redder in de nood zijn.'

'Dat wás je ook,' zegt Janice resoluut. 'Dat geld kwam dankzij jou binnen, Graham. Het doet er niet toe hoe.'

'Ik schreef terug: *Corey, je hebt mijn huwelijk gered, ouwe makker*. Hij antwoordde: *nou, wie weet lukt het me volgend jaar weer!* En dat was het begin.' Pap neemt een slok van zijn drankje en kijkt op naar mam en mij. 'Ik nam me voor om het jullie te vertellen. Elk jaar weer, maar jullie waren allebei zo trots op me. Het werd zo'n traditie om de Dikke Bonus samen op te maken.'

Ik zie dat mam aan haar parels voelt en ga in gedachten terug door de jaren. Ik denk aan alle leuke lunches die we hebben gehad om paps Dikke Bonus te vieren. Aan alle cadeautjes die hij ons heeft gegeven. Het waren uren vol geluk en wat waren we trots op hem. Geen wonder dat hij nooit iets heeft gezegd. Ik begrijp het volkomen.

En ik begrijp ook hoe ontzet hij was toen hij hoorde dat Brent uit zijn woonwagen was gezet. Ik bedoel, moet je die twee zien: pap zit er warmpjes bij, terwijl Brent berooid is. Maar hoe kon hij het in zijn hoofd halen om zonder enige verklaring dagen te verdwijnen? En dan denken dat hij zijn geheim kon bewaren!

'Even voor de duidelijkheid, pap.' Ik leun naar hem over. 'Hoopte je dat je gewoon naar Vegas zou kunnen gaan, Corey opzoeken, het op de een of andere manier in orde maken voor Brent en dat je dan weer terug kon komen... zonder dat wij vragen zouden gaan stellen?'

Pap denkt even na en zegt: 'Ja, daar komt het wel op neer.'

'Je dacht dat wij gewoon geduldig thuis zouden blijven wachten.'

'Ja.'

'Terwijl wij dachten dat je door Bryce was ontvoerd en hij Tarkie en jou wilde hersenspoelen.'

‘Eh...’

‘Dacht je echt dat mam bij je terugkeer zou zeggen: was het leuk, schat? En dat jij ja zou zeggen en dat de kous dan af was?’

‘Eh...’ Pap kijkt me een beetje schaapachtig aan. ‘Ik had er niet zo bij stilgestaan.’

Nou vraag ik je. Mánnen.

‘En, hoe is het met Brent afgelopen?’ vraagt een diepe stem achter mijn stoel. Ik kijk om en zie Luke staan. ‘Blij je te zien, Graham,’ voegt hij er met een glimlachje aan toe, en hij steekt zijn hand uit naar pap. ‘Fijn dat je nog heel bent.’

‘Ah. Brent.’ Paps gezicht wordt weer gespannen. ‘Het is een nare situatie. Ik doe mijn best. Ik heb een beroep gedaan op Corey. Ik heb een beroep gedaan op Raymond. Maar...’ hij zucht ‘... er was sprake van botsende karakters, zie je.’

‘Maar dat slaat nergens op!’ zeg ik wrevelig. ‘Waarom zou Corey jou elk jaar geld sturen, maar Brent zijn deel niet gunnen? Wat heeft hij tegen Brent?’

‘Tja, dat komt nog door de reis. Dat komt allemaal door...’ Hij kijkt verlegen naar mam.

‘Een vrouw in het spel,’ zegt mam, en ze trekt haar wenkbrauwen op. ‘Ik wist het wel. Wist ik het niet? Heb ik niet gezegd: “Dit gaat allemaal om een vrouw”?’

‘Ja!’ roept Janice uit, met grote ogen. ‘Dat heb je gezegd, schat! Dus, wie was die vrouw?’

‘Rebecca,’ antwoordt pap, en er lijkt een laatste restje spanning uit hem te ontsnappen. Het blijft doodstil. Ik zie ogen van de een naar de ander flitsen, maar niemand durft zelfs maar adem te halen.

‘Graham,’ zegt Luke ten slotte, zo kalm en neutraal dat ik wil applaudisseren, ‘als je ons nu eens over die Rebecca vertelde?’

Ik heb veel bruikbare lessen geleerd tijdens deze reis. Ik heb geleerd dat je niet goed kunt linedancen op teenslippers. Ik heb geleerd dat ik echt niet dol ben op grutjes. (Ik had ze besteld in Wilderness;

Minnie vond ze ook vies.) En nu leer ik dat je aantekeningen moet maken als je vader alles uit de doeken doet over een eeuwenoude, ingewikkelde driehoeksverhouding. Of dat je om een PowerPoint-presentatie met een samenvatting op papier moet vragen.

Ik snap er helemaal niets meer van. Ik zal de feiten nog eens op een rijtje zetten, stiekem voor mezelf, en dan zonder al het gezwatel over zonsondergangen, de warmbloedigheid van jonge mannen, de hitte van de dag en al die andere poëtische toevoegingen van pap.

Kom op. Als ik een dvd-box over seriemoordenaars kan volgen, moet ik dit verhaal toch ook kunnen snappen? Misschien moet ik het zien als een dvd-box. Met afleveringen. Ja. Goed plan.

> Aflevering 1: Pap, Corey, Brent en Raymond maakten een rondreis en ontmoetten in een café een mooi meisje dat Rebecca Miades heette. Corey viel als een blok voor Rebecca, maar zij ging met Brent aan de haal.

(Tot dusver is er niets aan de hand.)

> Aflevering 2: Corey kwam nooit meer over Rebecca heen. (Toekomstflits: hij noemde zijn eerste dochter zelfs Rebecca. Zijn eerste vrouw kwam erachter, noemde hem geobsedeerd en ging bij hem weg.) Toen Brent en Rebecca uit elkaar gingen, probeerde Corey het nog eens bij Rebecca, maar ze hield hem aan het lijntje en ging toen terug naar Brent.

(Ik dénk dat ik het nog snap...)

> Aflevering 3: Brent en Rebecca hadden een paar jaar een knipperlichtrelatie en kregen een dochter, die ook Rebecca werd genoemd.

(Ik heb haar gezien! Het meisje op de treden van de woonwagen dat me voor 'prinsesje' uitmaakte. Ik begrijp nu wel zo'n beetje waarom ze zo vijandig deed, al had ze níét hoeven zeggen dat ik een 'kakstemmetje' heb.)

Aflevering 4: Pap wist dat Rebecca met Corey had gesold en had vastgesteld dat je beter niets met haar te maken kunt hebben. Dus toen mam wilde dat ik Rebecca werd genoemd, was hij erop tegen.

Aflevering 5: Intussen hadden ze allemaal geen contact meer met elkaar, want ze hadden geen Facebook en telefoneren was duur of zoiets.

(Je moet wel medelijden hebben met de oudere generatie. Ik bedoel, al die 'telefooncellen', 'telegrammen' en 'luchtpostbrieven' waarmee hun verhalen doorspekt zijn. Hoe sloegen ze zich door het leven?)

Aflevering 6: Toen begon Corey bakken met geld te verdienen. Pap kreeg zijn eerste cheque van Corey en ging er voetstoots van uit dat Brent ook binnenliep. Hij had er geen idee van dat Corey Brent welbewust zijn aandeel afhandig had gemaakt omdat hij verteerd werd door jaloezie vanwege Rebecca.

(Nogmaals: hadden ze maar Facebook gehad. Of, nou ja, elkaar maar eens opgebeld, sporadisch.)

Aflevering 7: Jaren later ontdekte pap dat Brent aan de grond zat. Hij was zo ontdaan dat hij naar Amerika vloog en Brent opzocht, maar dat ging niet zo goed en toen verdween Brent. Hij rekruteerde Tarquin en Bryce als medemusketiers en ze gingen op weg naar Corey. Maar Corey wilde hem niet eens te woord staan, laat staan een heel gesprek met hem voeren.

(Waardoor ik een nog grotere hekel krijg aan die Corey. Hoe kan iemand weigeren mijn vader te woord te staan?)

Aflevering 8, seizoensfinale: Brent is dus vermoedelijk dakloos, maar daar zit Corey niet mee. Raymond verstopt zich gewoon op zijn ranch. En geen mens weet waar Brent is, en...

'Wacht!' roep ik opeens uit. 'Rebecca!'

Hoe kan ik me zo hebben laten afleiden dat ik Rebecca helemaal vergat?

'Pap, wist je dat ze hier werkt?' Mijn woorden buitelen opgewonden over elkaar heen. 'Rebecca-naar-wie-ik-niet-ben-vernoemd werkt hier in het hotel! Ze is hier!' Ik gebaar woest om me heen. 'Rebecca! Hier!'

'Schat, dat weet ik,' zegt pap perplex. 'Daarom ben ik hier. Daarom ben ik naar Sedona gegaan.'

'O,' zeg ik beschaamd. 'Natuurlijk.'

'Ze was weg, maar ze zou vandaag terugkomen.' Pap wuift naar de zitjes. 'Daarom zat ik hier te wachten.'

'Aha. Duidelijk.'

Echt, ik móét die schriftelijke samenvatting hebben.

'En, is er nog een sprankje hoop voor Brent?' vraagt Luke aan pap terwijl een ober een nieuw rondje brengt. 'Hoe wil je het aanpakken?'

'Ik dacht dat Corey met de jaren wat milder zou zijn geworden.' Pap trekt een spijtig gezicht. 'Maar dat was niet zo. Ik heb nu een jurist ingeschakeld en we zijn de zaak weer aan het bekijken, maar het is lastig zonder Brent zelf. Het is lang geleden... Er is niets vastgelegd... Ik hoopte dat Rebecca misschien zou kunnen helpen...' Hij zucht. 'Maar ik weet niet of het wel iets zal opleveren.'

'En wat is Tarkie aan het doen?'

Die arme Suze, die zo lang heeft gewacht met haar vraag, zit handenwringend op het puntje van haar stoel. 'Gaat het wel goed met hem? Ik heb namelijk al... een poosje niets meer van hem gehoord.'

'Suze, lieverd!' zegt pap meteen. 'Maar je geen zorgen. Tarquin heeft het gewoon druk. Hij is naar Las Vegas om meer over Corey aan de weet te komen. Zonder te laten merken dat hij mij kent, snap je? Hij is heel vindingrijk, die man van jou.'

De rimpel in Suzes voorhoofd wordt er niet minder diep van.

'Juist,' zegt ze beverig. 'Oké. Eh, Graham, heeft hij iets tegen je gezegd over... bomen?'

'Bomen?' herhaalt pap verbaasd.

'Laat maar.' Suze ziet er een beetje wanhopig uit. 'Het doet er niet toe.' Ze pakt een stukje stokbrood en begint het te verkruimelen zonder ervan te eten.

'Ik hoop maar dat die Brent je dankbaar zal zijn!' zegt mam, die blosjes op haar wangen heeft. 'Na alles wat we hebben doorstaan.'

'O, vast niet,' zegt pap met een ongedwongen lach. 'Maar ik wil jullie wel graag aan elkaar voorstellen. Hij is een koppige ouwe bok, en hij kan zichzelf ontzettend in de weg zitten, maar hij is wijs. "Zorg goed voor je geld, dan zorgt je geld goed voor jou," zei hij altijd. Ik ben het nooit vergeten.'

'Wat goed!' zegt Janice enthousiast. 'Zorg goed voor je geld, dan zorgt je geld goed voor jou. Ja, mooi. Ik ga het opschrijven.'

Ik kijk sprakeloos naar pap. Zorg goed voor je geld? Komt dat van Brént?

'Maar dat is Becky's lijfspreuk,' zegt Suze, die net zo perplex is. 'Dat is, zeg maar, haar bíjbel.'

'Ik dacht dat het jouw devies was!' zeg ik bijna beschuldigend tegen pap. 'Dat zeg ik altijd tegen mensen. "Mijn vader zegt dat je goed voor je geld moet zorgen, dan zorgt je geld goed voor jou."'

'Nou, dat zeg ik ook.' Hij glimlacht. 'Maar ik heb het van Brent overgenomen. Ik heb veel van hem geleerd, toevallig.'

'Zoals?'

'O, ik weet niet.' Pap leunt achterover in zijn stoel, met zijn glas in zijn hand en zijn blik op oneindig. 'Brent was filosofisch ingesteld. Hij kon goed luisteren. Ik had destijds wat angsten en twijfels met betrekking tot mijn loopbaan en hij zette het allemaal in het juiste perspectief. Hij zei ook: "De ander heeft altijd een punt." Dat bracht hij graag te berde als Raymond en Corey aan het bekvechten waren, wat ze vaak deden na een paar biertjes.' Pap lacht bij de herinnering. 'Ze gingen als gekken tekeer en dan lag Brent daar met zijn voeten op een kei te roken en zei: "De ander heeft altijd een punt. Luister naar elkaar, dan hoor je het." Gék werden die andere twee ervan.' Hij zwijgt en ik zie dat hij opgaat in zijn herinneringen.

Oké, als pap straks met Kerstmis weer over zijn reis begint te vertellen, zal ik aan zijn lippen hangen.

'Maar kon Brent zijn eigen leven niet wat beter in de hand houden?' vraag ik voorzichtig. 'Ik bedoel, als hij zo wijs was en zo?'

Een vreemde, weemoedige uitdrukking trekt over paps gezicht.

'Dat valt nog niet mee als het om je eigen leven gaat. Hij wist dat hij te veel dronk, toen al, al hield hij het verborgen. Ik probeerde er wel met hem over te praten, maar…' Zijn vrije hand valt op zijn schoot. 'We waren jong. Wat wist ik van alcoholisme?' Hij zit er terneergeslagen bij. 'Het is zo zonde.'

Er valt een soort gelouterde stilte. Wat een droevig verhaal is dit. En ik voel me nu net als pap. Ik gloei van de gerechtvaardigde verontwaardiging. Ik wil alles in orde maken voor Brent en die verachtelijke Corey vermórzelen.

'Maar ik weet niet goed hoe ik nu verder moet.' Pap wrijft vermoeid in zijn ogen. 'Als ik Corey niet te pakken kan krijgen...'

'Ongelooflijk dat hij je niet wilde spreken,' zeg ik verhit. 'Zijn oude vriend.'

'Hij heeft een heel bolwerk om zich opgetrokken,' zegt pap schouderophalend. 'Poorten, bewakers, honden…'

'Wij kwamen alleen binnen doordat ze een kinderpartijtje gaven en dachten dat we uitgenodigd waren,' vertel ik.

'Goed gedaan, schat,' zegt pap droog. 'Ik kon hem niet eens aan de telefoon krijgen.'

‘We hebben zijn vrouw ook gesproken. Zij lijkt me gek genoeg een schat.’

‘Naar wat ik heb gehoord, is ze heel lief,’ zegt pap knikkend. ‘Ik dacht dat ik misschien via haar tot Corey zou kunnen doordringen, maar hij houdt haar onder de duim. Hij wil van minuut tot minuut weten waar ze is, leest haar correspondentie…’ Hij nipt van zijn drankje. ‘Toen ik vergeefs had geprobeerd Corey te bereiken, heb ik een poging gedaan een afspraak met haar te maken. Ze e-mailde terug dat het niet kon en dat ik haar met rust moest laten. Het zou me niets verbazen als Corey die e-mail had geschreven.’

‘O, pap,’ zeg ik meelevend.

‘O, dat was het ergst nog niet! Ik heb zelfs bij het huis gepost en geroepen toen ze wegreden in hun Bugatti. Ik heb met mijn armen gezwaaid, geschreeuwd… maar nee.’

Ik voel weer woede oplaaien. Hoe dúrft die Corey mijn vader op zo’n manier te kleineren?

‘Brent moest eens weten hoeveel je voor hem overhebt,’ zeg ik. ‘Zou hij daar enig idee van hebben, denk je?’

‘Ik betwijfel het,’ zegt pap met een spijtig lachje. ‘Ik bedoel, hij weet dat ik wilde helpen, maar ik verwacht niet dat hij zich heeft voorgesteld dat het zo’n escapade zou worden…’

Hij wordt onderbroken door het getik van kralen. Er trekt iets vreemds over zijn gezicht en hij knippert een paar keer met zijn ogen. Ik kijk snel om… en verstijf.

O, nee. Néé.

Nu gebeurt het! De serie ontvouwt zich voor mijn ogen. Het is alsof ik aan een gloednieuw seizoen ben begonnen.

Seizoen 2
Aflevering 1: Veertig-en-nog-wat jaar later treffen Graham Bloomwood en Rebecca Miades elkaar eindelijk weer in een hotel in Sedona, Arizona.

Ze staat bij het kralengordijn en windt een lok lang, rozerood geverfd haar om haar vinger. Ze heeft heel veel amberkleurige oogschaduw rond haar groene ogen aangebracht, en te veel kohl, en ze draagt een lange, bourgognerode fladderrok. Het bijpassende topje is diep uitgesneden, zodat er veel decolleté zichtbaar is. Haar nagels zijn zwartgelakt en er kronkelt een hennatatoeage over haar arm. Ze kijkt zonder iets te zeggen naar pap, maar er trekt een glimlach van herkenning over haar gezicht en haar ogen knijpen zich samen als die van een kat.

'O, mijn god,' zegt pap uiteindelijk. Zijn stem klinkt zwakjes. 'Rebecca.'

'O, mijn god,' zegt een scherpe stem vanachter het kralengordijn. 'Prinsesje.'

Van: dsmeath@locostinternet.com
Aan: Brandon, Rebecca
Onderwerp: Re: Mega-, megagrote gunst

Geachte mevrouw Brandon,

Toen ik uw e-mail een uur geleden ontving, schrok ik van de 'dringende' toon. Ik begrijp niet precies hoe dit een 'kwestie van leven of dood' kan zijn, maar ik heb uw angst bespeurd en ik heb, zoals u opmerkte, inderdaad 'aangeboden te helpen'.

Ik ben dan ook onmiddellijk vertrokken, nadat ik een kleine maaltijd had ingepakt en mijn thermosfles had gevuld. Ik schrijf u nu vanaf een benzinestation langs de A27.

Ik hoop binnen niet al te lange tijd mijn bestemming te bereiken en zal u op de hoogte houden van de 'ontwikkelingen'.

Met vriendelijke groet,
Derek Smeath

14

Oké. Er zijn officieel te veel Rebecca's in dit gezelschap.

Ik ben er, Becky.

Rebecca is er.

En dan is er nog 'Becca', de dochter van Brent en Rebecca. Haar heb ik in het woonwagenkamp gezien; degene die me 'prinsesje' noemt, wat nogal irritant begint te worden.

Het is ongeveer een halfuur later. Pap heeft meer hapjes en drankjes besteld (die we niet echt hoeven, maar het geeft ons iets te doen) en we proberen de twee nieuwelingen in de groep te leren kennen. Maar het is niet zo'n relaxte groep, moet me van het hart. Mam blijft maar met een diep wantrouwen naar Rebecca gluren, en vooral naar haar outfit. Mam heeft ideeën over hoe een vrouw van een zekere leeftijd zich hoort te kleden, en een diep decolleté, hennatatoeages en een neusringetje horen daar niet bij. (Ik heb dat neusringetje net pas gezien. Het is minuscuul.)

Becca zit naast me en haar T-shirt ruikt naar echt sterke wasverzachter. Ze heeft een afgeknipte spijkerbroek aan en zit met haar benen voor zich uitgespreid, terwijl haar moeder eruitziet als een elegante heks op een bezemsteel.

Becca blijkt hier een nachtje te blijven op weg naar een nieuwe baan bij een hotel in Santa Fe. Ik heb naar haar hondje Scooter gevraagd – ik heb het in het woonwagenkamp gezien – en ze zei dat ze geen huisdier mag hebben bij haar nieuwe baan en dat ze het weg heeft moeten geven. En toen keek ze me woest aan, alsof het allemaal mijn schuld is.

Ze doet ontzettend onaardig, en ik begrijp er niets van. Je zou toch dénken dat die twee onder de indruk zijn van paps plan om Brent te helpen en dat ze hun hulp zouden aanbieden, maar in plaats daarvan beantwoordt Becca elke vraag met een afwerend ja of nee. Ze weet niet waar haar vader momenteel is. Hij neemt wel contact op als hij eraan toe is. Ze ziet niet in hoe pap het onrecht dat Brent is aangedaan zou kunnen rechtzetten. Nee, ze heeft geen ideeën. Nee, ze wil niet brainstormen.

Intussen wil Rebecca ons alleen maar vertellen over de geweldige trektochten ter 'reiniging van de geest' die we hier in de buurt kunnen maken. Wanneer pap probeert haar weer op het onderwerp Brent te brengen, begint ze herinneringen op te halen aan die keer dat ze allemaal een sjamaan ontmoetten in een indianenreservaat.

'Hoor eens, Rebecca, je moet me helpen!' barst pap ten slotte uit. 'Ik probeer gerechtigheid te krijgen voor Brent!'

'O, Graham.' Rebecca schenkt hem haar mysterieuze glimlach. 'Wat ben je toch een goed mens. Dat was je altijd al. Je hebt een geweldige flow.'

'Gerechtigheid,' prevelt Becca smalend, en mijn ergernis krijgt de overhand.

'Waar zit jij mee?' vraag ik verbolgen. 'Waarom doe je zo negatief? We zijn hier om je vader te helpen, hoor!'

'Dat kan best.' Ze kijkt me kwaad aan. 'Maar misschien is het al te laat. Waar waren jullie in 2002?'

'Hoezo?' Ik kijk haar wezenloos aan.

'Pap heeft Corey in 2002 gevraagd hem te helpen, toen hij een echt dieptepunt had bereikt. Hij trok een pak aan en ging hem opzoeken in Las Vegas. Toen had hij je vader wel aan zijn zij kunnen gebruiken.'

'Maar mijn vader was in Engeland,' zeg ik niet-begrijpend. 'Hij wist er niets van.'

'Natuurlijk wist hij ervan,' zegt Becca op vernietigende toon. 'Pap had hem geschreven.'

Oké, dit pik ik niet. 'Pap!' onderbreek ik zijn gesprek met Rebecca. 'Wist jij dat Brent Corey in 2002 om hulp heeft gevraagd?'

'Nee,' zegt pap verwonderd. 'Daar heb ik niets over gehoord.'

'Heb je geen brief gekregen?' Ik gebaar naar Becca. 'Zij denkt dat je een brief van Brent hebt gekregen.'

'Natuurlijk niet!' stuift pap op. 'Denk je dat als ik een brief van Brent had gekregen over deze verschrikkelijke situatie, ik zou hebben gedaan of mijn neus bloedde?'

Becca lijkt van zijn reactie te schrikken. 'Nou, Corey zei tegen pap dat je ervan wist. Corey zei tegen pap dat jullie erover hadden gepraat en dat jij vond… Hij zei…' Ze breekt haar zin af en ik merk dat ik benieuwd ben wat Corey precies heeft gezegd.

'Becca, ik denk dat Corey heeft gelogen,' zegt pap iets vriendelijker.

Oké. Nu valt het op zijn plaats. Corey heeft de schuld op mijn vader geschoven, en daarom heeft Becca de pest aan ons.

'Begrijp je het nu?' zeg ik tegen Becca. 'Wat voor afgrijselijks mijn vader volgens Corey ook heeft gezegd; het is niet waar.'

Dus je had niet zo vijandig hoeven te doen, voeg ik er in stilte aan toe. Of te zeggen: 'En nou opzouten, prinsesje!'

Ik hoop dat Becca iets zal zeggen als: *o, mijn god. Nu snap ik het allemaal. Ik heb je onheus behandeld; ik bied je mijn nederige excuses aan.* Maar ze haalt alleen haar schouders op, kijkt naar haar telefoon en pruttelt: 'Maar goed, je krijgt nooit iets los van Corey. Geen schijn van kans.'

God, wat zijn echte mensen toch teleurstellend. Ze had het vast beter gedaan in de dvd-versie. Een paar minuten later zegt ze dat ze weg moet, en dat vind ik echt niet jammer.

'Doei, prinsesje,' zegt ze terwijl ze haar tas over haar schouder hangt.

Doei, afgrijselijk onbeschoft en negatief wicht, wil ik zeggen, maar ik glimlach alleen en zeg: 'We houden contact!'

Maar niet heus, voeg ik er in gedachten aan toe.

Nadat Rebecca en zij zijn vertrokken, klaart de stemming een beetje op. Suze gaat naar haar kamer om met haar kinderen te skypen. Mam vraagt zich af of we meer hapjes moeten bestellen, of dat dat onze eetlust voor straks bederft, en Janice leest hardop voor uit een folder over 'geleidegeesten' als Rebecca weer opduikt.

'Ik dacht dat je dit wel zou willen zien.' Ze reikt pap met glinsterende ogen een oude, verschoten zwart-witfoto aan.

'Godallemachtig!' zegt pap, en hij pakt zijn leesbril. 'Laat zien.' Nadat hij de foto lang heeft bestudeerd, legt hij hem op tafel en buig ik me erover. Daar zitten ze allemaal, op rotsblokken in de woestijn.

Pap is herkenbaar pap. Corey lijkt in niets op die griezel met zijn strakgespannen gezicht uit Las Vegas. Raymond zal er nog wel hetzelfde uitzien, maar hij heeft nu zo'n enorme grijzende baard dat het moeilijk te zeggen is. Maar degene die ik wil zien, is Brent. Ik kijk van dichtbij en probeer me een beeld te vormen van die man voor wiens recht we allemaal strijden.

Hij heeft een breed gezicht. Een vierkant voorhoofd. Hij heeft iets koppigs, zelfs op de foto. Maar hij ziet eruit alsof hij ook vriendelijk en wijs zou kunnen zijn, zoals pap zei. Dan glijdt mijn blik naar de jonge Rebecca, en ik knipper verbaasd met mijn ogen. God, wat was ze mooi! Op de foto zit ze een stukje bij de anderen vandaan, met haar hoofd in haar nek gegooid. Haar haar golft als een waterval om haar gezicht en haar borsten vallen bijna uit haar diep uitgesneden jurk in cowgirlstijl. Ik begrijp heel goed waarom Corey op haar gevallen zou kunnen zijn. En Brent. Ik bedoel, wees eerlijk, wie zou er níét op haar vallen?

Viel Raymond ook op haar? Viel páp op haar?

Ik voel een akelige steek in mijn maag.

'Laat eens zien?' zegt mam, en ze trekt de foto naar zich toe. Ik zie haar met een zuinig mondje naar Rebecca kijken. Dan richt ze haar blik op de Rebecca van nu, maar haar gezichtsuitdrukking verandert niet.

'Goed, ik ben zo vrij geweest voor jullie allemaal een massage te boeken, morgen,' zegt Rebecca met haar zachte, betoverende stem. 'Misschien kan het hotel daarna een picknicklunch voor jullie regelen? En jullie moeten echt de jeneverbessen zien nu jullie hier toch zijn.'

'We zijn hier niet voor de lol,' zegt pap, 'dus die massages moeten we afzeggen.'

'Jullie kunnen toch wel een paar dagen vrij nemen?' Ze werpt hem haar katachtige glimlach toe. 'Jullie willen toch geen burn-out krijgen, mensen?'

'Het zal niet gaan, helaas.' Pap schudt zijn hoofd. 'We moeten ons op onze taak richten.'

'Je bent in Sedona, Graham. De relaxhoofdstad van de wereld. Je moet even terugschakelen. Neem het ervan!'

'Nou, nee,' zegt pap. 'Brent helpen heeft onze prioriteit. Hij is het slachtoffer.'

'Sláchtoffer,' prevelt Rebecca, met de blik ten hemel gewend. Ze zegt het zo zacht dat ik niet zeker weet of ik het goed heb gehoord... maar pap wel.

'Rebecca?' vraagt hij. 'Wat bedoel je daarmee?'

'Nou ja, zeg,' barst ze los. 'Ik kan mijn mond niet meer houden. Waar denken jullie mee bezig te zijn? Het is namelijk gestóórd.'

'We proberen iets recht te zetten voor paps oude vriend!' zeg ik driftig. 'Dat is niet gestoord!'

'Iets rechtzetten?' Haar ogen vonken naar me. 'Je weet er niets van. Als Brent is bezwendeld, heeft hij het aan zichzelf te wijten. Iedereen wist dat Corey een leugenaar was. Als Brent niet zoveel had gezópen, had hij zijn kop er misschien bij gehouden.'

'Dat is wel hard,' zegt pap geschrokken.

'Het is de waarheid. Hij is gewoon een loser. Altijd al geweest. En nu willen jullie allemaal zijn leven weer voor hem op de rails zien te krijgen.' Ze klinkt bijna woest. 'Waarom zou Brents leven op de rails gezet moeten worden?'

We kijken elkaar allemaal gechoqueerd aan. Ik heb zo'n vermoeden dat Rebecca en Brent niet als dikke maatjes uit elkaar zijn gegaan.

'Maar hij is vrijwel zeker dakloos!' voer ik aan. 'En hij is de vader van je dochter!'

'Wat kan mij dat schelen?' snauwt Rebecca. 'Als hij dakloos is, is dat zijn eigen stomme schuld.'

Ik heb nog nooit iemand zo snel zien omslaan. De mierzoete charme is van haar af gegleden, en daarmee ook het dunne laagje aantrekkelijkheid. Ze ziet er opeens een stuk ouder uit, verbitterd, met neergetrokken mondhoeken. En dat binnen een paar seconden. Ik wil bijna in haar oor fluisteren: gemeen doen is echt heel slecht voor je uiterlijk, hoor.

Pap neemt haar kritisch op, en ik vraag me af of ze destijds ook al zo was. Misschien was ze toen wel erger.

Hoe dan ook, iets zegt me dat mam zich geen zorgen hoeft te maken.

'Goed,' zegt pap ten slotte vriendelijk. 'Wij doen ons ding. En jij doet jouw ding. Het was leuk je weer te zien, Rebecca.'

Hij staat op van zijn stoel, nadrukkelijk wachtend. Een ogenblik later staat Rebecca ook op en pakt haar leren tas met kwastjes.

'Het lukt je toch nooit,' zegt ze minachtend. 'Becca heeft gelijk. Geen schijn van kans.'

Mijn bloed begint te koken. Wat een héks is dat mens.

'Hé, wacht eens even, Rebecca,' zeg ik als ze bij het kralengordijn is. 'Jij denkt dat ik naar jou ben vernoemd, hè? Net als Becca, en Coreys dochter.'

Rebecca zegt niets, maar draait zich naar ons om en schudt haar lange haar over haar schouders. Ze blijft maar met dat zelfvoldane glimlachje op haar gezicht naar pap kijken. Ze gelooft duidelijk dat alle mannen zo stapelgek op haar zijn dat ze hun kind naar haar noemen. Bah. Báh!

'Ik wist het!' Ik kijk haar kwaad aan. 'Dat dacht je dochter ook toen ik haar in het woonwagenkamp zag. Heb je pap op internet opgezocht en over mij gelezen? En ging je er domweg van uit dat hij me Rebecca had genoemd vanwege jou?' Ik steek fier mijn kin omhoog. 'Nou, raad eens? Dat heeft hij níét gedaan. Ik ben naar het bóék genoemd.'

'Zo is dat!' valt mam me opgewonden bij. 'Naar het bóék!'

'En zal ik je nog eens iets vertellen?' voeg ik er zo kwetsend mogelijk aan toe. 'Pap wilde me pertinent níét Rebecca noemen. Hij vond alles goed, behalve Rebecca. Hoe zou dat komen, denk je?'

Rebecca zegt niets, maar ik zie rode vlekken op haar wangen verschijnen. Ha. Dat zal haar leren. Even later sluit het kralengordijn zich met veel gekletter achter haar en kijken we elkaar allemaal aan.

'Nee, maar!' zegt mam amechtig. 'Nee, maar! Heb je óóit...'

'Mijn hemel,' zegt pap hoofdschuddend, op die onderkoelde manier van hem.

'Ze doet me denken aan die Angela die de tombola van de kerk altijd organiseerde,' zegt Janice peinzend. 'Weet je nog, Jane? Met die armbanden? Reed in een blauwe Honda?'

Alleen Janice kan op zo'n moment over de tombola van de kerk beginnen. Ik voel een giechel opkomen, die een proest wordt, en dan schater ik het uit. Ik heb het gevoel dat ik al héél lang niet meer heb gelachen.

Pap glimlacht ook, en zelfs mam lijkt er de humor van te kunnen inzien. Ik kijk naar Luke, die ook grinnikt, en dan besluit Minnie dat ze het ook hilarisch vindt.

'Mal!' zegt ze, en ze grijpt naar haar buik van het lachen. 'Malle mewouw!'

'Ja, dat was zeker een malle mevrouw,' beaamt Janice, en we moeten allemaal weer lachen. Als Suze zich weer bij ons voegt, zitten we nog na te lachen, en ze kijkt ons allemaal verbluft aan.

'Sorry.' Ik haal een hand langs mijn neus. 'Ik leg het nog wel uit. Hoe is het thuis?'

'O, prima,' zegt Suze. 'Ik zat te denken, het is nog steeds een mooie middag. Zullen we een wandelingetje gaan maken?'

15

Sedona is een ongelooflijke plek om te wandelen. Het panorama van hoog oprijzende rode rotsen is als een soort filmachtergrond, en we kijken allemaal steeds op alsof we willen checken of het er nog wel is. Als we langs de 'chique winkels en galeries' slenteren, zie ik dat pap en mam arm in arm lopen, wat snoezig is. Minnie loopt tussen Suze en Janice in, die haar dingen in etalages aanwijzen. Luke loopt een e-mail te schrijven. En ik loop alleen, een beetje in trance. Ik ben nog ziedend van woede op Rebecca (en haar dochter). Hoe vaker mensen tegen me zeggen dat iets me nooit zal lukken, hoe belangrijker het voor me wordt om het tegendeel te bewijzen. We zúllen dit onrecht herstellen. Zeker weten. Ze zal het wel merken.

De ideeën kolken door mijn hoofd, gedachten, halve plannen... Ik pak telkens een pen uit mijn tas om losse woorden op een papiertje te krabbelen. We moeten dit toch voor elkaar kunnen krijgen, op de een of andere manier?

'Wat doe je, schat?' vraagt mam, die me ziet schrijven, en ik stop midden in een woord.

'Een plan bedenken om Corey te verpletteren, maar ik ben er nog niet helemaal uit.' Ik kijk weer naar mijn papier. 'Ik heb wel een soort idee...'

We gaan alles nog met elkaar bespreken en dan zou ik mijn plan kunnen voorstellen. Misschien.

'Goed zo, schat,' zegt mam, en ik haal mijn schouders op.

'Ik weet het niet. Het zijn nog maar wat ideetjes. Ik moet ze uitwerken.'

‘Moet je zien!’ zegt Suze, en we blijven allemaal staan bij een winkel die Someday My Prints Will Come heet. De etalage ligt vol prachtige opschrijfboekjes, mappen, dozen en kussens, allemaal met de hand bestempeld met bomen, vogels en andere natuurachtige dingen.

‘Mooi!’ zegt mam. ‘Becky, moet je die snoeperige koffertjes zien! Zullen we naar binnen gaan?’

Luke blijft buiten aan zijn e-mail werken, die superdringend is, zegt hij; anders was hij dolgraag meegegaan om met cactussen bedrukte fotolijstjes te bekijken, de jokkebrok. Als we binnenkomen, staat een vrouw met een met veren bedrukte jurk glimlachend op vanachter de kassa.

‘Welkom,’ zegt ze met een zachte stem.

‘Hebt u die stempels gemaakt?’ vraagt Suze. De vrouw knikt en Suze zegt: ‘Fantastisch!’

Terwijl ik rondneus, hoor ik Suze allemaal vragen stellen over blokdrukken. Suze is namelijk heel artistiek. Ze zou makkelijk zo’n winkel als deze kunnen beginnen. Trouwens, misschien zou ze dat ook moeten doen, in Letherby Hall: ‘Stempelkunst van Letherby’. Het zou fantastisch zijn! Net als ik het idee wegstop om het haar later te vertellen, kom ik langs een uitstalling met potloden en blijf als aan de grond genageld staan. Wauw. Ik heb nog nooit zulke waanzinnige potloden gezien.

Ze zijn iets dikker dan gewone potloden en hebben allemaal een andere opdruk. Maar dat is nog niet alles: het hout is ook gekleurd. Er zijn oranje bedrukte potloden met lavendelblauw hout… zeegroen bedrukte potloden met dieprood hout… Ik ben er stil van. Ik hou er een onder mijn neus en ruik zo’n zalige, zweverige sandelhoutgeur.

‘Ga je er een kopen, Becky?’ vraagt mam, en ik draai me om en zie haar met pap en Janice naar me toe komen. Mam heeft drie met bomen bedrukte archiefdozen in haar armen en Janice een stuk of tien theedoeken met pompoenen.

'Nee, hoor,' zeg ik in een reflex en ik leg het potlood terug. 'Maar ze zijn wel mooi, hè?'

'Ze kosten maar twee negenenveertig,' zeg mam, die een met groene bladeren bedrukt potlood van amberkleurig hout oppakt. 'Neem er toch een.'

'Hoeft niet,' zeg ik snel. 'Wat koop jij?'

'Ik ga mijn leven ordenen,' zegt mam zwierig. 'Alles wordt anders.' Ze tikt tegen de archiefdozen en somt op: 'Brieven, garanties, uitgeprinte e-mails... Ze worden mijn dood nog. De keuken ligt ermee bezaaid.'

'Waarom print jij je e-mails uit?' vraag ik verwonderd.

'O, ik kan geen mails van het scherm lezen.' Mam trekt haar neus op alsof het een krankzinnig idee is. 'Ik snap niet hoe jij dat doet, lieverd. En Luke! Zoals hij al zijn zaken op dat piepkleine telefoontje afhandelt! Hoe doet hij het in vredesnaam?'

'Je zou een grotere letter kunnen nemen,' stel ik voor, en mam trekt een gezicht alsof ik heb gezegd: je zou naar Mars kunnen reizen.

'Ik koop een set archiefdozen voor mezelf.' Ze klopt er vol genegenheid op. 'Veel eenvoudiger.'

Oké. Ik weet al wat mam voor haar volgende verjaardag krijgt. Een dag met een IT-docent.

'En wat neem jij?' Mam kijkt om zich heen. 'Wat dacht je van zo'n potlood? Ze zijn heel mooi.'

'Niets.' Ik glimlach. 'Kom, dan gaan we je dozen afrekenen.'

'Bex shopt niet meer,' zegt Suze, die zich bij ons aansluit. 'Ook al kan ze het best betalen.' Ze houdt Minnie bij de hand en ze hebben allebei iets bij zich wat op een met konijnen bedrukt schort lijkt.

'Hoe bedoel je, ze shopt niet meer?' vraagt mam verbluft.

'Ik wilde een paar cowboylaarzen voor haar kopen, maar het mocht niet.'

'Ik had geen cowboylaarzen nodig.'

'Nou, maar wel een potlood!' zegt mam opgewekt. 'Je kunt je plan ermee opschrijven, schat.'

'Nee.' Ik draai me bruusk om. 'Kom, we gaan.'

'Ze zijn maar twee negenenveertig,' zegt Suze terwijl ze een potlood pakt. 'Wauw, wat ruiken ze lekker.'

Ik laat mijn blik over de potloden glijden en voel me weer helemaal ellendig. Ze zijn prachtig. En natuurlijk kan ik er wel een betalen, maar iets houdt me tegen. Ik hoor die verschrikkelijke stem weer in mijn hoofd.

'Laten we de rest van de stad gaan verkennen,' zeg ik in een poging iedereen mee te krijgen, hier weg te komen, maar mam kijkt me zorgelijk aan.

'Becky, lieverd,' zegt ze vriendelijk. 'Zo ben jij niet. Wat is er aan de hand, schat? Wat gaat er in je om?'

Mams vriendelijke stem, de stem die ik al vóór mijn geboorte hoorde, lijkt zich langs mijn afweer te wriggelen, langs alle andere stemmen, en mijn kern te bereiken. Ik kan het niet opbrengen om níét naar haar te luisteren. En geen antwoord te geven; ik kan het niet. Het is mijn móéder.

'Het is gewoon... je weet wel,' zeg ik uiteindelijk. 'Ik heb het verprutst. Al deze problemen zijn mijn schuld. Dus...' Ik slik iets weg en mijd de blikken van de anderen. 'Nou ja. Ik verdien het dus niet om...' Ik breek mijn zin af en wrijf over mijn neus. 'Enfin. Het is niet erg. Het is allemaal goed. Ik moest toch al ophouden met shoppen. Dus.'

'Maar niet zo!' zegt mam ontzet. 'Niet zo, om jezelf te straffen! Ik heb nog nooit zoiets gehoord. Hebben ze je dat aangepraat in dat centrum? Dat je het niet verdient om een potlood te kopen?'

'Nou, nee, niet precies,' geef ik schoorvoetend toe.

In feite zeiden ze bij Golden Peace dat het erom ging 'het shoppen in proportie te krijgen' en 'welbewust te kopen' en dat het streven was 'een balans te vinden'. Misschien is 'een balans vinden' niet echt mijn sterke punt.

Mam kijkt naar Suze en pap alsof ze steun bij hen zoekt. 'Het boeit me niet wat er in LA is gebeurd!' zegt ze hartstochtelijk. 'Wat ik voor me zie, is een jonge vrouw die alles aan de kant heeft gezet om haar vriendin te helpen...' ze begint op haar vingers af te tellen '... die het adres van Corey heeft opgeduikeld, die een manier heeft bedacht om tot Raymond door te dringen... Wat nog meer?'

'Die Alicia doorzag,' vult Suze aan.

'Precies!' zegt mam. 'Precies! Je bent een ster, Becky! Je hoeft je niet schuldig te voelen!'

'Becky, waarom denk je dat deze hele reis jouw schuld is?' mengt pap zich in het gesprek.

'Nou, je weet wel!' zeg ik radeloos. 'Omdat ik meteen naar Brent had moeten gaan; dan was hij niet uit zijn woonwagen gezet en dan was hij niet verdwenen...'

'Becky.' Pap legt zijn handen op mijn schouders en kijkt me aan met zijn wijze-vaderblik. 'Ik heb je dit geen moment verweten. Brent is om andere redenen verdwenen. Hij hoefde niet eens weg. Ik heb zijn achterstallige rekeningen voldaan en de huur voor zijn woonwagen voor het komende jaar betaald.'

Hij... wát?

Ik kijk pap verbouwereerd aan... en besef bijna op hetzelfde moment: ja, natuurlijk heeft pap zoiets geweldigs gedaan.

'Maar zijn dochter heeft helemaal niet gezegd...'

'Misschien wist zijn dochter het wel niet.' Pap zucht. 'Zulke dingen zijn ingewikkeld, Becky, en daar kan niemand iets aan doen. En het idee dat jij denkt dat het allemaal jóúw schuld is... dat is verschrikkelijk.'

'O,' zeg ik zwakjes. Ik weet niet wat ik verder nog moet zeggen. Het is alsof er een rotsblok van me af rolt.

'En in het licht daarvan...' pap zet een stap naar voren '... toe, schat, laat míj een potlood voor je kopen. Je hebt het meer dan verdiend.'

'Nee!' Voordat pap een potlood kan pakken, verspert mam hem de weg, en we kijken haar allemaal verbaasd aan. 'Daar gaat het niet om. Het gaat om Becky. En om wat er in Becky's binnenste gebeurt.' Ze zwijgt even, alsof ze haar gedachten op een rijtje zet, en we kijken elkaar allemaal onzeker aan. 'Ik vertik het om een dochter te hebben grootgebracht die geen potlood voor zichzelf kan kopen omdat ze denkt dat ze het niet waard is,' betoogt ze. 'Becky, je kunt niet-shoppen om een goede reden. En je kunt niet-shoppen om een verkeerde reden. En dat is níét hetzelfde.' Ze hijgt en haar ogen schitteren. 'Niemand wil dat jij weer zo wordt als vroeger. Niemand wil dat jij Visa-rekeningen onder je matras verstopt.' Ze wordt rood en zegt snel: 'Sorry, schat. Het was niet mijn bedoeling dat op te rakelen.'

'Geeft niet,' zeg ik, en ik voel dat ik zelf ook rood word. 'Iedereen hier weet het; we zijn met vrienden onder elkaar.' Ik vang de blik van een vrouw in het blauw die ontzettend staat mee te luisteren en ze maakt zich snel uit de voeten.

'Maar dit is niet de juiste manier om het aan te pakken. Zo ken ik mijn Becky niet.' Ze kijkt me bezorgd aan. 'Sta je rood?'

'Toevallig... Nee, ik sta niet rood,' beken ik. 'Ik heb zelfs net betaald gekregen voor mijn stylistenwerk in LA. Ik sta er best goed voor, financieel.'

'Wil je graag een potlood?'

'Eh...' Ik slik iets weg. 'Ja. Ik denk het wel. Misschien.'

'Nou, zelf weten, lieverd. Je moet je eigen keuzes maken. Misschien wil je niets kopen.' Mam stapt achteruit en snuit haar neus. 'Maar ik wil niets meer horen over iets "niet verdienen". Het idee!'

Er valt een korte stilte waarin iedereen wat afstand neemt en doet alsof hij niet kijkt. Ik voel me zo ontzettend raar. Alles in mijn hoofd is zich aan het herschikken. Stukjes die heel lang lijken te hebben vastgezeten, komen nu los. Het was mijn schuld niet. Althans... het was niet allemáál mijn schuld. Misschien...

Misschien kan ik een potlood voor mezelf kopen. Gewoon, als aandenken. Misschien dat mooie paarse daar, met de grijze vogels en het lichtoranje hout. Ik bedoel, het kost maar twee negenenveertig. En een potlood komt altijd van pas, toch?

Ja. Ik, Becky Brandon, geboren Bloomwood, ga een potlood voor mezelf kopen.

Ik reik ernaar, en als mijn vingers het omsluiten, voel ik hoe een blije gloed zich langzaam over mijn gezicht verspreidt. Ik voel een soort warmte in mijn buik. Wat heb ik dit gevoel gemist...

O, o. Wacht even. Ben ik nu kalm en welbewust aan het shoppen? Die vraag dringt zich aan me op en ik probeer mezelf onder de loep te nemen. O, godsamme, ik wéét het niet. Ik voel me redelijk kalm, denk ik. En wat dat 'welbewust' betreft... Tja, dat ene potloodje lijkt opeens bespottelijk belangrijk te worden.

Waar het om gaat, is dat het echt een waanzinnig potlood is. Dat zeg ik niet zomaar. Suze is het met me eens.

'Cool potlood, Bex,' zegt Suze grinnikend, alsof ze mijn gedachten kan lezen. Pap knikt en Janice zegt bemoedigend: 'Daar zul je nog veel plezier van hebben, meid!' En ik voel me weer een kind van vijf. Vooral als pap en mam elkaar aankijken en mam zegt: 'Weet je nog, het terug-naar-school-uitstapje naar de winkels elk jaar in september?' Opeens lijkt het of ik terug ben geflitst in de tijd en we naar etuis kijken en ik smeek om een roze, pluizig exemplaar. Straks vragen ze of ik wel écht een nieuwe geodriehoek moet hebben, of hoe heet zo'n geval.

(Eerlijk gezegd kocht ik elk jaar een nieuwe geodriehoek en ik gebruikte hem nooit om een som te maken, echt nooit. Niet dat ik dat aan pap en mam ga vertellen, overigens.)

'En als we onze inkopen hebben gedaan, gaan we wat mooie natuurfoto's maken,' zegt mam gedecideerd. 'Dat zal je hoofd helder maken, Becky, lieverd. Iets artistieks doen. Je kunt een kiekje van Minnie en mij op een grote rode rots maken om aan Elinor te sturen.'

Minnie? Op zo'n gigantische grote rots? Maakt ze een geintje?

'Ja, leuk!' zeg ik. 'Of, nou ja, naast een rots.'

We lopen allemaal naar de kassa om af te rekenen en de vrouw in de jurk met verenprint lijkt in haar nopjes te zijn. En dan, net als ik aan de beurt ben en op het punt sta mijn biljet van vijf dollar aan de vrouw te geven, zie ik een grote doos met dezelfde handbedrukte potloden waarbij staat: *Speciale aanbieding, tien voor de prijs van vijf.* Het zet me aan het denken.

Tien voor de prijs van vijf. Dat is best een goed aanbod.

Even zien... Ik reken het snel uit. Dat is tien handbedrukte potloden voor... twaalf dollar vijfenveertig. Wauw. Dat is niet verkeerd, hè? Er komt nog een klein beetje belasting overheen, maar toch. En ik loop al een eeuwigheid met een biljet van twintig dollar op zak, dus ik zou iedereen een potlood cadeau kunnen doen! Als een soort talisman.

'Bex?' zegt Suze, die me ziet aarzelen. 'Ga je dat potlood nog kopen?'

'Ja,' zeg ik afwezig. 'Ja. Hoewel ik net stond te denken dat dat wel een goeie deal is, vind je niet?' Ik wijs naar de doos. 'Toch? Tien voor de prijs van vijf? Want ik stond te denken dat ik jullie allemaal graag een souvenirtje wil geven en, ik bedoel, iedereen heeft potloden nodig...'

Er klinkt een soort explosie naast me. Ik denk dat het Suze is. Hoe máákt ze zo'n geluid?

'Wat is er?' Ik kijk haar verbaasd aan. 'Wat nou?'

Maar ze geeft geen antwoord. Ze kijkt me aan met een uitdrukking op haar gezicht die ik niet kan duiden. Dan pakt ze me opeens beet en omhelst me zo stevig dat ik bijna geen lucht meer krijg.

'Niets, Bex,' zegt ze in mijn oor. 'Er is niets.'

Als we de winkel uit komen, voel ik me tevreden op een manier die ik heel lang niet heb gevoeld. Het was niet allemaal mijn schuld. Ik had niet door hoeveel verwijten ik mezelf maakte. En nu voel ik me bevrijd.

We hebben de tien potloden uiteindelijk wel gekocht, maar iedereen heeft een dollar of twee gelapt. Mam en Janice hebben er allebei al een uitgekozen en Suze aarzelt tussen het zeegroene en het lichtroze.

'Zeegroen past goed bij je ogen,' adviseer ik terwijl ze de potloden naast elkaar houdt, 'maar roze past bij alles. Trouwens, heb je dat lichtblauwe wel gezien? Want dat is echt pra...' De woorden besterven me op de lippen. 'Suze?' Ze luistert niet. Haar vingers verslappen rond de potloden en ze kijkt strak over mijn linkerschouder. Ik draai me om en hoor een soort gekerm uit haar keel komen.

'Tarkie?'

Tarkie? O, mijn god. Tarkie?

Daar staat hij, als een silhouet in het namiddaglicht, zodat ik zijn gezicht niet goed kan zien, maar toch – en dit is echt bizar – ziet hij er anders uit. Alsof hij een paar centimeter is gegroeid. Staat hij anders? Heeft hij nieuwe kleren?

'Tarkie,' kermt Suze nog eens... en als ik me weer naar haar omdraai, zie ik over allebei haar wangen een traan rollen. Dan rent ze zo hard naar Tarquin toe dat ik bang ben dat ze hem omver zal lopen.

Het licht is zo fel dat zij ook in silhouet wordt afgetekend, en ik zie alleen hun omtrekken, die versmelten in een eindeloze, stevige omhelzing. Ik heb geen idee wat er binnen die omhelzing gebeurt, of ze dingen zeggen, of juist niet, of... Het is net de zwarte doos in een vliegtuig. Ik hoor het later wel.

Áls Suze het me vertelt. Wat ze misschien niet doet. Sommige dingen zijn te persoonlijk. Ik bedoel, we zijn nu volwassenen. Je vertelt elkaar niet alles. (Al hoop ik heel erg dat ze het me wel zal vertellen.)

Ik kijk als gebiologeerd toe, met een hand voor mijn mond, en ik zie dat de andere volwassenen net zo gefascineerd zijn. Er blijven zelfs een paar voorbijgangers staan om te kijken, en ik hoor iemand vertederd 'aah' zeggen.

'Hé Becky,' zegt Luke, die naar me toe is gekomen. 'Tarquin is hier. Heb je hem al gezien?' Hij knikt in de richting van Suze en Tarkie.

'Natuurlijk heb ik hem gezien,' fluister ik. 'Zou hij haar vergeven hebben? Is het weer goed? Wat zegt hij?'

'Dat lijkt me iets tussen hen,' zegt Luke bedaard, en ik kijk hem kwaad aan. Dat weet ik ook wel. Maar het gaat om Súze.

Op dat moment piept mijn telefoon. Ik kijk naar het scherm en mijn hart slaat een slag over. O, mijn god, dit móét Suze zien. Nu meteen. Ik schuif steels iets dichter naar het stel toe en probeer te horen wat Tarkie zegt, erachter te komen hoe het gaat.

'We werden allebei op onze eigen manier een beetje gek,' zegt Tarkie, die Suze recht aankijkt. 'Maar ik was mezelf niet. En jij was ook niet echt jezelf.'

'Nee,' snikt Suze. 'Nee, Tarkie, dat was ik niet. Ik weet niet wat me bezielde.'

'De echte Suze is dat meisje in LA met hairextensions. De echte Suze houdt van… de natuur.' Hij maakt opeens een weids gebaar met zijn hand. 'Houdt van… bomen.'

Het blijft stil, en ik zie Suzes ogen nerveus heen en weer schichten.

'Eh, ja,' zegt ze ten slotte. 'Bomen. Nou en of. Eh… over bomen gesproken…' Ze heeft een piepstemmetje gekregen en ze blijft maar over haar gezicht wrijven. 'Ik dacht… ik vroeg me af, bedoel ik…' Ik zie haar moed verzamelen. 'Hoe… hoe is het met de Uilentoren?'

'Hetzelfde als altijd,' zegt Tarkie. 'Hetzelfde als altijd, Suze.' Zijn blik is ernstig en zijn stem ondoorgrondelijk. Die arme Suze tuurt wanhopig naar zijn gezicht en ik zie haar mond trillen.

'Dus…' Ze waagt het erop: 'Niet beter? Niet slechter?'

'Suze, je kent de Uilentoren,' zegt Tarkie met een verre blik in zijn ogen, alsof hij de boom voor zich ziet. 'Ik hoef je er niets over te vertellen.'

God, wat een marteling…

'Suze!' roep ik zo discreet als ik kan. 'Ik moet je iets laten zien!' Suze draait geschrokken haar hoofd mijn kant op en maakt een woest wegwerpgebaar.

'Bex, nu even niet! Kun je dat zelf niet zien?'

'Nu even wél! Suze, echt… Sorry, Tarkie, ik ben zo klaar…' Voordat Suze nog eens kan weigeren, ren ik naar haar toe en laat haar mijn telefoon zien.

Derek Smeaths rimpelige gezicht lacht ons stralend toe vanaf het scherm. Hij staat in een donker bos en richt een zaklamp op een boom waar een spijker in is geslagen. Ik zoom in op een metalen bordje met het opschrift UILENTOREN.

'Is dat niet...' stamelt Suze, die grote ogen opzet. 'Néé.'

'Hij is er nu, op dit moment. Die boom is kerngezond, Suze,' fluister ik, en ik scrol door de foto's van dikke, vitale takken met welig tierend blad. 'Hij staat er voor de eeuwigheid. Net als Tarkie en jij. Hij is sterk en hij gedijt en hij is majesteitelijk. Hij gaat nergens heen.'

De tranen springen Suze in de ogen. Er ontsnapt haar een snikgeluidje en ze klemt haar mond stevig dicht. Ik sla een arm om haar schouders en druk haar tegen me aan. Het is allemaal zo hels geweest.

'Maar...' Ze vindt haar stem terug en wijst verbijsterd naar het scherm. 'Hoe heb je in godsnaam...'

'Dat leg ik nog wel eens uit. Eh... hoi Tarkie!' voeg ik er onbeholpen aan toe, en ik wuif naar hem. 'Alles goed? Nou... dan ga ik maar weer eens...' Ik stap achteruit. 'Sorry voor de onderbreking...'

'Tarkie.' Nu laat Suze haar tranen de vrije loop, alsof ze zich niet meer groot kan houden. 'Tarkie, het spijt me zo ontzettend...'

En dan slaat Tarkie zijn arm om haar heen, sterk en stevig, en hij loodst haar naar een stil plekje in de tuin van een café vlakbij. Luke en ik kijken elkaar aan en ik voel een rilling over mijn rug lopen. Ik hoop maar dat het goed komt met die twee. Ik bedoel, ik denk het wel. Tarkie is gekomen. Ze praten het wel uit.

Maar zo zie je maar weer. Alles kan zomaar instorten. Eén kleine misstap...

'Luke, laten we niet vreemdgaan,' zeg ik zonder enige inleiding, en ik pak zijn arm voor een beetje geruststelling. Lukes mondhoeken trekken, alsof hij het grappig vindt.

'Goed,' zegt hij plechtig. 'We gaan niet vreemd.'

'Je neemt een loopje met me!' Ik knijp in zijn arm. 'Niet doen! Ik meen het!'

'Ik neem geen loopje met je. Echt niet.' Hij kijkt me weer aan en ik zie iets diepers in zijn ogen. Een soort bevestiging, alsof hij het snapt. 'Laten we niet vreemdgaan. En laten we ook nooit zo'n achterlijke boomgeheimtaal nemen,' voegt hij er met een schittering in zijn ogen aan toe. (Luke vond dat hele Uilentorengedoe geschift. Het is echt niets voor hem.)

'Afgesproken.' Ik knik en Luke buigt zich naar me over voor een zoen. En ik omhels hem zo stevig dat ik de lucht wel uit zijn longen zal persen, maar dat kan me niet schelen. Het moest even.

Het heeft wel iets van op een bevalling wachten. We lopen naar de cafétuin, gaan op veilige afstand van Suze en Tarkie zitten, bestellen drankjes en kletsen wat. Het is een grote tuin, met rotsen, bomen en struiken, en ik maak een foto van mam naast een rotsblok, en van Minnie die op het rotsblok zit, en van een hagedis die we in de schaduw ontdekken. En mam zegt opgewekt: 'Zie je nou wel, Becky, lieverd? Je kunt van alles doen, als je wilt. Je zou natuurfotograaf kunnen worden!'

Natuurfotograaf?

Ik begrijp meteen dat ze met Suze, of met Luke, of misschien zelfs met allebei, heeft gepraat over het feit dat ik zonder werk zit en me daar zorgen om maak. En hoewel ik de slechtste natuurfotograaf aller tijden zou zijn, vind ik het ongelooflijk ontroerend. Mam zal me nooit laten vallen. Haar wereldbeeld kom erop neer dat ik alles kan. Ik glimlach dus maar en zeg: 'Ja! Goed idee, mam! Wie weet!' en ik maak nog zo'n vijfennegentig foto's van een struik, die ik later kan wissen.

Dan worden de drankjes gebracht en gaan we weer zitten, maar we kijken telkens naar Suze en Tarkie, die nog stééds aan het praten zijn. Het goede nieuws is dat Tarkie haar hand vasthoudt, en dat zij rad tegen hem praat terwijl de tranen over haar gezicht stromen, die hij dan wegveegt met zijn zakdoek. Dat moet toch een gunstig teken zijn?

Ik denk dat Suze en Tarkie echt graag met elkaar getrouwd willen zijn. En dat is een goed begin, voor een huwelijk.

Dan staan ze opeens op en lopen naar ons toe, en we proberen allemaal nerveus te doen alsof we normaal zaten te babbelen in plaats van al hun bewegingen met argusogen te volgen en ons hardop af te vragen wat ze te betekenen hebben.

'Zo, die canyons,' begint mam luid, op hetzelfde moment dat Janice zegt: 'Wat een heerlijke limonade, hè?'

'Hallo allemaal,' zegt Suze met een beverig stemmetje als ze bijna bij ons is, en wij kijken allemaal 'verbaasd'.

'O, Suze, dáár ben je!' roept mam uit, alsof ze zich afvroeg waar Suze gebleven kon zijn. 'En Tarquin ook. Wat zie je er patent uit, Tarquin!'

Het is nog een toepasselijke opmerking ook. Tarquin ziet er zelfverzekerd uit. Dat afgrijselijke kapsel dat hij zich in LA heeft laten aanmeten begint een beetje uit te groeien, hij heeft een chic donkerblauw linnen pak aan en zijn kaaklijn lijkt krachtiger dan ooit.

'Wat leuk je te zien, Jane,' zegt hij, en hij bukt zich om mam een zoen te geven. 'En Janice. Ik heb begrepen dat jullie een hele reis hebben gemaakt.'

Is zijn stem ook zwaarder? En hij heeft niet één keer gestotterd. Ik bedoel, hij heeft nog maar een paar woorden gezegd, maar toch. Waar is die verlegen, hakkelende, onnozele aristocraat die een meter de lucht in sprong als je 'boe!' zei?

Ik kijk nog eens naar Suze, die zich op de achtergrond houdt, alsof ze niet wil opvallen.

'Suze.' Ik klop op de lege stoel naast me. 'Ga zitten. Neem wat limonade.' Ze gaat zitten en ik vraag zacht: 'Alles goed?'

'Ik denk het wel.' Suze lijkt emotioneel aan gort te zijn, maar ze kan een glimlach opbrengen. 'We moeten nog veel praten. Tarkie is zo ruimhartig...' Ze knijpt haar ogen even dicht. 'Hij doet zijn best om zich niet gekwetst te voelen, want hij wil dat het weer goed komt tussen ons. Hij wil zich nu op je vader en die hele toestand focussen. Maar hij zou wel gekwetst móéten zijn. Hij zou woest op me moeten zijn. Ja toch?'

Ik kijk naar Tarkie, die pap krachtig de hand schudt, met een stralende lach.

'Magnifiek je weer te zien, Graham,' zegt hij, en ik hoor de blijdschap in zijn stem.

'Hij komt er wel overheen, op den duur,' zeg ik. 'Laat hem het op zijn eigen manier oplossen, Suze. Jullie zijn weer bij elkaar, dat is het belangrijkste.' Opeens schrik ik me kapot. 'Ik bedoel, ja toch?' vraag ik angstig.

'Ja!' zegt Suze half lachend, half snikkend. 'O, god, ja. Dat zijn we. Ja.'

'Heb je hem over de Uilentoren verteld?'

'Dat ga ik nog doen,' zegt Suze, en ze bijt op haar onderlip. 'Als we weer thuis zijn, ga ik hem alles vertellen. Alles. Maar niet nu. Hij... Het lijkt wel alsof hij het niet wíl weten. Hij is net een tennisser in de flow.'

'Je hebt gelijk.' Ik neem hem verwonderd op. 'Hij is een ander mens!'

'Zo, Graham,' zegt Tarkie, die gaat zitten, 'heb je mijn berichten gekregen?'

'Absoluut,' zegt pap. 'Absoluut. Maar ik begrijp het niet helemaal. Je zegt dat je "contact" hebt gelegd met Corey. Bedoel je dat je hem hebt geschreven? Gemaild?'

'Helemaal niet,' zegt Tarquin. 'Ik heb hem gesproken.'

'Gesproken?' Paps mond valt open van verbazing. 'Heb je hem gezien?'

'We hebben samen geluncht.'

Er valt een verbijsterde stilte. Heeft Tarkie met Corey geluncht?

'Tarkie, je bent... geweldig!' stamelt Suze.

'Welnee,' zegt Tarkie bescheiden. 'Mijn titel hielp, natuurlijk.'

'Maar waar hebben jullie over gepraat?' vraagt pap ongelovig.

'Over mijn nieuwe durfkapitaalonderneming, die een samenwerking wil aangaan met de zijne.' Tarkie zwijgt even. 'Mijn fictieve durfkapitaalonderneming.'

Pap gooit zijn hoofd in zijn nek en proest het uit. 'Tarquin, je bent een mirakel.'

'Tarkie, je bent een genie,' zeg ik uit de grond van mijn hart.

'Hou op, zeg,' zegt Tarkie verlegen. 'Absoluut niet. Maar het goede nieuws is dat ik bij Corey kan komen. De vraag is hoe we daar optimaal gebruik van kunnen maken. Het is in elk geval een begin.'

Ik kijk vol ontzag en verbazing naar Tarkie. Hij ziet er heel volwassen en vastberaden uit, in tegenstelling tot vroeger.

'Goh.' Pap lijkt een beetje overdonderd. 'Tarquin, je hebt veel, veel meer bereikt dan ik had durven hopen.'

Ik laat de nieuwe informatie op me inwerken. Dit maakt alles anders. Dit zou kunnen betekenen... Ik pak mijn notitieboekje en begin ideeën door te strepen en andere ideeën toe te voegen.

'We wilden de koppen bij elkaar steken om de kwestie te bespreken,' zegt pap. 'Misschien later, als we ons allemaal...' hij kijkt vol genegenheid naar Suze '... weer een beetje herpakt hebben.'

'Super,' zegt Tarkie. 'Ik zal alles vertellen wat ik weet. Zo, zullen we een neut nemen om het te vieren?'

We blijven nog een tijdje zitten drinken en praten en we kijken naar de rode rotsen. Misschien hangt er echt iets mystieks in de lucht van Sedona dat de ziel sterkt, want ik heb het gevoel dat we eindelijk, eindelijk dan toch, allemaal kalmeren.

Op de terugweg naar het hotel raken Suze en Tarkie telkens elkaars handen aan, alsof ze gerustgesteld willen worden, en elke keer als ik het zie, voel ik blijdschap opwellen. Want ik wil géén voorstander van scheiden zijn. Het tekent je voor het leven.

'Je vader is geweldig,' zegt Tarkie als we staan te wachten om een straat over te steken.

'Weet ik,' zeg ik trots.

'Hij is Tarkies held,' zegt Suze met een liefdevol kneepje in Tarkies hand.

'Wat bespraken jullie allemaal, al die tijd op de weg?' vraag ik oprecht belangstellend. Ik bedoel, ik weet dat Tarkie en mijn vader elkaar graag mogen, maar ik had niet gedacht dat ze veel gemeen zouden hebben. Afgezien van het golfen dan, misschien.

'Hij heeft me de les gelezen, toevallig,' zegt Tarquin. 'En niet zo zuinig ook.'

'O?' zeg ik verbaasd. 'Getver. Sorry.'

'Nee, het was nodig.' Tarkies gezicht wordt ernstig. 'Hij zei dat we allemaal een rol hebben in het leven en dat ik wegliep voor de mijne. Hij had gelijk. Zijn wie ik ben... nou ja, het is een zware taak. Ik heb er niet voor gekozen... maar ik mag me ook niet drukken. Ik moet mijn taak op me nemen.' Hij zwijgt even. 'En dat ga ik ook doen. Ik zal mijn plannen voor Letherby Hall doorzetten, wat mijn ouders er ook van zeggen.'

'Het zijn geniale plannen,' zegt Suze solidair. 'Het wordt een toeristische trekpleister.'

'Nou, dat nou ook weer niet,' zegt Tarkie, 'maar de plannen zijn wél zinnig. Ze zullen echt werken.' Hij klinkt alsof hij in zijn hoofd met iemand discussieert. 'Ik weet het zeker.'

Ik neem hem van opzij op. Ik weet niet wat pap met hem heeft gedaan, maar hij is gegroeid. Hij klinkt ouder. Zekerder van zijn zaak. Als iemand die een groot imperium zou kunnen bestieren zonder eraan onderdoor te gaan.

Als we zijn overgestoken, komt Suze naast me lopen en we zonderen ons even af, wij tweeën. (Wij tweeënhalven, eigenlijk. Ik heb Minnie aan mijn hand.)

'Dus, Bex...' zegt ze zacht. 'Raad eens?'

'Wat?'

'Ik ben...' Ze wappert op een vage, Suze-achtige manier met haar handen.

'Wat?' Ik gaap haar verbluft aan. 'Je bent toch niet...'

'Ja.' Ze begint te blozen.

'Néé... Je bent toch niet...'

'Ja!'

Oké, ik moet wel zeker weten dat we het over hetzelfde hebben. Want ik zou het ene kunnen bedoelen terwijl zij zou kunnen bedoelen dat ze van plan is een gastronomische cursus te gaan geven als ze weer thuis is.

'Zwanger?' fluister ik, en ze knikt verwoed. 'Hoelang weet je het al?'

'Sinds een dag nadat Tarkie was vertrokken. Ik heb die dag de test gedaan. Ik flipte helemaal.' Haar gezicht verstrakt bij de herinnering aan de stress. 'O, god, het was zo erg, Bex. Zo erg. Ik dacht... Ik wist me geen raad... Ik was zo ontzettend bang dat...' Ze laat de rest van de zin in de lucht hangen. 'Het was een nachtmerrie,' fluistert ze.

Oké, dat verklaart veel. Heel veel. Om te beginnen: is ze daarom zo prikkelbaar? Ze is altijd prikkelbaar als ze net zwanger is. En geen wonder dat ze zo panisch was om Bryce. Ze dacht dat haar huwelijk op de klippen zou lopen, en Tarkie wist niet eens dat hij weer vader zou worden... Ik krimp in elkaar bij het idee. En dat heeft ze allemaal in haar eentje gedragen, zonder iemand iets te vertellen.

Of... heeft ze het toch aan iemand verteld?

'Weet Alicia ervan?' vraag ik iets kattiger dan de bedoeling was.

'Nee!' zegt Suze ontzet. 'Natuurlijk niet. Ik zou het haar nooit verteld hebben voordat jij het wist.' Ze slaat een arm om me heen en knijpt. 'Echt niet, Bex.'

Ik kijk opzij, neem haar eens goed op en dan zie ik natuurlijk alle verraderlijke tekenen die alleen een beste vriendin kan opmerken. De huid rond haar neusvleugels is geïrriteerd. Dat gebeurt altijd als ze zwanger is. En...

Of nee, dat is eigenlijk het enige verraderlijke teken. Dat, plus...

'Hé!' Ik zet een stap achteruit. 'Je hebt gedronken! Tequila, ijsthee met whisky...'

'Gefopt,' zegt Suze kernachtig. 'Ik mikte het weg als er niemand keek. Ik wist dat je het zou raden als ik openlijk drank zou weigeren.'

'Goed punt,' zeg ik knikkend. 'O, mijn god, Suze, vier kinderen.' Ik kijk vol ontzag naar haar. 'Víér.'

'Ik weet het,' verzucht ze.

'Of vijf, als je een tweeling krijgt. Of zes, als je een drieling...'

'Hou op!' zegt Suze panisch. 'Ik krijg geen drieling! Bex...' Haar gezicht wordt verdrietig. 'Ik wou... ik wou dat jij... ik zou zo graag...'

'Weet ik,' onderbreek ik haar zacht. 'Weet ik toch.'

'Het lijkt zo oneerlijk.' Ze slikt. 'We hadden het niet eens gepland. Het is een complete verrassing.'

Ze gebaart naar haar buik en diep vanbinnen voel ik een steekje afgunst. Ik zou dolblij zijn met zo'n complete verrassing. Tot mijn schrik voel ik de tranen prikken, en ik wend me snel af.

Enfin. Niets aan de hand. We hebben Minnie en ze is perfect. Meer dan perfect. Daar hebben we genoeg aan. Ik buk me om haar poezelige tweejarige wangetje te zoenen. Ik hou zoveel van Minnie dat het pijn doet. Als ik me weer opricht, zie ik dat Suze met tranen in haar eigen ogen naar me kijkt.

'Hou op,' zeg ik, een brok wegslikkend. 'Hou óp. Luister. Oké. Je kunt niet alles hebben. Nee toch?'

'Nee,' zegt Suze na een korte stilte. 'Nee, dat zal wel niet.'

'Je kunt niet alles hebben,' zeg ik nog eens, en we lopen door. Het is mijn favoriete spreuk; ik heb er zelfs een koelkastmagneet van. 'Je kunt niet álles hebben,' zeg ik met nadruk. 'Want waar zou je het in vredesnaam moeten laten?'

Suze lacht snuivend en ik moet wel grinniken. Ze geeft me een porretje met haar schouder, ik duw terug met mijn hand, en dan pakt ze Minnies andere hand. We tillen haar op en zwaaien haar onder het lopen heen en weer, en Minnie juicht: ‘Nog een keer! Nog een keer!’ En een paar minuten lang zijn alle angstgevoelens en spanning verdwenen en zijn we gewoon twee vriendinnen die door een zonnige straat lopen en een klein meisje tussen ons in laten zwaaien.

16

Tarkie heeft een vergaderzaaltje gehuurd voor ons overleg, en hij heeft zelfs korting bedongen. Hij is echt de held van de dag. We hebben allemaal een schrijfblok voor ons, ons talismanpotlood en een glas water, en ik heb al *Gerechtigheid voor Brent* boven aan de eerste bladzij van mijn schrijfblok geschreven en er drie strepen onder gezet, want ik vind dat daar vastberadenheid uit spreekt.

Suze zit naast me, en we blijven elkaar maar aanstoten en onze nieuwe cowboylaarzen bewonderen. Suze heeft ze gekocht. Ze heeft me zo ongeveer de winkel in gesleurd, en ze zei zo gedecideerd tegen de eigenaar: 'Wij gaan laarzen kopen,' dat het bijna agressief klonk. En toen hebben we bijna alle laarzen gepast en mijn gód, wat was het leuk.

Ik snap niet goed wat me eerder bezielde. Hoe kon ik nou geen zin hebben om cowboylaarzen te kopen? Kun je ooit geen zin hebben om cowboylaarzen te kopen? Het voelt alsof er een rare mist in mijn hoofd is opgetrokken en ik weer ben wie ik was.

Mijn cowboylaarzen zijn donkergrijs met zilveren studs, en Minnie is er helemaal weg van. Zodra ik ze uit de doos haalde, griste ze ze uit mijn hand en trok ze aan, en ze heeft er de hele avond op rondgewankeld. En ze wilde ze ook in bed aan. Toen ik zei: 'Nee, lieverd, je kunt geen laarzen aan in bed,' wilde ze ermee knuffelen in bed, als met een beer. En toen, toen ik ten slotte uitriep: 'Nee! Mammie doet ze vanavond aan!' zei ze: 'Maar de lazen willen bij Mínnie blijven,' en ze keek me op zo'n verdrietige, verwijtende manier aan dat ik me heel schuldig ging voelen, terwijl het míjn laarzen zijn. Ik bedoel, het moet niet gekker worden.

Hoe dan ook, ze slaapt nu. We hebben een aardige, warm aanbevolen oppas gevonden die Judy heet en bij Minnie blijft tot we klaar zijn met ons overleg. Ik bedoel, ja, ik had Minnie mee kunnen nemen en op mijn schoot kunnen zetten, maar ten eerste hoort ze in bed te liggen. En ten tweede is dit een ernstige zaak. Ik kijk om me heen en zie dat alle gezichten strak staan van vastberadenheid. (Behalve dat van Danny, dat strak staat van het 'verstevigende serum' dat bij zijn schoonheidsbehandeling hoorde. Zijn middag in het Wellness Centrum schijnt zo zalig te zijn geweest dat hij het niet erg vindt dat hij van alles heeft gemist, en hij kan het altijd 'inhalen' – dat wil zeggen dat ik hem alles moet vertellen.)

'Corey is een onneembare vesting, zoals we allemaal weten,' brengt paps stem me terug naar de werkelijkheid. 'Desondanks is Tarquin erin geslaagd in het binnenste heiligdom te komen.'

'Corey heeft me gevraagd met zijn raad van bestuur te gaan praten,' zegt Tarquin met een bevestigend knikje. 'Ik heb zijn mobiele nummer. Ik mag hem altijd bellen, heeft hij gezegd.'

'Wauw!' zeg ik. 'Goed werk!' Ik barst uit in applaus en iedereen doet mee, terwijl Tarquin bescheiden om zich heen kijkt.

'Maar het blijft listig,' vervolgt Tarkie. 'Om te beginnen heeft Corey zich teruggetrokken uit het dagelijks bestuur van zijn bedrijf. Zijn nieuwe vrouw en dochter zijn alles voor hem, en de rest kan hem gestolen worden. Daar komt nog bij dat hij niet graag over het verleden praat.'

'Omdat zijn vrouw denkt dat hij in de vijftig is,' vul ik aan, en pap grinnikt wrang.

'Niet alleen daarom,' zegt Tarkie. 'Hij is bijna fobisch. Hij ontduikt alle vragen over het verleden. Ik heb hem rechtstreeks gevraagd of hij in zijn jeugd een rondreis door Amerika heeft gemaakt, en toen kromp hij in elkaar en begon een verhaal over zijn laatste vakantie op Hawaï.'

'We kunnen dus geen beroep doen op de goedheid van zijn hart,' zegt pap. 'Of een vorm van nostalgie.'

'Absoluut niet,' beaamt Tarkie. 'We zullen hem op de een of andere manier moeten dwingen het juiste te doen. Goed, zoals ik al zei laat ik Brents deal door juristen onderzoeken, maar er is jammer genoeg geen hard bewijs dat Corey Brent ooit heeft voorgelogen of misleid. Het is allemaal lang geleden gebeurd, en het is het woord van de een tegen dat van de ander.'

'Maar Raymond heeft het ons verteld!' merkt Suze op.

'Misschien, maar denk je dat Raymond ooit voor de rechtbank zal willen verschijnen om Brent te steunen?' zegt Tarkie hoofdschuddend. 'Corey zal zeggen dat Brent het gewoon niet kan verkroppen dat hij een slechte zakelijke beslissing heeft genomen.'

'Zoals toen EMI The Beatles niet wilde contracteren,' zegt Janice ter verduidelijking. 'Met Brent als EMI.'

'Nee, Brent zou de drummer moeten zijn,' zegt mam. 'De andere drummer.'

'Ringo Starr?' vraagt Janice verbaasd.

'Nee, schat, die ándere drummer. Pete Huppelde...'

'Fascinerend, Jane,' valt Tarkie haar bruusk in de rede, 'maar zullen we bij de les blijven?' Hij kijkt mam bijna streng aan, voor zijn doen, en tot mijn verbazing houdt ze haar mond dicht.

'De juristen onderzoeken nog een mysterieus maasje in de wet,' vervolgt Tarkie, 'maar intussen hebben wij het volgende dilemma: zullen we contact opnemen met Corey vóórdat we juridisch sterk staan, of kunnen we beter wachten?'

'Wat zeggen we tegen hem?' vraagt mam.

'We gaan hem onder druk zetten,' zegt Tarkie. 'Invloed uitoefenen, mogelijk met een element van dreiging erbij.'

'Dréíging?' herhaalt Janice geschrokken.

'Ik heb een cliënt die zou kunnen helpen,' biedt Danny aan. 'Een Russin. Geeft elk jaar een ton uit. Neem maar van mij aan dat als je iemand wilt laten bedreigen, je bij haar man moet zijn.'

'Heb je het over de Russische maffia?' Pap kijkt hem ontzet aan.

'Natuurlijk niet.' Danny doet alsof hij zijn mond dichtritst. 'Eerste regel van de maffia: je praat niet over de maffia.'

'Dat is *Fight Club*,' spreekt Suze hem tegen.

'*Fight Club* én de maffia,' zegt Danny schokschouderend. 'En mijn haute-coutureshow in Qatar.'

'Ik wist helemaal niet dat je een haute-coutureshow hád in Qatar!' zeg ik enthousiast.

'Weet ik.' Danny trekt geheimzinnig een wenkbrauw op. 'Dat is omdat ik er niet over mag praten.'

Sinds wanneer heeft hij geheime haute-coutureshows in Qatar waar hij me niets over heeft verteld? Ik wil doorvragen, maar het is er niet echt het moment voor.

'We kunnen ons niet met de maffia inlaten!' Janice ziet eruit alsof ze bijna hyperventileert. 'Graham, je had niets over de maffia gezegd!'

'Natúúrlijk laten we ons niet met de maffia in,' zegt pap korzelig.

'Ik geloof trouwens toch niet dat we Corey met dreigementen kunnen overhalen,' meng ik me in het gesprek. 'Hoe harder je probeert zulke mensen bang te maken, hoe harder ze van zich af gaan bijten. We moeten hem paaien. Hem overreden. Net als dat verhaal over die man met zijn mantel. De wind kan hem niet van zijn schouders blazen, maar de zon kan ervoor zorgen dat hij hem vrijwillig uittrekt. Weet je nog dat je me dat voorlas, mam?' Ik kijk naar haar. 'Met die mooie illustraties?'

Ik probeer mam aan mijn kant te krijgen, maar ze reageert een beetje verontrust. 'Becky, schat, ik weet niet of we ons nu door prentenboeken moeten laten leiden.'

'Waarom niet? Overreding is onmiskenbaar de juiste strategie.' Ik kijk naar de anderen aan tafel. 'Vergeet die juristen, vergeet de maffia... daar trekt hij zich toch niets van aan.'

'Maar schat, hoe moeten we hem in vredesnaam overreden?' vraagt pap vriendelijk.

'Nou, toevallig heb ik een idee,' beken ik.

'Wat dan?' vraagt Suze prompt.

'Het is een beetje ingewikkeld,' geef ik toe. 'We zullen alle zeilen moeten bijzetten. We moeten terug naar Las Vegas en daar wat ruimtes huren. En we moeten het heel zorgvuldig voorbereiden. We moeten hem in de val laten lopen. Hem erin laten tuinen. We hebben Elinor ook nodig,' vervolg ik. 'We zullen haar moeten overhalen.'

'Mijn moeder?' vraagt Luke ongelovig. 'Becky, wat ben je aan het bekokstoven?'

'Wil jij Corey erin laten tuinen?' vraagt pap bezorgd.

'Je zei "overreden"!' zegt mam. 'Zo iemand in de val laten lopen is gevaarlijk!'

'Schat, is dit wel verstandig?' vraagt pap, nog steeds bezorgd.

'We laten hem er maar een beetje in lopen,' zeg ik zelfverzekerd. 'Als we de handen ineenslaan, kunnen we het. Ik weet het zeker.' Ik kijk van de een naar de ander in een poging wat enthousiasme te wekken. 'We kunnen toch samenwerken? We zijn toch al heel ver gekomen? Iedereen krijgt zijn eigen taak; alles draait om de timing en de planning.'

'Met hoeveel zijn we?' vraagt Suze, en ze begint op haar vingers af te tellen: 'Jij, ik, Luke, Tarkie, Jane, Graham, Janice, Danny, Elinor...'

'Kunnen we Ulla ook inzetten?' vraag ik aan Danny. 'Ze zou van pas kunnen komen.'

'Ja hoor,' zegt Danny knikkend. 'Je zegt het maar.'

'Dan zijn we dus met zijn tienen.' Suze is klaar met tellen. 'Tien man die een zakenman in Las Vegas erin laten lopen. Weet je wel wat dit is?' Ze lacht ondeugend naar me. 'Dit is *Becky's Ten.*'

'O, Becky, lieverd!' kirt Janice. 'Goed gedaan, hoor!'

'Becky's Ten?' herhaalt pap niet-begrijpend.

'De film,' legt Suze uit. '*Ocean's Eleven.* Met Brad Pitt? En George Clooney?'

'O, ja.' Het begint pap te dagen. 'Dat vond ik nog eens een leuke film.'

'Heel cool,' zegt Danny goedkeurend. 'Ik wil de miljardair wel zijn. Ik ben geknipt voor die rol.' Hij zet een midden-Europees accent op. 'Iek vil een kernwapen in de zvaarbevaakte klois plaatsen.'

'We gaan helemaal niets in zvaarbevaakte kloizen plaatsen,' zeg ik, en ik rol met mijn ogen. 'Trouwens, het wordt *Becky's Eleven*.' Ik wend me tot Suze. 'We hebben nog iemand nodig in het team. Een onmisbaar iemand.'

'Wie dan?'

Maar ik geef geen antwoord. Mijn hoofd gonst van het plan. Ik moet het allemaal uitschrijven, er eens goed naar kijken en zien of het gaat lukken.

Hoewel: nee, dat hoeft niet. Ik weet al dat het gaat lukken.

Oké, dat is ook niet waar. Ik weet niet of het gáát lukken... maar ik weet dat het kán lukken. Dat het zou moeten lukken.

Ik begin te schrijven en voel blijdschap in mijn hart. Opwinding. Ik doe iets. Ik presteer iets. Derek Smeath heeft gelijk; positieve actie geeft de ziel inderdaad een opkikker.

'We hebben een tros ballonnen nodig,' zegt Danny, die steeds geestdriftiger wordt. 'En iedereen moet een zonnebril op, ook in de casino's. Wacht eens, ik ga jullie allemaal stylen,' verkondigt hij geanimeerd. 'We kunnen niet Becky's Eleven zijn als we er niet supercool uitzien. Wat is het plan trouwens, Becky? Naar Vegas rijden, in het Bellagio inchecken, de casino's beroven en dan naar de fonteinen kijken terwijl de muziek speelt?'

'Zo ongeveer.' Ik knik.

'Cool.' Danny kijkt om zich heen. 'Nou, ik doe mee. Wat zeg jij, Suze? Ja of nee?'

'Ja,' zegt Suze met klem.

'Ja,' valt Tarquin haar bij.

'Ja,' doet Janice mee.

Iedereen aan de tafel knikt, al staat paps gezicht zorgelijk. 'Becky, schat, wat houdt je plan precies in?'

'Dat vertel ik wel als ik alles fatsoenlijk heb uitgewerkt,' zeg ik, nog steeds schrijvend. 'We moeten kamers reserveren, teruggaan naar Vegas, een paar dingen regelen. Maar vóór we het plan uitvoeren...' ik lach stralend naar hem '... hebben we volgens mij nog iets anders te doen wat van cruciaal belang is.'

17

'Beminde aanwezigen,' zegt Elvis op gedragen toon. 'Uhuh-huh. We zijn hier bijeen. Uhuh-huh.'

O, god. Ik krijg de giechels. Blijft hij na elke zin 'uhuh-huh' zeggen?

Het is best een indrukwekkende Elvis. Hij heeft een zwart glitterpak aan met ongelooflijk wijd uitlopende pijpen, hij loopt op plateauzolen, heeft een echt goede pruik op (je kunt niets van zijn eigen haar zien) en hij heeft al met veel galm en bekkenstoten 'Can't Help Falling in Love' gezongen.

We zijn twee dagen geleden uit Sedona vertrokken, en we zitten nu op een kluitje in de Silver Candles Elvis Trouwkapel. We zijn allemaal hyper, vooral Minnie, die verkleed is als ringendraagster, hoewel er geen ringen zijn. Suze draagt een wolkachtige witte jurk en een bloemenkrans in haar haar, en ze is nog nooit zo mooi geweest. Mam zit op de voorste bank en heeft al een handvol confetti over Suze heen gegooid, al zijn we nog niet eens begonnen. (Ik trof pap en mam vanochtend in de bar van ons hotel aan, champagne slurpend. En naar hun rekening te oordelen hadden ze het niet bij één glaasje gelaten.)

'Om getuige te zijn van de belofte van hernieuwde liefde tussen dit tweetal hier. Uhuh-huh.' Elvis neemt Suze onderzoekend op. 'Ik geloof dat jullie je eigen geloften hebben geschreven.'

'Ja.' Suze schraapt haar keel en kijkt naar Tarkie, die apetrots terugkijkt. 'Ik, Susan, beloof jou, Becky, plechtig dat ik altijd je vriendin zal zijn.' Ze kijkt me ernstig in de ogen. 'In voor- en tegenspoed, overdag en om drie uur 's nachts. En ik zweer het op mijn nieuwe cowboylaarzen.'

'Uhuh-huh,' zegt Elvis knikkend.

'Hoera!' juicht mam, en ze gooit nog wat confetti over Suzes hoofd.

'En ik, Becky, zweer dat ik eeuwig je vriendin zal zijn, Suze,' zeg ik met een beetje een beverige stem. 'In voor- en tegenspoed, overdag en om drie uur 's nachts. Laat niemand ons scheiden.'

Vooral Alicia Billenkont niet, zeg ik er niet bij, maar we weten allemaal dat ik het over haar heb.

'Ik zweer het op mijn nieuwe cowboylaarzen,' besluit ik voor de volledigheid, en ik maak een pirouette. Ik ben gek op mijn cowboylaarzen. Ik doe ze nooit meer uit. En ze zijn perfect voor het linedancen, zoals ik gisteravond heb ontdekt, want toen zijn we naar een linedancingbar gegaan. Suze stond erop, en het was superleuk. Nu hoef ik alleen Luke nog maar een paar cowboylaarzen aan te smeren, dan passen we perfect bij elkaar.

(Ik weet al dat het nooit zal lukken.)

'En ik beloof dat ik je nooit zal verlaten, Suze.' Tarkie, die nu aan de beurt is, stapt naar voren, pakt Suzes handen en houdt ze stevig vast. 'Ik beloof dat ik je zal liefhebben en beschermen en dat ik eeuwig bij je zal blijven, zolang de Uilentoren blijft staan.' Hij ziet dat Suze haar mond opendoet en voegt er haastig aan toe: 'Of langer, als hij omvalt. Veel langer. Eeuwig.'

'Ik beloof je plechtig dat ik voor altijd je vrouw zal zijn, Tarquin,' zegt Suze fluisterzacht. 'En dat ik alleen jou trouw zal zijn, mijn beminde echtgenoot.'

Ze lijkt net een engel in haar wolkenjurk, en haar gezicht straalt van hoop, liefde en opluchting. Ik zie het met mistige ogen aan en net als ik me afvraag of ik ergens een tissue heb, komt Luke overeind.

'Ik wil jou iets plechtig beloven, Becky,' zegt hij met zijn diepe stem die de hele kapel vult, en ik schrik me wild. Dit was niet gepland. We hebben het er zelfs over gehad. 'Zullen we?' zeiden we, en toen lachten we en besloten we dat wij geen geloften hoefden te vernieuwen. Maar hij is opgestaan, wat hemzelf ook lijkt te verbazen.

Ik kijk hem in de ogen en denk te weten waarom hij het doet. Hij doet het vanwege... dingen. Onze eigen privédingen. Wat er in LA is gebeurd. Suze en Tarkie zien struikelen en ons eigen huwelijk in dat licht bezien. En misschien bovenal het horen van Suzes nieuws en beseffen dat wij dat geluk niet hebben, deze keer niet. Vannacht in bed hebben we erover gepraat. Tot in de kleine uurtjes. En...

Nou ja. Tegen Luke kan ik eerlijker zijn dan tegen wie ook, zelfs Suze. Dus. Hij weet het.

'Ik beloof plechtig...' Luke lijkt naar de juiste woorden te zoeken. Ik kan bijna zien hoe hij in gedachten de mogelijkheden doorneemt en verwerpt. Ik denk eerlijk gezegd niet dat hij de woorden zal vinden. Eerlijk gezegd hoeft dat ook niet.

'Weet ik,' zeg ik tegen hem, en er schiet een brok in mijn keel. 'Weet ik. Dat beloof ik ook.'

Luke kijkt me diep in de ogen en ik voel me een beetje licht in mijn hoofd en ik zou willen dat we deze kapel een paar uur voor onszelf hadden, maar dat hebben we niet. Dus herpak ik me op de een of andere manier, knik een paar keer en fluister: 'Amen.' Wat niet echt ergens op slaat, maar dat kun je van alles in Las Vegas zeggen.

'Oké dan!' zegt Elvis, die een beetje van zijn à propos lijkt te zijn gebracht door Lukes improvisatie. 'Dus. Dames en heren. Laten we elkander teder beminnen. Laten we geen achterdocht meer koesteren. Uhuh-huh. Op grond van de bevoegdheid die me is toegekend door...'

'Wacht, ik ben nog niet klaar,' onderbreekt Luke hem. 'Moeder.' Hij draait zich om en kijkt naar Elinor, die op een bank achterin zit, in een zwart-wit zijden pakje dat zo elegant en perfect is dat ik wel kan janken. We hebben haar vanochtend in Las Vegas weer getroffen, en ze hoorde onze plannen onverstoorbaar aan, zoals te voorspellen viel. Nu zit ze hier, kaarsrecht en beheerst, met een klein, randloos rond hoedje boven haar ene oog.

(Ze gaat nooit zonder hoed op reis, bleek. Ze was zelfs verbaasd dat verder niemand er een had.)

'Ik wil jou ook iets beloven,' vervolgt Luke. 'Het wordt beter tussen ons. Echt.' Hij haalt diep adem. 'We gaan elkaar vaker zien. Op feestdagen. We gaan leuke dingen doen. We worden een familie. Als...' hij aarzelt '... als jij dat wilt.'

Ik geloof niet dat ik ooit zo'n gelijkenis tussen Luke en zijn moeder heb gezien. Ze kijken elkaar zwijgend aan met die onmiskenbare donkere ogen. Zijn gespannen gezicht verraadt een soort hunkering. Het hare ook.

'Ja, dat wil ik.' Ze knikt.

'Ik ook!' roept mam uit, die écht te veel champagne heeft gedronken. 'Natuurlijk hoort Elinor bij de familie.' Ze springt overeind, zwaaiend met haar confetti. 'Ik, Jane Bloomwood, beloof plechtig dat ik Elinor, de moeder van mijn schoonzoon, zal eren en respecteren. En mijn geweldige buurvrouw, Janice.' Ze richt zich met tranen in haar ogen tot Janice. 'Janice, wat moet ik zonder jou beginnen? Je staat altijd voor me klaar. In ziekte en gezondheid... toen ik mijn enkel had gebroken... die keer toen we kortsluiting hadden en jij ons te hulp schoot...'

'Oké luitjes, we moeten dóór,' zegt Elvis met een blik op zijn horloge. 'Uhuh-huh.' Hij wendt zich tot Suze. 'Zeg mij na: ik zal niet op je *blue suede shoes* gaan staan.'

Maar Suze hoort hem niet eens, zo gefascineerd volgt ze mam en Janice.

'O, schat,' zegt Janice ontredderd, 'dat had iedereen toch gedaan?'

'Je hebt ons je jachtschotel gegeven, Janice! Je jáchtschotel!'

'Je had gezegd dat we geen geloften zouden gaan afleggen,' zegt pap, die aan mams jurk trekt.

'Doen we ook niet!' roept mam.

'Wel waar! Je strooit verdomme met geloften!' stuift hij op. 'Dus ik ga er ook eentje afleggen.' Pap gaat staan en kijkt mam aan. 'Ik, Graham, beloof plechtig dat ik nooit meer bij je weg zal gaan, mijn liefste Jane. Nooit.' Hij pakt mam beet en omhelst haar stevig. 'Nóóit.'

'Kappen nou!' roept Elvis geteisterd uit. 'Luitjes, jullie kunnen niet allemaal geloften afleggen. Daar hebben jullie niet voor betaald.'

'En ik beloof plechtig dat ik je altijd zal vertrouwen,' zegt mam met een bibber in haar stem tegen pap. 'En het kan me niet schelen waar je Dikke Bonus vandaan komt... Ik ben trots op je.'

'Geen geloften meer!' Elvis schreeuwt nu bijna, en prompt staat Danny op, met een ondeugende twinkeling in zijn ogen.

'Ik wil een gelofte afleggen,' zegt hij monter. 'Elinor, ik beloof je plechtig dat ik een waanzinnige nieuwe garderobe voor je zal maken, als jij plechtig belooft dat je in een jurk van mij naar het Met Gala gaat.'

'Op grond van de bevoegdheid die me is toegekend...' probeert Elvis nog eens.

'Zonbil?' zegt Minnie, die naar Elvis toe dribbelt. Ze biedt hem de witte zonnebril van Janice aan en wijst verliefd naar zijn eigen glitterbril. 'Zonbil mooi? Bief?'

'God zal me kraken!' barst Elvis uit. 'Op grond van de bevoegdheid die me is toegekend door deze kapel verklaar ik jullie aan elkaar toegewijd.' Hij maakt een weids gebaar. 'Allemaal. Jullie verdienen elkaar. Stelletje lijpo's. Uhuh-huh.'

18

Wat je verder ook van het hele plan kunt zeggen, onze kostuums zijn fantastisch. Absoluut fantastisch.

Danny heeft Luke, pap en Tarquin alle drie in een ongelooflijk pak gestoken, met een brede zijden stropdas en een glimmend overhemd dat ze zelf nooit hadden uitgekozen, in tinten mauve en beige. Toen Luke alles aanhad, keek hij vol afgrijzen in de spiegel en zei: 'Ik lijk wel een gangster op zijn vrije dag,' alsof dat iets ergs zou zijn. Nou vraag ik je, heeft hij *Ocean's Eleven* eigenlijk wel gezien?

Suze en Elinor zien er superglamoureus uit. Vooral Elinor, die voor duizenden dollars chique kleding aanheeft, om maar te benadrukken dat ze een Belangrijke Speler is, terwijl Suze een boucléjurk en parels draagt, want zij speelt de Getitelde Aristocrate. (Ze wilde geen Getitelde Aristocrate zijn. Ze wilde de Amazing Yen zijn, zich in een etenswagentje opvouwen en een flikflak doen, maar, zoals ik haar maar blijf vertellen, er zit geen Amazing Yen in *Becky's Eleven*.)

Danny zelf loopt in een spijkerbroek en een gescheurd T-shirt, maar dat geeft niet, want hij speelt zichzelf. Intussen dragen mam, Janice en ik allemaal verschillende versies van het personeelsuniform van het Las Vegas Congrescentrum, waar het allemaal gaat gebeuren.

Danny heeft de uniformen voor ons geregeld; ik heb geen idee hoe, behalve dan dat het via een 'connectie' is gegaan. Ik heb een getailleerd jasschort aan met op de badge MARIGOLD SPITZ. Janice draagt een zwarte jurk met een schortje – ik weet niet goed wat ze moet voorstellen. Een serveerster misschien? En mam heeft een gewichtig uitziend mantelpak aan. Ze zal wel een soort bedrijfsleidster of conciërge of zoiets voorstellen.

Het belangrijkste is dat we precies die vergaderzalen hebben gekregen die ik wilde: naast elkaar, met schuifdeuren ertussen. Ik heb de ene Ben en de andere Jerry genoemd, en de deuren zitten stevig dicht. Nog wel.

'Goed.' Ik kijk voor de miljoenste keer naar de teamleden. 'Weet iedereen wat hij moet doen?'

De muziek van *Ocean's Eleven* speelt nog door mijn hoofd, want we hebben de film gisteren op dvd bekeken om in de stemming te komen. We hebben ook gekaart, bier gedronken en de hele tijd: 'Doe je mee of niet?' tegen elkaar gezegd.

'Heb je de cupcakes?' vraagt Suze, en ik pak de doos uit een dressoir. Ik rangschik tien cupcakes op een schaal en we kijken er even zwijgend naar.

'Moet er nog eentje bij, denk je?' vraag ik.

Suze zegt niets, maar ik kan het rimpeltje in haar voorhoofd lezen.

'Je vindt dat er eentje bij moet,' stel ik vast.

Ze zegt nog steeds niets. Ik weet wel wat er aan de hand is. Zij doet Brad Pitt en ik moet George Clooney zijn.

'Oké,' zeg ik met een stalen gezicht. 'We doen er nog eentje bij.' Ik zet de laatste cupcake op de berg en klop mijn handen af. 'Klaar.'

'Corey is er,' zegt Luke, die naar zijn telefoon kijkt, en mijn maag verkrampt van de zenuwen. O, god. Hij is er. Het begint. En even word ik overspoeld door angst. Gaan we dit echt doen?

Minnie zit gelukkig veilig in onze hotelkamer, onder toezicht van die schat van een Judy. (We hebben haar als tijdelijke oppas meegenomen uit Sedona, wat Lukes idee was, en het was een geniale zet.)

'Cyndi is er over tien minuten,' meldt Danny, die ook naar zijn telefoon kijkt. 'Het is bijna zover. Succes, allemaal.'

Mijn handen zijn klam en mijn hart bonst opeens in mijn keel. Ik wil eigenlijk wegrennen en vergeten dat we dit plan ooit hebben beraamd, maar iedereen kijkt me aan, wachtend op instructies. Dit is mijn show, spreek ik mezelf streng toe. Ik heb de regie op me genomen. En hoewel ik doodsbang ben, ben ik ook in een roes.

'Oké,' zeg ik kordaat. 'Daar gaan we. Pap, maak je uit de voeten. Luke, ga naar de lobby om Corey op te halen.' Luke knikt en beent de kamer uit, me in het voorbijgaan een snelle kus gevend.

'Zet 'm op,' fluistert hij in mijn oor, en ik geef een kneepje in zijn hand.

'Tarkie en Elinor, naar Ben,' zeg ik gebiedend. 'Danny, hou de lijn met Cyndi open. Ulla en Suze, naar Jerry. Jullie weten allemaal wat je te doen staat. Mam en Janice...' ik kijk ze allebei aan '... we moeten wegwezen.'

Ik pak de schaal met cupcakes, kijk nog even snel om me heen en loop de gang in. Het ergste van het hele plan is dat ik nu moet wachten. En ik ben nooit zo goed geweest in wachten. Ik ontplof bijna van frustratie.

'Ik heb een boekje met sudoku's bij me om de tijd te doden,' zegt Janice gedienstig terwijl we ons in het kleine achterkamertje persen dat ik eerder heb ontdekt. 'En mijn iPad, met een paar leuke films erop.' Ze kijkt stralend van mam naar mij. 'Zullen we even naar *The Sound of Music* kijken?'

Soms hou ik echt van Janice.

Twintig minuten later knap ik zo ongeveer van spanning, ondanks de afleiding van *The Sound of Music.* Wat gebeurt er daar binnen? Wát? Maar dan zit de afgesproken tijd er eindelijk op en kom ik tevoorschijn met mijn emmer vol schoonmaakspullen. (Die zijn we speciaal gaan kopen.)

Ik klop op de deur van Jerry, wacht tot ik Danny 'binnen' hoor roepen en loop met gebogen hoofd de vergaderruimte in.

Ik reken erop dat Cyndi me niet zal herkennen van het kinderfeestje, want een jasschort en schoonmaakspullen zijn uitstekende camouflage, maar toch blijf ik naar de vloer kijken. Ik kan net zien dat Cyndi op een lage stoel bij het raam zit, omringd door Suze, Danny en Ulla, die haar lijken te aanbidden. Op het tafeltje tussen hen in staan glazen champagne en op de vloer staat een stapel Danny Kovitz-dozen.

Cyndi heeft Suze duidelijk ook niet herkend van hun korte eerdere ontmoeting, wat geen verbazing mag wekken, want Suze is van een radeloos uitziend meisje met futloos haar en een afgetobd gezicht getransformeerd in een societydame met een chignon, veel make-up en een crèmekleurige boucléjurk met een collier reusachtige parels erop. Intussen zit Ulla, die er nog net zo uitziet als bij onze eerste ontmoeting in Las Vegas, een houtskoolschets van Cyndi te maken.

Cyndi heeft een rozig gezicht en stralende ogen, dus Danny zal haar al wel hebben verteld dat hij haar foto in de societyrubrieken van tijdschriften heeft gezien en veel bewondering heeft voor haar stijl.

'Huishouding?' mompel ik bijna fluisterend.

'O, hallo,' zegt Danny wrevelig. 'Het komt nu niet gelegen.'

'Het spijt me, meneer,' mompel ik. 'Zal ik later terugkomen?'

'Misschien kun je dat scherm even poetsen?' Hij wijst naar de breedbeeld-tv aan de wand. 'Het is smerig.'

Het is smerig omdat we er van tevoren olie op hebben gesmeerd. Ik loop er snel naartoe en bespuit het met beeldschermreiniger. Terwijl ik erop los poets, voel ik mijn oren bijna tintelen, zo doe ik mijn best om het gesprek achter me te volgen.

'Dus, zoals ik al zei, Cindy,' zegt Danny, 'zou ik je graag dit jasje willen geven, dat naar mijn gevoel jouw stijl belichaamt.'

'Jeetje!' zegt Cyndi overdonderd. 'Voor mij? Echt?' Met het jasje al half aan vervolgt ze: 'Weet je, toen ik die e-mail van je assistente kreeg, geloofde ik het gewoon niet. Ik bedoel, Danny Kovitz die *míj* wil ontmoeten?' Ze werpt een blik op Ulla's schets. 'O, dat is wel erg flatteus.'

'Helemaal niet,' zegt Danny. 'Ulla tekent al mijn muzen.'

'Muzen?' Nu lijkt Cyndi helemaal paf te staan. 'Ik, een múze?'

'Zeker weten!' Danny knikt. 'Kom op, trek dat jasje aan.'

Cyndi trekt het jasje aan en Suze maakt bewonderende geluiden.

'Heel mooi,' zegt Danny. 'Echt heel mooi.'

'Dus jullie organiseren een modeshow voor het goede doel?' zegt Cyndi terwijl ze zichzelf bewondert in de vrijstaande passpiegel die we bij 'Congresfaciliteiten' hebben besteld.

'Zo is dat,' zegt Danny. 'Mode van mij, Danny Kovitz, gepresenteerd door de Britse lady Cleath-Stuart. Daarom hebben we jou benaderd.' Hij kijkt stralend naar Cyndi. 'We waren ervan overtuigd dat jij erbij betrokken zou willen zijn, als vooraanstaand societyvrouw en filantroop.'

Ik zie Cyndi grote ogen opzetten bij het horen van de naam lady Cleath-Stuart, om nog maar te zwijgen van Danny's eigen naam. En terecht! Ik bedoel, het is een sterrencast. Maar dat moest wel, om haar hierheen te lokken.

Al poetsend werp ik steelse blikken op Cyndi. En ik begrijp wel waarom Corey voor haar is gevallen. Ze is echt mooi. Ze heeft een perzikhuidje en volle lippen, waar ze vaak op bijt, en grote, onschuldige ogen. Als ik een man was, zou ik waarschijnlijk ook verliefd op haar worden. Ik kan het Corey niet kwalijk nemen dat hij smoorverliefd op haar is.

En zo gaan we hem pakken. Niet door hem te dwingen of met dreigementen, maar door hem voor schut te zetten ten overstaan van degene die voor hem het belangrijkst is van de hele wereld.

'Mijn man kent lord Cleath-Stuart, weet je,' zegt Cyndi terwijl ze aan de mouwen van het jasje plukt.

'Absoluut,' zegt Danny gladjes. 'Nog een reden waarom we aan jou dachten. Weet hij eigenlijk dat je hier bent?' vraagt hij langs zijn neus weg.

'Ik heb niet precíés gezegd wat ik ging doen.' Cyndi bloost een beetje. 'Ik heb gezegd dat ik met vrienden had afgesproken. Maar hij zal heel enthousiast zijn als hij het hoort!'

‘Fijn!’ Suze lacht stralend naar haar. ‘Danny, als je Cyndi de volgende outfit eens liet zien?’

Ik heb genoeg gehoord. Ik haal het doekje nog een laatste keer over het scherm, gooi het in de emmer en loop de kamer uit. Ik ga naar Ben, een deurtje verder, klop aan en slof naar binnen.

‘Huishouding,’ mompel ik, maar ik krijg geen enkele reactie, dus begin ik in het wilde weg het tv-scherm te poetsen. Luke, Tarquin, Corey en Elinor zitten om een vergadertafel, en Corey is midden in een verhaal waar een geweer en een beer in voorkomen. Als hij klaar is, lachen Luke en Tarquin beleefd, en Elinor neigt haar hoofd.

‘Maar, lord Cleath-Stuart, u moet zelf ook een goede schutter zijn!’ zegt Corey, die een rood hoofd heeft. ‘Gezien uw korhoenreservaat en zo.’

‘Absoluut,’ beaamt Tarquin. ‘Misschien krijgt u het nog eens te zien.’

‘Goh!’ Corey wordt nog roder. ‘Nou, dat zou me een eer zijn, hoogheid.’

‘En uw vrouw?’ vraagt Tarquin belangstellend. ‘Wil zij ook graag naar Engeland?’

‘Ze zou uit haar dak gaan,’ zegt Corey. Dan wendt hij zich tot Elinor. ‘Mevrouw Sherman, dank u zeer voor uw uitnodiging om naar de Hamptons te komen.’

‘Misschien zou uw vrouw een uitnodiging voor het Met Gala op prijs stellen?’ vraagt Elinor met een ijzige glimlach. ‘Ik introduceer mijn investeringspartners altijd met plezier in mijn kringen.’

‘Nou, dat...’ Corey lijkt er sprakeloos van te zijn. ‘Dat zou voor Cyndi het hoogtepunt van het jaar zijn.’

Ik vang Lukes blik en hij geeft me een knipoogje. Oké. Tot nog toe gaat het goed.

Ik loop de kamer uit en blijf even staan uithijgen. Zo. Volgende fase. Ik moet zeggen dat het een stuk makkelijker zou zijn als we videocamera’s hadden, zoals in de echte *Ocean’s Eleven*, maar die hebben we niet.

Ik haast me terug naar het kamertje, klop vijf keer aan, het afgesproken signaal, en laat mezelf binnen.

'Het gaat allemaal prima,' zeg ik ademloos. 'Janice, jouw beurt.'

Ik pak de vaas met bloemen die we eerder hebben laten komen en zet hem op een trolley van de roomservice. (Luke heeft hem in een gang gevonden, en we hebben het kleedje gewoon omgedraaid.) Het was mijn taak om te controleren of de gesprekken in beide kamers de juiste kant op gingen. Wat zo is. Nu is het aan Janice om het sein te geven: door naar de volgende fase.

Als ze de duwstang van de trolley pakt, zie ik dat haar handen beven.

'Janice, gaat het wel?' vraag ik verbaasd.

'O, Becky,' zegt ze wanhopig. 'Hier ben ik niet voor in de wieg gelegd.'

'Waarvoor?'

'Dit!' Haar stem schiet geagiteerd omhoog. 'Criminele hoogstandjes!'

De moed zinkt me in de schoenen. We hadden Janice nooit naar die film moeten laten kijken. Ik ben bang dat ze oprecht gelooft dat ze de kluis van het casino leeg gaat halen.

'Janice, dit is geen crimineel hoogstandje!' zeg ik.

'Het is maar een kraakje, meid,' zegt mam sussend.

'Het is geen kraak.' Ik sla met mijn vuist tegen mijn hoofd. Nou vraag ik je. Weet mam eigenlijk wel wat een kraak is? 'Janice, het komt wel goed,' probeer ik haar gerust te stellen. 'Breng die bloemen gewoon naar de vergaderkamer, zet ze neer en ga weer weg. Lukt dat?' Ik pak haar hand, maar ze krimpt in elkaar. 'Hoor eens, ik ga wel met je mee. Niets aan de hand. Het komt allemaal goed.'

Ik hou de deur voor haar open en ze duwt de trolley naar buiten. We lopen langzaam door de gang. Janice beeft als een riet. Ik had er geen idee van dat ze zo zenuwachtig zou zijn. Ik had haar nooit lid van de elf moeten maken, maar ik kan het plan nu niet meer aanpassen.

'Zo, zie je wel?' zeg ik als we de hoek omslaan. 'Kalm aan maar, we zijn er bijna...'

'Waar gaat dat naartoe?' zegt een neuzelige stem achter me.

Wat krijgen we nou?

Ik draai me om en zie een vrouw in net zo'n mantelpakjasje als mam aanheeft. Ze heeft slecht geverfd zwart haar en komt uit een kamer aan de andere kant van de gang. Ze komt dichterbij en neemt de vaas achterdochtig op. 'Wat is dat voor bloemstuk?' vraagt ze streng. 'Ik herken het niet.'

O, alsjeblieft, zeg. Dat komt doordat ik het zelf heb geschikt, in pakweg vijf seconden.

'Eh... weet niet,' zeg ik, want Janice lijkt geen woord te kunnen uitbrengen.

'Wie ben jij?' De vrouw tuurt naar mijn badge.

'Marigold,' zeg ik zelfverzekerd.

'Marigold?' Ze knijpt haar ogen argwanend tot spleetjes. 'Ik dacht dat die hier was vertrokken.'

Nou ja, wat heeft dat mens? Waarom is ze de hele tijd zo wantrouwig? Dat kan niet gezond zijn.

'Tja.' Ik haal mijn schouders op en de vrouw stort zich op Janice. 'Wie ben jij?'

O, nee. Arme Janice. Ik wil haar een bemoedigende blik toewerpen – en knipper geschrokken met mijn ogen. Janice is verstijfd. Ik heb nog nooit iemand zo bang zien kijken. Voordat ik mijn mond open kan doen, zakt ze in elkaar.

O, mijn god.

'Janice!' roep ik ontdaan, en ik kniel bij haar neer. 'Wat is er gebeurd? Gaat het wel?'

Ze beweegt niet eens meer. Dit is erg.

'Janice!' ik sjor aan haar kleren en probeer haar hartslag te horen.

'Ademt ze?' vraagt de vrouw met het zwarte haar zakelijk.

'Weet ik niet!' zeg ik woest. 'Laat me luisteren!'

Ik druk mijn oor tegen Janice' borst, maar ik kan niet bepalen of ik haar hartslag of de mijne hoor, dus hou ik mijn gezicht bij haar mond. Ik moet haar adem toch zeker kunnen voelen?

En dan hoor ik een fluisterstem in mijn oor: 'Ik speel het maar, lieverd. Net als in de film.'

Ze...

Wat?

Ongelooflijk.

Dit stond níét in het plan. Ik ga Janice ontzettend op haar donder geven. Maar voorlopig zal ik mee moeten spelen.

'Ze is bewusteloos!' zeg ik theatraal, en ik hef mijn hoofd op. 'Laat een dokter komen. En, eh... blijf bij haar, dan ga ik dit snel even wegbrengen.'

Ik sta op en pak de trolley. Ik moet de kamer in met die rotbloemen. Danny en Suze zitten op het sein te wachten. Ze zullen zich afvragen waarom het zo lang duurt, en wat ze moeten doen...

'Wacht,' zegt de vrouw met het zwarte haar.

'Bel de dokter!' zeg ik gespannen, en de vrouw kijkt me kwaad aan, maar pakt haar telefoon en kiest een nummer. 'Juliana?' zegt ze. 'Met Lori. Kun je me het medisch centrum geven?'

'Hé Becky!' begroet een opgewekte mannenstem me. 'Becky, ben jij het? Hiero!'

Argh. Wat nou weer? Voordat ik me kan bedwingen, draai ik in een reflex mijn hoofd... en zie Mike, die jongen van de roulettetafel, naar me wuiven. Degene die niet wilde dat ik wegging. Hij staat een meter of twintig verderop in de gang op de lift te wachten, gekleed in een blauw pak en met een brede glimlach op zijn gezicht. 'Ben je nog aan de winnende hand?' roept hij. 'Hé, werk je hier?'

Het zweet breekt me uit. *Hou alsjeblieft je mond*, probeer ik zonder woorden te seinen. Hou alsjeblieft je mond.

'Becky?' Lori kijkt me vuil aan. Gelukkig sluiten de liftdeuren zich achter Mike voordat ze hem kan uithoren.

'Is het niet gek?' Ik stoot een schrille lach uit. 'Wie wás die man?

Hij moet me hebben aangezien voor... Ik zou het niet weten... O, mijn god! Ademt ze nog wel?'

Lori kijkt weer naar Janice en ik galoppeer zo ongeveer weg met de trolley. Ik klop op de deur van Jerry en ga naar binnen zonder een antwoord af te wachten. Cyndi heeft nu een maxi-jas aan en staat voor de spiegel te draaien.

'Hij is gewoon van nature vrijgevig,' zegt ze ernstig. 'Snap je? Royaal. Zo heeft hij vorig jaar mijn hele familie meegenomen op vakantie, en geld speelde geen rol. Mijn vader en moeder, mijn zus Sherilee...'

'Klinkt fantastisch,' lispelt Suze.

'Bloemen,' zeg ik compleet overbodig, en ik zet de vaas op een tafeltje. Terwijl ik het doe, vang ik Suzes blik en knipoog onopvallend naar haar. Ze knipoogt terug en wendt zich weer tot Cyndi.

'Weet je, Cyndi, ik heb al vaker gehoord hoe vrijgevig je man is,' zegt ze achteloos. 'Zegt de naam... Brent Lewis je iets?'

Het is stil in de kamer. Ik wacht roerloos het antwoord af.

'Brent Lewis?' zegt Cyndi uiteindelijk, en ze fronst haar voorhoofd. 'Nee, niet dat ik weet.'

'O, het is een fantastisch verhaal,' zegt Suze enthousiast. 'Een geweldig verhaal. En het mooiste is nog wel dat Corey zo goed uit de bus komt. Ongelooflijk dat hij het je zelf niet heeft verteld!'

'Te bescheiden, zeker,' veronderstelt Danny.

'Hij is echt te bescheiden!' zegt Cyndi verwoed knikkend. 'Dat zeg ik altijd tegen hem. Ik zeg: "Corey, schat, laat je licht schijnen!" Dus, wat is dat voor verhaal?'

'Nou,' Suze lacht stralend. 'Het begint met de veer. Je weet wel, die fameuze ballonveer die het begin van Coreys bedrijf was, destijds?'

'Tja, ik heb er wel van gehoord...' zegt Cyndi weifelend.

Daar gaan ze. Alles onder controle.

Ik trek me terug, sluit de deur geluidloos achter me en haal diep adem. Oké. Tot nu toe gaat het goed. Het is mams beurt.

Maar waar is Janice gebleven? Ik kijk lichtelijk verbijsterd naar de lege vloer. Daar lag ze net nog. En waar is Lori? Is de dokter al geweest? Hebben ze Janice meegenomen? Wat is er…

O, mijn god, daar zijn ze.

Lori loopt een meter of tien verderop in de gang, langzaam, en Janice leunt zwaar op haar arm. Alsof ze mijn ogen in haar rug voelt, draait Lori zich om en kijkt me dreigend aan.

'Hé, jij daar!' roept ze. 'Ik wil je spreken!'

'Doorlopen!' kreunt Janice prompt. 'Ik moet naar de wc! Ik ben heel misselijk!' Ze trekt aan Lori's arm. 'Alsjeblieft, laat me niet alleen! Ik heb alleen jou maar!'

Ik voel een enorme giechel in me opkomen. Janice is ongelooflijk!

'Jij daar!' blaft Lori weer, maar ik doe alsof ik haar niet hoor en ren de andere kant op.

'Mam!' hijg ik als ik bij ons kamertje ben en de deur openzwaai. (Ik heb geen geduld meer voor klopsignalen.) 'Alles gaat volgens plan, alleen is Janice een beetje afgedwaald. Ben je zover?'

'O, kind.' Mam kijkt me angstig aan. 'Ik weet het niet meer.'

'Begin jij nou ook al?' roep ik vertwijfeld uit.

Ik heb mam en Janice de eenvoudigste taken gegeven. En ze durven allebei niet meer!

'Becky, ga met me mee,' smeekt mam. 'Ik kan het niet alleen.'

'Maar ik ben al een keer binnen geweest! Dan herkent Corey me!'

Dit was nou juist de reden om ons allemaal een andere rol te geven… zodat Corey niets zou gaan vermoeden.

'Vast niet!' zegt mam. 'Heeft hij je daarnet wel gezien?'

Ik denk even na. Nee, waarschijnlijk niet. Mannen zoals Corey kijken dwars door het personeel heen.

'Oké dan.' Ik rol met mijn ogen. 'Ik ga wel met je mee. En ik zal pap sms'en.'

Ik was zo bang dat Corey pap zou zien dat ik hem op een andere verdieping heb laten wachten, maar het is nu veilig. Het is zijn tijd.

Mam en ik nemen onze posities bij de deur van Ben in, en even later komt pap door de gang gebeend.

'Alles klaar?' vraagt hij.

'Alles gaat volgens plan.' Ik knik naar de deur. 'Hij zit binnen.'

'Ongelooflijk dat we dit doen.' Pap kijkt met een soort wrange, ongelovige glimlach op zijn gezicht naar mam en gebaart naar de dichte deur. 'Dit geloof je toch niet? Van alle krankzinnige ondernemingen die Becky ons de afgelopen jaren heeft aangepraat...'

'O, zulke dingen denk ik niet eens meer,' zegt mam. 'Ik drijf gewoon met de stroom mee. Veel makkelijker.'

Nou vraag ik je. Waar hebben ze het over? Ik praat mensen nooit iets aan.

'Maar als het lukt...' Opeens pakt pap mijn hand en geeft er een kneepje in. 'Becky, je hebt veel bereikt in je leven, maar dit wordt je mooiste moment. Ik meen het, snoes.'

'O, nou ja,' zeg ik verlegen. 'Als het lukt.'

'Natuurlijk lukt het!' zegt mam vol overtuiging.

Mijn ouders kijken allebei vol trots naar me, alsof ik weer tien ben en het meeste geld bij elkaar heb gekregen voor de nieuwe netbalzaal op school. (Hoe ik dat heb gedaan, trouwens: ik had verhalen over al mijn klasgenootjes geschreven, die ik had geïllustreerd met kartonnen aankleedpoppetjes waar ik kleertjes voor had gemaakt, en alle moeders gaven me bergen geld.)

'Je mag de goden niet verzoeken!' zeg ik. 'Mam, we moeten gaan.'

Ze strijkt haar jasje glad en ik wend me tot pap. 'Wat ga je tegen Corey zeggen?' vraag ik nieuwsgierig. 'Waar wil je beginnen? Ik bedoel, hij wilde je telefoontje niet aannemen, hij weigerde met je te praten... Ik kan hem wel slaan!'

Maar pap schudt zijn hoofd. 'Dit gaat niet om Corey en mij. Dit gaat om Corey en Brent. Ga nou maar.' Hij stapt opzij en ik klop op de deur, en voor ik het goed en wel besef, staan mam en ik in de kamer.

Corey, Luke, Tarquin en Elinor zitten nog om de tafel; Tarquin zegt iets over 'actief vermogen'. Ze kijken met een redelijk geloofwaardige verbazing op.

'Ja?' zegt Elinor.

'Het spijt me zeer,' onderbreekt mam, die sprekend op een hotelmanager lijkt, de vergadering. 'Ik geloof dat u een dubbele zaal had gehuurd.'

Haar Amerikaanse accent is echt verschrikkelijk, maar Corey lijkt het niet te merken, of anders zegt hij er niets over.

'Ja, dat is zo,' zegt Luke met gefronst voorhoofd. 'Ik wilde er een klacht over indienen.'

'Mijn excuses, meneer. Ik zal de deuren nu meteen openmaken.'

Ik weet niet waarom mam morele steun wilde... Ze is geniaal! Ze loopt naar de rechtermuur – de muur die Ben van Jerry scheidt – en mijn hart begint te bonzen van opwinding. Daar gaan we dan. Daar gaan we dan.

Al die vergaderruimtes hebben magische deuren. Daarom heb ik juist dit zakencentrum gekozen. De deuren schuiven de muren in, zodat je een grote opening kunt maken tussen de zalen, ze kunt samenvoegen of scheiden, wat je maar wilt.

Mam loopt ongehaast, als een echte verveelde hotelmanager, naar de deuren en schuift ze open. Het duurt even voordat iemand begrijpt wat er is gebeurd, maar dan...

'Corey?' klinkt Cyndi's opgewonden stemmetje uit de andere ruimte. Ze springt op en rent naar de opening. 'Corey, ben jij het? O, mijn god, schat! Hoe bestáát het!'

Ik heb de hele tijd op Corey gelet, en hij schrok zich wild toen hij Cyndi's stem hoorde, maar hij had zichzelf meteen weer in de hand. Nu staat hij op, met waakzame, achterdochtige ogen.

'Ha, liefje,' zegt hij terwijl hij van de een naar de ander kijkt, alsof hij nú wil weten hoe het zit. 'Wat doe jij hier? Wie zijn die mensen?'

'Dit is Danny Kovitz!' zwijmelt Cyndi. 'De beroemde modeontwerper! Hij gaat een modeshow organiseren en hij wil mij als model. En dit is lady Cleath-Stuart...'

'Je vrouw.' Corey draait zich om naar Tarquin.

'O, ja! Dat is ook zo,' zegt Tarkie zo verrast dat ik bijna in de lach schiet. 'Hallo, lieve.'

'Peyton en ik openen de show!' zegt Cyndi overborrelend van enthousiasme. 'In bij elkaar passende jurken. Hoe leuk is dat?'

'Fijn,' zegt Corey kortaf. Zijn ogen flitsen nog heen en weer alsof hij probeert te achterhalen wat er aan de hand is. Ik bedoel, hij is niet gek. Hij moet snappen dat dit geen toeval kan zijn.

Nu hoeft alleen Cyndi haar rol nog maar te spelen. Ze weet het niet, maar zij is de ster van de show. Ze is als een perzik die aan een tak hangt, denk ik. Een grote, rijpe perzik, zwaar en op het punt te vallen… Toe dan… toe dan…

'O, Corey!' jubelt Cyndi. 'Ik heb net over Brent en zo gehoord. Wat ben je toch een lieve, lieve man.'

Plof. De perzik is geland. Hoewel, gezien de sfeer hier zou het ook een bom kunnen zijn. Ik waag het erop, kijk heel even naar Corey en krijg een knoop in mijn maag. Hij is des duivels.

'Wat dan, snoesje?' zegt hij ten slotte op bijna-vriendelijke toon. 'Waar heb je het over?'

'Brent!' zegt ze. 'Je weet wel. De schikking.'

'Schikking?' Corey klinkt alsof hij moeite heeft met de uitspraak van het woord.

'O, dat,' zegt Luke opgewekt. 'Daar zouden we het nog over hebben. Een van onze andere gewaardeerde zakenpartners is Brent Lewis, die duidelijk een essentiële rol heeft gespeeld bij het opzetten van Firelight Innovations.'

'Waar heb je het over?' vraagt Corey knarsetandend.

'Corey!' Luke lacht hartelijk. 'Niet zo bescheiden!' Hij wendt zich tot Cyndi. 'Het fantastische nieuws is dat die vrijgevige man van jou een schikking voor Brent gaat treffen als erkenning van zijn bijdrage aan het succes van Firelight Innovations. Is dat niet aardig? De juristen zitten beneden te wachten met de documenten, dus we kunnen dit allemaal in een wip afhandelen.'

'O, Corey, je bent een engel,' zeg Cyndi ontroerd. 'Zeg ik niet altijd: wie goed doet, goed ontmoet?'

'Zo is het maar net,' zegt Luke.

'Karma,' vult Danny wijsgerig aan.

'Natuurlijk is Corey Brent volgens de letter van de wet niets schuldig,' vervolgt Luke, 'maar hij zou een oude vriend niet op straat laten verhongeren.' Hij geeft Corey een klap op zijn rug. 'Nee toch, Corey, ouwe makker?'

'Natuurlijk niet!' zegt Cyndi, die lijkt te gruwen van het idee. 'Corey heeft altijd het beste met iedereen voor, hè, honnepon?'

'En een schikking van deze bescheiden omvang...' Luke werpt Corey een veelbetekenende blik toe. 'Daar merk je eigenlijk niets van.'

Luke en de juristen hebben het bedrag van de schikking haarfijn berekend, zodat het alle verschil van de wereld zal maken voor Brent, maar het niet zoveel is dat Corey eronder zal lijden. Hij zal er zelfs amper iets van merken, zoals Luke al zei.

(Ik was er helemaal voor om te proberen Corey triljoenen afhandig te maken, maar Luke zei nee, we moeten ons pragmatisch opstellen, en hij zal wel gelijk hebben.)

Coreys ogen vonken van woede. Hij is wit om zijn neus. Hij heeft tijdens dit gesprek al een aantal keren zijn mond open- en weer dichtgedaan, maar er is nog geen woord uit gekomen. En ik zie wat zijn probleem is. Hij zit een beetje in de val nu Cyndi zo liefdevol naar hem kijkt.

'Schat, we zouden die Brent eens te eten moeten vragen,' zegt Cyndi welgemeend. 'Je hebt zijn naam zelfs nog nooit genoemd.'

'Eten?' zegt Corey met verstikte stem.

'Of nee, jullie zouden allemáál moeten komen eten!' Cyndi kijkt met een twinkeling in haar ogen van de een naar de ander. 'Laten we het vanavond doen. We zetten de barbecue bij het zwembad, maken wat muziek...'

'Ik denk niet...' begint Corey.

'Ah, Corey, alsjeblieft?' onderbreekt ze hem. 'Er komt nooit iemand bij ons thuis!' Ze kijkt om zich heen om de koppen te tellen. 'Hebben jullie kinderen? Laat maar komen! Moeten we verder nog iemand vragen?'

Maar niemand zegt iets, want de deur achter haar is opengegaan... en pap komt binnen. Hij zet een paar passen, blijft staan en neemt Corey op met een cynische uitdrukking in zijn vriendelijke ogen. Ik zou dit moment willen inlijsten. Eindelijk, eindelijk dan toch, na al die jaren, krijgen pap en Corey elkaar weer te zien.

Ik kijk toe en kan alleen aan die oude foto denken. Vier jonge jongens op rondreis, die niet weten waar het leven hen zal brengen.

Corey mag dan de rijkste zijn, maar mijn vader wint op alle fronten, denk ik vurig. Op álle fronten.

'Corey,' zegt hij simpelweg. 'Leuk je weer te zien.'

'Wie bent u?' vraagt Cyndi verwonderd.

'O, ik hoor bij de juristen,' antwoordt pap met een charmante glimlach. 'Ik wilde alleen even tegen Corey zeggen hoe blij ik ben dat hij heeft besloten zijn oude vriend niet te laten zakken.'

Ik kijk gefascineerd naar Corey om te zien of er ook maar iets van berouw over zijn gezicht trekt. Spijt? Verdriet? Schaamte? *Iets?* Maar zijn gezicht blijft onbeweeglijk. Wat door zijn facelift zou kunnen komen, neem ik aan.

'Dus,' zegt pap beminnelijk. 'Zullen we het document dan maar ondertekenen?'

Hij glimlacht naar Corey en gebaart naar de deur, maar Corey verroert zich niet.

'Corey?' spoort pap hem aan. 'Het kost je vijf minuten van je tijd, meer niet.'

Corey komt nog steeds niet in beweging, maar ik zie de radertjes in zijn hoofd draaien. Zijn ogen schieten heen en weer. Hij denkt... hij denkt...

'Lord Cleath-Stuart,' roept hij dan opeens uit, en hij zakt nadrukkelijk terug op zijn stoel, naast Tarkie. 'Ik hoorde dat u een charitatieve stichting beheert die plaatselijke ondernemingen steunt? Heel interessant.'

'Eh... ja,' stamelt Tarquin. 'Heb ik dat gezegd?'

'Ik zou graag een half miljoen dollar doneren,' zegt Corey luid en duidelijk. 'Een half miljoen dollar, vandaag nog. Geef me de gegevens maar, dan regel ik een bankoverschrijving.'

'Schat!' schalt Cyndi's stem door de kamer. Haar gezicht straalt en ze ziet eruit alsof ze elk moment kan ploffen van trots. 'Je bent geweldig! Je bent ongelooflijk!'

'Tja, wat heb je aan geluk als je het niet kunt delen?' zegt Corey stijfjes, alsof hij erop heeft geoefend. Hij kijkt naar pap en voegt er achteloos aan toe: 'Zullen we die andere kwestie nog even uitstellen?'

Uitstellen?

Ik kijk ontzet naar Luke. Nee. Néééé.

Wat is die Corey toch een glibber. We hadden hem; we hadden hem in de tang. En nu kronkelt hij zich weer uit onze val.

Cyndi is zijn achilleshiel. Cyndi had hem wel zover gekregen dat hij de schikking zou ondertekenen; dat is de basis van het hele plan. Maar nu zij zo onder de indruk is van die nieuwe, supergulle gift aan Tarkie, zal ze zich minder druk maken om Brent. Corey zal het eindeloos kunnen blijven uitstellen...

Opeens walg ik van die Corey, nog erger dan eerst. Wat is dat voor verwrongen geest? Hij geeft liever een half miljoen uit aan een willekeurig goed doel waar hij nog maar net van heeft gehoord dan de kans aan te grijpen om een verschrikkelijk onrecht dat hij heeft veroorzaakt recht te zetten. Allemaal vanwege de een of andere wrok. Allemaal omdat ze ruzie hebben gehad om een vrouw. Het is verschrikkelijk. Het is triest. Het is verachtelijk.

Maar gelukkig...

Ik wil mezelf niet op de borst kloppen, máár...

Ik heb het zien aankomen. Ha.

Oké, dat is niet helemaal waar. Ik heb niet precies voorspeld dat dít zou gebeuren, maar ik heb wel een reserveplan om op terug te vallen. En het lijkt erop dat ik dat nu meteen in gang moet zetten.

Ik sluip zo onopvallend mogelijk naar de nog dichte schuifwand van Jerry. Want we hebben een derde vergaderkamer gehuurd (die ik Häagen-Dazs heb genoemd). En we hebben nog een elfde teamlid. En dat zit geduldig in Häagen-Dazs te wachten, stand-by, voor het geval we haar nodig mochten hebben.

Langzaam, bijna geluidloos, schuif ik de deuren open en wenk haar.

Het heeft een hele avond gekost om Rebecca over te halen hieraan mee te doen. Ze is niet zo'n fan van Brent – wat haar betreft kan hij verhongeren. En ze is ook niet zo'n fan van pap. (Ik hou het erop dat hij destijds haar hart heeft gebroken, al zal ik die theorie nooit aan een van mijn ouders voorleggen.) Maar ze is al helemáál geen fan van Corey – en dat heeft de doorslag gegeven. Soms moet je echt een beroep doen op de laagste drijfveren van een mens. Wat een beetje deprimerend is, maar het is niet anders.

Terwijl Rebecca naar de schuifdeuren loopt die Häagen-Dazs van Jerry scheiden, voel ik het team achter me in actie komen. Iedereen weet van het reserveplan. We hebben erop geoefend. We hebben het gechoreografeerd. Ik kijk even om en zie Suze haar positie innemen, geflankeerd door een waakzame Ulla en Danny. Ze weten allemaal wat hun opdracht is. Er is maar één opdracht, voor iedereen: zorg dat Cyndi zich niet omdraait. Zorg dat ze Rebecca niet te zien krijgt.

'Zo, Cyndi!' roept Suze geanimeerd uit. 'Hoeveel kinderen heb je, zei je?'

'Je zou wat tekeningen moeten uitkiezen voor thuis,' voegt Ulla eraan toe, die haar schetsboek omhooghoudt. 'Kijk maar eens.'

'O, ja!' spoort Danny haar aan. 'Zie je die daar, van jou in mijn jasje? Goddelijk!'

'Hemeltje!' zegt Cyndi verrukt. 'Mag dat echt? O, wat zie ik er elegant uit… Ik heb maar één kind,' vervolgt ze tegen Suze. 'Mijn ene gekoesterde geschenk. En jij? Heb jij kinderen?'

Rebecca staat nu tussen de schuifdeuren. Ze beweegt niet, ze wuift niet en ze zegt niets. Ze staat daar alleen maar, wachtend tot ze wordt opgemerkt.

Ik kijk strak naar Corey. Hij luistert naar Tarquin… staart afwezig naar het plafond… fronst een beetje ongeduldig zijn voorhoofd… en dan, als zijn blik voorbij Tarkie glijdt, voorbij Cyndi, vertrekt zijn hele gezicht van ontzetting.

Oké. Hij heeft haar gezien.

Ik hoopte op een reactie, en ik word niet teleurgesteld. Hij heeft grote staarogen. Alle kleur is uit zijn gezicht getrokken. Hij ziet eruit alsof hij in een nachtmerrie is beland. Hij ziet er zelfs zo beroerd uit dat ik bijna medelijden met hem zou krijgen, hoe verachtelijk hij ook is. Deze man heeft er alles aan gedaan om zijn verleden weg te poetsen. Hij heeft een facelift genomen. Hij heeft over zijn leeftijd gelogen. Hij heeft zijn vrienden verloochend. Hij wilde het verleden uitbannen. Maar nu staat het verleden vlak voor hem, in een paarse fladderjurk en met zwartomrande ogen.

Rebecca kijkt alleen maar naar hem met die heksachtige kattenogen van haar, en dan reikt ze geluidloos naar het eerste bord. We hebben ze samen gemaakt, met viltstift op karton, en gecontroleerd of ze leesbaar waren.

(Dit heb ik niet uit *Ocean's Eleven*, maar uit *Love Actually.* Suze zei: 'Laten we het voor de gelegenheid omdopen in *Becky Actually*,' maar dat slaat nergens op. Enfin. Daar gaat het nu niet om.)

Op het eerste bord staat alleen maar:

Ha Corey.

Ze houdt het een paar seconden op en pakt dan het tweede:

Lang niet gezien.

De minachting waarmee ze naar Corey kijkt, geeft die paar woordjes op de een of andere manier iets heel venijnigs. Ze blijft strak naar hem kijken terwijl ze het derde bord pakt:

Stel me eens voor aan je vrouw?

Haar ogen flitsen naar Cyndi, en Coreys ogen volgen de hare, en ik zie aan zijn gezicht dat hij ziedend is, maar hij durft geen kik te geven, want hij zou Cyndi's aandacht kunnen trekken. Hij zit in de val. Alweer.

Dan kan ik haar over vroeger vertellen,
of is dat misschien niet zo'n goed idee?

Coreys gezicht is verstrakt. Hij ziet eruit alsof hij wordt gemarteld. Wat in zekere zin ook zo is. En Rebecca smult ervan.

'En hoe zit dat met kinderdagverblijven, of noemen jullie dat hier de peuterklas?' hoor ik Suze belangstellend aan Cyndi vragen. 'Bij ons is het namelijk ontzettend moeilijk om een plekje te bemachtigen.'

'Vertel mij wat!' roept Cyndi uit, die niets doorheeft van het drama dat zich rondom haar afspeelt. 'En weet je, Peyton is superbegaafd, dus...'

Hoe zit het met Brents schikking, Corey?

Rebecca zwaait bijna dreigend met het bord naar hem en pakt het volgende.

Je bent hem wat verschuldigd.

JE BENT HEM WAT VERSCHULDIGD, COREY.

Nu schrijft ze zonder dat we het hebben afgesproken zelf een bord. Ze houdt het met boosaardig schitterende ogen op.

Ik kan je een hoop ellende bezorgen.
Ik WIL NIETS LIEVER dan je een hoop ellende bezorgen.

Jemig. Tja, het is wel eerlijk. Ik werp een blik op Corey en zie dat de aderen van zijn voorhoofd gezwollen zijn. Hij heeft zijn vuisten gebald. Hij ziet eruit alsof hij haar wil aanvliegen.

Teken nou maar, dan laat ik je met rust.

Rebecca werpt hem een lange, tartende blik toe. Dan houdt ze het ene bord na het andere op, steeds sneller, alsof ze kaarten deelt.

Teken nou maar.
Teken die schikking nou gewoon, Corey.
Schiet op.

Coreys borstkas zwoegt. Hij ziet eruit alsof hij elk moment kan ontploffen.

Doe het nou verdomme.
SCHIET OP, Corey.
TEKEN TEKEN TEKEN TEKEN!

'Oké!' Corey barst opeens los als een briesende stier. 'Al goed! Kom op met die godvergeten schikking. Geef me een pen. Laten we het afhandelen.'

O, mijn god. Zei hij nou…

Ik kijk Rebecca een ademloos moment aan. Hebben we het voor elkaar? Hebben we gewonnen?

Ik denk dat we gewonnen hebben.

Rebecca schuift langzaam, geluidloos, de deuren dicht… en het is alsof ze er nooit is geweest.

'Magnifiek!' zegt Luke gladjes. 'Heel attent van je, Corey. Zullen we het maar meteen in orde maken?'

'Schat, is er iets?' vraagt Cyndi, die verbaasd van Suze, Danny en Ulla naar Corey kijkt. 'Lieverd, is er iets? Je ziet eruit alsof je gloeit van de koorts!'

'Nee, er is niets.' Corey werpt haar een starre grijns toe. 'Ik wil dit gewoon achter de rug hebben.'

'Brave borst,' zegt pap opgewekt. 'Kom, we gaan mijn juridische confrères zoeken.'

Pap dirigeert Corey zonder aarzelen naar de deur. Ik vang zijn blik in het voorbijgaan en voel iets raars in me opborrelen, maar ik vraag me af… Borrelt er opluchting? Hysterie? Ongeloof?

Terwijl Cyndi blijft wauwelen over Peytons ongelooflijke aanleg voor ballet, kijk ik Suze aan… dan mam… en alle anderen. Tarquin… Danny… Ulla… Elinor… en ten slotte Luke. Hij grinnikt even naar me en heft zijn koffiekop alsof hij met me proost. En onwillekeurig trekt er een glimlach over mijn gezicht. Na alles wat er is gebeurd, hebben we het voor elkaar.

We hebben het echt voor elkaar gekregen.

19

De fonteinen van het Bellagio zijn magisch. En, oké, ik weet wel dat ze toeristisch zijn en ik weet dat ze een cliché zijn en ik weet dat het hier krioelt van de andere toeristen, maar op dit moment voelt het alsof ze klaterend oprijzen, keer op keer, voor ons alleen. Voor ons tienen. Ze zijn onze beloning.

We staan tegen de balustrade geleund, in een rij, net als aan het eind van *Ocean's Eleven.* Ik hoor die kabbelende pianomuziek in mijn hoofd en niemand zegt iets. We kijken elkaar glimlachend aan en ik heb me in geen eeuwigheid zo goed gevoeld. Nog nóóit. We hebben het hem geflikt. We hebben gerechtigheid gekregen. En het idiote is dat Brent er nog geen idee van heeft... maar op de een of andere manier gaat het daar niet om.

Ik geloof niet dat ik me ooit zo voldaan heb gevoeld. Ik geloof niet dat alle puzzelstukjes van het leven ooit zo perfect op hun plaats zijn gevallen.

Het is zo fantastisch gegaan. Iedereen heeft zijn rol onberispelijk gespeeld, van Tarquin tot Janice... Vooral Janice. (Naar het schijnt heeft ze zich in een wc opgesloten en is ze blijven kreunen en steunen tot Lori hulp ging halen, en toen heeft ze het hazenpad gekozen.) Tijdens de borrel om het te vieren heb ik uitgebreid verteld hoe fantastisch ze was, en toen werd ze helemaal rood en moest ze nog een glas champagne, en daarna wilde iedereen zijn hoogtepunten nog eens herkauwen, en pap wilde het allemaal een keer of tien horen, want hij had de hele tijd moeten wachten, en mam zei, zou het niet leuk zijn als we het allemaal op video hadden en Luke zei, tja, misschien wel, als we allemaal de bak in willen draaien wegens afpersing.

Ik weet nog steeds niet of dat nou een grapje was of niet.

Maar het maakt me niet uit. De documenten zijn getekend. Brent krijgt het geld. Dan kan hij een huis kopen. En dat is het enige wat ertoe doet.

Rebecca is weg. Ze heeft niet eens afscheid genomen. Wat... nou ja. Ook goed. Het is haar keus. Eerlijk gezegd ben ik er blij om. Voor mijn part zie ik haar nooit meer terug. Ik ben klaar met dat wroeten in het verleden. Ik wil vooruit. Ik wil door. Het is tijd dat Luke, Minnie en ik naar huis gaan. Niet naar huis in LA... maar naar ons huis *thuis*.

Suze en Tarkie gaan ook naar huis. Ik denk dat ze zo snel mogelijk de kinderen willen oppikken en het vliegtuig pakken. Terug naar Engeland, terug naar Letherby Hall, terug naar het echte leven. Tarkie popelt om zich vast te bijten in zijn projecten. En Suze om de Uilentoren te zoeken. Ze heeft me verteld dat ze hem elke week pokon wil geven, voor de zekerheid. (Volgens mij kan ze dat beter niet doen; waarschijnlijk wordt het zijn dood.)

Luke en ik moeten in LA onze spullen inpakken, Minnies peuterspeelzaal opzeggen en alle andere afsluitende dingen doen die je doet als iets voorbij is. En ergens is het verdrietig... maar het komt wel goed. Ik kijk glimlachend op naar Luke, die beschenen wordt door de lichtjes van de fonteinen, en hij slaat zijn arm om mijn schouders.

Wat er nu zou moeten gebeuren is dat we allemaal stilletjes verdwijnen zonder afscheid te nemen, terug naar onze afzonderlijke levens, met onze miljoenen. Alleen is dat écht een verschil tussen *Ocean's Eleven* en het echte leven, want wij kunnen niet stilletjes wegglippen, we hebben een tafel gereserveerd voor ons allemaal in een leuk steakrestaurant dat Luke is aanbevolen. (Daar komt nog bij dat we geen miljoenen hebben, uiteraard.)

Ik kijk naar mam, die knikt en pap aanstoot, en Janice kijkt op van haar telefoon en zegt: 'Martin staat op Heathrow in de rij om in te stappen! Het duurt nu niet lang meer!'

Martin, de man van Janice, komt een paar dagen over, en ze gaan samen met pap en mam wijngaarden bezoeken in Californië. Ik denk dat ze het heerlijk zullen vinden, en het is een leuke manier voor mijn ouders om Janice te bedanken. Ze heeft het verdiend.

'Zullen we?' zegt mam.

'Eerst een kiekje maken!' zegt Janice. 'Allemaal opstellen bij de fonteinen!'

Oké, zo langzamerhand wijken we wel heel erg af van *Ocean's Eleven.* Ik kan me niet voorstellen dat Brad Pitt een willekeurige toerist zou aanklampen met de vraag of hij een 'kiekje van de club' wilde maken.

Vervolgens wil mam een foto van pap en haar, en dan willen ze samen met Janice op de foto, en net als ik me afvraag of ik Suze moet vragen een foto van Luke en mij te maken, zie ik een gedrongen man van een afstandje naar ons kijken. Hij zou me niet eens opgevallen zijn als hij niet zo strak naar pap keek, en wanneer hij zijn hoofd draait, valt het licht op zijn gezicht en...

Ik snak zo hard naar adem dat Luke ervan schrikt.

'Kijk!' Ik maai met mijn armen. 'Is dat hem? Is dat Brent?'

De man zet een stap achteruit en kijkt zo betrapt dat hij het wel moet zijn. Hij lijkt op de foto, maar dan verweerder en triester. Hij ziet er ook uit alsof hij hier bij nader inzien niet had willen zijn.

'Niet weggaan!' roep ik snel. 'Alstublieft.' Ik haast me naar pap en trek aan zijn mouw. 'Pap, kijk eens wie hier is!'

Hij draait zich om en ik zie de verbazing in zijn ogen.

'Brent! Je bent gekomen! Ik wist niet of je...'

'Ik kreeg een voicemail van Rebecca,' zegt Brent. 'Ze vertelde me...' hij wrijft over zijn voorhoofd '... dat jij hier zou zijn. En nog wat dingen. Ik weet niet goed wat ik ervan moet geloven.'

Suze, Tarkie en de anderen komen er een voor een bij staan en staren bijna ongelovig naar Brent. Al die tijd hebben we deze man besproken, hem gezocht en ons op hem gefocust. En nu is hij er dan eindelijk.

Hij ziet er niet goed uit. Hij heeft nog het vierkante voorhoofd uit zijn jeugd, maar zijn grijze haar is aan het uitvallen, hij heeft hangwangen en zijn diepliggende ogen staan verslagen. Hij ziet eruit alsof hij een zwaar leven achter de rug heeft. Hij draagt een oud, goedkoop uitziend jack en hij heeft een rugzak over zijn ene schouder.

Nu glijden zijn ogen wantrouwig over ons allemaal, alsof hij denkt dat hij in de maling wordt genomen.

'Heeft Rebecca je verteld...' Pap breekt zijn zin af. 'Heeft ze iets over een schikking gezegd?' vraagt hij voorzichtig. 'Over het geld?'

Brents gezichtsuitdrukking wordt prompt nog afwerender. Hij kijkt nog norser en zijn schouders verstrakken. Wat ik wel begrijp. Ik zou het in zijn plaats ook niet willen geloven. Ik zou niets willen hopen tot ik het bewijs zag.

'Het slaat nergens op,' zegt hij. 'Waarom zou Corey nu opeens door de knieën gaan? Ik heb het in 2002 al geprobeerd.'

'Weet ik,' zegt pap snel. 'Brent, zoals ik je eerder al probeerde uit te leggen had ik destijds geen idee dat je Corey ging opzoeken. Echt niet. Ik had nooit... Je moet toch weten...' Hij kijkt naar Brent, overweldigd door emoties, lijkt het. 'Hier. Lees maar.' Hij haalt een kopie van de schikking uit zijn zak. 'Hier heb je ethisch gezien recht op. Meer niet.'

Toeristen verdringen elkaar in een poging de fonteinen te zien, maar wij tienen hebben alleen oog voor het gezicht van Brent terwijl hij leest wat er in de overeenkomst staat.

Ik ben er vrij zeker van dat hij alles drie keer leest voordat hij reageert. Dan kijkt hij op, knikt kort en zegt: 'Juist. Ja. Mag ik dit houden?'

Je zou kunnen denken dat hij totaal gevoelloos en ondankbaar was, als je niet zag hoe zijn handen trillen en beven... Dan drupt er opeens een traan op het papier, en we doen allemaal alsof we het niet zien.

'Natuurlijk,' zegt pap knikkend. 'We hebben kopieën.'

Brent vouwt het document behoedzaam op, stopt het in zijn rugzak en overziet onze groep nog eens.

'Ik neem aan dat ik dit aan jou te danken heb... Graham?'

'Aan ons allemaal,' zegt pap snel. 'We hebben de krachten gebundeld.'

'Maar wie zijn jullie dan?' Brent kijkt van de een naar de ander alsof hij er niets meer van begrijpt.

'Vrienden van Graham,' zegt Janice.

'En van Becky,' zegt Danny, waarop Ulla knikt.

'Ik ben Rebecca's schoonmoeder,' zegt Elinor.

'Bex heeft het plan bedacht om Corey erin te luizen,' vertelt Suze.

'We noemden het *Becky's Eleven*,' vult mam vrolijk aan. 'Ken je die film?'

'Wie van jullie is Becky?' vraagt Brent, en ik zet nerveus een pas naar hem toe.

'Hallo, ik ben Becky. Ik heb je dochter gezien, Becca. Ik kwam naar de woonwagen – ik weet niet of ze je dat heeft verteld – en ik zei tegen mijn vader dat je eruit was gezet... Zo is het allemaal begonnen, eigenlijk.'

'We wilden gerechtigheid voor je,' doet Janice een duit in het zakje. 'Die Corey is een laaghartige slang, *excusez le mot*!'

'Jullie komen uit Engeland.' Brent lijkt er steeds minder van te snappen.

'Oxshott. Maar ik ben overgevlogen om te helpen,' vervolgt Janice goedgemutst. 'Tja, alles voor Jane en Graham, hè?'

'En voor Becky,' voegt Suze eraan toe. 'Zij heeft ons er allemaal warm voor gemaakt.'

'Het was groepswerk,' zeg ik snel. 'Iedereen was fantastisch.'

'Maar...' Brent wrijft weer over zijn voorhoofd. 'Waarom? Waarom zouden jullie me helpen? Ik ben een vreemde voor jullie, voor de meesten van jullie. Jullie kennen me niet eens.'

'We wilden Becky's vader helpen,' zegt Danny eenvoudigweg.

'Je moet mijn dochter bedanken,' zegt pap. 'Zij is de motor achter dit alles.'

'O, en trouwens, Brent, bedankt voor dat "als je goed voor je geld zorgt, zorgt je geld goed voor jou"!' Het schiet me opeens te binnen. 'Dat is, zeg maar, mijn devies voor het leven!'

Maar Brent zegt niets terug. Hij kijk met een soort verwonderd ontzag naar ons tienen. Ten slotte wendt hij zich tot mij.

'Jongedame, jij moet het heel goed getroffen hebben met je vrienden,' zegt hij. 'Of misschien hebben zij het goed getroffen met jou.'

'Ik heb het heel goed getroffen met mijn vrienden,' zeg ik zonder aarzelen. 'Zo zit dat. Absoluut. Ze zijn ongelooflijk.'

'Het is wederzijds,' zegt Ulla, en we kijken haar allemaal verbaasd aan. (Ze is niet zo spraakzaam, Ulla, al heeft ze Cyndi geniaal afgeleid.)

'Amen,' zegt Suze instemmend.

'Tja, nou ja,' zeg ik opgelaten. 'Waar het om gaat is dat het ons is gelukt. En nu ben je hier! Je moet mee gaan eten...' Ik draai me om en wil mijn gesprek met Brent vervolgen, maar ik zie hem nergens meer. Wat is er gebeurd? Waar is hij gebleven?

We kijken allemaal verbijsterd om ons heen, en Luke zoekt nog een tijdje in de buurt, maar het wordt al snel duidelijk dat hij niet terugkomt.

Brent is weg.

Het steakrestaurant dat Luke is aanbevolen is echt super. We bestellen allemaal steak en frites en zo ongeveer alle bijgerechten van de kaart. De ober schenkt een heerlijke rode wijn en als we klinken, zie ik iedereen uitblazen. Echt. Eindelijk. We hebben het gered.

Ik kijk de tafel rond en word overspoeld door blijdschap. We zijn er allemaal stukken beter aan toe dan eerst. Pap en mam zitten met Janice tegenover me. Ze kijken op paps telefoon naar foto's van de rode canyons en maken plannen voor hun wijngaarduitstapjes. Mams hysterie is helemaal verdwenen; alle spanning is uit haar weggestroomd. Ze aait telkens over paps arm, en dan geeft hij haar een kneepje terug alsof hij nooit meer bij haar weg wil.

Elinor zit er ook wel relaxed bij. Ze praat met Luke over de vakantie die we met z'n allen in de Hamptons zouden kunnen gaan houden, en af en toe onderbreekt Danny hun gesprek met een plaatselijke roddel waar zelfs Elinor om moet proesten van het lachen.

Als je genadeloos eerlijk was, zou je kunnen zeggen dat Danny vooral dikke maatjes met Elinor is geworden omdat ze van plan is een klein fortuin aan zijn kleding te spenderen en hem te helpen een complete nieuwe lijn voor oudere vrouwen te lanceren, wat enorm gunstig zal zijn voor zijn winst... maar er zit meer achter. Ze hebben echt een klik. Dat geloof ik oprecht. Ze hebben bijvoorbeeld al overlegd hoe ze Cyndi op het Met Gala een heerlijke avond kunnen bezorgen omdat zij hier allemaal ook niets aan kan doen. (Ik wil proberen er ook naartoe te gaan.)

Wat Suze en Tarkie betreft: die zijn compleet andere mensen geworden. Suze is tot rust gekomen. Ze is weer de oude Suze. Ze lacht om onnozele dingen. Ze kijkt niet meer boos. En Tarkie is een openbaring! Ik blijf maar naar hem kijken in een poging te begrijpen wat er zo anders aan hem is... maar ik denk niet dat het één ding is; het zijn allemaal kleine dingetjes. Naar het schijnt heeft pap hem tijdens hun trip onder andere de raad gegeven: *fake it till you make it.* Nou, ik weet niet wat nep is en wat echt, en of hij het zelf wel weet... maar het werkt. Hij wordt een retecoole lord van Letherby als hij straks weer terug is in Engeland.

'We gaan volgend jaar meer dan duizend bomen planten,' vertelt hij aan pap. 'Niet dat Suze het zal merken, natuurlijk.'

Suze wordt prompt rood en zegt snel: 'Wel waar! Ik zal helpen met planten en verzorgen en alles. Ik ben dól op bomen!'

Tarkie werpt haar een plagerig glimlachje toe en ze wordt nog roder, waaruit duidelijk blijkt dat ze alles over de Uilentoren heeft opgebiecht. Nou, gelukkig maar. Ík werd er al zo gestrest van, dus Suze helemaal.

Alsof ze mijn gedachten kan lezen, geeft ze onder de tafel een duwtje met haar voet tegen de mijne. We hebben allebei onze cowboylaarzen aan. Ze zitten zo lekker dat ik me niet kan voorstellen dat ik ooit nog iets anders zal dragen. Het Wilde Westen heeft me echt te pakken. Tot in mijn ziel. De kleren, de zon, de woestijn, de muziek...

O, dat doet me ergens aan denken.

'Hé Luke!' zeg ik vrolijk. 'Dat was ik vergeten te vertellen. Toen ik vanmiddag met Suze op stap was, heb ik een banjo geprobeerd, en ik vind dat we er een moeten kopen.'

'Wát?' Luke kijkt ontzet op van zijn gesprek met Elinor.

'Ik had al tegen haar gezegd dat je het niet zou willen,' zegt Suze, die een stukje steak aan haar vork spietst.

'Kijk nou niet zo, Luke!' zeg ik gekrenkt. 'Het is goed voor Minnie om een instrument te leren bespelen, dus waarom niet de banjo? En we kunnen allemaal samen les nemen en een folkbandje vormen met het hele gezin en dan hebben we de investering er zó uit...'

Mw. R. Brandon
p/a Dennenlust
Elton Road 43
Oxshott
Surrey

Geachte mevrouw Brandon,

De koningin heeft me verzocht u te bedanken voor uw goede wensen aan Hare Majesteit.

Ik ben verheugd te horen dat dhr. Derek Smeath uit East Horsley (voorheen uit Fulham) zo'n waardevolle vriend is gebleken, niet alleen voor u, maar ook voor 'de goede zaken van liefde en gerechtigheid'. Ik neem onmiddellijk aan dat hij de wereld een beetje beter heeft gemaakt.

Desondanks is er tot mijn spijt geen 'snelle route' naar 'onmiddellijk' ridderschap; noch heeft de koningin 'ridderordes over' die ze 'gewoon voor hem in een envelop kan stoppen'.

Namens Hare Majesteit dank ik u nogmaals voor uw schrijven.

Hoogachtend,

Lavinia Coutts-Hoares-Berkely,
Hofdame

GEMEENTE LONDEN

STADSDEELRAAD HAMMERSMITH & FULHAM

STADHUIS

KING STREET

LONDEN W6 9JU

Mw. R. Brandon
p/a Dennenlust
Elton Road 43
Oxshott
Surrey

Geachte mevrouw Brandon,

Dank voor uw brief. Het is altijd prettig om iets van vroegere inwoners van Fulham te horen.

Ik was blij te horen over uw vriend Derek Smeath, die het filiaal van de Endwich Bank in Fulham jarenlang heeft geleid. Hij komt op me over als een zeer behulpzaam mens, en u zult vast wel gelijk hebben als u zegt dat veel inwoners van Fulham baat hebben gehad bij zijn wijsheid.

Helaas ben ik als raadslid niet bij machte hem 'een medaille of de sleutels van de stad' toe te kennen.

Ik dank u voor uw interesse in de deelraad en voeg een folder bij over onze nieuwste vorderingen op het gebied van gft-afvalbeleid.

Met vriendelijke groet,

Elaine Padgett-Grant
Raadslid Stadsdeelraad Hammersmith & Fulham

Hoveniersvereniging East Horsley
Huize 'Zachte fluisteringen'
Old Oak Lane 55
East Horsley
Surrey

Geachte mevrouw Brandon,

Hartelijk dank voor uw brief. Wat een verhaal hebt u te vertellen!!!

Als een van Dereks tuinier-'maatjes' ben ik het van harte met u eens dat hij in alle opzichten een goeie kerel is. Ik ben dan ook heel blij te vernemen dat lord en lady Cleath-Stuart een nieuwe bomenlaan op hun landgoed het 'Smeathpad' gaan noemen. Hij verdient niet minder!!!

Het zal me een waar genoegen zijn een 'uitje' van onze vereniging naar Letherby Hall te organiseren voor de 'openingsceremonie', en uw cheque moet onze kosten ruimschoots kunnen dekken. Ik verzeker u dat Derek niets zal vermoeden tot u hem met de 'verrassing' overvalt. Me dunkt dat hij zijn ogen niet zal geloven!! In de tussentijd is het: 'mondje dicht'.

Ik verheug me erop u op 'de dag zelf' te ontmoeten. Blijf tot die tijd gezond en geen avonturen meer!!!

Allerhartelijkste groet,

Trevor M. Flanagan
Voorzitter HEH

PS: Bent u de Rebecca die zich zo in de nesten werkt in Dereks boek? Maak u geen zorgen, bij mij is uw geheim veilig!!!

Dankwoord

Een boek schrijven heeft veel weg van een rondreis; denk maar aan de snacks, het continu naar buiten kijken en de paniekaanvallen omdat je geen idee hebt waar je naartoe gaat... Ik ben iedereen die in mijn metaforische camper heeft gezeten, oneindig dankbaar. Zonder jullie had ik het niet gekund. Dank jullie wel. xxx

De Britse camper

Araminta Whitley, Peta Nightingale, Jennifer Hunt, Sophie Hughes, Nicki Kennedy, Sam Edenborough en het complete team van ILA, Harriet Bourton, Linda Evans, Bill Scott-Kerr, Larry Finlay, Sally Wray, Claire Evans, Alice Murphy-Pyle, Tom Chicken en zijn team, Claire Ward, Anna Derkacz en haar team, Stephen Mulcahey, Rebecca Glibbery, Sophie Murray, Kate Samano, Elisabeth Merriman, Alison Martin, Katrina Whone, Judith Welsh, Jo Williamson en Bradley Rose.

De Amerikaanse camper

Kim Witherspoon, David Forrer, Susan Kamil, Deborah Aroff, Kesley Tiffey, Avideh Bashirrad, Theresa Zoro, Sally Marvin, Sharon Propson, Loren Noveck, Benjamin Dreyer, Paolo Pepe, Scott Shannon, Matt Schwartz en Henley Cox.